MARY UNDERCOVER

Anna Dale

MARY UNDERCOVER

Aus dem Englischen von
Monika Schmalz und Michaela Kolodziejcok

BLOOMSBURY
Kinderbücher & Jugendbücher

Für Marianne und die Mayfield-Road-Bande

2. Auflage 2005
Die Originalausgabe erscheint 2005 unter dem Titel
Dawn Undercover
bei Bloomsbury Publishing Plc, London
© 2005 Anna Dale
Für die deutsche Ausgabe
© 2005 Berlin Verlag GmbH, Berlin
Bloomsbury Kinderbücher & Jugendbücher
Alle Rechte vorbehalten
Umschlaggestaltung:
Nina Rothfos und Patrick Gabler, Hamburg
Typografie: Renate Stefan, Berlin
Gesetzt aus der Stempel Garamond
durch psb, Berlin
Druck & Bindung: Clausen & Bosse, Leck
Printed in Germany 2005
ISBN 3-8270-5101-0

ERSTES KAPITEL

Das Omen

Mary Button wartete schon seit einer Ewigkeit. Sie rückte noch ein Stück weiter vor, bis sie mit den Spitzen ihrer Turnschuhe über den Rand des Bordsteins ragte, und starrte verzweifelt hinüber zur Lutscher-Frau auf der anderen Straßenseite. Die Lutscher-Frau (die alle paar Sekunden durch den Menschenstrom hindurch zu erkennen war) hatte ihren Stab gegen einen Laternenpfahl gelehnt und steckte sich schon wieder ein Sahnetoffee in den Mund. »Dreizehn«, murmelte Mary, die mitgezählt hatte. Die Lutscher-Frau kaute eifrig ihr Bonbon, ohne das Geringste zu ahnen von der verzweifelten Lage des elfjährigen Schulmädchens, das schon fast eine Viertelstunde darauf wartete, die Straße zu überqueren.

Es vergingen weitere fünf Minuten (und drei Lastwagen, ein Bus und zweiunddreißig Autos), und noch immer stand Mary wie angewurzelt und knibbelte unruhig an den Schulterriemen ihres Schulranzens. Nach den Osterferien war sie schon einige Male zu spät zum Unterricht gekommen, und obwohl es ihrer Lehrerin bisher nie aufgefallen zu sein schien, war es immerhin denkbar, dass Mary doch einmal dabei erwischt wurde, wie sie sich ein paar Minuten später als die anderen ins Klassenzimmer schlich. Dann war nämlich ein Eintrag ins Klassenbuch fällig, das wusste Mary. Bisher hatte sie in diesem Schuljahr keinen einzigen Eintrag bekommen, und das sollte eigentlich auch so bleiben.

Mary hatte der Lutscher-Frau gewinkt und mit den Armen gewedelt, um auf sich aufmerksam zu machen, aber vergebens. Sie hatte nach Leibeskräften gepfiffen (wobei sie nur wenig Ton und etwas zu viel Spucke produziert hatte) und so laut wie möglich gerufen (wobei sie unklugerweise genau in dem Moment losbrüllte, als ein Doppeldeckerbus vorbeidonnerte). Doch es hatte nichts gebracht. Es war ihr nicht einmal gelungen, eine Taube zu vertreiben, die über ihr auf einer Telefonleitung hockte. Mary war ein wenig enttäuscht, aber nicht sonderlich überrascht. Über die Jahre hatte sie sich daran gewöhnt, dass man sie wie Luft behandelte. Von früh bis spät übergangen zu werden, war äußerst verwirrend und manchmal auch ärgerlich, aber Mary war kein Kind von Traurigkeit, und sie versuchte, sich die Sache nicht allzu sehr zu Herzen zu nehmen.

Plötzlich vernahm Mary ein heiseres Lachen, und sie fuhr herum. Sie schöpfte Hoffnung, als sie die beiden Jungen in den karmesinroten Schuluniformen der Rustygate-Grundschule auf sich zusteuern sah. »Hallo, Paul. Hallo, Gavin«, sagte Mary. Paul rempelte sie mit seinem Schulranzen an, was Mary als eine Art Begrüßung auffasste. Mary mochte die Evans-Zwillinge nicht besonders, doch ihr Auftauchen bedeutete, dass sie es vielleicht doch noch rechtzeitig zum Unterricht schaffen würde. Zuversichtlich blickte Mary auf die andere Seite der Semolina Road. Sie sah, wie die Lutscher-Frau die Bonbontüte in die Tasche ihres knallgelben Anoraks stopfte und ihren Stab ergriff.

Marys Puls begann schneller zu schlagen.

Scheinbar ohne einen Gedanken an ihre persönliche Sicherheit zu verschwenden, marschierte die Lutscher-Frau auf die Straße, wodurch mehrere Wagen zu einer Vollbremsung gezwungen wurden. Dann blieb sie auf dramatische Weise mitten auf der Fahrbahn stehen, drehte sich um und streckte der Windschutzscheibe eines zweisitzigen Sportwagens die Handfläche entgegen. »Stopp«, sagte sie entschlossen, wobei ihr die Zipfelmütze über ein Auge rutschte. »Bitte anhalten.« Der dunkelgrüne MG Midget kam geschmeidig zum Stehen.

»So, meine Engel, ihr könnt los«, sagte die Lutscher-Frau und schwenkte ihren Stab. Sie schenkte den wartenden Autofahrern ein seliges Lächeln, während Paul und Gavin über die Straße stolzierten. Mary tapste in ihren ausgelatschten Turnschuhen glücklich hinterher. Sie hatte fast den Bordstein gegenüber erreicht, als sich im Innern des grünen Sportwagens etwas bewegte, und sie wandte sich danach um. Die Sonnenstrahlen wurden von der Windschutzscheibe reflektiert, so dass Mary das Gesicht des Fahrers nur schemenhaft erkennen konnte. Sie blinzelte und schnappte verblüfft nach Luft. Die Person in dem Sportwagen starrte sie an. Es war mehr als nur ein zerstreuter Blick.

Die Person in dem Auto blickte sie so durchdringend an, dass Mary knallrot wurde. Sie hastete den Evans-Zwillingen hinterher und wäre in ihrer Eile fast über den Bordstein gestolpert. Sehr seltsam, dachte Mary, als sie auf dem Bürgersteig stehen blieb. Sie war äußerst erstaunt, dass sich jemand für sie zu interessieren schien. Ohne zu wissen, ob sie nun beunruhigt oder aufgeregt sein sollte, blickte sie der Lutscher-Frau nach, die auf ihre Seite zurückkehrte. Der Verkehr ging weiter. Dicht neben Mary setzte sich auch der schnittige grüne MG Midget in Bewegung. Er erinnerte Mary an ein Krokodil, das ruhig durchs Wasser glitt, während es mit wachem Auge seine Beute ins Visier nahm. Schaudernd tauchte sie in den Schatten, den die Markise eines Zeitungskiosks auf den Boden warf.

Mary wandte sich dem Schaufenster zu und sah darin gespiegelt, wie der Sportwagen langsam vorbeirollte, wobei die Sonne in den silbernen Radkappen blitzte. Das Verdeck und die Fenster waren geschlossen, aber trotzdem erkannte sie, dass ihr jemand nachblickte. Die guckt ja immer noch, dachte Mary und verspürte ein unbehagliches Prickeln im Nacken. Sie hielt die Luft an und atmete erst wieder aus, als der grüne MG verschwunden war.

* * *

Es war das erste Mal, dass Mary Schokolade zum Frühstück aß. Sie brach sich große Stücke ab, schob sie sich zwischen die Lippen und ließ sie zu samtigen Klumpen auf der Zunge zergehen. Drei Minuten lang starrte sie vor sich hin, ohne ein einziges Mal zu blinzeln. Sie stand unter Schock.

Ein typischer Tag in Marys Leben hieß warten, zuhören, Anweisungen befolgen und allein durch die Gegend tapsen. Im Grunde war sie ein gesprächiger Mensch, das Problem war nur, dass sich niemand für das, was sie zu sagen hatte, interessierte. Mary verbrachte den Großteil ihrer Zeit mit dem Versuch, sich bemerkbar zu machen. Meist scheiterte sie kläglich, doch an diesem Morgen war es anders. Ganz ohne ihr Zutun hatte sie das Interesse von jemandem erregt. Erst war es Mary peinlich gewesen; dann hatte sie sich geschmeichelt gefühlt. Jetzt aber saß sie auf einem Betonpfeiler auf dem Spielplatz der Rustygate-Grundschule und war regelrecht verstört. Sie stopfte sich noch ein Stück Schokolade in den Mund.

Mich hat noch nie jemand angestarrt, dachte Mary. Ich falle nie jemandem auf. Meine Lehrerin kann sich nicht mal meinen Namen merken.

Und sie hatte Recht.

Mary war kein auffälliges Kind. Sie war zurückhaltend, unscheinbar und nichts sagend. Sie war ein bisschen moppelig, hatte ein rundes blasses Gesicht, Haare in der Farbe von Tee mit Milch und spärliche Augenbrauen – mit anderen Worten: nicht gerade eine Augenweide. Sie trug zerknitterte, unförmige Kleider und wurde niemals ohne ihre champignonfarbenen Kniestrümpfe und ausgelatschten Turnschuhe gesichtet. Die Leute neigten dazu, über sie hinweg oder durch sie hindurch, anstatt ihr ins Gesicht zu sehen. Wenn Mrs Kitchen, Marys Klassenlehrerin, ihre unscheinbarste Schülerin alle Jubeljahre einmal ansprach, dann nannte sie sie »Deborah« oder »Denise«. Marys Protest stieß auf taube Ohren. Dennoch wollte sie die Hoffnung nicht aufgeben, dass der Tag kommen würde, an dem Mrs Kitchen ihren Namen richtig hinbekäme.

Im Großen und Ganzen ging Mary durchs Leben, ohne von ihrer Umwelt zur Kenntnis genommen zu werden. Sie klagte nie über die Situation, nur hin und wieder fühlte sie sich etwas einsam. Ohne nennenswerte Freunde (bis auf Clop, der aus Wolle war und deshalb nicht wirklich zählte), fühlte sie sich immer ein wenig im Abseits.

Da Mary aber zu den unverbesserlichen Optimisten zählte, war es ihr unmöglich, allzu lange Trübsal zu blasen. Sie klammerte sich an die Hoffnung, dass bestimmt irgendwann einmal etwas Aufregendes in ihrem Leben passieren würde – es war nur eine Frage der Zeit. Sie hatte noch nie bei einem Wettbewerb gewonnen, nicht einmal ein Geldstück auf der Straße gefunden. Selbst die Kopflaus-Epidemie war an ihr vorübergegangen.

Von ihrem Betonpfeiler aus beobachtete Mary, wie die Schüler der Rustygate-Grundschule in Richtung Spielplatz rannten oder langsam angetrödelt kamen. Sie leckte sich die schokoladigen Finger ab und zerknüllte das leere Papier. Eigentlich war es nicht Marys Gewohnheit, morgens auf dem Weg zur Schule in den Zeitungsladen zu laufen, aber heute brauchte sie Nervennahrung. Sie hatte sich einen dicken Riegel Nussschokolade ausgesucht, und einige Zeit an der Kasse gewartet, bis der Verkäufer sie endlich bemerkte, und ihm ein Pfund und elf Pence in die Hand gedrückt. Mary war zur Schule gerannt, weil sie unbedingt vor dem Klingeln noch die Schokolade essen wollte. Sie war die Semolina Road entlanggelaufen und hatte dabei nach dem grünen Sportwagen Ausschau gehalten (der sich aber zu ihrer Erleichterung nicht hatte blicken lassen).

Mary hatte sich schon oft danach gesehnt, aufzufallen, aber jetzt, wo es endlich passiert war, war ihr alles andere als wohl dabei. (Obendrein war ihr ein bisschen schlecht, aber damit war ja zu rechnen gewesen nach einem so großen Schokoriegel.) Sie blinzelte in den leuchtend blauen Himmel, in dem die Sonne wie ein schimmernder weißer Klumpen hing. Obwohl noch früh am Tag, war es ziemlich heiß. Mir geht's doch bestens, wie ich hier so sitze, dachte Mary, und sie warf einen Blick auf ihre Arme, um zu sehen, ob sie schon braun wurde. »Oh!«, sagte Mary und zitterte vor Aufregung, als sie drei Marienkäfer entdeckte, die in einer Reihe neben einer Sommersprosse auf ihrem Handgelenk saßen. »Mensch! Das ist bestimmt ein Omen.«

Mary kannte sich mit Omen aus, weil Mrs Kitchen regelmäßig ihren Unterricht unterbrach, um sie auf welche aufmerksam zu machen. Ein streunender Hund auf dem Spielplatz bedeutete, dass irgendetwas Furchtbares bevorstand, ausgelaufener Klebstoff in der Form eines Ohrenkneifers sagte schlechtes Wetter voraus und ein Schulinspektor mit Klemmbrett war bei Mrs Kitchen ein sicherer Vorbote von Kopfschmerzen. Während ihre Lehrerin immer nur böse Omen sah, hatte Mary keinen Zweifel, dass es sich bei ihrem kleinen Marienkäfertrio um ein *gutes* Omen handelte. Vielleicht klappt's ja diesmal, dachte sie, wer weiß ...

Es klingelte zum Unterricht. Mary rutschte von ihrem Betonpfeiler, schnappte sich ihren Ranzen und stellte sich zu den anderen Schülern, die nach Klassen geordnet vor dem Schulgebäude warteten. Ich hatte immer gehofft, dass so was passiert, und jetzt passiert es, sagte Mary zu sich selbst. Sie ignorierte, dass ihr Zeh schmerzte, nachdem ihr Paul Evans mit seinem Sportschuh, Größe 38, auf den Fuß getrampelt war. Mary schwirrte der Kopf vor Glück. Irgendetwas, dachte sie, irgendetwas Großartiges ..., mit nagelneuem schwarzem Filzstift gezeichnet und mit Lila ausgemalt und mit Glitzerpulver bestreut ..., wird mir gleich passieren!

Während Marys Klassenkameraden drängelten und zappelten, stand sie stocksteif da, als klebte sie mit ihren Turnschuhen am Asphalt fest. Alle paar Sekunden erhaschte sie an der Reihe hüpfender Köpfe vorbei einen Blick durch die Doppeltüren, durch die die übrigen Schüler vor fünf Minuten verschwunden waren. Nur Mrs Kitchens Klasse wartete noch auf dem Schulhof.

Mary hatte jede Menge Erfahrung im Warten. In einer Schlange stand sie meistens ganz am Ende, und es machte ihr überhaupt nichts aus. Geduld zu haben war für Mary so selbstverständlich wie Atmen.

Vor ihr wurden Schulranzen als Waffen geschwungen, wurde an Schorf geknibbelt und an Zöpfen gezupft, allein Mary stand da wie eine Statue, bis auf ihre Knie, die ungewöhnlicherweise zitterten (vor lauter Aufregung, dass gleich etwas Großartiges passieren würde). Die ganze Klasse wartete darauf, dass Mrs Kitchen auftauchte.

Aber Mrs Kitchen tauchte nicht auf.

Alle verstummten, als eine fremde Frau mit langem blondem Pferdeschwanz durch die Tür geweht kam und vor der Schlange stehen blieb. »Ich heiße Miss Cambridge«, sagte die junge Frau munter. »Leider ist eure Klassenlehrerin Mrs Kitchen heute verhindert.«

»Hä?«, sagte Paul Evans. »Was soll'n das heißen?«

»Ist ihr vielleicht irgendwas *ganz Schlimmes* passiert?«, fragte sein Zwilling Gavin hoffnungsvoll.

Ach so, dachte Mary (die über einen etwas größeren Wortschatz verfügte als die beiden Jungen). Unsere Lehrerin ist krank. Das ist alles.

Miss Cambridge lächelte die Zwillinge nachsichtig an, und ihre azurblauen Augen funkelten. »Also werde ich heute euren Unterricht übernehmen.«

»Boa«, sagten Paul und Gavin gleichzeitig.

»Wenn ihr mir jetzt bitte folgen wollt.« Miss Cambridge drehte sich um und ging schnellen Schrittes auf die Doppeltür zu, und die Klasse folgte ihr brav.

Nur Mary entdeckte in einiger Entfernung die vertraute Gestalt Mrs Kitchens, die in ihrer zitronengelben Häkeljacke schwungvoll in Richtung Lehrerparkplatz schritt und mit unmissverständlichem Elan ihren Autoschlüssel in die Luft warf.

Seltsam, dachte Mary, und auf einmal zitterten ihr so heftig die Knie, dass ihr die champignonfarbenen Kniestrümpfe herunterrutschten und an den Knöcheln Falten warfen.

Das Durchgehen der Anwesenheitsliste verlief ereignislos, und zu Marys großer Enttäuschung spielte sich der Rest des Vormittags wie jeder andere ab. Einmal blieb ihr fast das Herz stehen, weil sie dachte, sie hätte im Diktat eine eins, doch ein vergessenes »r« im Wort »Parlamentarier« kam sie teuer zu stehen. Hätte sie null Fehler gehabt, wäre das eine Eins gewesen, und das, dachte Mary, hätte man durchaus als aufregend bezeichnen können.

Der Nachmittag war genauso unspektakulär. Sie kam nicht mal in die Nähe eines Korbs beim Basketball (was nicht weiter verwunderlich war, weil sie die meiste Zeit neben dem lahmen Leonard auf der Ersatzbank zubrachte). Abgesehen davon, dass sich jemand in Mathe ihren Anspitzer ausborgte, was sie an jedem anderen Tag über die Maßen verzückt hätte – passierte absolut nichts. Nicht, dass der Tag *öde* gewesen wäre. Miss Cambridge war freundlich und souverän, und ihr Unterricht war eine angenehme Abwechslung, denn Mrs Kitchen wirkte häufig gelangweilt und konnte besonders montags sehr gereizt sein. Für eine Stellvertreterin schien Miss Cambridge außerordentlich interessiert an ihren Schülern zu sein. Sie stellte ihnen jede Menge Fragen, und hin und wieder machte sie sich in einem kleinen Notizbuch einen Vermerk. Natürlich übersah sie jedes Mal, wenn Marys Arm in die Luft schoss.

Als es endlich klingelte und die Schule aus war, hatte sich Marys Zuversicht in ihr gutes Omen schon wieder etwas zerstreut. Dennoch war ihre Überzeugung, dass etwas Unerwartetes geschehen würde, immer noch groß, und sie lief mit federndem Gang nach Hause, wo sie vier Minuten früher als sonst eintraf.

Windmill View Nr. 8 war ein unscheinbares Reihenhaus mit abgeblätterter gelber Farbe und einem großen zerbeulten Mülleimer in der Mitte des winzigen Vorgartens. Beim Aufschließen des Tors überkam Mary eine Welle der Zuneigung für die mit Rauputz überzogenen Wände. Solange sie denken konnte, lebte sie in diesem Haus, und sie kannte jeden Backstein, jede Ritze und jeden feuchten Fleck.

»Hallo?«, rief Mary beim Aufschließen der Haustür. Wie immer betrat sie das Haus, ohne eine Antwort zu erhalten. Den Haustürschlüssel noch in der Hand, ging Mary leise durch den Flur und betrat das Wohnzimmer, das wie üblich in völliger Dunkelheit lag, abgesehen von dem unheimlichen grünlichen Licht des Fernsehers in der Ecke.

»Hallo, Opa«, sagte Mary, während sich aus Versehen ihr Schulranzen im Vorhang verfing und einen Streifen Tageslicht ins Zimmer ließ.

»Was ist denn? Ist was? Ach, du bist's«, sagte Ivor Button, der wie gebannt vor dem Fernseher saß. Er zog ein Taschentuch hervor und putzte sich die Nase, ohne die Fernbedienung hinzulegen. »Gibt heut mal wieder 'nen dicken Jackpot zu knacken, Herzchen.«

Mary warf einen Blick auf den Bildschirm, wo ein Quizshow-Moderator einem verschüchterten Kandidaten in barschem Ton eine Frage stellte.

»Der weiß es nicht«, sagte Ivor und beugte sich in seinem Lehnstuhl nach vorn. Es knisterte, als er mit den buschigen Augenbrauen den Bildschirm berührte. »Der Kerl hat doch keinen blassen Schimmer«, sagte er und knallte die Hand auf das Kissen auf seinem Schoß, und sein Gesicht lief lila an. »Holzkopf! Das weiß doch jeder!«

Mary drängte sich am Lehnstuhl ihres Großvaters vorbei. Sie sah sich angestrengt im schummrigen Raum um und stieg über eine Keksschachtel und zwei leere Flaschen Ingwerbier hinweg, die auf dem Teppich herumlagen. »Möchtest du eine Tasse Tee, Opa?«, fragte Mary und schob die Küchentür auf. Die Nachmittagssonne fiel durch die Jalousien in Streifen ins Zimmer und warf ein hübsches Muster auf die kargen weißen Wände. Mary ließ ihren Ranzen auf den Fußboden plumpsen und füllte den Wasserkessel. »Oder lieber einen Kakao, Opa?«, fragte sie.

»ICH HAB'S JA GEWUSST!«, brüllte ihr Großvater aus dem anderen Zimmer. »FALSCH, DU NULPE! Schlafmütze! Mit tausend Eiern hätte der nach Hause gehen können, und was kriegt er, einen Jahresvorrat Schuhcreme!«

»Wie wär's mit einer Kleinigkeit zu essen?«, sagte Mary und schob zwei Scheiben Brot in den Toaster. »Opa?«

Da sie keine Antwort erhielt, ging Mary zurück ins Wohnzimmer. Sie dachte einen Augenblick nach und sagte dann sehr langsam: »Opa – wenn du gern eine Kleinigkeit essen oder trinken möchtest, hättest du die Wahl zwischen a) einer Tasse Tee, b) einer Tasse Kakao, c) einem gekochten Ei mit Toast oder d) einem Quarkplunder.«

»›D‹«, verkündete Ivor ohne zu zögern und wandte sich zu Mary. Er rückte sich das schwarze Barett zurecht, bis es verwegen über einem Ohr saß. »›C‹ klingt auch verlockend, aber ich bleibe bei meiner ersten Antwort. Ja, ja, ich nehme ›d‹.« Er räusperte sich und lächelte. »Danke dir, Herzchen.«

Marys Großvater drehte die Lautstärke am Fernseher hoch, und ein gedämpfter Glockenton erklang. Es folgte ein melodiöses Klimpern und darauf ein Donnern. Dann brachte ein ganzes Geräuschorchester den Fußboden zum

Beben. »Ach, du grüne Neune! Schon halb vier? Haben wir es schon so spät?«, sagte Marys Großvater und schaltete rasch auf einen anderen Sender. »Puh«, sagte er und machte es sich in seinem Lehnstuhl bequem, um eine andere Quizshow zu gucken. »Da hätt ich ja jetzt fast den Vorspann verpasst. Das war knapp!«

Nachdem sie ihrem Großvater ein Quarkplunder in die linke Hand gedrückt hatte (das er mit zwei Bissen verschlang), machte sich Mary in der Küche zu schaffen. Sie briet sich ein Rührei mit etwas Senf und Cheddar-Käse, verteilte das Ei auf zwei Scheiben Toast und garnierte es mit einem Zweig Petersilie. Dann schenkte sie sich ein Glas Bananenmilch ein, gab einen großen Löffel Schokopudding in ein Schälchen und stellte ihre kulinarische Kreation auf ein Tablett. Das Abwaschen ging schnell, darin hatte Mary nämlich Übung. Ihr Rührei dampfte noch, als sie sich den Ranzen über die Schulter warf, das Tablett nahm und über den Linoleumboden ging. Mary blieb an der Küchentür stehen, um sich zu vergewissern, dass sie keine Unordnung zurückließ, doch auf der Küchentheke lag kein einziger Krümel, der von ihrer Anwesenheit gezeugt hätte. Sie blinzelte in das trübe flackernde Licht des Fernsehers, bahnte sich einen Weg durchs Wohnzimmer und trat hinaus in den Flur.

Gerade wollte sie die Treppe hoch und in ihr Zimmer gehen, da hörte Mary ein gedämpftes Klimpern. Sie machte ein paar Schritte zurück und stellte ihr Tablett auf einem ovalen Tischchen unter den Garderobenhaken ab. Dann öffnete sie eine Tür zu ihrer Linken und stieg eine steinerne Treppe hinab, wobei sie auf halber Höhe stehen blieb.

Der Keller war ein geräumiger kühler Raum mit nackten Backsteinmauern und mehreren durchgetretenen Teppichen auf dem Betonfußboden – und er war bis obenhin voll mit Uhren. Kaminuhren in den Regalen, Kuckucksuhren an den Wänden, Kutschenuhren auf den Tischen, reihenweise stattliche Standuhren und ganze Vitrinen voller Taschenuhren – Uhren, so weit das Auge reichte. Marys Vater, Jefferson Button, saß an einer Werkbank und klopfte mit einem Hämmerchen auf einer Metallscheibe herum. Das war das klimpernde Geräusch, das sie im Flur gehört hatte.

»Bin wieder da, Papa!«, rief Mary, aber er schien sie nicht zu hören. Wahrscheinlich ging ihre Stimme im lauten Ticktack der riesigen Uhrensammlung völlig unter. Sie rannte die letzten paar Stufen hinunter und lief durch den Keller, vorbei an einer Kommode mit offenen Schubladen voller Uhren-Ersatzteile. Sie wahrte gebührenden Abstand zu der Wand mit den Kuckucksuhren, denn es konnte immer passieren, dass auf einmal die Türchen aufklappten (es war kurz vor fünf).

»Hallo, Papa«, sagte Mary und blieb neben seiner Werkbank stehen. »Du bist ja schon zu Hause. Ich dachte, du wolltest heute die Antiquitätenläden abklappern.«

»Was?«, sagte Jefferson. Er sah im falschen Augenblick hoch und knallte sich das Hämmerchen aus Versehen auf den Daumen. »Aua! Verflucht! Ach, du bist's, Mary. Gibt's was?«

»Eigentlich nicht.«

»Ich bin ziemlich beschäftigt«, sagte ihr Vater und kämmte sich mit seinen schmutzigen Fingern sein aschblondes, fettig glänzendes Haar zurück. »Entschuldige, was gibt's denn?«

»Nichts«, sagte Mary. »Ist die neu?« Sie deutete auf eine kleine Kutschenuhr auf seiner Werkbank.

»Hübsch, nicht wahr?« Marys Vater nahm die Uhr und

strich liebevoll über das Rosenholzgehäuse. »Wahnsinn, oder? Die habe ich aus einem lustigen kleinen Trödelladen drüben in Bow. Hat mich gerade mal fünfzig Pfund gekostet. Aufzug mit Kette und Schnecke. Ich habe sie noch nicht zum Laufen gebracht – aber ich finde schon noch raus, wie sie tickt.« Er lachte herzhaft über seinen eigenen Witz. Mary lachte mit – auch wenn sie den Witz schon unzählige Male gehört hatte.

Eine Schildpattuhr auf dem Tisch daneben begann verdächtig zu surren. Mary hielt sich die Ohren zu. Gleich würden sämtliche Uhren zur vollen Stunde schlagen.

Durch ihre leicht gespreizten Finger hörte Mary ein Geräusch. Es war ein lautes Klirren, und es kam von oben. Sie zögerte einen Augenblick, dann sagte sie: »Mach's gut, Paps, bis später«, und hopste so schnell sie konnte die Kellertreppe hinauf. Als sie auf der obersten Stufe ankam, hörte sie einen lauten Gong, und die erste Standuhr begann zu schlagen.

Noch bevor die anderen Uhren loslegten, zerrte Marys Mutter Beverley ihre Tochter mit einer Hand in den Flur und knallte mit der anderen die Kellertür zu. »Dieser INFERNALISCHE Krach ist das LETZTE, was ich gebrauchen kann, wenn ich zur Tür reinkomme, vor allem nach einem solchen Höllen-Arbeitstag wie HEUTE.« Sie stieß ein unterdrücktes Kreischen aus, ehe sie Mary entschuldigend anlächelte. »Na, Schatz, wie war's in der Schule?«

Mary wollte etwas entgegnen, aber ihre Mutter ließ ihr keine Zeit. »Werde NIEMALS erwachsen, Mary, hörst du? Schule ist das reinste PARADIES – verglichen mit dem MÜHSELIGEN Erwerbsleben.« Beverley seufzte und musterte sich kritisch im Garderobenspiegel. »Wie seh ich denn überhaupt aus«, sagte sie und strich eine ihrer rotbraunen

Locken zurück an die richtige Stelle. »Für diese Dauerwelle hab ich ein Vermögen ausgegeben, und meine Haare sehen genauso zerrupft aus wie vorher.« Es fehlte nicht mehr viel, und Marys Mutter wäre in Tränen ausgebrochen. »Und mein Gesicht erst. Ich sehe aus wie ein Luftballon, aus dem man die Luft rausgelassen hat. Wenn das so weitergeht, werd ich mich noch vor meinem vierzigsten Geburtstag liften lassen müssen.«

»Untersteh dich«, sagte Mary. »Das ist totaler Quatsch. Du musst dich nur mal richtig ausschlafen, dann gehen auch deine Augenringe weg, und mit ein bisschen Schminke siehst du genauso schick aus wie die Nachrichtenfrauen im Fernsehen.«

»Ach, Schätzchen, das ist aber lieb.«

»Ich sag nur die Wahrheit.«

»Da hast du deiner Mama aber was Feines zu essen gemacht. Ich denke, ein paar Happen kriege ich runter, während ich den Papierkram erledige. Du denkst aber auch wirklich an alles. Danke, Süße.«

Und Mary musste entgeistert mit ansehen, wie ihre Mutter sich das Tablett mitsamt dem Rührei und dem Schokopudding schnappte und damit in ihrem Arbeitszimmer verschwand.

»Ach so«, sagte Mary. »Ja … gern geschehen.«

Mary nahm ihren Patchwork-Überwurf als Tischdecke. Sie legte ihn über eine alte Teedose, in der sie ihre bescheidene Spielzeugsammlung aufbewahrte, und stellte das Tablett darauf ab. Dann zog sie ein dickes flauschiges Kissen hervor und nahm Messer und Gabel zur Hand. Die Unterseite des Omeletts war perfekt goldbraun, und sie hatte ein paar Kartoffeln, Paprikawürfel und eine fein gehackte Zwiebel mitgebraten. Es schmeckte vorzüglich und hatte sie auch nur zwanzig Minuten gekostet. »Lecker. Viel besser als Rührei«, sagte Mary mit vollem Mund.

Als sie fertig war (vom Pudding war nur noch ein winziger Rest da gewesen, also hatte sie sich stattdessen ein Schälchen Milchreis genommen), machte Mary die Schnürsenkel ihrer Turnschuhe auf und setzte sich auf ihr schmales quietschendes Bett. Für gewöhnlich las sie um diese Zeit ein Buch oder lernte für ein Diktat oder träumte von einem langen eleganten Namen wie Kassandra oder Jokaste oder Persephone – aber an diesem bestimmten Tag tat sie nichts von alledem. Stattdessen fragte sie sich, wer sie am Morgen beim Überqueren der Straße wohl so angestarrt haben mochte, und vor allem *warum*.

Mary war es gewohnt, übersehen zu werden. Unbekannte richteten nur selten das Wort an sie, und nicht einmal ihre eigenen Eltern nahmen sie richtig zur Kenntnis. Zu ihrem Großvater hatte sie immer noch den besten Draht. Sie hatten einmal (während eines Stromausfalls) ein ziemlich langes und persönliches Gespräch geführt und waren seitdem recht gute Freunde. In den letzten Wochen jedoch neigte der Großvater wegen seiner neuen Quizshow-Leidenschaft dazu, Mary immer nur dann anzusprechen, wenn er irgendeine abstruse Information loswerden wollte.

Mary umschlang ihre Knie und blickte versonnen auf die Vergissmeinnicht ihrer verblichenen Tapete. Sie war tief in Gedanken. Vielleicht zum ersten Mal in ihrem Leben hatte sie die Aufmerksamkeit einer wildfremden Person auf sich gezogen, und diese verblüffende Tatsache ließ sie gar nicht mehr los. Es war *fast* so wundersam wie ihr gutes Omen. Dann auf einmal ging Mary etwas auf, und sie rang nach Luft. War es etwa möglich, dass die beiden Vorfälle miteinander zusammenhingen?

Durch das offene Zimmerfenster drang das sanfte Grollen eines Motors an Marys Ohr. Sie rutschte vom Bett, zog beiläufig ihre champignonfarbenen Kniestrümpfe hoch, beugte sich über die Fensterbank und blickte hinaus. Mary keuchte so laut wie noch nie zuvor in ihrem ganzen Leben. Dort draußen parkte der dunkelgrüne Sportwagen. Zwei Sekunden später klingelte es an der Haustür.

»Ich hab's gewusst!«, sagte Mary. »Es war *doch* ein gutes Omen. *Irgendetwas Großartiges* wird jetzt passieren!«

ZWEITES KAPITEL

Etwas Großartiges

Mary saß auf der obersten Treppenstufe, den Kopf zwischen den Streben des Treppengeländers, und lauschte. Sie hörte ein Murmeln und Schritte im Flur. Eine Tür ging auf und zu. Bald platzte Mary fast vor Neugierde, und so stand sie auf und stieg auf Strümpfen die Treppe hinunter. Als sie in den Flur kam, schwang praktischerweise mit einem Klacken die Wohnzimmertür ein Stückchen auf. Mary gelang es, aus dem Nebenzimmer das eine oder andere Wort aufzuschnappen.

»Leiser machen? Bist du *verrückt*?« Das war Opa.

»Und wenn Sie der Kaiser von CHINA sind. Ich stecke bis zu den WIMPERN in Papierkram.« (Mama)

»Aufzug mit Kette und Schnecke … Warten Sie, ich bin gleich zurück.« Das war Papa, dachte Mary.

Kurz darauf trat Jefferson Button mit breitem Lächeln aus dem Wohnzimmer. Wortlos schob er sich an Mary vorbei, ging den Flur hinunter und verschwand auf der Kellertreppe. Mary erschauerte vor Aufregung, als sie eine seltsam vertraute Stimme im Flur vernahm.

»Vielleicht sollten wir erst mal Ihre Tochter fragen, was sie davon hält.«

»Was? Ach so … Na, wie Sie wollen«, sagte Marys Mutter ein wenig mürrisch. Sie tauchte in der Tür auf, atmete tief durch und formte die Hände vor dem Mund zum Trichter. »MARY!«, brüllte sie in Richtung Treppe. »KOMM MAL RUNTER!«

»Ich bin doch schon unten, Mama«, sagte Mary aus wenigen Schritten Entfernung.

»MARY … SETZ DICH IN BEWEGUNG!«

Mary streckte den Arm aus und zupfte ihre Mutter sanft am Ärmel.

»Ich bin doch schon da«, sagte sie gelassen.

Der Anblick einer drei Meter langen Kakerlake hätte Beverley keinen größeren Schrecken einjagen können. Sie stieß ein ohrenbetäubendes Kreischen aus. »Musst du dich immer so anschleichen?«, zischte Marys Mutter, als sie sich wieder beruhigt hatte.

»'tschuldigung«, sagte Mary.

Beverley packte ihre Tochter am Ellenbogen. »Wir haben Besuch«, sagte sie, »und die Dame möchte mit *dir* reden.«

Mary sah, dass ihre Mutter ein wenig aus der Fassung war.

Mit zurückgezogenen Vorhängen wirkte das Zimmer wie der ideale Ort für eine Konferenz von Staubmilben; der Teppich war übersät mit Kekskrümeln, und ein riesiger Berg Fernsehzeitschriften bedeckte zwei Sitzflächen der Wohnzimmercouch.

Ivor Button hing miesepetrig in seinem Lehnstuhl. Er versuchte verzweifelt, dem Moderator im Fernsehen von den Lippen abzulesen. Offenbar hatte ihm Marys Mutter die Fernbedienung entrissen und den Ton abgestellt. Ein Teil der Fernbedienung schaute unter ihrem Arm hervor.

»Da ist sie«, sagte Beverley und schob Mary in Richtung der jungen Frau, die neben dem Kamin stand. Mary blinzelte ungläubig. Auch wenn die Frau jetzt ganz anders angezogen war, bestand kein Zweifel, um wen es sich handelte.

»Hallo, Miss Cambridge«, sagte Mary.

»Du kannst ruhig Emma zu mir sagen«, sagte die Lehrerin. Ihr Handschlag war fest und geschäftig. In ihrem modischen Hosenanzug und dem schwarzen Hemd mit offenem Kragen anstelle des ärmellosen gelben Kleides vom Vormittag wirkte Emma gar nicht mehr wie eine Lehrerin, sondern eher wie eine hoch bezahlte Rechtsanwältin. Statt des mädchenhaften Pferdeschwanzes trug sie einen streng geflochtenen Zopf, und ihr neues Geschäftsfrauen-Outfit wurde durch den schicken hellbraunen Aktenkoffer in ihrer Hand perfekt abgerundet.

»Ist das Ihr Sportwagen, der da draußen parkt?«, fragte Mary.

»Ja, das ist meiner«, sagte Emma, und ihre blauen Augen funkelten.

Aha, dachte Mary. So ist das also. Es war also *wirklich* Miss Cambridge – ich meine, Emma –, die mich so angestarrt hat, als ich über die Straße ging. Aber wenn sie mich so interessant fand, warum hat sie mich dann im Unterricht überhaupt nicht wahrgenommen? Und was hat sie hier zu suchen?

Mary war verwirrt. Weder hatte sie sich in der Schule danebenbenommen, noch hatte sie irgendwelche Anzeichen überdurchschnittlicher Intelligenz gezeigt. Was sonst könnte eine Lehrerin veranlassen, ihre Schüler zu Hause aufzusuchen? Vor lauter Ratlosigkeit stand ihr der Mund offen.

»Jetzt steh doch da nicht so dumm rum, Mary«, sagte ihre Mutter gereizt. »Pass auf. Miss Cambridge möchte dir ein paar Fragen stellen.«

»Mir?«, fragte Mary eifrig.

»Jetzt lass mich doch mal ausreden«, sagte Beverley schroff. »Offenbar hält sie dich ... nun ... für ein Naturtalent. Miss Cambridge arbeitet für die S.H.H.«

»Ich hab doch gar nichts gesagt«, protestierte Mary.

»Nein, ich will sagen, sie ist von einer Firma namens S.H.H.«, sagte Marys Mutter.

»S.H.H. ist eine Organisation, Mary«, sagte Emma geduldig. »S.H.H. steht für Still, Heimlich & Hellhörig.«

»Ach so«, sagte Mary.

»Hier haben wir's, das feine Ührchen.« Marys Vater sprang ins Zimmer. Die neu erworbene Uhr klemmte in seiner Armbeuge. »Na, was sagen Sie dazu, Miss Oxford?« Er hielt Emma die Uhr unter die Nase. »Sehen Sie sich nur mal diese vergoldeten Zeiger an!«

»Sie heißt Miss *Cambridge*, Jeff«, zischte Marys Mutter, »und sie hat keinerlei Interesse an deiner *dämlichen Uhr*.«

»Ganz exquisit«, sagte Emma mit strahlendem Lächeln, »und sie erinnert mich daran, lieber Mr Button, dass ich die kostbare Zeit Ihrer Familie auch gar nicht länger in Anspruch nehmen will – aber wenn ich nur ganz kurz mit Mary sprechen dürfte ...«

»Aber selbstverständlich«, sagte Jefferson glücklich. Er begann die Zeitschriften vom Sofa zu räumen. »Setzen Sie sich doch, Miss ... äh ... äh ...« Emma setzte sich hin, klopfte neben sich auf die Sitzfläche und sah Mary mit hochgezogenen Augenbrauen an.

»Fünf Minuten«, sagte Beverley streng, während Mary es sich auf dem Sofa bequem machte. »Ich habe heute Abend noch jede Menge Schreibkram zu erledigen.«

»Nun, Mary, sicherlich fragst du dich, worum's hier eigentlich geht«, sagte Emma und stellte ihren Aktenkoffer auf dem Fußboden ab.

Mary nickte. Sie hatte ununterbrochen gelächelt, und allmählich tat ihr der Kiefer weh. Sie war noch nie so aufgeregt gewesen. Es wollte sich tatsächlich jemand mit ihr unterhalten – vielleicht sogar ganze fünf Minuten lang.

»Still, Heimlich & Hellhörig ist genau das, was wir sind«, fuhr Emma freundlich fort. »Wir sind ein Geheimdienst. Ich gehöre zur Unterabteilung namens P.S.S.T. P.S.S.T. steht für Personenjagd auf Schelme, Schurken und Treulose.«

»Sie haben noch genau vier Minuten«, sagte Marys Mutter und verschränkte die Arme.

»Danke, Mrs Button«, sagte Emma höflich. Erneut richtete sie ihre erstaunlich blauen Augen auf Mary. »Ich bin Werbeoffizier. Ich bin dafür zuständig, Personen zu finden, die für unsere Organisation arbeiten wollen.«

»Ich dachte, Sie wären eine Vertretung bei uns an der Schule«, sagte Mary. Sie war ganz schön durcheinander.

»Ah«, sagte Emma und biss sich auf die Unterlippe. »Nein, das bin ich nicht. Mag sein, dass ich diesen *Eindruck* vermittelt habe. Dein Schuldirektor hat mir erlaubt, mir einen Tag lang eine seiner Klassen auszuleihen – natürlich erst, nachdem ich ihm meinen S.H.H.-Ausweis gezeigt hatte. Seit zwei Wochen durchkämme ich sämtliche Schulen Londons.«

»Warum?«

»Befehl von oben«, sagte Emma. »Der Chef von S.H.H. hat mich damit beauftragt, ein Kind von ganz spezieller Art zu finden, das ihm dabei helfen soll, eine bestimmte Sache aufzuklären – nun, ich glaube, ich habe dieses Kind gefunden.«

Ui, dachte Mary. Damit bin wohl ich gemeint.

»Na, was sagst du, Mary?«, sagte Emma leise. »Würdest

du gern für P.S.S.T. arbeiten? Es wäre nur für ein paar Wochen, und in ein paar Tagen fangen doch auch schon die Sommerferien an, nicht?«

»Diesen Freitag«, sagte Mary.

»Das heißt, du würdest nicht allzu viel vom Unterricht versäumen ...«

Wie betäubt hörte Mary zu. Es war äußerst schick, noch vor dem Beginn der Sommerferien aus der Schule genommen zu werden. Die Erlaubnis dazu (erteilt von Mr Rolls, Marys Schulleiter) bekam normalerweise nur, wer an einen Ort fuhr, der schwer zu buchstabieren war, Reykjavik oder Albuquerque zum Beispiel. Die Buttons verbrachten ihre Ferien immer in Tring. Emmas Angebot war vielleicht die einzige Chance, die Mary jemals bekommen würde, das Schuljahr ein paar Tage früher zu beenden.

»Eines muss ich dir allerdings sagen, Mary«, sagte Emma ernst. »Dieser Job, den du für meinen Chef zu erledigen hättest, ... ist nicht ganz *unriskant*.«

Marys Herz begann schneller zu schlagen.

»Natürlich bin ich absolut überzeugt«, sagte Emma, »dass du mit der Aufgabe klarkommen würdest ... Auch wenn sich dabei die eine oder andere *Schwierigkeit* auftun sollte.« Sie schenkte Mary einen anerkennenden Blick. »Wobei ich ehrlich sagen muss, dass mir selten jemand mit solchem *Potenzial* begegnet ist. Dein Talent ist wirklich umwerfend, Mary. Du bist ein sehr begabtes Mädchen.«

»Äh ... ähem ... zwei Minuten und zwanzig Sekunden«, sagte Marys Mutter, die ganz blass um die Nase geworden war.«

»Die hübschesten Füßchen, die ich je gesehen habe«, murmelte Marys Vater, der noch völlig betört war von der Kutschenuhr in seiner Hand.

POTENZIAL. TALENT. SEHR BEGABTES MÄD-CHEN. Mary musste heftig blinzeln. Emmas Worte hallten in ihren Ohren wider – schlimmer als ein Keller voller Uhren. Ich wusste gar nicht, dass ich so etwas habe, dachte Mary. Davon hat noch nie einer was gesagt.

»Was meinst du, Mary? Würdest du gerne bei der P.S.S.T. einsteigen?«

»Ähm.« Mary stockte. Sie war es nicht gewohnt, spontane Entscheidungen zu treffen. Und hier geht's um die Wurst, sagte Mary zu sich. Wer hätte das gedacht, dass ein paar Marienkäfer auf eine solche Chance hindeuten könnten? Vor ein paar Stunden noch hätte sie es als Erfolg verbucht, mit null Klassenbucheinträgen das Schuljahr hinter sich zu bringen. Und auf einmal war sie kurz davor, einem Geheimdienst beizutreten. Mary war so aufgeregt, dass ihr fast die Luft wegblieb; sie hatte auch Angst – aber es war eine köstliche Art von Angst, die am ganzen Körper prickelte. »Ja!«, sagte sie. »Meine Antwort lautet: Ja!«

»Das freut mich«, sagte Emma warm. Sie nahm ihren Aktenkoffer auf den Schoß, wühlte darin herum und zog schließlich ein dickes malvenfarbenes Blatt Papier hervor, das mit zwei Einhörnern bedruckt war, zwischen denen in goldenen Lettern P.S.S.T. prangte. Darunter standen mehrere Absätze in schwarzer Schreibmaschinenschrift. Entlang des unteren Blattrandes zogen sich drei gestrichelte Linien. Emma gab das Blatt an ihre Mutter weiter, die mit unsicherer Stimme sagte: »Eine Minute noch.« Emma zog ein identisches Blatt aus ihrem Aktenkoffer und reichte es Jefferson.

»Wir haben einen besonderen Vertrag aufgesetzt«, sagte Emma knapp. »Wir wollen Mary unbedingt in unserer Organisation aufnehmen, aber uns fiele nicht im *Traum* ein, es ohne Ihre Einwilligung zu tun.«

Marys Mutter überflog den Vertrag, indem sie das Blatt Papier eine Armlänge von sich hielt und stirnrunzelnd las wie eines der lästigen Reklameblätter, die immer aus den Zeitschriften fielen. Nach ein paar Zeilen entspannte sich ihre Miene. »Hmm«, sagte sie, als sie fertig war. Über ihr Gesicht huschte ein Lächeln, das sie aber schnell wieder unterdrückte. »Das heißt also, ich hätte Mary nicht am Hals ... Ich meine, Mary wäre die ganzen Sommerferien über versorgt?«

»Kann sein, dass Marys Dienste nicht über die gesamte Dauer der Ferien in Anspruch genommen werden«, begann Emma.

»Ach so.« Marys Mutter wirkte enttäuscht.

»Aber ich fürchte, es wäre durchaus möglich.« Emma erhob sich und berührte ganz leicht Beverleys Schulter. »Ich verstehe Sie ja. Natürlich fällt es einem schwer, sich so lange von seinem Kind zu trennen ...«

»Ja, natürlich«, sagte Marys Mutter.

»Ich versichere Ihnen, dass Mary bei uns in besten Händen ist«, fuhr Emma fort. »Als Werbeoffizier für P.S.S.T. bin ich für das Wohlergehen unserer Angestellten persönlich verantwortlich. Ich werde immer ein Auge auf Ihre Tochter haben.«

»Und Sie sind sich ganz sicher?«, fragte Beverley vorwurfsvoll. »Sie sind sich ganz sicher, dass sie die Richtige ist? Ich meine, in diesem Vertrag hier geht's immerhin um SPIONAGE und SCHNÜFFELEI.« Sie wedelte mit dem Blatt Papier, das ein seltsames Wupp-wupp-Geräusch machte. »SOLCHE FÄCHER hat Mary an der Rustygate-Grundschule jedenfalls nicht. Zumindest so weit ich informiert bin. Ich hatte noch keine Zeit, mich mit der neuesten Version des landesweiten Lehrplans auseinander zu setzen.

Wissen Sie, ich bin nämlich EINE VIEL BESCHÄFTIGTE FRAU.«

Beverley wurde rot. »Ich will nicht, dass Sie mir jetzt große Hoffnungen machen, ... nur um sie im nächsten Moment auf grausame Weise zu zerschlagen ... Ach!« Sie zögerte und gab ein nervöses Kichern von sich. »Ich meine natürlich, *Mary* große Hoffnungen zu machen ...«

Emma lächelte gelassen. »Ihre Tochter ist genau die Richtige für den Job, Mrs Button.«

»Holla!«, rief Marys Vater. Er pfiff durch die Zähne und starrte mit Glubschaugen auf sein Exemplar des Vertrags. »Bev!« Rasch sah er hoch zu seiner Frau. »Wirf mal einen Blick auf Paragraf 12. Die wollen unserer Kleinen ja ein richtiges Gehalt zahlen.«

»Jetzt bleib auf dem Teppich, Jeff«, sagte seine Frau warnend. »Lies erst mal weiter, dann wirst du schon sehen, dass es sich kaum um ein Vermögen handelt.«

Jeffersons Gesicht wurde lang, als ihm aufging, dass seine Frau Recht hatte. »Ist das alles?«, sagte er und stieß mit dem Finger auf den Vertrag. »Das ist ja lächerlich. Na ja, immerhin«, sagte er achselzuckend, »für eine Taschenuhr und ein paar schöne Pendeluhren wird's reichen.«

»Ich denke, meine fünf Minuten sind um«, sagte Emma und warf einen Blick auf ihre Armbanduhr. Sie sah Marys Eltern strahlend an. »Darf ich fragen, ob sie eine Entscheidung gefällt haben?«

»Ich weiß nicht«, sagte Marys Mutter. »Da muss ich erst mal drüber nachdenken ...«

»Was gibt's denn da nachzudenken«, sagte Marys Vater. »Haben Sie mal einen Stift?« Er sah Emma gespannt an. Innerhalb von 0,03 Sekunden hatte sie einen vergoldeten Füller hevorgezaubert, und Jefferson griff hastig danach, wobei er beinahe auf dem Berg Zeitschriften ausgerutscht wäre, den er kurz zuvor auf den Boden geworfen hatte. Er schnappte sich den Füller und sagte: »Halten Sie mal kurz fest«, drückte Emma die Kutschenuhr in die Hand und kritzelte seinen Namen auf eine der gestrichelten Linien am unteren Rand des Vertrags.

»Wenn Sie bitte so nett wären und das andere Exemplar ebenfalls unterschreiben würden«, flötete Emma. Marys Vater nickte und zupfte seiner Frau das zweite Exemplar aus der Hand.

»Mit größtem Vergnügen«, sagte er und unterschrieb mit großem Schnörkel.

»Mrs Button?«, sagte Emma mit sanftem Nachdruck.

»Na los, Bev, gib dir 'nen Ruck.« Marys Vater wackelte seiner Frau mit dem Stift vor der Nase herum. »Wir machen richtig Kohle ... äh ... Und diese nette Dame wird dafür sorgen, dass es Mary gut geht.«

»Tja ... Ich weiß nicht, Jeff ... Die Sache ist ja schon etwas *ungewöhnlich*, nicht?« Marys Mutter wirkte noch immer etwas perplex. Sie fuhr sich durch das gewellte rotbraune Haar und blickte Mary schuldbewusst an. »Aber vielleicht wäre es *wirklich* das Beste.« Mit gequälter Miene wandte sie sich Emma zu. »Schulferien sind nun mal immer ein Problem. Das Kind den ganzen Tag zu Hause zu haben, kann manchmal doch ... etwas unpraktisch sein, wenn man eine so viel beschäftigte Frau ist wie ich. Berufliche Verpflichtungen ... Sie wissen schon ... Gutachten, Berichte und Konferenzen noch und nöcher ...«

»Ja, ja«, sagte Emma eifrig nickend. »Das ist bestimmt sehr anstrengend.«

»Es wäre wirklich eine Erleichterung für mich«, sagte Beverley und griff nach dem Füller, »wenn ich mir nicht auch noch den ganzen Tag wegen Mary den Kopf zerbrechen müsste.« Sie nahm ihrem Mann die beiden malvenfarbenen Blätter ab, legte sie sich auf den Oberschenkel und unterschrieb zweimal.

»Super«, murmelte Emma.

Mary beobachtete vom Sofa aus das Geschehen. Sie hatte ein seltsames Summen im Ohr, und ihr schwirrte der Kopf. Sie starrte die drei Erwachsenen an, wie sie sich die Unterlagen hin und her reichten. Endlich unterschrieb Emma hastig auf der dritten gestrichelten Linie, ehe sie eines der malvenfarbenen Blätter in ihre Aktentasche steckte und eines Beverley gab.

»So, jetzt hat jeder ein Exemplar des Vertrags«, sagte Emma.

»Na, dann wäre ja alles geklärt!« Jefferson stupste seine Frau an und grinste.

»Wird auch Zeit«, brüllte Marys Großvater aus seinem Lehnstuhl. »Krieg ich jetzt endlich meine Fernbedienung wieder?«

* * *

Das Beben der Dielen verriet Mary, dass es Mitternacht war. Sie hörte auf, in ihrem winzigen Zimmer hin und her zu tigern und hob eine Seite ihrer Ohrenschützer (ein lebenswichtiges Accessoire für jedes Mitglied der Familie Button, sofern es durchschlafen wollte). Als der letzte gedämpfte Glockenschlag verebbt war, lief Mary unruhig weiter barfuß von einer Wand zur anderen. Kurz darauf stieß sie sich den Zeh an dem nachlässig herumliegenden Koffer und sank auf ihr Bett, wobei sie sich den schmerzenden Fuß hielt. Eine Feder in der Matratze quietschte tröstlich. Mary tätschelte liebevoll ihre Patchworkdecke und blinzelte, um die Tränen zurückzuhalten.

Dies wird die letzte Nacht sein, die ich für ziemlich lange Zeit in meinem eigenen kleinen Zimmer verbringen werde, dachte Mary traurig. Sie zog die Knie bis unters Kinn und spannte sich das Nachthemd über die Beine, so dass die Eule auf der Brust seltsam lang gestreckt aussah.

Emma hatte versprochen, gleich nach dem Frühstück vorbeizukommen, was so viel bedeutete, dass Mary in weniger als acht Stunden Windmill View verlassen würde.

Sie wusste, dass es wichtig war, ausreichend Schlaf zu bekommen, aber ihr Körper weigerte sich standhaft. Ihr Herz klopfte, Arme und Beine wollten einfach nicht stillhalten, und hundert verschiedene Gedanken schossen ihr durch den Kopf. Mary schaltete die Nachttischlampe aus, und alles vor ihren Augen nahm in dem hereinflutenden Mondschein eine graue Färbung an. Sie tastete nach Clop – ihrem etwas schmuddeligen Strickesel – und drückte ihn an sich. Als er ein komisches Knistern von sich gab, erkannte Mary, dass sie ihre Packliste mit erwischt hatte.

In weniger als einer Stunde hatte sie ihren roten Koffer fertig gepackt. Sie hatte mehrere Garnituren Unterwäsche, jeden einzelnen champignonfarbenen Kniestrumpf, den sie besaß, einen karierten Faltenrock, einen Kordrock, zwei kurzärmlige Blusen, einen Baumwollschlafanzug, eine Strickjacke, Waschzeug, ein Buch namens *Pansy, das Ziegenmädchen* von Jean Hightower und einen abgenutzten Geometrie-Kasten eingepackt. Sie hatte absichtlich eine kleine Ecke im Koffer freigelassen, wo Clop schon mal Probe gesessen hatte.

Mary setzte sich auf, rückte sich die Ohrenschützer zurecht und sank zurück auf ihr Kopfkissen. Sie zog ihre

Patchworkdecke bis unter die Achseln und starrte auf die schattigen Wirbel an der Rauputzdecke. »Was meinst du, Clop?«, sagte sie unruhig. »Mache ich das Richtige?« Clop schien seine Zustimmung zu geben und wies nebenbei darauf hin, dass Mary gerade dabei war, ihm die Luft abzudrücken.

Mary blinzelte schläfrig. Es ist ein Abenteuer, sagte sie zu sich. Ich werde ein Abenteuer erleben, genau wie Pansy, das Mädchen in meinem Buch. Allerdings erwarte ich nicht, dass mein Abenteuer irgendetwas mit Ziegen zu tun haben wird. Obwohl das auch ganz schön wäre.

DRITTES KAPITEL

Das Haus in Pimlico

S oll ich oder soll ich nicht?«, wollte Mary von Clop wissen. Sie sah ihm in die Augen (die ja nur aus Wolle waren) und drückte ihm liebevoll eines seiner Strickohren. Der Esel schien leicht verärgert darüber zu sein, dass Mary ihn schon zum siebten Mal innerhalb von sieben Minuten aus dem Koffer nahm. Elf Jahre alt zu sein ist wirklich kompliziert, dachte Mary und stieß einen Seufzer aus. »Ich stehe auf der Schwelle zum Frausein, musst du wissen«, sagte sie zu Clop. Seiner ausdruckslosen Miene war zu entnehmen, dass er durchaus darüber im Bilde war, nur schien es ihn nicht sonderlich zu interessieren. Bin ich zu alt, um mein Lieblingsstofftier mitzunehmen?, fragte sich Mary. Irgendwie hatte sie das Gefühl, die Leute bei P.S.S.T. würden nicht sehr erbaut darüber sein. »Aber du musst mitkommen«, sagte Mary. »Es wäre beruhigend, ein vertrautes Gesicht in meiner Nähe zu wissen.« Mary fand, dass Clop nicht gerade begeistert wirkte, aber sie quetschte ihn trotzdem neben ein Paar champignonfarbene Kniestrümpfe in den Koffer und klappte den Deckel zu.

Wenige Minuten später klopfte es an ihrer Tür.

»Ach so«, sagte Mary, die gerade wieder den Koffer ge-öffnet hatte und Clop in der Hand hielt. Rasch warf sie ihn zurück in den Koffer, und er landete zerknautscht auf ihrer Strumpfsammlung. »Äh ... Herein«, sagte Mary schüch-tern.

»Morgen, Mary«, sagte ihr Großvater, lüftete höflich sein schwarzes Barett und schlurfte ins Zimmer. Er hatte sich das Schlafanzugoberteil in seine graue Flanellhose ge-steckt.

»Opa!«, sagte Mary. Sie fühlte sich sehr geehrt. Es kam höchst selten vor, dass sich ihr Großvater ins obere Stock-werk des Hauses verirrte.

»Ich wollte dir Glück wünschen«, sagte er und kratzte sich an einer buschigen Augenbraue. »Ist schon fast acht, Herzchen. Miss Wie-heißt-sie-noch-gleich wird jeden Mo-ment vor der Tür stehen.«

»Ich weiß«, sagte Mary. Plötzlich zog sich ihr Magen zu-sammen.

»Hast schon alles fertig gepackt, wie ich sehe.«

»Ja«, sagte Mary und klopfte auf ihren Koffer. Sie ver-suchte, ein tapferes Lächeln aufzusetzen, konnte aber nicht verhindern, dass ihr Kinn ein wenig zitterte.

»Na, na, das musst du doch nicht«, sagte Ivor freund-lich. »Alles wird ganz prima.«

Mary schwieg. Sie fühlte sich schrecklich. Ihre ganze Vorfreude schien sich in Luft aufgelöst zu haben, und auf einmal wollte sie überhaupt nicht mehr wegfahren. Sie kniete sich neben ihren Koffer, klappte den Deckel zu und hantierte an den Schnallen herum.

»Also, Mary ... Jetzt pass mal gut auf.« Ihr Großvater hob einen seiner krummen Finger. »Gestern im Fernsehen habe ich ein paar Kleinigkeiten erfahren ...«

Mary hörte geduldig zu, während ihr der Großvater erzählte, dass die Hauptstadt von Guam Agana und ein Ozelot eine Art Wildkatze sei, dass William Shakespeare achtunddreißig Theaterstücke geschrieben habe und Pteronophobie die Angst davor sei, mit Federn gekitzelt zu werden. »Das solltest du dir unbedingt merken«, sagte Marys Großvater streng. »Man weiß nie, wozu man so was mal gebrauchen kann.«

»Mach ich, Opa«, sagte Mary.

Durch ihr offenes Zimmerfenster hörte Mary das Klimpern eines Kanaldeckels und das tiefe Schnurren eines Autos. Sie preschte ans Fenster, und genau in diesem Moment begannen sämtliche Uhren im Keller zur vollen Stunde zu schlagen. Das Verdeck des MG Midget war heruntergeklappt, und Mary sah, wie Emma den Motor abstellte und ihre Sonnenbrille abnahm, ehe sie aus dem Wagen stieg.

»Es wird Zeit, Mary!«, sagte ihr Großvater.

Mary nickte nur, denn ihre Kehle war so zusammengeschnürt, dass sie kein Wort herausbrachte. Sie schlüpfte in ihre Turnschuhe, schnürte sie sorgfältig mit einem Doppelknoten und ergriff ihren kleinen Koffer. »Du machst das schon«, sagte ihr Großvater, als sie zusammen die Treppe hinuntergingen. »Das werden bestimmt ganz tolle Ferien.« Er tätschelte ihr die Schulter. »Jedenfalls besser, als eine Woche in 'ner schäbigen Pension in Tring.«

Emma wartete im Flur und lehnte höflich Jeffersons Angebot ab, einen Blick in seinen Uhrenkeller zu werfen. »Ah«, sagte sie, als Mary zögerlich die unterste Treppenstufe erreicht hatte. »Da bist du ja!« Sie schenkte ihr ein herzliches Lächeln. »Soll ich schon mal dein Gepäck im Auto verstauen, während du dich verabschiedest?«

»Danke«, sagte Mary, als Emma ihr den Koffer abnahm.

»Be-ver-liiii!«, brüllte Marys Vater.

Irgendwo im Haus knallte eine Tür. Wenige Sekunden später tauchte Marys Mutter auf, die einen schicken Hosenanzug trug und an einem Becher Kaffee nippte. Sie kam gerade noch rechtzeitig, um Emma die dargebotene Hand zu schütteln und ihren Dank entgegenzunehmen, ehe Emma mit Marys Koffer aus der Haustür verschwand.

Drei Augenpaare ruhten jetzt auf Mary. Ihr war etwas mulmig zu Mute.

»Mach's gut, Kleine«, sagte Marys Vater.

»Benimm dich«, sagte Marys Mutter. Nervös gab sie ihrer Tochter einen Wangenkuss.

»Wie heißt die Hauptstadt von Guam?«, fragte Marys Großvater.

»Agana«, entgegnete Mary.

»So ist's recht!«

* * *

»Tschüss, Haus«, sagte Mary und blickte über ihre Schulter zurück, während der MG das Haus in der Windmill View in hohem Tempo hinter sich ließ. »Tschüss, Mülleimer. Tschüss, Laternenpfahl. Tschüss, Baum.«

Emma legte die Hände auf dem lederbezogenen Lenkrad über Kreuz und bog nach rechts in eine Querstraße ein. »Tschüss, Straße«, sagte Mary betrübt, nachdem der Schornstein ihres Hauses aus ihrem Blickfeld verschwunden war.

»Man bräuchte schon ein ziemlich starkes Fernrohr, um hier irgendwo eine Windmühle zu finden, stimmt's, Mary?«, sagte Emma heiter.

»Stimmt«, sagte Mary. Sie mochte den Namen ihrer Straße, aber sie musste zugeben, dass er nicht gerade angemessen war. Windmühlen waren in Hackney eher rar gesät.

Während sie durch die vertrauten Straßen von Hackney fuhren, wies Mary Emma auf interessante Orte hin. Sie machte sie auf die Stelle mit dem aufgebrochenen Bürgersteig aufmerksam, wo die Fußgänger immer stolperten, sie zeigte ihr das Starennest über dem Waschsalon, das einzige Dach in der ganzen Gegend ohne Fernsehantenne, und das Heimwerkergeschäft, das am Wochenende erstaunlicherweise Karamelläpfel verkaufte. Anstatt Marys Kommentare zu überhören (wie die meisten Menschen), tat Emma, als wäre sie ganz hingerissen und murmelte jedes Mal »Gibt's ja nicht!« und »Tatsächlich?«, sobald ihre Beifahrerin eine Atempause einlegte. Mary war begeistert, dass ihr zur Abwechslung mal jemand zuhörte, und das machte es gleich etwas weniger traurig, ihre vertraute Umgebung zu verlassen.

Nach wenigen Minuten lag Hackney hinter ihnen, und Mary sah fasziniert hinaus auf die unbekannten Straßen. Die Umgebung veränderte sich rasend schnell; lärmende Baustellen, Einkaufspassagen und schmuddelige Gehwege voller Mülltüten wurden durch prächtige, palastartige Bauten und üppige Parkanlagen ersetzt.

Mary erhaschte einen Blick auf ihr Spiegelbild im Seitenspiegel, und sie grinste. Ihre Haare tanzten ihr wild um den Kopf. Sie fuhr zum ersten Mal in ihrem Leben Cabrio, und der Fahrtwind war unglaublich aufregend. Sie fragte sich, was für neue Abenteuer auf sie warteten. Bislang hatte Emma sehr wenig über P.S.S.T. verraten. Da sie neugierig auf ihre bevorstehende Arbeit war, fasste Mary den Entschluss, Emma einige Fragen zu stellen.

»Wofür stehen nochmal die Buchstaben P.S.S.T.?«

»Personenjagd auf Schurken, Schelme und Treulose«, erwiderte Emma und rückte sich mit dem Zeigefinger die Sonnenbrille zurecht.

»Schurken, Schelme und Treulose?«, sagte Mary besorgt. Das klang ja wenig anheimelnd. Wahrscheinlich würde man sehr viel rennen müssen, um sie zu fangen. Mary war keine gute Läuferin. Auf dem alljährlichen Sportfest an ihrer Schule war sie oft das letzte Kind, das durch die Ziellinie kam.

»Keine Sorge, Mary«, sagte Emma und warf ihrem Schützling einen Seitenblick zu. »Man wird dich gründlich in die Materie einweisen … Nicht, dass du viele Unterrichtseinheiten brauchen wirst – du bist wie dafür geschaffen.«

»Wofür geschaffen?«, fragte Mary.

Emmas korallenrote Lippen verzogen sich zu einem belustigten Lächeln. »Für die Spionage«, sagte sie.

»Ich? … Spionage?« Mary staunte nicht schlecht.

»Du bist ein Naturtalent«, versicherte Emma. »Du bringst die idealen Voraussetzungen für den Beruf mit. Du besitzt alle nötigen Fähigkeiten und Eigenschaften.«

»Ja?«, sagte Mary, die nicht die geringste Ahnung hatte, was das für Fähigkeiten sein sollten.

»Lass es dir erklären«, sagte Emma und lenkte den Wagen eine breite baumgesäumte Straße entlang. »Du hast eines dieser besonderen Gesichter, das man sofort wieder vergisst.«

Sie sagte das in anerkennendem Tonfall, als Kompliment, so dass Mary nur ein klein wenig beleidigt war.

»Du hast einen langsamen schwerfälligen Gang«, fuhr Emma fort, »das heißt, du kannst überall herumspazieren, ohne aufzufallen. Du hast das, was wir ein scharfes Auge nennen ...«

Emma musste wohl mitbekommen haben, wie Mary einen hastigen Blick in den Seitenspiegel warf, um festzustellen, welches ihrer beiden Augen das scharfe war. Sie konnte Mary aber sogleich beruhigen.

»Wenn jemand ein scharfes Auge hat, heißt das, er ist besonders aufmerksam. Er bemerkt ungewöhnliche Dinge, die andere Leute eher mal übersehen.« Geschmeidig bog Emma um eine Kurve. »Weißt du noch, als wir vorhin durch Hackney gefahren sind und du mir von dem Starennest erzählt hast, und dann von dem Dach ohne Fernsehantenne?«

»Ja«, sagte Mary.

»Beides sind gute Beispiele für Dinge, die weithin sichtbar sind. Die meisten Passanten würden so etwas übersehen, wohingegen sie einer aufmerksamen Person wie dir gleich auffallen. Mit deiner Begabung schaffst du das Training mit links.«

Zutiefst erschüttert von der Erkenntnis, dass sie zum Spion auserkoren war, fiel Mary in ihren Sitz zurück und verlor jedwedes Interesse am Anblick und den Geräuschen der Stadt London. Am Rande ihres Blickfelds schienen die Farben anzuschwellen und ineinander überzugehen, und der Straßenlärm verebbte zu einem sanften Brummen.

Bislang hatte sich Mary wenig Gedanken gemacht, welche berufliche Laufbahn sie später einmal einschlagen wollte, aber unter den Berufen, über die sie schon nachgedacht hatte, wäre »Spion« bestimmt nicht zu finden gewesen. Sie fragte sich, was überhaupt die Aufgaben eines Spions waren. Nach den James Bond-Filmen zu urteilen, die sie gesehen hatte, gehörten Skifahren, Schnorcheln und schnelles Autofahren auf jeden Fall dazu. Mary überlegte, dass sie vielleicht ihre Rollschuhe hätte mitbringen sollen.

»Wir sind gleich da«, sagte Emma und hielt an einer roten Ampel. Eine schnatternde Gruppe Schulkinder in Strohhut und Blazer überquerte vor dem Auto die Straße. »Deine Lehrerin, Mrs Kitchen, war ja wirklich ganz reizend, die alte Dame ...«

Das solltest du ihr mal ins Gesicht sagen, dachte Mary.

Emma trommelte auf dem Lenkrad herum und lächelte. »Als sie von eurem Schulleiter gefragt wurde, ob es ihr etwas ausmachen würde, ihre Klasse einen Tag lang in fremde Hände zu geben, war sie sofort einverstanden. Sie meinte sogar, es wäre ihr ein Vergnügen.«

Sicher, dachte Mary.

Die Ampel sprang auf Grün, und der MG fuhr wieder los. Mary fiel auf, dass die Gebäude immer prächtiger wurden. Sie hatten Marmortreppen, goldene Türklopfer und Balkone, die auf vornehme Bewohner schließen ließen. Trotz ihrer imposanten Größe wirkte keines der Gebäude auch nur halb so einladend wie die Doppelhaushälfte ihrer Eltern, mit ihren Kiesbetonmauern auf der Windmill View.

»Wo sind wir jetzt?«, fragte Mary.

»Gleich in Pimlico«, sagte Emma und lenkte den Sportwagen über eine Bahnüberführung.

Die Häuser in Pimlico waren immer noch ziemlich edel, aber etwas kleiner, schlichter und weniger protzig. Sie kamen an einem Café mit fremdsprachigem Namen vorbei, mit Dutzenden von hübschen runden Tischen unter großen rot-weißen Sonnenschirmen. Dort hätte sich Mary gern hingesetzt, um eine Kleinigkeit zu essen. Sie hatte so lange überlegt, ob sie Clop nun einpacken sollte oder nicht, dass sie gar nicht mehr zum Frühstücken gekommen war.

»Wir sind da«, sagte Emma, bog in eine ruhige Straße namens Vanbrugh Gardens ein und parkte vor einer Zeile von fünf zusammenhängenden Häusern, alle dreistöckig und aus dunkelgrauem Backstein. Hinter blitzblanken schwarzen Zäunen lagen winzige Vorgärten voller Tröge und Töpfe, aus denen bunte Blumen quollen: goldenes Geißblatt, hellrosa Fuchsien, malvenfarbene Aubrietien und rote Zwergrosen wuchsen um die Wette.

Emma schob sich die Sonnenbrille ins Haar. Geschmeidig sprang sie aus dem Auto, schloss den Kofferraum auf und überquerte mit großen Schritten den Bürgersteig, Marys Koffer trug sie in der einen Hand, ihren hellbraunen Aktenkoffer in der anderen. Sie ging an zwei Häusern vorbei und blieb vor dem dritten stehen, auf dessen Türschwelle ein langhaariger schwarzer Kater mit niedlichen weißen Pfötchen saß. Emma warf einen Blick zurück über ihre Schulter, um nach Mary zu sehen, die noch immer wie angewurzelt auf dem Beifahrersitz saß. »Na los, trau dich!«, sagte sie aufmunternd.

Mary war vollkommen baff. Sie hatte eigentlich gedacht, man würde sie zum Hauptquartier der P.S.S.T. bringen, aber dieses hohe schmale Haus mit seinen altmodischen Schiebefenstern und dem gepflegten Vorgarten voller Blumen sah nicht aus wie das Büro eines Geheimdienstes. Sie hatte mit einem riesigen Bürohaus gerechnet, mit Stacheldrahtzaun und vielleicht zwei oder drei bissigen Wachhunden. Mary warf einen Blick auf den schwarzen Kater, der sich auf der Stufe sonnte. Er wirkte nicht einmal annähernd gefährlich.

Emma öffnete das Tor und stieß dabei gegen einen riesigen Sonnenblumenstängel. Die Sonnenblume wackelte mit ihrem schweren Kopf, und dahinter kam ein Schild zum

Vorschein, auf dem »Dampside-Hotel« stand. Mary grinste, als sie ihren Fehler erkannte. Ach so, dachte sie. Hier werde ich wahrscheinlich die nächsten paar Wochen *untergebracht*. Wir machen hier betimmt nur Halt, um meinen Koffer abzustellen, und dann geht's weiter zu P.S.S.T.

Mary löste ihren Sicherheitsgurt, stieg mit Schwung aus dem Auto und eilte auf das Hotel zu. Emma wartete auf der Treppe auf sie. Sie hatte Marys Koffer abgestellt und streichelte gerade den langhaarigen schwarzen Kater. Der schmiegte den Kopf in ihre Hand; dann ließ er sich mit lautem Schnurren auf die Seite fallen.

Mary wollte sich ebenfalls hinknien und den Kater streicheln, da fiel ihr im Fenster vor ihr etwas ins Auge. Zwischen einigen Geißblattranken sah sie ein kleines quadratisches Schild mit dem Wort »Belegt«. So ein Mist, dachte Mary. Dann müssen wir's wohl woanders probieren. Sie war ein wenig enttäuscht, dass sie nun doch nicht in diesem schicken grauen Backsteinhaus mit den bunten Blumen und dem sympathischen pelzigen Bewohner unterkommen würde.

Während Mary noch überlegte, ob sie Emma auf das »Belegt«-Schild hinweisen sollte, ließ Emma von dem Kater ab und richtete sich auf. Sie ergriff den Türklopfer, der die Form eines Löwenkopfes hatte, und schlug damit fünf Mal kurz gegen die schwarz gestrichene Haustür. Fast im selben Moment wurde die Tür von einer streng dreinblickenden Frau mit glattem Haar und tief liegenden dunklen Augen geöffnet.

»Ja, bitte?«, sagte die Frau.

»Ich hätte gern zwei Zimmer«, sagte Emma.

»Zwei Zimmer?«, fragte die Frau spitz. Sie wirkte etwas überrascht. Dann richtete sie den stechenden Blick auf

Mary. »Ach so«, sagte sie und zog die Augenbrauen hoch. »Ja, ja. Natürlich.« Die Frau machte die Tür weit auf. »Bitte hier entlang.«

»A-aber … auf dem Schild steht doch …«, entfuhr es Mary. Sie war ganz durcheinander. Warum bot ihnen die Frau zwei Zimmer an, wo doch auf dem Schild im Fenster eindeutig zu lesen war, dass sämtliche Zimmer belegt seien? Sie zögerte einen Moment, ehe sie den beiden Frauen (und der Katze) über die Schwelle folgte.

Mary brauchte eine halbe Minute, bis sie sich an das schummrige Licht im Innern des Hauses gewöhnt hatte. Sie schien sich in einer Art Empfangszimmer zu befinden. Der ganze Raum war mit weichem dunkelrotem Teppich ausgelegt, und die Tapete war matt gold und mit Bourbonenlilien gemustert. Zu Marys Linken stand ein niedriger Mahagonitisch mit einem altmodischen Sofa und ein paar Lehnstühlen, die um das Sofa herum angeordnet waren. In einem der Lehnstühle saß ein älterer Mann, der mit einer Ausgabe der *Financial Times* zu kämpfen schien. Geradeaus gab es einen Fahrstuhl mit angelaufenem goldenem Schiebegitter, und rechts stand hinter der Empfangstheke die Furcht erregende Frau, die ihnen geöffnet hatte.

Sie war zierlich und hatte einen olivfarbenen Teint. Ihr glänzendes Haar wurde ordentlich von einer Spange zurückgehalten, und sie trug ein schwarzes Seidenkleid im chinesischen Stil mit großen roten Blumen. Die Frau hatte den stechendsten Blick, den Mary je gesehen hatte, und gerade jetzt ruhte er auf Emma, während sich die beiden Frauen mit gedämpften Stimmen unterhielten.

Mary beschloss, sich zu ihnen an den Empfangstisch zu stellen, und der Kater begleitete sie, wobei er mit dem Schwanz an ihren Beinen entlangstrich. Als Mary näher trat, hörte die dunkeläugige Frau mitten im Satz auf zu reden. Mary staunte. Sie war es nicht gewohnt, dass ihretwegen Gespräche abgebrochen wurden. Normalerweise quatschten die Leute stundenlang weiter und merkten nicht einmal, dass sie neben ihnen stand.

»Guten Tag, junges Fräulein«, sagte die Frau in strengem Tonfall zu Mary. »Ich heiße Mrs Oliphant und leite dieses Hotel. Ich hoffe, es gefällt dir bei uns im Dampside-Hotel.«

»Ja …, danke schön«, sagte Mary höflich. Sie sah an Mrs Oliphants Augen (die ihr nicht ganz geheuer waren) vorbei und ließ den Blick über die Wand hinter dem Empfangstisch schweifen. Dort bemerkte sie eine Reihe von Messinghaken. Über jedem Haken war eine Zahl zwischen eins und zehn angebracht. An einigen der Haken hingen große goldene Schlüssel.

»Dann möchte ich Sie bitten, sich zunächst ins Gästebuch einzutragen«, sagte Mrs Oliphant energisch, »bevor ich Ihnen die Zimmer zeige.« Sie schlug ein Buch mit weichem Ledereinband auf und schob es Emma hin.

Auf dem Empfangstisch lag ein vergoldeter Füller an einer Kette, ähnlich dem, den Emma im Button'schen Wohnzimmer aus ihrem Aktenkoffer gezogen hatte. Oben auf der nächsten leeren Seite notierte Emma mit lila Tinte ihren eigenen Namen, ehe sie Marys hinzufügte.

»Sehr schön«, sagte Mrs Oliphant, klappte das Buch mit einer Hand zu, griff mit der anderen hinter sich, um zwei Schlüssel von den Haken zu nehmen, und gab sie Emma. »Ihre Zimmer befinden sich auf der ersten Etage. Ich hoffe, es ist alles zu Ihrer Zufriedenheit. Zwischen zwölf und zwei servieren wir ein leichtes Mittagessen.«

Bei dem Wort Mittagessen gab Marys Magen ein lautes Knurren von sich.

Mrs. Oliphants Augen verengten sich. »Du hast Hunger, ja?«, sagte sie. »Hast du noch nicht gefrühstückt?«

»Nein«, erwiderte Mary mit schwacher Stimme.

»Aha, verstehe.«

Die Frau nahm ein Messingglöckchen vom Empfangstisch und läutete damit. Ein helles Klingeln ertönte, woraufhin ein junger Mann mit freundlichem Lächeln und rotblonden Locken aus einer Tür kam, an der »ZUTRITT NUR FÜR PERSONAL« geschrieben stand. Mary fand, dass er ziemlich verwegen aussah, auch wenn seine schwarze Fliege leicht schief hing und die Vorderseite seines gestärkten weißen Hemdes mit Krümeln übersät war.

»Einer unserer Neuankömmlinge möchte frühstücken«, sagte Mrs Oliphant. »Kümmern Sie sich bitte darum, Nathan.«

»Wird gemacht«, sagte der junge Mann gut gelaunt.

Mrs Oliphant runzelte die Stirn. »Das geht dann nach oben.«

»Alles klar!«, sagte Nathan und streckte den Daumen in die Luft.

»Nach *oben*«, wiederholte sie, »*da* geht es hin.«

Nathan schien erst nicht zu verstehen. Dann begannen seine Augen zu leuchten, als wäre ihm eine Erkenntnis gekommen. Er zwinkerte Mrs Oliphant zu. »Habe verstanden«, sagte er, bevor er sich bückte und den langhaarigen Kater auf den Arm nahm. »Komm, Peebles. Ran an die Arbeit.«

Mary sah Nathan energisch davongehen, wobei ihm der Kater mürrisch über die Schulter spähte. Mary war aufgeregt. Jedes Mal, wenn sie von jemandem bemerkt wurde oder ihr jemand zuhörte, spürte Mary ein warmes Prickeln im Bauch (nicht zu verwechseln allerdings mit dem Knurren und Gurgeln eines leeren Magens). Sie fragte sich, was Nathan wohl zum Frühstück zubereiten würde. In der Hoffnung auf Würstchen, nahm Mary ihren Koffer und folgte Emma in den uralten Fahrstuhl.

Die Fahrstuhltüren schlossen sich quietschend hinter ihnen. Innen gab es zwei Knöpfe, »Erdgeschoss« und »1. Stock«. Mary drückte den Knopf »1. Stock«, und mit einem leichten Schaukeln setzte sich der Fahrstuhl in Bewegung nach oben. Mary fragte sich, warum es keinen Knopf »2. Stock« gab, denn von außen hatte das Haus ausgesehen, als habe es drei Geschosse.

Der Flur im ersten Stock war fensterlos, und es roch ein wenig nach getrockneten Rosenblättern. Trübe Lichter leuchteten unter kleinen fransigen Lampenschirmen entlang der Wände. Marys Turnschuhe waren völlig lautlos auf dem dicken roten Teppich, als sie an zehn hölzernen Türen mit Plastikzahlen vorbeistapfte. Sie fragte sich, welches wohl ihr Zimmer sein würde.

Doch zu Marys Überraschung ging Emma an allen Türen vorbei. Stattdessen blieb sie am Ende des Korridors vor einem Ganzkörperspiegel stehen. Mary staunte. Sie hätte Emma eigentlich nicht für besonders eitel gehalten.

»Schnell!«, sagte Emma und winkte Mary zu sich.

Vor dem Spiegel starrte Mary verwirrt ihr Spiegelbild an. Dann warf sie Emma einen Blick zu: Vermutlich wollte sie sich etwas hübsch machen. Aber so war es gar nicht. Eigentümlicherweise schien Emmas Blick auf den leeren Korridor hinter ihnen gerichtet zu sein.

»Was gucken Sie denn da?«, fragte Mary.

»Ich will nur sehen, ob die Bahn frei ist«, sagte Emma. Dann winkelte sie ihr rechtes Bein an und versetzte der Fußleiste einen kleinen Tritt.

Sie schenkte Marys empörter Miene keine Beachtung und drückte die Hand gegen den Spiegel. Zu Marys Verblüffung bewegte er sich. Emma drückte noch etwas fester, die Glasscheibe drehte sich auf einer Achse, und dahinter kam eine Treppe zum Vorschein.

VIERTES KAPITEL

P.S.S.T.

Erst waren die Koffer dran. Beide landeten fast lautlos auf dem plüschigen Teppich hinter dem Spiegel. Nachdem sie das Gepäck durch den schmalen Spalt geworfen hatten, packte Emma Marys Hand und schob sie am Drehspiegel vorbei auf einen Treppenabsatz, der zwischen zwei Aufgängen lag.

Mary wollte wissen, was los sei, doch Emma schwieg, bis sie den doppelseitigen Spiegel wieder in seine ursprüngliche Lage gerückt hatte. Beim Einrasten des Spiegels vernahm Mary ein leises Klicken.

»Entschuldige, dass ich so grob zu dir war«, sagte Emma und bückte sich nach ihrer Aktentasche, »aber ich wollte nicht, dass uns einer der Hotelgäste sieht. Dass es dieses Treppenhaus gibt, muss unter uns bleiben, verstehst du.«

»Wo sind wir?«, fragte Mary und blickte sich verwirrt um. Auf dieser Seite des Spiegels war die Ausstattung ganz anders, sodass Mary sich fragte, ob sie ins Nachbargebäude hinübergewechselt waren. Der Teppich war von einem satten Mitternachtsblau und die Wände waren blass und glatt wie Butterkrem. »Sind wir im Haus nebenan?«, fragte sie und blickte hinauf in den üppigen Deckenleuchter.

»Nein«, sagte Emma. »Wir sind immer noch im Dampside-Hotel – nur befinden wir uns jetzt in einem Teil, von dem die wenigsten Menschen etwas wissen. Du bist gerade durch eine Geheimtür gekommen, und die Treppe da«, sagte sie und deutete auf die Stufen, die nach oben führten, »wird uns zum Hauptquartier von P.S.S.T. führen.«

Mary traute ihren Ohren nicht. »Das heißt, P.S.S.T. befindet sich hier in diesem Hotel?«

»Ja. Unser Büro befindet sich im zweiten Stock.«

»Echt?«, sagte Mary. Das musste sie erst einmal verdauen. Es schien ihr höchst abwegig, dass ein Zweig des Geheimdiensts im obersten Stockwerk eines bescheidenen kleinen Hotels residierte.

»S.H.H. und seine verschiedenen Unterabteilungen sind über ganz London verstreut und befinden sich an den ungewöhnlichsten Stellen«, sagte Emma. »Jeder Ort ist ein streng gehütetes Geheimnis, und in die Abteilungen gelangt nur, wer die geheimen Eingänge kennt.«

Mary stocherte an dem Spiegel herum. Dann lehnte sie sich mit dem ganzen Gewicht dagegen, aber weder beim ersten noch beim zweiten Versuch tat sich etwas.

»Wie geht das?«

»Siehst du den Nagel da in der Fußleiste?«, sagte Emma und zeigte auf eine Unebenheit drei Zentimeter unter dem Spiegel. Der Nagel hatte die Größe eines Kirschkerns und war in derselben Farbe angestrichen wie die Holzleiste, in der er steckte, wodurch er sehr geschickt getarnt wurde.

»So einigermaßen«, sagte Mary blinzelnd.

»Wenn man da ordentlich draufhaut, dreht sich der Spiegel«, sagte Emma.

»Und auf der anderen Seite der Wand gibt's auch einen Nagel?«, fragte Mary.

»Ganz genau«, sagte Emma. Sie warf einen Blick auf ihre Armbanduhr, ehe sie sich bückte, um den Griff von Marys Koffer zu packen. »Es ist gleich halb zehn. Wir sollten einen Schritt zulegen, Mary. Die anderen fragen sich bestimmt schon, wo wir bleiben.«

Mary folgte Emma langsam die Treppe hoch. Dann blieb sie stehen und beugte sich über das Geländer. Es war ein furchtbar langer Weg bis zur untersten Stufe. Sie fragte sich, ob es vielleicht noch andere versteckte Eingänge auf den unteren Etagen des Hotels gab, denn die Treppe schien ja bis in den Keller zu führen. Mary sprach Emma darauf an, und wie sich herausstellte, war ihre Annahme richtig.

»In der Küche gibt es einen weiteren Eingang«, sagte Emma. »Eine Wand in der Speisekammer lässt sich wie eine Tür öffnen, vorausgesetzt, man weiß, bei welcher Pfanne man am Henkel ziehen muss.«

Am Ende der Treppe befand sich ein schmaler Gang, der mit demselben schimmernden blauen Teppich ausgelegt war. Mary schlenderte den Gang hinunter, fasziniert von den Türen zu ihrer Rechten und Linken. Auf jeder Tür befand sich ein kleines beschriftetes Messingschild, auf dem Worte standen wie »Kopien und Fälschungen« oder »Masken und Verkleidungen«. Sie hörten sich sehr spannend an. Die Tür mit der Aufschrift »Spezialgeräte und Geheimcodes« war nur angelehnt, und Mary erhaschte einen Blick auf ein zerknittertes Nadelstreifen-Jackett, das nachlässig über einem Stuhlrücken hing.

Sie ging weiter den Korridor entlang (vorbei an »Agentenwerbung« und »Streng geheime Missionen«), bis sie Emma eingeholt hatte, die vor einer Tür wartete, auf der »P.S.S.T. – Abteilungsleiter« stand. Hinter der Tür hörte

Mary ein unablässiges Klackern, das hin und wieder von einem »Pling« unterbrochen wurde.

Energisch klopfte Emma an die Tür.

»Herein!«, sagte eine resolute Frauenstimme.

Nachdem sie kurz stehen geblieben war, um ihre Strümpfe hochzuziehen, folgte Mary der Aufforderung.

In einem sehr aufgeräumten Büro erblickte sie zwischen zwei Aktenschränken eine Frau, die kerzengerade auf ihrem Stuhl saß, die Knie unter dem Schreibtisch versteckt. Die Frau hatte ein hageres Gesicht, haarfein nachgezogene Augenbrauen und eine ziemlich große Nase. Ihr braunes Haar war in der Mitte streng gescheitelt und im Nacken mit einer Samtschleife zusammengebunden. Sie saß so regungslos da, dass Mary sie fast für eine Wachsfigur gehalten hätte, wären da nicht ihre Finger gewesen, die in aberwitzigem Tempo über die Tastatur einer altmodischen Schreibmaschine flogen. Sie war so versunken in ihre Arbeit, dass sie die beiden eingetretenen Personen völlig übersah.

Emma räusperte sich. »Guten Morgen, Trudy«, sagte sie und legte Mary sanft die Hände auf die Schultern. »Darf ich Ihnen unsere neueste Rekrutin vorstellen: Miss Mary Button.«

Trudy tippte kurze Zeit weiter, ehe sie die Finger von der Tastatur nahm und zu Mary hinüber blickte. Sie zog ihre hauchdünnen Augenbrauen hoch.

»Gütiger Himmel«, sagte sie. »Ich dachte, Sie wollten uns einen Jugendlichen bringen – aber doch nicht so einen Dreikäsehoch. Was soll denn Red dazu sagen? Die ist doch noch keine acht Jahre alt.«

Emma drückte leicht Marys Schultern. »Mary, darf ich vorstellen – Trudy Harris. Sie ist die Sekretärin hier bei P.S.S.T.«

»Hallo«, sagte Mary. »Ich bin aber nicht acht Jahre alt, ich bin schon elf.«

Trudy begann wieder zu tippen. *Ting*, machte die Schreibmaschine, als sie zum Ende der Zeile kam. »Elf!«, sagte sie verächtlich und hämmerte auf die Tasten ein. »Das ist kein Alter für einen Spion. Das geht doch niemals gut. Bald sind wir alle arbeitslos, und Angela wird für immer in der Versenkung verschwinden.«

Emma gab einen schweren Seufzer von sich und ergriff Marys Hand. Sie führte sie auf die andere Seite des Büros, wo sich eine Tür befand, auf deren Messingschildchen »P.S.S.T. – Abteilungsleiter« stand. Nachdem sie Mary ein aufmunterndes Lächeln geschenkt hatte, klopfte Emma an die Tür.

»Hereinspaziert!«, rief eine joviale Stimme aus dem Innern.

Gerade als Emma den Türknauf drehen wollte, schrie Trudy wütend auf und riss das Blatt Papier aus ihrer Schreibmaschine. »Fehler über Fehler!«, schimpfte sie, zerknüllte das Blatt und warf es in den Papierkorb. »Das ist deine Schuld, verflixt noch mal«, sagte sie zu Mary. »Du hast mich aus dem Konzept gebracht. Jetzt kann ich den Brief an die Chefin von B.A.F.F. noch mal ganz von vorne anfangen.«

»Achte nicht auf sie«, flüsterte Emma, öffnete die Tür und führte Mary ins angrenzende Zimmer.

Es war ein gemütliches Büro, so durcheinander und chaotisch wie Trudys Zimmer sauber und aufgeräumt war. Regale gingen bis unter die Decke und platzten aus allen Nähten vor Büchern und allem möglichen Krimskrams, und auf der Fensterbank drängten sich jede Menge Topfpflanzen. Inmitten der Unordnung saß ein kleiner stämmiger Mann, dessen Gesicht an einen Gartenzwerg erinnerte. Er saß hinter einem Schreibtisch in einem grünen Ledersessel und sprang bei Marys Anblick auf die Füße.

»Na endlich!«, rief er erfreut.

Mary war ziemlich überrascht. Sie hatte sich den Abteilungsleiter von P.S.S.T. eher wie einen Schulleiter oder einen Bankdirektor vorgestellt. Zumindest hatte sie jemanden in Anzug und Krawatte erwartet. Der Mann jedoch trug keinen Anzug, und seine Krawatte war handgestrickt und knallrot. Er hatte ein kurzärmeliges kariertes Hemd an, das in eine Kordhose gesteckt war, und an den Füßen trug er Ledersandalen.

Der Mann kam um seinen Schreibtisch herum und musterte Mary eingehend. Er streckte den Arm aus und nahm vorsichtig Marys Hand, als hätte er Angst, ihr die Finger zu brechen. »Es freut mich außerordentlich, deine Bekanntschaft zu machen, Miss Button … äh … Oder darf ich Mary sagen? Ich heiße Redmond Jellicoe. Die meisten Leute nennen mich Red. Ich schmeiße hier den Laden.«

»Hallo, Red«, sagte Mary und ließ sich auf den nächsten Sitzplatz sinken. Er strahlte sie an und hockte sich auf den Rand seines Schreibtisches.

»Weißt du was, Mary«, sagte er. »Allmählich wusste ich nicht mehr weiter. Als ich Emma damit beauftragte, ein Kind mit Spionierpotenzial zu finden, wusste ich, dass auf sie Verlass sein würde. Aber als sie nach ganzen zwei Wochen noch immer niemanden gefunden hatte, dachte ich schon, ich müsste die ganze Operation abblasen.«

»Reine Glückssache«, sagte Emma und öffnete ihre Aktentasche. »Ich war unterwegs zu einer Grundschule in Pentonville, als Mary zufällig vor meinem Auto die Straße überquerte. Ich wusste sofort, dass sie die Richtige war.«

»Gut gemacht. Erstklassige Arbeit«, sagte Red und überflog den Vertrag, den Emma aus ihrer Aktentasche geholt und ihm gereicht hatte. »Gut. Von beiden Elternteilen unterschrieben, wie ich sehe. Scheint ja alles bestens zu sein. Hervorragend.« Er legte den Vertrag zur Seite und warf einen Blick auf die Uhr, die auf seinem Schreibtisch stand. »Ich habe die anderen gebeten, sich um punkt Zehn im Raum für ›Streng geheime Missionen‹ einzufinden«, sagte er zu Emma. »Würden Sie dafür sorgen, dass alles für die Besprechung vorbereitet ist?«

»Natürlich«, sagte sie. Sie drehte sich auf dem Absatz um und verließ das Zimmer.

»Diese Cambridge ist eine verdammt gute Werberin. Gerade mal zweiundzwanzig, frisch von der Agentenschule. Eigentlich wollte sie lieber zu A.H.E.M., aber die haben sie nicht genommen – diese Knallköpfe! Dafür haben wir sie gekriegt, nicht wahr?«

Mary nickte unsicher. Sie hatte nicht die geringste Ahnung, worum es ging.

»Ach, ich bin aber auch ein Esel«, schimpfte Red mit sich selbst. »Emma hatte bestimmt wenig Zeit, dir von S.H.H. und den Unterabteilungen zu erzählen. Ich sollte schleunigst dafür sorgen, dass du im Bilde bist, nicht wahr?«

»Ja, bitte«, sagte Mary eifrig.

Nachdenklich kraulte sich Red den kupferfarbenen Bart. »S.H.H. ist natürlich ein Akronym. Die Buchstaben stehen für Still, Heimlich & Hellhörig. Wir sind eine Organisation, die für die Sicherheit unseres Landes sorgt. Unsere Hauptaufgabe besteht darin, geheime Informationen zu sammeln, um Großbritannien vor Feinden zu schützen …«

Bevor er fortfahren konnte, öffnete sich quietschend seine Bürotür. Mary schlug das Herz bis zum Hals. In

Knöchelhöhe tauchte das Gesicht eines Katers auf, und Peebles schlich ins Zimmer. Er wirkte sehr zielstrebig und trug ein kleines unförmiges Päckchen, das man ihm an einem Geschirr um den Leib geschnallt hatte.

»Ah, Peebles«, sagte Red. »Was bringst du uns denn Feines? Ich erwarte eigentlich gar keine Lieferung.«

Der Kater schenkte ihm keine Beachtung und ging hinüber zu Marys Stuhl, wobei das Päckchen auf seinem Rücken hin und her wackelte. Er setzte sich vor ihre Füße und ließ ein gefühlvolles Miau verlauten.

»Scheint für dich zu sein«, sagte Red. »Hast du etwas beim Zimmerservice bestellt?«

Mary war perplex. »Ist das … ist das etwa mein Frühstück?« Sie beugte sich hinunter und machte vorsichtig das Päckchen los. Sie legte es sich auf den Schoß, packte es aus und fand darin zwei Sandwiches mit warmem Speck. »Vielen Dank, Peebles«, sagte Mary. Sie strich dem Kater über den seidigen schwarzen Kopf, und er begann zu schnurren. »Wahnsinn«, sagte Mary und nahm ein Sandwich in die Hand. »Ich hätte nie gedacht, dass mir mal ein Kater mein Frühstück serviert!«

»Geht nicht anders«, sagte Red. »Die Hotelangestellten dürfen nicht auf dieses Stockwerk hoch. Peebles kommt uns da sehr zugute. Er bringt uns die Morgenpost, kleinere Büroartikel und kann sogar leichte Mahlzeiten tragen. Anders als wir Menschen ist er nicht auf die Geheimtüren angewiesen. Irgendwie schafft er es, sich unter den Fußbodendielen herzuschleichen, er kann sich durch die kleinsten Öffnungen quetschen und kommt fast überall hoch. Er ist ein hoch geschätzter Mitarbeiter hier bei P.S.S.T. Nun denn … Wo war ich stehen geblieben?« Red strich sich nachdenklich über den Bart. »Ah ja, ich wollte dir von S.H.H. erzählen –

S.H.H. ist in mehrere kleine Abteilungen unterteilt, zu denen auch P.S.S.T. gehört. Jede Unterabteilung beschäftigt sich mit einem eigenen Spezialgebiet, aber alle Gebiete haben mit Spionage zu tun. *Spionieren* – verstehst du?«

Mary machte große Augen. »Mmh«, sagte sie, den Mund voll mit weichem Brot und knusprigem Speck.

»Insgesamt gibt es sechs Abteilungen. Drei davon befassen sich mit so genannter ›Feldforschung‹. Das heißt, sie alle haben ihre eigenen Agenten engagiert, die sie regelmäßig mit Aufträgen losschicken. Die anderen drei Abteilungen operieren sozusagen hinter den Kulissen. Sie stellen für die ersten drei Abteilungen Informationen und den ganzen Kleinkram zur Verfügung, den man als Agent braucht, um seine Mission zu erfüllen.«

»Und was ist P.S.S.T. für eine Abteilung?«, fragte Mary, mit zerlaufener Butter am Kinn.

»Wir sind eine der ›Feldforschungs‹-Abteilungen«, sagte Red, »zusammen mit A.H.E.M. und V.O.O.F.S.«

»P.S.S.T., A.H.E.M. und V.O.O.F.S.«, wiederholte Mary für sich.

»A.H.E.M. steht für Akquise Hilfreichen & Einträglichen Materials«, erklärte Red. »Deren Spionageteam ist für das Sammeln von Informationen zuständig. Und dann haben wir noch die V.O.O.F.S., die Verdeckte Observation und Obstruktion Feindlicher Spionage. *Deren* Spione versuchen feindliche Agenten daran zu hindern, Geheimnisse über *uns* herauszufinden.«

»Ach so«, sagte Mary. Sie sah, dass Peebles ihr auf den Schuh sabberte, und gab ihm ein winziges Stück Speck.

»Und schließlich«, sagte Red und rückte stolz seine Strickkrawatte zurecht, »gibt es noch die Abteilung P.S.S.T. – das steht für Personenjagd auf Schelme, Schurken und

Treulose. Weißt du, Mary«, sagte Red und senkte die Stimme. »Nicht jeder steht loyal hinter seinem Land. Es gibt Menschen, die würden sogar ihre Mitbürger ans Messer liefern, um dem Feind zu helfen.«

»Aber warum?«, fragte Mary.

»Das kann die verschiedensten Gründe haben«, sagte Red. »Manche sind enttäuscht von der Regierung, manche werden bestochen ... Und andere sind einfach hinter dem Geld her. Ein dicker Packen Geldscheine kann *außerordentlich* überzeugend sein! Diese Leute nennen wir Schelme, Schurken und Treulose, und es ist unsere Aufgabe, sie aufzuspüren.«

»Was sind das für Leute?«, fragte Mary.

»Alles querbeet«, sagte Red ernst. »Das ist die traurige Wahrheit, Mary, aber Treulose sind überall – es soll sogar schon welche gegeben haben, die sich bei S.H.H. eingeschlichen haben. Ein Verräter bei S.H.H. kann eine sehr gefährliche Sache sein. Stell dir nur vor, Mary: Er könnte geheime Akten einsehen, er könnte anderen verraten, von wo aus die Abteilung operiert, und schlimmstenfalls könnte er eine Mission zum Scheitern bringen. Erst vor zwei Jahren haben wir die Sekretärin des Chefs der S.H.H. abgefangen, die vertrauliche Dokumente aus dem Land schmuggeln wollte. Sie hieß Mavis Hughes und landete schließlich hinter Gittern. Da wird sie auch noch lange sitzen. Ach, Mary, ich kann dir sagen, S.H.H.-Mitarbeiter, die die Seite wechseln, sind die schlimmsten Feinde, die man sich vorstellen kann. Sie sind verteufelt raffiniert und furchtbar schwer zu kriegen.«

»Ich glaube, ich verstehe«, sagte Mary. Ihr rauchte schon der Kopf. »A.H.E.M. spioniert für die Guten. V.O.O.F.S. versucht die Bösen am Spionieren zu hindern, und P.S.S.T.

versucht die Bösen zu kriegen, die so tun, als wären sie die Guten.«

»Richtig«, sagte Red. Er wirkte sehr zufrieden.

»Und die anderen Abteilungen?«, fragte Mary und kraulte Pebbles unterm Kinn. »Gehört B.A.F.F. auch dazu? Trudy sagte etwas davon. Ich glaube, sie war gerade dabei, einer gewissen Miss Feathers einen Brief zu schreiben.«

»Ach ja, die gute alte Deirdre Feathers«, sagte Red und lächelte liebevoll. »Wir waren zusammen auf der Agentenschule ...«

»Agentenschule ...?«

»Ja«, sagte Red. »Das ist eine Fachhochschule für Leute, die sich beruflich in Richtung S.H.H. orientieren wollen. Jedenfalls war Deirdre eine ganz schöne Streberin. Immer steckte ihre Nase in irgendeinem Buch. Hat Informationen aufgesaugt wie ein Schwamm. Ich habe das damals schon geahnt, dass sie einmal bei der B.A.F.F. Karriere machen würde. Das ist die Rechercheabteilung«, erklärte Red. »B.A.F.F. steht für Beschaffung Aussagekräftiger Fakten und Faktoren.«

»Und die anderen beiden?«, fragte Mary und kaute eifrig ihr Sandwich.

»E.I.C.S. steht für Entwerfen Ingeniöser Codes und Schlüssel. Die denken sich die verschiedensten Methoden aus, mit denen Spione geheime Botschaften schicken können. Und schließlich gibt es noch die P.I.N.G. – Produktion Irrsinnig Nützlicher Gerätschaften. Diese Abteilung entwickelt die unglaubliche Ausrüstung, die unsere Spione bei der Arbeit einsetzen.«

»Ist es schwer, ein Spion zu sein?«, fragte Mary und überlegte, welche Kurse man wohl auf der Agentenschule belegen musste.

Red schwieg. »Bist du fertig mit dem Frühstück?«, fragte er.

»Fast«, sagte Mary. Sie schlang den letzten Bissen ihres Sandwiches runter und nahm einen riesigen Schluck Tee (von dem ihr die Hälfte wieder aus der Nase kam). Red wartete, bis sie sich von ihrem Hustenanfall erholt hatte. Dann bat er sie, ans Fenster zu treten.

»Schau doch mal da runter, Mary. Was siehst du?«

»Ähm …«, sagte Mary zögernd. Sie war es nicht gewohnt, derart gefordert zu werden. »Einen … einen Mann, der eine Tüte Kartoffelchips isst.«

»Gut«, sagte Red. »Was noch?«

»Eine alte Frau mit einer Einkaufstüte. Eine … eine Frau mit Kinderwagen.«

»Nette, normale Leute«, sagte Red, »die ganz alltägliche Dinge tun.«

»Ja«, stimmte Mary zu.

»Und in neunundneunzig von hundert Fällen ist es auch genau so«, sagte Red. »Aber dann ist da noch dieses eine Prozent.«

»Wie meinen Sie das?«

»Jede der Personen, die du mir gerade beschrieben hast, könnte ein Spion sein«, sagte Red und setzte sich wieder auf den Rand des Schreibtischs. »Spione sind eine verflucht schlaue Spezies. Nur ein ganz besonderer Typ Mensch ist in der Lage, unauffällig irgendwo aufzutauchen und den Eindruck zu erwecken, er sei ein vollkommen normaler Mensch. Äußerlich unterscheiden sich Spione nicht im Geringsten von all den Leuten, die da draußen herumlaufen, aber das ist reine Täuschung. In Wirklichkeit sind sie einzig und allein darauf aus, ihre Mission zu erfüllen.«

»Dauert es lange, bis man gelernt hat, Spion zu sein?«,

fragte Mary. Sie setzte sich hin und nahm Peebles auf den Schoß.

»Ah«, sagte Red. »Eine gute Frage.« Er runzelte die Stirn. »Meiner Meinung nach, Mary, wird man weniger zum Spion gemacht als zum Spion geboren. Es gibt Leute, die könnten ihr ganzes Leben auf der Agentenschule verbringen und würden es doch nie schaffen. Dann wiederum hole ich mir eine x-beliebige Person von der Straße, und die hat in null Komma nichts alle Fähigkeiten drauf. Es hängt immer davon ab, ob jemand ein Naturtalent ist oder nicht!« Red drückte seine ausgestreckten Zeigefinger aneinander und bedachte Mary mit einem vieldeutigen Blick.

Sie zappelte unruhig auf ihrem Platz und merkte, dass sie rot wurde. »Emma hat gemeint, ich wäre ausgesucht worden, um Spion zu werden.«

»Genau so ist es«, sagte Red, »und du hast überhaupt keinen Grund, so ein besorgtes Gesicht zu machen. Du hast eimerweise Talent. Genau genommen ist mir noch nie jemand untergekommen, der für diesen Beruf geeigneter wäre. Aber jetzt«, sagte Red in geschäftigem Ton, »haben wir noch ein paar Minuten Zeit, ehe ich dich den Kollegen vorstelle. Hast du vielleicht irgendwelche Fragen?«

»Mhm«, machte Mary. Ausdruckslos starrte sie auf Reds haarige Zehen, die aus seinen Sandalen hervorschauten, und versuchte, sich eine möglichst intelligente Frage auszudenken. Wenn Red sie für schlau genug hielt, um Spionin zu werden, sollte sie sich davor hüten, etwas Dummes zu sagen.

»Wo sind A.H.E.M., B.A.F.F. und E.I.C.S. und P.O.N.G. …«

»Du meinst P.I.N.G.«, sagte Red.

»Ach so, ja«, stammelte Mary. »Jedenfalls, Emma meinte,

dass sie über ganz London verteilt wären, und zwar befänden sie sich dort, wo man überhaupt nicht damit rechnen würde.«

»Ganz recht«, sagte Red. »Sie sind in den unterschiedlichsten Gebäuden untergebracht. S.H.H. und seine verschiedenen Unterabteilungen sind unauffällig über ganz London verstreut. Wir sitzen im zweiten Stock dieses Hotels, A.H.E.M. hingegen ist zum Beispiel in einem recht berühmten Museum untergebracht.« Schuldbewusst biss sich Red auf die Unterlippe. »Das hätte ich dir eigentlich gar nicht sagen dürfen. Die Adressen sind nämlich streng geheim, weißt du.«

»Warum?«, fragte Mary.

Red nahm eine ernste Haltung an. »Die Informationen, die in diesen vier Wänden archiviert werden, wären für unsere Feinde die reinste Goldgrube«, sagte er. »Wir besitzen Akten über jeden einzelnen Angestellten und Daten zu jeder Mission, in die P.S.S.T. jemals involviert war. Außerdem bekommen wir regelmäßig Besuch von anderen Spionen. Wenn unsere Feinde wüssten, wer diese Spione sind, wären alle Missionen zum Scheitern verurteilt. Du kannst nicht verdeckt operieren, wenn jeder weiß, wie deine Nase aussieht.«

»Verstehe.« Noch bevor Mary auf andere Fragen kommen konnte, klingelte ein altmodisches schwarzes Telefon auf Reds Schreibtisch.

»Wenn du mich einen Augenblick entschuldigen würdest«, sagte Red. Er nahm den Hörer ab. »Jellicoe am Apparat«, sagte er mit heiterer Stimme in die Sprechmuschel. Seine Gesichtszüge wurden schlaff. »Natürlich, Chef. Ja, ja. Ich nehm alles auf meine Kappe. Die Situation steht auf Messers Schneide? Na, das würde ich so nicht sagen. Das halte ich für übertrieben.« Red versuchte, einen munteren Tonfall anzuschlagen. »Das renkt sich schon wieder ein.«

Mary war etwas mulmig zu Mute. Normalerweise hörte sie gern anderen Leuten beim Telefonieren zu, aber nur dann, wenn sie überhaupt keine Ahnung hatte, worum es in den Gesprächen ging. Sie hob Peebles auf den Arm und ging hinüber ans Fenster.

Auf der anderen Straßenseite versuchte ein Junge, seinen Hund von einem Laternenmast wegzuziehen. Der Junge sah angestrengt und genervt aus, wie er mit aller Kraft an der Leine seines Haustiers zog. Mary vermutete ein ordentliches Muskelpaket unter all dem struppigen Fell; entweder das oder der Hund war extrem stur, denn er wich keinen Zentimeter vom Fleck. Der Junge gab auf und lehnte sich gegen ein Geländer. Dann sah er hinüber zum Dampside-Hotel, und sein Blick blieb an Marys Fenster hängen. Sie erstarrte. Bestimmt wäre Red alles andere als begeistert, wenn sie von draußen gesehen wurde. Sie trat einen Schritt vom Fenster zurück und warf Red einen ängstlichen Blick zu. Doch der telefonierte immer noch.

»Passen Sie auf, Chef«, sagte Red sanft und zwirbelte das Telefonkabel um den Finger. »Es gibt wirklich keinen Grund, uns schon wieder einen Besuch abzustatten. Sie waren doch erst vor zwei Wochen hier. Ach, da fällt mir ein – haben Sie sich zufällig meinen kleinen Vorschlag noch mal durch den Kopf gehen lassen … Sie wollen also nicht? S.H.H. kann keine zusätzlichen Mittel aufbringen, sagen Sie? … Meine eigene Schuld? Ich habe das Geld mit offenen Armen zum Fenster rausgeworfen, sagen Sie?« Er lockerte seinen Kragen und schluckte mehrmals.

Mary hörte eine blecherne Stimme aus dem Telefonhörer. Die Stimme klang ziemlich verärgert.

»Jawohl«, sagte Red andächtig. »Das Spezialgeräte-Budget? Oh … ja … Ich denke, damit kommen wir hin … Vier Pfund neunzig. Ah. Sie haben Recht, Chef. Ja, ja. Da kommen wir natürlich ein bisschen ins Rudern. Vielleicht könnte man ja …« Red verzog das Gesicht und hielt den Hörer eine Armlänge von sich weg, während eine gewaltige Schimpftirade aus dem Hörer losbrach. Kurz darauf nahm er das Gespräch wieder auf. »Sie sind also felsenfest davon überzeugt, dass Murdo Meek … Der Fall ist also zu den Akten gelegt, ja? Gut, wie Sie meinen. Ja, und wie soll ich Ihrer Meinung nach meine Abteilung leiten, Chef? Das ist *mein* Problem. Ah ja. Verstehe. Aber das Geld wächst schließlich nicht auf den Bäumen. Vielleicht sollte ich *worüber* nachdenken?« Red sprang von seinem Schreibtisch. »DAS KOMMT ÜBERHAUPT NICHT IN FRAGE!«, brüllte er. Dann warf er Mary einen Blick zu und hielt kurz die Hand über die Sprechmuschel. »Bin gleich so weit«, flüsterte er.

Mary hockte sich hin und versuchte, Peebles zu beruhigen. Er war aus ihrem Arm gesprungen, als Red die Stimme erhoben hatte, und kauerte jetzt mit zuckendem Schwanz unter ihrem Stuhl.

»*Das* wird nicht nötig sein, Chef«, sagte Red entschlossen zu der Person am anderen Ende der Leitung. »Ganz sicher, Chef. Wenn Sie's genau wissen wollen – ich hab da schon was im Ärmel. Und wenn Sie mich jetzt entschuldigen wollen, ich habe eine wichtige Besprechung … Auf Wiederhören. Und *herzlichen* Dank für den Anruf.«

Red legte den Hörer auf die Gabel und grinste Mary verlegen an. »Das war die Chefin von S.H.H.«, sagte er. »Philippa Killingback. Wir … äh … haben hin und wieder eine kleine Meinungsverschiedenheit.«

FÜNFTES KAPITEL

Der Spion, der nicht zurückkam

Während sie sich dem Raum für »Streng geheime Missionen« näherten, strich sich Mary die Haare glatt und machte ihre Strickjacke bis obenhin zu. Sie wollte so gut wie möglich aussehen, wenn sie gleich vor das versammelte Kollegium trat. Da sie nun wusste, dass P.S.S.T. die Aufgabe hatte, alle Schurken und Treulosen Englands zu jagen, rechnete sie fest mit einer Riesenansammlung von Menschen im Raum.

Mary stellte sich die Mitarbeiter von P.S.S.T. als diszipliniertes, hart arbeitendes und dynamisches Team vor. Der Stille nach zu urteilen, die aus dem Raum drang, saßen sie wahrscheinlich aufmerksam mit gezücktem Notizblock da und warteten, dass die Besprechung anfing.

Red drehte den Türknauf, und als die Tür einen Spaltbreit aufging, hörte Mary eine einsame Stimme, die sagte: »Einundneunzig, zweiundneunzig, dreiundneunzig …« Es klang, als würde jemand die Anwesenden zählen. Die Tür ging noch ein Stück auf, und Red und Mary betraten den Raum.

Er war fast leer. Die Stuhlreihen, die sich Mary vorgestellt hatte, fehlten ebenso wie die riesige Menschenmenge. Am Tisch in der Mitte des Raums saßen sechs Personen. Mary entdeckte darunter auch Emma und Trudy. Beide hatten rosige Wangen und vermieden es, einander anzusehen, als hätten sie sich gerade gestritten. Statt eines Notizblocks hatte jeder am Tisch eine Teetasse in der Hand, das heißt, alle bis auf eine strickende Frau und einen kahlköpfigen Mann, der offenbar eingeschlafen war.

»Achtundneunzig, neunundneunzig«, sagte die ältere Frau, die ihre Maschen zählte. Die Stricknadeln klackerten eifrig vor sich hin, bis die Frau zufällig aufblickte und die beiden Neuankömmlinge entdeckte. Sie hörte auf zu stricken und piekte ihrem schlummernden Kollegen mit dem Zeigefinger zwischen die Schulterblätter. »Wach auf, Jagdish! Sie sind da. Wir können anfangen.«

Der schlafende Mann zuckte zusammen und gab ein kräftiges Schnauben von sich, ehe er verschwommen in Marys Richtung sah. »Groß ist sie ja nicht gerade, oder?«

»Klein, aber oho«, sagte die Frau und beäugte Mary interessiert. Sie selbst war klein und gebückt, mit grauem Flaum auf dem Kopf, Ohrsteckern in Form von Knöpfen und einem Nadelkissen an einem geflochtenen Bändchen um den Hals. »Hallo, süße Maus«, sagte sie freundlich. »Ich bin Izzie McMinn. Ich habe einen Platz für dich freigehalten.«

Sie klopfte auf den leeren Stuhl neben sich. »Emma, Liebes, gibt's noch ein Schlückchen Tee in der Kanne?«

Während Mary an ihrer Tasse Lapsang Souchong nippte, stellten sich die Leute am Tisch reihum vor. Izzie McMinn erklärte, dass sie bei P.S.S.T. die Schneiderin sei und die Aufgabe habe, die Spione auf ihren geheimen Missionen auszustaffieren. (Außerdem verriet sie, dass das unförmige

Stück Wolle zwischen ihren Stricknadeln eine Pudelmütze werden sollte.)

Der kahlköpfige Mann, der soeben noch im Tiefschlaf auf dem Tisch gelegen hatte, stellte sich als Jagdish Pappachan vor. Er zeigte Mary seine langen, tintenbeklecksten Finger und erzählte, er sei Fälscher und in der Lage, innerhalb von einer Viertelstunde einen falschen Pass herzustellen und außerdem jede Unterschrift der Welt zu fälschen.

Ein drahtiger alter Mann mit wettergegerbtem Gesicht und stoppligem Kinn sagte, sein Name sei Socrates Smith. Bis vor ein paar Jahren sei er selbst Spion gewesen, inzwischen aber als Berater tätig. Es war seine Aufgabe, die aktiven P.S.S.T.-Spione zu unterrichten und anzuleiten, das heißt, ihnen zu zeigen, wie man die neuesten Geräte, die aktuellsten Codes und andere nützliche Dinge verwendet.

Mary hatte sich schon gedacht, dass Emma und Trudy an der Sitzung teilnehmen würden, aber eine Person, mit der sie nicht gerechnet hatte, war Mrs Oliphant.

Mary erinnerte sich, dass es geheißen hatte, das Hotelpersonal habe keinen Zutritt zum zweiten Stock, aber wie sie jetzt erfuhr, gab es eine Ausnahme zu dieser Regel. Denn Edith Olpihant war, wie sie erklärte, sowohl die Direktorin des Dampside-Hotel, als auch die Sicherheitsexpertin von P.S.S.T. Sie hatte zu entscheiden, welche Personen das Hotel betreten durften, und sie musste dafür sorgen, dass keiner der Hotelgäste erfuhr, dass sich das Büro von P.S.S.T. im selben Haus befand.

»Sind das wirklich alle?«, sagte Mary und versuchte ihre Enttäuschung zu überspielen. Sie konnte immer noch nicht glauben, dass P.S.S.T. gerade mal so groß wie eine Basketball-Mannschaft war. Wie konnte ein so kleines Team in der Lage sein, mit sämtlichen Schurken und Treulosen des Landes fertig zu werden?

»Nicht ganz«, sagte Red von seinem Platz am Kopfende des Tisches. »Es fehlen ein paar Leute. Nathan Slipper zum Beispiel.«

Einen kurzen Moment glaubte Mary, gesehen zu haben, wie Edith bei der Erwähnung des jungen Mannes zusammenzuckte.

»Nathan hat gerade an der Agentenschule seinen Abschluss gemacht«, sagte Red heiter.

»Und zwar mit ziemlich mittelmäßigen Noten«, warf Edith mit teilnahmsloser Miene ein.

»Und ich habe ihn als Ediths zweiten Mann eingestellt«, sagte Red und ließ den Blick über einen Stapel Mappen vor ihm auf dem Tisch schweifen. »Natürlich erstmal vorübergehend.«

»Er hat drei Monate Probezeit, um zu beweisen, dass er dem Job gewachsen ist … Sonst fliegt er«, sagte Edith streng.

Red nahm eine türkisfarbene Mappe aus dem Stapel. »Sollte ich mich dazu entschließen, Nathan fest anzustellen, wird er genau wie alle anderen in den zweiten Stock dürfen, aber bis dahin hat der Junge hier leider nichts verloren. Nun denn«, sagte er und sah die losen Blätter in der Mappe durch, »jetzt sollten wir aber wirklich loslegen.«

»Was ist mit den anderen?«, sagte Socrates mit mürrischer Stimme. »Es fehlen immer noch drei P.S.S.T.-Leute. Setzen Sie lieber unsere Kleine in Kenntnis, was mit Miles und Bob und Angela passiert ist.«

Kaum hatte er diese Namen ausgesprochen, verstummten die anderen im Raum.

Red runzelte die Stirn. »Ich war gerade dabei «, sagte er.

»Wie geht's denn unseren Jungs?«, fragte Izzie und verschränkte die Finger. »Ich will doch sehr hoffen, dass sie auf dem Weg der Besserung sind.«

»Miles hat noch die Beine in Gips, aber sein Zustand ist stabil«, erwiderte Red. Seine Miene wurde ernst. »Bob hat sich leider noch nicht erholt. Die Ärzte sagen, es könnte noch Monate dauern.«

»Was ist denn mit Bob?«, flüsterte Mary Izzie ins Ohr.

»Der arme Kerl ist völlig jenseits«, murmelte Izzie. »Er liegt im Krankenhaus und starrt an die Decke. Er sagt kein Wort. Ganz schlimme Sache.«

»Ich will nicht lange um den heißen Brei herumreden«, sagte Red und erhob sich. Er ging hinüber zu der Wand, an der eine große Karte befestigt war. »Einer unserer Spione ist weg und die anderen beiden haben Glück, dass sie noch am Leben sind. Ich würde fast sagen, wir haben's hier mit einem Feind von der übelsten Sorte zu tun – und wir sollten die Möglichkeit nicht ausschließen, dass es sich bei dem gesuchten Schurken um Murdo Meek handelt.«

»Papperlapapp!«, sagte Socrates mit finsterer Miene. »Meek ist seit zehn Jahren tot. Ich war selbst dabei, als er in den Tod sprang! Sie übrigens auch, Red – oder ist Ihnen das vielleicht entfallen?«

»Natürlich nicht«, sagte Red gereizt. »Aber ich kann nicht einfach ignorieren, was Angela kurz vor ihrem Verschwinden sagte. Ich weiß, es klingt aberwitzig, aber wir sollten berücksichtigen, dass Meek womöglich noch immer sein Unwesen treibt.«

Socrates gab ein unhöfliches Geräusch von sich. »Sie ticken doch nicht ganz sauber«, murmelte er.

Red überhörte die Bemerkung des alten Mannes und lenkte stattdessen die allgemeine Aufmerksamkeit auf die große Karte eines Dorfes, die hinter ihm an der Wand hing.

»Cherry Bentley«, sagte er finster. »Dort werden wir die Antworten finden – und jetzt will ich Ihnen erklären, wie ich vorzugehen gedenke.«

Die Besprechung schien sich stundenlang hinzuziehen, und Mary saß die meiste Zeit mit fest übereinander geschlagenen Beinen da, weil sie furchtbar dringend aufs Klo musste. Die Tasse Tee ganz auszutrinken, war ein Fehler gewesen, erkannte Mary jetzt. Etwa alle fünf Minuten meldete sie sich, um zu fragen, ob sie den Raum verlassen dürfe, aber niemand unterbrach die Besprechung, um sie zu Wort kommen zu lassen.

Red blieb die ganze Zeit über stehen, ein Stückchen Kreide in einer Hand und ein Blatt Papier aus der türkisfarbenen Mappe in der anderen. Hin und wieder kritzelte er ein paar Begriffe auf eine freistehende Schreibtafel. Mary zuliebe begann er damit, die Ereignisse zu schildern, die zu dem rätselhaften Verschwinden der Spionin namens Angela geführt hatten, sowie das Unglück, das Miles und Bob, ihre beiden Kollegen, wenige Tage danach ereilt hatte.

Angela Bradshaw war schon seit vierzig Jahren im Spionagegeschäft, und von den drei P.S.S.T.-Spionen war sie bei weitem die Erfahrenste. Laut Red hatte sie mehr erfolgreiche Missionen erfüllt als Mary warme Mahlzeiten zu sich genommen hatte. Trotz ihrer beeindruckenden Referenzen war sie offenbar kalt erwischt worden, denn vor genau vierundzwanzig Tagen, am ersten Juli, war Angela spurlos verschwunden.

Der erste Juli war ein Samstag gewesen, ein Tag, an den sich Mary noch gut erinnerte. Sie hatte den Vormittag damit verbracht, im Garten hinter ihrem Haus einen Hindernisparcours für eine Ameisenfamilie zu bauen. Am Nachmittag war sie mit ihrem Vater auf den Trödelmarkt gegangen. Er hatte eine alte Armbanduhr gekauft, und sie hatte einen roten Plastiksattel für Chop gefunden (den er zu ihrer Enttäuschung nicht tragen wollte). Während Mary also damit beschäftigt gewesen war, Lockenwickler als Tunnels, Trinkhalme als Leitern und verschiedene andere ameisengerechte Hindernisse aufzustellen, befand sich Angela wohl gerade auf dem Rückweg von einer Mission in Essex. Sie kam aus Colchester, wo sie ein Mitglied der Regierung Ihrer Majestät beschattet hatte, das sich seit längerer Zeit auffällig benahm. (Wie sich herausstellte, gab es für seine Heimlichkeiten eine ganz unschuldige Erklärung. Er hatte für den vierzigsten Geburtstag seiner Frau eine Überraschungsparty organisiert. Sie sollte im Schloss von Colchester stattfinden, und alle Gäste sollten in mittelalterlichen Kostümen erscheinen – eine ziemlich extravagante Angelegenheit.)

Nachdem Angela herausgefunden hatte, was das Kabinettsmitglied im Schilde führte, war sie in ihr Auto (einen himmelblauen VW-Käfer) gesprungen und losgefahren, nach Süden in Richtung London. Schon nach wenigen Kilometern fing dummerweise der Motor des Käfers an zu stottern. Nachdem sie am Straßenrand angehalten, unter die Motorhaube geschaut und ein wenig am Motor herumhantiert hatte, beschloss sie, dass sie es mit ein bisschen Glück bis ins nächste Dorf schaffen könnte, wo es bestimmt irgendeine halbwegs vernünftige Werkstatt geben würde. An der nächsten Ausfahrt fuhr sie von der zweispurigen Fahrbahn ab und nahm Kurs auf das Dorf Cherry Bentley.

Den letzten halben Kilometer hatte sie das Auto schieben müssen, aber schließlich fand Angela eine Werkstatt und einen sympathischen Mechaniker namens Gert, der bloß einen raschen Blick in den kaputten Käfer warf und verkündete, dass die Reparatur sicher bis zum Nachmittag dauern werde. Gert hatte Angela vorgeschlagen, sich so lange Cherry Bentley anzuschauen, und empfahl ihr, unbedingt der Laubenpieper- und Kleingärtnershow einen Besuch abzustatten, die zurzeit in mehreren Zelten im Dorfpark stattfand.

Um fünf nach zwölf hatte Red eine sehr gesprächige Angela in der Leitung, die ihm den Sachverhalt schilderte und erklärte, sie werde den Rest des Tages in aller Ruhe durch Cherry Bentley tingeln. »Ich werd mir doch auch mal einen Nachmittag freinehmen dürfen, nicht?«, hatte sie gesagt.

Der nächste Anruf, den Red von Angela bekam, hatte sich jedoch ganz anders angehört.

Eine halbe Stunde später klingelte wieder sein Telefon. Angela klang atemlos und panisch, und sie brachte kaum ein Wort heraus. Routinemäßig wurde jedes Telefonat, das bei P.S.S.T. einging oder von P.S.S.T. aus geführt wurde, auf Band aufgenommen. Für gewöhnlich wurde das Gespräch von Trudy anschließend abgetippt und archiviert; das Band selbst wurde daraufhin vernichtet. Da dieses jedoch ein so kurzes und ungewöhnliches Telefonat war, hatte Red die Aufnahme mit Angelas Stimme behalten und spielte sie später den anderen auf einem kleinen Diktafon vor.

»Murdo Meek. Ich habe gerade seine Stimme gehört – kristallklar –, er hat gesagt: ›Wie ich sehe, hat Mrs Arbuthnots Gurke wieder den ersten Preis gewonnen.‹ *Er ist nicht tot.* Er ist hier im Gemüsezelt. MURDO MEEK!«

Angela hatte nicht noch einmal angerufen. Sie war auch bei P.S.S.T. nie eingetroffen. Die Kollegen hatten wenige

Tage später von ihr eine Postkarte erhalten – die Jagdash aber nach sorgfältiger Prüfung für eine Fälschung erklärt hatte.

Red nahm die Postkarte aus der türkisfarbenen Mappe, und Mary durfte sie lesen. Darauf stand mit blauem Kugelschreiber geschrieben:

Meine lieben Kollegen,
vielleicht habe ich euch fälschlicherweise zu der Annahme verleitet, ich hätte die Stimme eines unserer alten Kontrahenten gehört. Natürlich war das keineswegs der Fall. Ich habe das Gefühl, allmählich den Verstand zu verlieren, und denke, es ist an der Zeit, den Job an den Nagel zu hängen und mich auf Barbados zur Ruhe zu setzen. Ich kann Abschiedsszenen nicht ertragen, also hoffe ich, dass ihr Verständnis habt, wenn ich davon absehe, euch persönlich Lebewohl zu sagen.
Alles Gute,
eure Angela

Red hatte sofort die Chefin von S.H.H. konsultiert, und sie hatte der P.S.S.T.-Belegschaft zugestimmt, dass Angela unmöglich Murdo Meek über den Weg gelaufen sein konnte, da dieser seit Jahren tot sei. Als sie jedoch von der falschen Postkarte hörte, musste sie zugeben, dass es ratsam wäre, einen weiteren Spion nach Cherry Bentley zu schicken, der nach Angela suchen sollte.

Miles erhielt eine falsche Identität (Jimmy James) und einen fiktiven Beruf (Fensterputzer). Er wurde umgehend mit dem Auftrag losgeschickt, das Dorf so gründlich wie möglich nach Hinweisen auf Angelas Schicksal zu durchkämmen. Dummerweise wurde seiner Fensterputzerkarriere (genau wie seiner Misson) schon nach zwei Tagen ein Ende gesetzt, als er von einer Leiter stürzte und sich beide Beine brach. Bob war der nächste Spion, der ins Dorf geschickt wurde. Er gab sich als Künstler namens Hugo Toogood aus und verbrachte den ersten Tag damit, durch Cherry Bentley zu streifen, Skizzen von verschiedenen Gebäuden anzufertigen (und dabei in der Gegend herumzuschnüffeln). Doch noch am selben Abend entdeckte man ihn vollkommen hysterisch auf dem Boden einer Telefonzelle, und seitdem hatte man kein vernünftiges Wort mehr aus ihm herausbekommen.

Von diesem Zeitpunkt an begann die Sache immer schlechter zu laufen. Von Angela gab es nicht die geringste Spur, und es war kein Spion mehr übrig, den man hätte einsetzen können. Hinzu kam, dass das Budget von P.S.S.T. in Besorgnis erregendem Maße geschrumpft war. Also fasste Red den Entschluss, bei der Chefin von S.H.H. zusätzliche Gelder zu beantragen, um die Suche nach Angela fortsetzen zu können – aber Philippa Killingback hatte den Antrag abgewiesen. Ihrer Ansicht nach seien Miles und Bob weniger durch das Wirken finsterer Mächte als aus eigener Blödheit und Unfähigkeit im Krankenhaus gelandet. Als Red darauf beharrte, dass dort irgendetwas nicht mit rechten Dingen zuginge, hatte er nichts als Spott geerntet.

Doch Red wollte sich nicht geschlagen geben. Wenn er hier und da in der Abteilung ein paar Kürzungen vornahm, könnte er vielleicht genügend Geld zusammenkratzen, um einen neuen Spion mit einer weiteren Mission zu beauftragen. Er konnte es sich nicht leisten, einen der Topspione zu engagieren – zudem waren alle Spione, die für V.O.O.F.S. und A.H.E.M. arbeiteten, mit eigenen Aufträgen beschäftigt – also sprach er mit einigen Absolventen der Agentenschule, in der Hoffnung, unter ihnen einen Überflieger zu finden. Zu seiner Enttäuschung war niemand dabei, der in Frage gekommen wäre.

Langsam, aber sicher begann Red, den Mut zu verlieren. Er wusste, dass P.S.S.T. nur noch eine Chance hatte, herauszufinden, was mit Angela in Cherry Bentley passiert war. Er kam immer mehr zu der Überzeugung, dass ihr Verschwinden, Miles' Unfall und der durchgedrehte Bob irgendwie miteinander zusammenhingen. Er *musste* einen Spion finden, der dem Fall gewachsen war. Dann ging ihm auf, dass sowohl Miles als auch Bob hoch qualifizierte Agenten waren, und doch hatte sie jemand in Cherry Bentley sofort durchschaut und außer Gefecht gesetzt; Angela hatte fast vierzig Jahre Spionageerfahrung, und dennoch war sie spurlos verschwunden.

Red kam zu dem Schluss, dass es sinnlos wäre, nach demselben Schema einen dritten Spion loszuschicken. Er musste das Problem anders anpacken. Der neue Plan musste frisch und originell sein. Er musste genial sein – nicht mehr und nicht weniger.

Die zündende Idee kam ihm relativ schnell (nämlich auf dem oberen Deck eines Doppeldeckerbusses). *Er würde ein Kind als Spion einsetzen.* Seines Wissens war in der ganzen Geschichte der S.H.H. noch nie jemand unter achtzehn Jahren in den Dienst gestellt worden. Wer auch immer in Cherry Bentley sein Unwesen trieb, ob einer oder mehrere, würde niemals ein Kind verdächtigen, auf der Gehaltsliste der S.H.H. zu stehen. Einem Kind würde es leicht fallen, sich in das Dorf einzuschleusen und der Sache auf den Grund zu gehen.

An diesem Punkt in der Besprechung fragte Red, ob es Fragen gäbe, und sofort schnellten ein halbes Dutzend

Hände in die Höhe. Zum Glück streifte Mary (die sich ziemlich heftig meldete) mit der Hand leicht Reds Nase und kam als Erste dran.

Auf dem Weg zurück von der Toilette hörte Mary lautes Stimmengewirr aus dem Raum für »Streng geheime Missionen«.

Als sie die Tür öffnete, stellte sie fest, dass alle durcheinander redeten. Socrates brüllte am lautesten, und hin und wieder knallte er die Faust auf den Tisch. Die Einzige, die sich nicht an der Diskussion zu beteiligen schien, war Izzie. Sie hatte wieder ihr Strickzeug zur Hand genommen und murmelte Zahlen vor sich hin.

»Was ist denn hier los?«, flüsterte Mary und nahm wieder neben der Schneiderin Platz.

Izzie verdrehte die Augen. »Die streiten sich darum, wer dich auf deine Mission begleiten soll. Ich fürchte, ich werde nicht mitfahren können, Schätzchen. Dann ist niemand zu Hause, der auf Gerald, Blinkie und Flauschzottel aufpasst.«

»Ihre Katzen?«

»Nein, Schätzchen. Meine roten Vogelspinnen.«

Socrates schlug noch ein paar Mal auf den Tisch ein. »Dann ist es doch logisch, dass ich derjenige bin«, brüllte er und deutete stolz auf die eigene Brust. »Wenn's um verdeckte Ermittlung geht, bin ich schließlich ein alter Hase. Mary wäre bombensicher bei mir aufgehoben. Was wisst ihr denn schon von Missionen? Überhaupt nichts wisst ihr!«

»Er hat schon immer seinen Schreibtischjob gehasst«, sagte Izzie und lehnte sich vertraulich zu Mary herüber. »Nach seiner Hüftoperation musste er das Spionieren an den Nagel hängen. Er war so schwach, dass er sich nicht mal ein Butterbrot schmieren konnte. Ich wusste, er würde alles tun, um dich zu begleiten. Der gute Junge.«

»Ich will mich ja nicht aufdrängen«, sagte Jagdish vernehmlich, »aber im Babysitten habe ich jede Menge Erfahrung. Ich habe fünf Enkel – und ich kann hervorragend Nasen abputzen, Geschichten vorlesen und solche Sachen.«

»Ach je«, sagte Izzie aus ihrer Ecke. »Aber *er* ist auch nicht der Richtige für den Job. Der arme alte Jagdish leidet schrecklich an Heuschnupfen. In dem kleinen ländlichen Dorf würde er von morgens bis abends nur niesen.«

»Als Werbeoffizier«, sagte Emma und warf sich den blonden Zopf über die Schulter, »bin ich der Meinung, dass *ich* die Rolle von Marys Vormund übernehmen sollte. Wir haben ein gutes Verhältnis aufgebaut und ich wäre gern diejenige, die ein Auge auf sie hat.«

»Das heißt aber, Sie müssten so tun, als wären Sie ihre Mutter«, sagte Edith hochmütig, »und dazu sind Sie viel zu jung. Ich hingegen bin –«

»Komplett durchgedreht«, sagte Trudy und warf einen empörten Blick in die Runde. »Genau wie alle anderen hier. Kleine Mädchen gehen zum Ballett und nehmen Klavierunterricht, aber man schickt sie nicht auf gefährliche Missionen. Der Plan ist völlig absurd! Das kann ja nur in die Hose gehen!«

»Hallo?«, sagte Red und musste sich ziemlich anstrengen, um sich Gehör zu verschaffen. »Könntet ihr bitte einen Augenblick still sein und mir zuhören!«

Niemand beachtete ihn.

»RUHE!«, donnerte Edith und richtete ihren bohrenden Blick auf jeden Einzelnen. Ihr strenger Tonfall und der drohende Blick ließen alle sofort verstummen.

»Danke«, sagte Red. Missbilligend schüttelte er den Kopf. »Mit diesem Hickhack verschwenden wir nur unsere

SECHSTES KAPITEL

Gutenachtgeschichte

K aum hatte Red verraten, wer Mary begleiten sollte, schnappte die ganze Belegschaft verblüfft nach Luft, und Izzie ließ gleich eine ganze Reihe Maschen fallen.

»Sie wird bewusstlos! Schnell, fangt sie auf!«, rief Jagdash, als sich Trudys Augen verdrehten und sie langsam vom Stuhl rutschte.

Emma reagierte am schnellsten und war als Erste an der Seite der ohnmächtigen Sekretärin. Sie bettete Trudys Kopf auf ihren Schoß und bat um ein Glas Wasser. »Muss wohl der Schock gewesen sein«, sagte Emma und fühlte Trudys Puls. »Sie ist einfach umgekippt, nicht?«

»Ach, du liebe Zeit«, sagte Red. »Ein bisschen mehr Standvermögen hätte ich ihr schon zugetraut.«

Ach, du liebe Zeit – das kann man wohl sagen, dachte Mary unglücklich. Sie war sehr enttäuscht darüber, wen Red zu ihrer Begleitung auserkoren hatte – und offenbar war sie nicht die Einzige.

»Die Entscheidung kann man in der Pfeife rauchen«, sagte Socrates verärgert, und ein paar andere stimmten ihm zu. »Darf ich fragen, was gegen *mich* spricht?«

Red trat vor die Tafel und unterstrich den Namen

MURDO MEEK, der in dicken Großbuchstaben dastand. »Sollte dieser Mann noch am Leben sein«, sagte er, »und sollte er sich tatsächlich irgendwo in Cherry Bentley aufhalten, könnte er Sie erkennen. Die ganze Mission wäre in Gefahr, wenn Sie auch nur einen Fuß in dieses Dorf setzten.«

Socrates schäumte vor Wut. »Murdo Meek weilt nicht mehr unter den Lebenden«, sagte er, »dafür lege ich meine Hand ins Feuer. Außerdem«, fügte er grollend hinzu, »war es in jener Dezembernacht stockfinster. Selbst wenn mich Meek gesehen hätte, hätte er kaum etwas erkennen können.«

»Nun, für mich steht die Sache fest«, sagte Red entschlossen. »Trudy wird Mary auf ihre Mission begleiten, und außerdem habe ich vor, Nathan als Helfer hinzuzubitten. Er kann zum Beispiel prima Botschaften überbringen.«

»Nathan?«, sagte Edith schockiert. »Haben Sie sich das gut überlegt? Der Junge ist nicht gerade eine Leuchte.«

»Ich habe vollstes Vertrauen in ihn«, sagte Red. »Außerdem kann ich sonst niemanden hier wegholen, was bleibt mir also übrig.«

Lautstarker Protest erhob sich, worauf Red erklärend fortfuhr: »Edith muss auf ihrem Posten bleiben und das Hotel bewachen, Jagdish fängt an zu schniefen, wenn er nur einen Grashalm von weitem sieht, Izzie kann ihre Spinnen nicht verlassen, sowohl Socrates als auch ich könnten von Meek erkannt werden, und Emma wird vollauf damit beschäftigt sein, Trudy zu vertreten.«

»Wie bitte?«, sagte die Sekretärin, die gerade wieder zu sich gekommen war.

»Ich?«, sagte Emma.

»Sie?«, sagte Trudy benommen. »Nein! Das lasse ich nicht zu!« Mühsam rappelte sie sich hoch. »Meine ganzen Akten kommen durcheinander!«

»Meine Schreibmaschinenkenntnisse lassen sehr zu wünschen übrig«, sagte Emma und warf Red einen bittenden Blick zu. »Könnten Sie sich das nicht noch mal überlegen? Ich würde viel lieber mit nach Cherry Bentley fahren.«

»Nein!«, brüllte Red. Allmählich wurde er nervös. »Sie sind zu jung, um Marys Mutter zu spielen, Trudy hingegen hat genau das richtige Alter.«

»Aber wir sehen uns überhaupt nicht ähnlich«, jammerte die Sekretärin.

»Das vielleicht nicht«, stimmte Red ihr zu, »aber Izzie kann da Wunder wirken.«

»Ich werde mich nicht als alte Schachtel verkleiden«, sagte Trudy tonlos. Mit Emmas Hilfe schaffte sie es auf die Beine. »Zufällig bin ich stolz auf meine gepflegte Erscheinung.«

Stimmt irgendetwas nicht mit meinen Sachen?, dachte Mary und ließ den Blick über ihre braune Strickjacke und die bequemen Turnschuhe schweifen. Sie hatte sich extra Mühe gegeben, um an ihrem ersten Arbeitstag bei P.S.S.T. hübsch auszusehen, und konnte überhaupt nicht nachvollziehen, warum Trudy ihr unterstellte, sie kleide sich nachlässig.

»Was meinen Sie, Izzie?«, sagte Red. Er wandte sich an die Schneiderin von P.S.S.T. »Schaffen Sie das, ein paar schicke Sachen für Trudy zusammenzustellen? Nichts allzu Schlichtes, versteht sich.«

»Das dürfte machbar sein«, sagte Izzie und betrachtete eindringlich die magere Trudy von oben bis unten. »Vielleicht etwas aus Leinen ..., und ich hätte da noch etwas Stoff aus diesem Nobelkaufhaus. Mal sehen ..., ja ..., ein halbes Dutzend Knäuel Kaschmirwolle müssten auch noch da sein –«

»Kaschmir?«, sagte Trudy und zog eine dünne Augenbraue nach oben. Dann runzelte sie die Stirn. »Nein, nein, nein. Mit dieser Schnapsidee will ich nichts zu tun haben! Ein Kind auf eine Mission zu schicken! Das ist doch vollkommen aberwitzig!«

»Ich würde es eher als ›gewagt‹ bezeichnen«, sagte Red. »Aber wenn wir die Sache nicht durchziehen, werden wir vielleicht nie erfahren, was Angela zugestoßen ist.«

»Angela«, sagte Trudy und biss sich auf die Unterlippe. Mit betrübter Miene ließ sie sich auf ihren Stuhl sinken.

Red warf seiner Sekretärin ein aufmunterndes Lächeln zu. »Sie sind die ideale Kandidatin für den Job«, sagte er, und um zu betonen, für *wie* ideal er sie tatsächlich hielt, schrieb er das Wort an die Tafel und umkringelte es drei Mal. »Sie sind intelligent, kompetent, Sie bewahren immer einen kühlen Kopf ...«

»Aber nicht gerade der mütterliche Typ, oder?«, sagte Socrates. Er schien noch immer nicht akzeptieren zu wollen, dass er als Begleitung nicht in Frage kam. »Muss man als Mutter nicht warmherzig und liebevoll sein? Trudy scheint mir da nicht die optimale Besetzung.«

Izzie warf Socrates einen strengen Blick zu. »Kümmern Sie sich bloß nicht um den alten Quatschkopf, Trudy«, sagte sie. »Er ist bloß bockig, weil er seinen Willen nicht bekommen hat. Es gibt jede Menge harte, strenge und dominante Mütter. Ich bin überzeugt, so eine kriegen Sie locker hin.«

Trudy funkelte sie wütend an.

»Gut, das heißt also, Sie nehmen die Herausforderung an?«, sagte Red mit sanfter Stimme zu seiner Sekretärin.

Sie nickte widerwillig. »Also gut«, sagte sie. »Ich fahre. Wenn sich dadurch die Chancen erhöhen, Angela zu finden – wie könnte ich da nein sagen?«

»Schön«, sagte Red und stieß einen tiefen Seufzer aus. »Da fällt mir ein Stein vom Herzen.« Er klatschte in die Hände. »Nun denn, Leute. Hört zu. Ich habe vor, Mary am Samstag loszuschicken, das heißt, wir haben noch genau vier Tage, um sie auf alles vorzubereiten. Emma, ich möchte, dass Sie mir mit den Decknamen für Mary und Trudy behilflich sind. Izzie – Sie werden wie ein Weltmeister nähen müssen. Wir brauchen zwölf verschiedene Garderoben für jeden. Jagdish, würden Sie sich gleich ans Fälschen der Papiere machen? Und Socrates – Sie haben den allerwichtigsten Job. Sie müssen Mary in die Kunst der Spionage einweihen. So, Freunde, das wär's. An die Arbeit!«

Nach der Besprechung polterte Socrates mit finsterem Blick aus dem Raum für »Streng geheime Missionen«. Den Rest des Tages verbrachte er hinter der verschlossenen Tür mit der Aufschrift »Spezialgeräte und Geheimcodes« und ließ niemanden hinein – abgesehen von Peebles zur Mittagszeit, und auch nur unter der Bedingung, dass der Kater das richtige Sandwich dabeihatte. Mary erkundigte sich bei den anderen, was der Rückzug des alten Mannes zu bedeuten habe. Man gab ihr zwei Erklärungen. Red meinte, er sei wahrscheinlich intensiv mit Marys Unterrichtsplan beschäftigt – und Izzie meinte, er sei beleidigt.

Aber es war nicht schlimm, dass Socrates sich abschottete. Dafür waren die anderen P.S.S.T.-Kollegen umso entgegenkommender.

Mary verbrachte die ersten paar Stunden bei Izzie. In dem Raum, in dem die »Masken und Verkleidungen« hergestellt wurden, hielt sie geduldig still, während Izzie ein Maßband auseinander rollte und sie von Kopf bis Fuß ausmaß. Das Zimmer war übersät mit Stoffballen und Stoffresten. Aus einem Korb quollen mehrere Wollknäuel, und zahlreiche Stricknadeln steckten in einem Einmachglas. Während Mary glücklich in einer alten Tabakdose mit Knöpfen wühlte, sah Izzie ihre Schnittmuster durch.

Als Izzie begann, riesige Stoffbahnen mit der Schere zu durchtrennen, verließ Mary den Raum und besuchte Jagdish im Raum für »Kopien und Fälschungen«. Sie half ihm, seine Pinsel zu säubern, spitzte ihm sämtliche Bleistifte und legte einen neuen Film in seine Kamera ein. Jagdishs Zimmer war hell erleuchtet. An der Wand hing eine riesige Pinnwand mit allen möglichen Dokumenten, vom Führerschein bis hin zum Busticket. In der Mitte des Raums stand ein riesiges Reißbrett, an dem Jagdish den größten Teil seiner Zeit zu verbringen schien, die Brille auf der Nase und ein Schreibgerät zwischen den Fingern.

Kurz vor fünf begannen die meisten P.S.S.T.-Mitarbeiter, ihre Sachen zusammenzusuchen, um nach Hause zu gehen. Sie stiegen die Treppe hinunter in den Keller, schlichen sich durch die Geheimtür in die Speisekammer und verließen durch den Personaleingang das Hotel, um den Eindruck zu vermitteln, dass sie im Hotel arbeiteten – was auf gewisse Weise ja auch stimmte. Emma war die Einzige, die gelegentlich das Gebäude durch den Haupteingang betrat – und das auch nur zu seltenen Anlässen, etwa, wenn sie einen Besucher aus einer anderen Abteilung oder, wie in Marys Fall, einen neuen Rekruten begleitete.

Gerade war Mary im Begriff, durchs Treppenhaus nach

unten zu verschwinden, da platzte Socrates aus dem »Geheimcode«-Zimmer und empfahl ihr in knappem Ton, sich vor Beginn der ersten Unterrichtseinheit am folgenden Tag ein gutes Spionagehandbuch zu Gemüte zu führen. Daraufhin drückte er ihr *Das ABC des Spionierens* von Anonymus in die Hand.

Es dämmerte schon, als Mary zu Bett ging. Bis zum Einbruch der Dunkelheit würde noch eine halbe Stunde vergehen, doch eine unförmige bleierne Wolke hing am Himmel über Pimlico und schluckte die letzten schwachen Sonnenstrahlen.

Man hatte ihr Zimmer vier gegeben. Der Raum war doppelt so groß wie ihr Kinderzimmer zu Hause und hatte ein Einzelbett, eine kleine Kommode, einen Stuhl mit hoher Rückenlehne und gedrechselten Beinen und einen Kleiderschrank mit geschnitzten Eichhörnchen und Eichenblättern auf den Türen. Es wäre ein sehr schöner Raum zum Übernachten gewesen, wenn es nicht so erstickend heiß dort drin gewesen wäre.

Mary warf die Daunendecke zurück, aber ihr war immer noch nicht kühler. Sie rutschte von der Matratze und tapste über die Holzdielen. Sie packte die untere Kante des schweren Schiebefensters, und unter Aufwendung ihrer ganzen Kraft gelang es ihr, das Fenster ein paar Zentimeter aufzuschieben. Im gefliesten Hinterhof des Hotels sah Mary zwei ältere Männer, die Pfeife rauchten und Domino spielten. Außer Mary und Emma waren nur noch zwei Gäste im Hotel abgestiegen. Der korpulente Herr mit dem gezwirbelten Schnurrbart hieß Mr Sparks, und sein hagerer Freund war Mr Hollowbread.

Edith hatte ihr erklärt, dass man mögliche Hotelgäste eher abzuschrecken versuche (daher auch das »Belegt«-

Schild, das fast das ganze Jahr über im Fenster hing). Um die Form zu wahren, nahm man aber hin und wieder ein paar Gäste auf – damit das Dampside-Hotel wie ein ganz normales Hotel erschien. Je weniger Gäste, desto leichter konnte Edith dafür sorgen, dass niemand etwas von P.S.S.T. im zweiten Stock mitbekam.

Ein Donnergrollen ertönte am Himmel. Mary vernahm das sanfte Prasseln von Regentropfen gegen die Scheibe. Sie wandte sich vom Fenster ab und erblickte einen kleinen Wecker, der auf einem Tisch neben ihrem Bett stand. Genauso einen hatte ihr Vater. (Streng genommen sogar fünfzehn Stück.) Mary musste an Zuhause denken. Ihr wurde ein wenig schwer ums Herz. Was wohl ihre Familie gerade so trieb? Machte sich überhaupt irgendjemand Gedanken um sie?

Marys Stimmung hellte sich beträchtlich auf, als sie Clop auf dem Bett liegen sah, alle viere von sich gestreckt wie ein Seestern. Vermutlich war er froh, sich endlich wieder richtig ausstrecken zu können, nachdem er stundenlang im Koffer eingequetscht gewesen war. Seine Beine änderten ein wenig die Lage, als sie sich neben ihn auf die Matratze setzte. Sie beugte sich zu ihm, zupfte sanft an seiner wollenen Mähne und sagte ihm, wie froh sie sei, dass er mitgekommen war – und dass er ganz bestimmt der allerbeste Esel auf der ganzen Welt sei. Wie immer starrte Clop geradeaus, als hätte er sie nicht gehört. Sentimentale Worte schienen ihm immer etwas peinlich zu sein. Dennoch, als Mary genauer hinsah, hätte sie schwören können, dass sein Lächeln breiter geworden war.

Einen Moment lang wurde das Zimmer von einem Lichtblitz erhellt. Ein Donnerschlag folgte. Mary warf Clop einen besorgten Blick zu, aber er hatte nicht mal mit der Wimper gezuckt. Er hatte keine Angst vor Gewitter. »Ich auch nicht«, sagte sie laut. Mit den Füßen schob sie das zerwühlte Bettzeug ganz ans Ende des Bettes. Mary legte den Kopf nicht auf das Kopfkissen, und sie machte auch die Augen nicht zu. Bei dem stürmischen Wetter war es unmöglich zu schlafen. Sie beschloss, noch ein wenig zu lesen, und schaltete ihre Nachttischlampe an. Dann griff sie nach ihrem Buch, *Pansy, das Ziegenmädchen*, aber sie schlug es nicht auf. Sie legte es zurück und nahm stattdessen das Buch darunter zur Hand. Es war ein dickes Buch in festem Einband mit deutlichen Gebrauchsspuren und hieß *Das ABC des Spionierens*, verfasst von einem gewissen Anonymus. Titel und Autor standen in dicken weißen Buchstaben auf einem schlichten schwarzen Umschlag. Das dachte Mary zumindest – bis sie das Buch in einem bestimmten Winkel neigte und bei genauerem Hinsehen die Silhouette eines Mannes in Regenmantel und Filzhut erkannte, der auf leicht zwielichtige Weise am unteren rechten Rand des Umschlags abgebildet war. Leicht schaudernd vor Aufregung schlug Mary die erste Seite auf und begann zu lesen.

SIEBTES KAPITEL

Unterricht

Socrates ließ Marys Fingern keine Gelegenheit, Bekanntschaft mit der Tür zu schließen, denn er riss sie schon auf, bevor sie klopfen konnte, und rief: »Aha!«

Mary erschrak so sehr, dass ihr *Das ABC des Spionierens* aus der Hand fiel und mit einem dumpfen Knall auf dem mitternachtsblauen Teppich landete. Ängstlich beäugte sie Socrates und machte sich schon auf den Vorwurf gefasst, sein Buch beschädigt zu haben, aber zu ihrem Erstaunen schien er nicht im Geringsten verärgert. Stattdessen grinste er wie ein Honigkuchenpferd.

»Hab dich schon kommen hören«, verkündete er selbstgefällig. »Hab dich auch schon durchs Schlüsselloch gesehen! Ein Spion ist immer auf der Hut, Mary. Denk dran. Ha!« Er tippte sich mit dem Zeigefinger gegen die Nase und warf ihr einen bedeutungsvollen Blick zu. »Was meine Spionagekarriere angeht, bin ich zwar auf dem Abstellgleis, aber das heißt noch lange nicht, dass ich nicht wüsste, wie der Hase läuft!«

Mary lächelte und nickte. Sie war viel zu höflich, um zu erwähnen, dass sie noch gestern erfolgreich einen Raum betreten und sich an einen Tisch gesetzt hatte, ohne von den drei anwesenden P.S.S.T.-Mitarbeitern überhaupt wahrgenommen worden zu sein. Der Gerechtigkeit halber musste man zwar sagen, dass Socrates der Erste gewesen war, dem sie aufgefallen war, aber auch erst, nachdem sie den Arm gehoben und sich zu Wort gemeldet hatte. Ebenso wenig brachte sie zur Sprache, dass Socrates ja genau gewusst hatte, dass sie morgens um neun in der Abteilung für Spezialgeräte und Geheimcodes auftauchen würde. Und dass er sie dann zur vereinbarten Zeit abgefangen hatte, war ja nun auch nicht *so* beeindruckend.

Socrates machte die Tür weit auf und winkte sie ins Zimmer. »So, liebe Mary Button«, sagte er entschlossen. »Wenn sich's Red in den Kopf gesetzt hat, dich auf diese Mission zu schicken, dann wollen wir mal dafür sorgen, dass du auch vorbereitet bist, was?«

Mary hob *Das ABC des Spionierens* vom Boden auf und nahm das Buch in beide Arme. Als sie durch die Tür ging, tätschelte Socrates ehrfürchtig den schwarzen Umschlag. »Ein sagenhaftes Buch«, sagte er. »Da steht alles drin, was ein Spion wissen muss. Du hast es dir hoffentlich genau durchgelesen.«

»Äh …, klar«, sagte Mary. Na ja, sie war immerhin fast bis Kapitel vier gekommen.

»Gut.« Socrates krempelte sich die Ärmel seines kragenlosen Hemdes hoch. Seine nussbraunen, muskulösen Arme waren genauso stark behaart wie sein Kinn. »Dann wollen wir mal loslegen«, sagte er. »Setz dich doch da drüben hin.«

Mary durchquerte den Raum – was alles andere als einfach war. Überall stapelten sich Zettel, und sie musste höllisch aufpassen, um nicht irgendwo draufzutreten. Sie fand, dass Socrates ruhig mal hätte aufräumen können. Dann fiel ihr auf, dass jeder Papierstapel mit einem Stein beschwert war, auf dem wiederum jeweils als Kennzeichen ein Buchstabe stand. Was sie zunächst für ein heilloses Durcheinander gehalten hatte, stellte sich plötzlich als eigenartiges und altertümliches Archiviersystem heraus.

Mary trat über einen Stein mit einem weißen »W« und setzte sich in einen knarzenden Holzstuhl. Sie legte *Das ABC des Spionierens* vor sich auf den Schreibtisch, wo bereits ein Notizbuch mit ein paar herausgerissenen Seiten, ein Kugelschreiber, ein halbes Lineal, ein frisch gespitzter Bleistift und ein grauer Radiergummiklumpen lagen.

»Mach dir ruhig Notizen«, sagte Socrates und bahnte sich einen Weg durch die Zettelinseln, bis er einen schäbigen Ohrensessel erreichte, in den er sich hineinfallen ließ.

Mary notierte auf der ersten Seite ihres Notizblocks das Datum und unterstrich es doppelt, wie sie es bei Mrs Kitchen gelernt hatte. Sie sah hoch und stellte fest, dass sie von Socrates eingehend gemustert wurde. Er schüttelte den Kopf, als könne er seinen Augen nicht ganz trauen. »Du bist wirklich der Knüller, Mary«, sagte er anerkennend. »Mir ist seit *Jahren* niemand mehr von deinem Potenzial begegnet.« Sein Blick schien sich irgendwo in der Ferne zu verlieren. »Weißt du, du erinnerst mich ein bisschen an Pip. Ein Naturtalent bis in die kleinste Pore. Kam im zarten Alter von 21 Jahren zu P.S.S.T. und entwickelte sich zu einem der besten Spione, mit denen ich jemals gearbeitet habe. Du könntest genauso gut werden«, sagte er. »Vielleicht sogar noch besser.«

»Das ist aber nett«, murmelte Mary ein wenig beschämt.

»So.« Socrates räusperte sich. »Jetzt aber zur Sache.«

* * *

Als sie die siebenundzwanzigste Seite ihres Notizbuchs voll zu schreiben begann, spürte Mary einen dumpfen Schmerz im Handgelenk. Sie hatte mehr oder minder ohne Pause über zweieinhalb Stunden geschrieben und in dieser Zeit jede Menge gelernt.

Zunächst hatte Socrates mit sämtlichen Spionagemythen aufgeräumt. Anders als der silhouettenhafte Herr auf dem Umschlag von *Das ABC des Spionierens*, durfte ein Spion unter gar keinen Umständen Regenmantel und Filzhut tragen; genauso wenig wie Pappnasen, Perücken oder aufgeklebte Schnurrbärte, und ein Spion sollte sich hüten, an Laternenpfählen zu lehnen oder in Hauseingängen zu lauern. Socrates sagte, ein Spion, der so etwas täte, fiele sofort auf, und selbst ein Blinder würde sehen, was er im Schilde führte.

Stattdessen musste ein Spion versuchen, immer vollkommen normal auszusehen. Nur indem er gewöhnliche Kleider in unauffälligen Farben trug und sich ganz ungekünstelt gab und nichts tat, um andere auf sich aufmerksam zu machen, konnte er irgendwo auftauchen, ohne aufzufallen. Ein Spion durfte niemals zu groß, zu klein, zu dick oder zu dünn sein; er durfte weder zucken noch zappeln noch rülpsen noch in der Nase bohren. Er musste so unsichtbar wie nur möglich sein.

Ein Spion war Experte im Herausfinden von Dingen. Seine Arbeitsmethoden waren ganz einfach. Er musste beobachten und horchen, bis er alles Nötige wusste. Auch wenn sich ein Spion auf seine Augen und Ohren verlassen musste, konnte er sich zusätzlich mündlich Erkundigungen einholen. Er musste jedoch immer äußerst vorsichtig sein mit seinen Fragen. Stellte er die verkehrte Frage oder wirkte zu neugierig, konnte er schnell Verdacht erregen.

Ähnlich wie ein Pfadfinder musste ein Spion unbedingt stets vorbereitet sein. Das heißt, wenn er so tat, als warte er auf einen Bus, musste er die Nummer und das Ziel wissen, falls ihn jemand danach fragte; er musste immer einen Stift bei sich tragen, falls es etwas zu notieren gab, und durfte niemals ohne Kleingeld aus dem Haus gehen, falls es notwendig wäre, in einem Café ein Getränk zu bezahlen oder sich eine Zeitung zu kaufen – um sich dahinter zu verstecken. Sich per Landkarte den Schauplatz der Operation einzuprägen, war ebenfalls ein wichtiger Bestandteil des »Vorbereitetseins«. Ein Spion musste jeden Fußpfad, jeden Feldweg und jede Abkürzung kennen.

Socrates hielt inne, um Luft zu holen. »Hast du alles?«, fragte er Mary.

Sie zog einen wackligen Strich unter den Worten »vorbereitet sein«, dann nickte sie mit dem Kopf.

Sie war sich relativ sicher, dass sie das meiste von dem, was Socrates gesagt hatte, notiert hatte, auch wenn ihre Handschrift hier und da ein wenig unleserlich war. Erleichtert ließ Mary ihr schmerzendes Handgelenk auf den Schreibtisch sinken.

»Zweites Frühstück!«, verkündete Socrates. Er verließ das Zimmer und kam kurz darauf mit einer Tüte Chips und zwei Tassen Tee zurück.

Nach ihrem herzhaften Frühstück war Mary nicht besonders hungrig, aber sie war zu gut erzogen, um die Erfrischung abzulehnen. Socrates hatte seine Portion in Windeseile verschlungen. Er zog eine Grimasse. »Ist nicht gerade Haute Cuisine«, sagte er, »aber es stopft das Loch im Bauch.« Er holte Luft und schnippte mit den Fingern. »Daran solltest du übrigens als verdeckter Ermittler auch immer denken, Mary: Stets etwas zu essen in der Tasche haben! Ich hab mal einen ganzen Tag lang einen Kerl beschattet. Ich hatte aber nur drei Erdnüsse und eine Halstablette dabei. Mein Magen hat so laut geknurrt – ich wundere mich noch heute, dass der Kerl nichts gehört hat. Der hätte sonst sofort geschnallt, dass einer hinter ihm her ist. So, weiter im Text.« Socrates begann das Zimmer abzusuchen, bis er einen Stein fand, der mit einem »K« gekennzeichnet war. Darunter lag ein Stapel Papier, aus dem er einige Blätter herauszog. »Lass uns mit ›Kommunikation‹ beginnen«, sagte er. »Ich denke, bis zum Mittag werde ich dir einen allgemeinen Überblick verschaffen können. Vielleicht kriege ich sogar noch ein paar Geheimcodes, Chiffren und Verschlüsselungen unter. Du hast ja bestimmt schon im *ABC des Spionierens* alles darüber gelesen …«

»Mhm«, sagte Mary und spürte ein Stechen im Handgelenk, als sie den Stift ergriff.

Nach zwei Stunden, die Mary jedoch eher wie zwanzig Minuten vorkamen, machte sich Peebles bemerkbar, indem er draußen vor der Tür ein lang gezogenes Miau von sich gab. Mary konnte gar nicht glauben, dass ihr Mittagessen schon da war. Sie war so gebannt gewesen von dem, was Socrates erzählt hatte, dass sie gar nicht gemerkt hatte, wie die Zeit vergangen war. Während sie an ihrem Schreibtisch saß und schmatzend ihr Käsesandwich vertilgte, ließ sie sich die verschiedenen Methoden der geheimen Kommunikation noch einmal durch den Kopf gehen.

Hauptsächlich kommunizierten Spione, indem sie sich Briefe mit der Post schickten oder Botschaften in einem so genannten »toten Briefkasten« hinterließen, wo sie später abgeholt wurden. Oder sie versendeten anhand von eigens konstruierten Radiogeräten Worte als Morsezeichen auf den Ätherwellen. (Der Morse-Code war ein Alphabet aus langen und kurzen Signalen, »dah«s und »dit«s genannt.) Jeder Schriftverkehr wurde grundsätzlich erst einmal codiert. Das heißt, dass ein normal verständlicher Satz auf eine verwirrende Kombination aus Buchstaben oder Zahlen reduziert wurde, die für jemanden, der mit dem Code nicht vertraut war, nicht den geringsten Sinn ergab. Beim Kommunizieren per Radio gingen Spione ebenso raffiniert vor. Sie sendeten aus Schlupfwinkeln zu vereinbarten Zeiten ihre Botschaften und fassten sich dabei so kurz wie nur möglich, um feindlichen Agenten keine Chance zu lassen, die verwendete Sendefrequenz zu ermitteln.

Spione telefonierten nur selten von öffentlichen Telefonzellen aus (da man viel zu leicht belauscht werden konnte), und viele bevorzugten das Mobiltelefon gegenüber dem mühsamen Radiogerät. Vom Telefon hatte Socrates allerdings keine allzu hohe Meinung. Telefonate konnten seiner Ansicht nach viel zu einfach abgehört werden, und ein Mobiltelefon musste nur einmal gestohlen oder verlegt werden, und schon bestand die Gefahr, dass wichtige Informationen in Feindeshand gerieten.

E.I.C.S. (Entwerfen Ingeniöser Codes und Schlüssel) war diejenige Unterabteilung von S.H.H., die alles Notwendige bereitstellte, damit die Spione heimlich miteinander korrespondieren konnten.

Die E.I.C.S.-Mitarbeiter waren allesamt ausgezeichnete Schachspieler und Kreuzworträtsel-Erfinder. Es waren kluge Köpfe, denen es Spaß machte, an hochkomplizierten Rätseln herumzutüfteln. Sie waren es auch, die sich die Geheimcodes und Chiffren ausdachten, mit denen Spione ihre Botschaften unkenntlich machten. Ein Code war ein System, bei dem ein Wort durch ein anderes ersetzt wurde, während bei der Chiffre immer nur einzelne Buchstaben ausgetauscht wurden. Um einen Code oder eine Chiffre zu knacken, brauchte man einen Schlüssel – keinen Schlüssel aus Metall, mit dem man Türen auf- und zuschließt, sondern ein geheimes Wissen, mit dessen Hilfe man die Botschaften entwirrte, bis sie einen Sinn ergaben.

Mary schluckte den letzten Krümel ihres zweiten Käsesandwiches herunter und rutschte unruhig auf ihrem Stuhl hin und her. Der Bund ihres karierten Faltenrocks kniff ihr in den Bauch. Aber nicht nur ihr Magen fühlte sich voll an; ihr Kopf war mit so vielen Fakten voll gestopft, dass sie glaubte, unmöglich noch mehr aufnehmen zu können. Als Socrates von den Codes, Chiffren und Schlüsseln anfing, waren ihre Augen ganz glasig geworden. Es war alles so furchtbar kompliziert. Sie seufzte vor Erleichterung, als er einen kleinen Pappkarton vom Regal holte und verkündete, den Rest des Nachmittags praktischen Übungen widmen zu wollen. Mary schob Notizbuch und Schreibgerät zur Seite, als Socrates den Karton auf ihrem Schreibtisch abstellte. Sie nahm den Deckel ab, und ihre Augen begannen zu leuchten.

Darin befanden sich Tintenfläschchen (in Blau, Schwarz und Lila), Notizzettel, Postkarten, Papierstapel, Briefmarken, Briefumschläge, ein vergoldeter Füller, etwas wie eine rostige Keksdose sowie ein Buch mit karmesinrotem Umschlag von der Größe eines Telefonbuchs.

Mary nahm zuerst das Buch heraus. Es trug den Titel *Das E.I.C.S.-Kompendium*, und sein schlechter Zustand deutete darauf hin, dass es oft gelesen worden war. Der Buchrücken war mit schwarzem Klebeband geflickt, damit die losen Seiten nicht verloren gingen. Mary schlug das Buch auf (das mit zwei Etiketten versehen war, auf denen stand: »SUPER-SUPER-GEHEIM« und »DIESES BUCH

DARF AUF GAR KEINEN FALL AUS DIESEM ZIM-
MER ODER ÜBERHAUPT ENTFERNT WERDEN!«),
und sie stellte fest, dass dies bereits die neununddreißigste
Auflage war. Sie fing an zu blättern. Das Buch führte verschiedene Codes und Chiffren auf, die alle einen Eigen-
namen hatten, zum Beispiel »Clown« (eine komplizierte
Chiffre, bei der man mit den Buchstaben jonglieren musste), »Kinderleicht« (wo vor jedem »e« die Botschaft Buchstabe für Buchstabe versteckt war), »Einkaufsliste« (dort
versteckte sich die Botschaft hinter verschiedenen Bezeich-
nungen für Supermarktartikel) und »Grabenwasser« (ein
weitschweifiger Brief, der so langweilig geschrieben war,
dass der Leser schon lange vor Schluss aufhören würde zu
lesen und gar nicht erst auf die gewitzterweise im PS versteckte Botschaft stoßen konnte).

Beim Blättern im *E.I.C.S.-Kompendium* fiel Mary auf,
dass einige Seiten Eselsohren hatten. Socrates erklärte, dass
auf diesen Seiten fünfzehn Codes und Chiffren stünden, die
sie auswendig zu lernen habe. Mary konnte sich glücklich
schätzen. Insgesamt verfügte das Buch über neuntausend
Codes und Chiffren, und davon nur fünfzehn auswendig
lernen zu müssen war wirklich noch human.

Sie machte sich sofort daran, sie in ihr Notizbuch zu
übertragen. Socrates gab ihr ein paar Übungssätze zum
Entziffern, und sie machte ihre Sache recht gut, fast fehler-
frei. Er bot ihr an, den goldenen Füller zu nehmen, worauf
sie eifrig ihren Kugelschreiber zur Seite legte. Der Füller
lag angenehm schwer in der Hand, und seine Spitze glitt
sanft über das Papier. Mary stellte fest, dass die schwarze
und blaue Tinte ganz normal war, während die lila Tinte
nach dem Schreiben immer mehr verblasste und nach einer
Viertelstunde vollständig verschwunden war. Mary fiel wie-

der ein, dass Emma mit lila Tinte ihre Namen unten ins Gästebuch eingetragen hatte. Als sie Socrates darauf ansprach, nickte er allwissend und erklärte, dass sich jeder, der offiziell in Sachen S.H.H. unterwegs sei, mit lila Tinte ins Gästebuch eintrage, damit er wie ein normaler Gast erscheine, ohne jedoch dabei die geringste Spur seines Aufenthalts zu hinterlassen.

In der rostigen Dose hatten sich wohl irgendwann einmal Kekse befunden, doch jetzt enthielt sie eine Ansammlung seltsamer Gegenstände. Da waren ein schwerer Bolzen, ein Toilettenpapierhalter, ein Metallstift, wie man ihn am Ende von Treppengeländern findet, ein Türknauf und – was am allerseltsamsten war – ein mit einer Flechte bewachsener steinerner Finger. Mary war platt. Sie konnte sich nicht erklären, warum diese Sachen zusammen in der Dose lagen oder was in aller Welt sie mit geheimer Kommunikationstechnik zu tun haben könnten. Socrates erklärte es ihr. Er sagte, das alles seien Beispiele für tote Briefkästen, in denen man als Spion eine Botschaft verstecken könne, und indem er alle Gegenstände einzeln in die Hand nahm, zeigte er ihr, wie man sie aufschraubte, um ein zusammengefaltetes Blatt Papier in ihren Hohlräumen zu verstecken. Mary war sehr beeindruckt. Der steinerne Finger war ihr Lieblingsbriefkasten. Angeblich hatte er einmal zu einer Statue eines Knaben in Kensington Gardens gehört.

Nachdem Mary den Inhalt der Dose eingehend betrachtet hatte, packte Socrates alles wieder in den Pappkarton und stellte ihn zurück ins Regal. Er warf einen Blick auf seine Armbanduhr und schnappte nach Luft. »Nur noch eine Stunde«, sagte er. »Na, das sollte so eben genügen, um eine letzte Sache durchzunehmen.«

Er bahnte sich umständlich einen Weg durch die Papierstapel bis zu einem Küchenschrank. Den passenden Schlüssel fischte er aus der Tasche seiner Nadelstreifenweste. Socrates öffnete die Schranktüren, bückte sich und zerrte eine große hölzerne Überseetruhe hervor, die mit Aufklebern verschiedenster Ländernamen versehen war. Er winkte Mary zu sich, und sie eilte zu ihm hinüber. »Die hat mal meiner Tante Florrie gehört«, sagte er und tätschelte die Truhe wie einen treuen Hund. »Die hat sie auf all ihren Weltreisen begleitet, und jetzt steht sie hier im Schrank.« Er ließ die Verschlüsse aufschnappen. »Ich nenne sie meine Wundertruhe.«

Nachdem er den Deckel hochgeklappt hatte, spähte Mary neugierig hinein. »Och«, sagte sie enttäuscht. »Die ist ja leer.«

»Jetzt erzähl mir nichts!«, sagte Socrates spöttisch. Sein Kopf war nicht mehr zu sehen, während er auf dem Boden der Truhe herumwühlte. Alles, was er sagte, klang gedämpft und hallte ein wenig nach. »Mir war klar, dass unser Vorrat zur Neige geht«, sagte er, wobei man seine Fingernägel über die Innenwand der Kiste kratzen hörte, »aber ich hätte schwören können, dass wenigstens noch ein paar Reste da waren. Warte mal eben – was haben wir denn hier?« Er richtete sich auf und drückte Mary etwas in die Hand, das wie eine große Muschel aussah. Sie war oval, glatt und weiß mit dunkelbraunen Punkten und Klecksen. Mary blickte sie verwundert an. »Und das hier soll ein Spezialgerät sein?«, fragte Mary skeptisch.

»Na logisch«, sagte Socrates. »Das ist ein Muschelfon.«

»Ein Telefon?«, fragte sie und versuchte, durch die Zacken auf der Unterseite ins Innere der Muschel zu schauen.

»Ja, ja. Toll, was?«

»Benutzt man das denn wie ein ganz normales Telefon?«, sagte Mary und starrte die Muschel ratlos an. »Wäre das nicht ein bisschen … na ja, seltsam, wenn man damit gesehen würde?«

»Quatsch … Das ist doch eine Tiger-Kauri … Du weißt schon, diese Art Muschel, die man sich ans Ohr hält, um Meeresrauschen zu hören. Gibt kaum was Normaleres, als sich so 'n Ding an den Lauscher zu drücken.«

»Ach *so*«, sagte Mary lächelnd. »Ist ja ganz schön schlau.«

»Hmm. Die Leute von P.I.N.G. sind 'ne ziemlich irre Bande. Sie machen ihrem Namen wirklich alle Ehre. Das ist ein ganz ausgefuchster Apparat.« Socrates nahm ihr das Muschelfon ab, musterte es mit zusammengekniffenen Augen und drückte darauf herum. Er seufzte. »Nur schade, dass es nicht mehr funktioniert. Das Ding liegt sicher schon seit Jahren in meiner Wunderkiste. Pass auf, Mary, ich werde es heute mit nach Hause nehmen und ein bisschen dran rumfrickeln – vielleicht kann ich's ja wieder zum Leben erwecken.«

»Danke«, sagte Mary.

Socrates steckte die Muschel in seine Hosentasche und begann erneut, in der Truhe zu wühlen. »Hab noch was!«, sagte er nach einer Weile. Er förderte eine Zigarette und eine Streichholzschachtel zu Tage.

»Auch Spezialgeräte?«, fragte sie unsicher.

»Allerdings«, erwiderte Socrates. Er schüttelte die Streichholzschachtel, aber sie klapperte nicht, gab keinerlei Geräusch von sich. »Miniaturkamera«, sagte er und grinste Mary an. Sie hatte keine kleine Schublade wie die meisten Streichholzschachteln; diese Schachtel ließ sich an einer Seite aufklappen, und heraus kamen eine kleine Linse, ein Auslöser und ein Rädchen, das Film transportiert.

Mary war ziemlich von den Socken. »Ist ja irre«, sagte sie, »aber die Bilder müssen doch winzig klein sein. Braucht man da keine Lupe, um sie anzusehen?«

»Richtig«, sagte Socrates. »Du hast den Nagel auf den Kopf getroffen. Das ist 'ne ganz schlaue kleine Erfindung. Die macht nämlich keine Negative wie die meisten Kameras. Sie spuckt nur einen Streifen winziger Fotos aus, die man Mikrodots nennt. Jeder Mikrodot hat die Größe eines Stecknadelkopfes – und um sie sich anzuschauen, braucht man dieses hier.«

Er nahm die Zigarette zwischen Daumen und Zeigefinger seiner anderen Hand. »Das«, sagte er, »ist ein Mikrodot-Projektor.« Socrates zeigte ihr, wie man die beiden Enden der Zigarette öffnete. Im Innern funktionierte sie wie ein winziges Mikroskop. »Logischerweise«, sagte er und steckte beides ein, »können wir schlecht ein Kind mit Kippe und Streichhölzern losschicken – selbst wenn sie nicht echt sind. Nee, nee, nee, nee. Ich werde mich bemühen, sie ein bisschen kindgerecht zu machen, was meinst du?«

»Ja, bitte«, sagte Mary.

»So, was noch?« Er kramte weiter in seiner Wundertruhe. »Was zum Teufel …?«, sagte er und brachte einen Sombrero und ein Paar Kastagnetten zum Vorschein.

»Das sind auch Spezialgeräte, stimmt's?«, sagte Mary.

»Ehrlich gesagt …, ich glaub's kaum«, sagte Socrates und nahm sie genauer unter die Lupe. »Die müssen wohl mal meiner Tante Florrie gehört haben. Die hat sie sicher von einer ihrer Reisen mitgebracht.« Er warf sie zur Seite und wühlte ein letztes Mal in der Truhe. »Ich fürchte, das war's«, sagte er. »Unser Spezialgeräte-Budget ist ausgeschöpft, zumindest so lange, bis Red die S.H.H.-Chefin dazu bringt, ein bisschen Geld rüberwachsen zu lassen für unsere Abteilung – aber ehrlich gesagt, seh ich da schwarz, und wir werden wohl kaum bei P.I.N.G. noch mal nachbestellen können.«

»Das ist ein bisschen so, wie um eine Taschengelderhöhung zu bitten, stimmt's?«, sagte Mary und seufzte.

Socrates grinste und nickte. »Genau ... Man kann bitten und betteln, aber es bringt gar nichts. Philippa Killingback wird nie im Leben mehr Kohle für P.S.S.T. lockermachen. Die ist knallhart. Wenn die Jahresbudgets einmal an die Abteilungen ausgezahlt sind, ist es den jeweiligen Abteilungsleitern ganz allein überlassen, damit auszukommen. Unter uns gesagt, Mary, ich glaube, die hat die P.S.S.T. auf dem Kieker. Red will nicht verraten, wie hoch dieses Jahr das Budget war, aber man munkelt, es sei kaum der Rede wert gewesen.«

»Kriegt Red denn jetzt Ärger?«, fragte Mary und musste wieder an das erhitzte Telefonat denken, das Red am vergangenen Vormittag mit der Chefin von S.H.H. geführt hatte und dessen Zeugin sie geworden war.

»Denk ich schon«, sagte Socrates traurig. »Es könnte ihn seinen Job kosten. Wenn das so weitergeht, gibt sie uns noch allen den Laufpass. P.S.S.T. muss mindestens ein Dutzend Schurken und Treulose pro Jahr fangen. Bislang haben wir gerade mal 'ne Hand voll geschnappt. Wenn wir das Soll nicht erfüllen ...« Mit dem Finger fuhr er sich waagerecht über den Hals, als werde ihm die Kehle durchgeschnitten.

»Ach so«, sagte Mary und biss sich auf die Unterlippe.

Socrates lächelte. »Aber mach dir mal keine Sorgen um uns. Du hast schließlich schon genug um die Ohren mit deinem Test.«

»Mit meinem Test?«, sagte Mary mit großen Augen. »Welchem Test?«

»Dem Test über Spionagetechniken, den du morgen bei mir schreiben wirst.«

ACHTES KAPITEL

Eine neue Identität

A chselhöhle«, sagte Mary entschlossen und stellte ihren rechten Turnschuh auf die erste blaue Treppenstufe. »Bungalow, Chaos, Drilling«, sagte sie und stimmte jedes Wort mit dem Auftreten ihres Fußes auf die nächsten drei Stufen ab. Sie runzelte die Stirn, bevor sie weiterging. »Äh, Eierkopf, Flip-Flop, Grünkohl ... Hm, was kam noch mal nach Grünkohl?« Sie hatte kaum Zeit, »Hurra« zu sagen, da überkam sie ein Gähnen, bei dem sie den Mund so weit aufriss, dass man locker zwei Kugeln Eis hätte hineinschieben können, ohne die Lippen zu berühren.

Erschöpft blinzelnd, klammerte sich Mary ans Treppengeländer. Sie war bis in die frühen Morgenstunden aufgeblieben und hatte für den Test bei Socrates gelernt, und obwohl sie *Das ABC des Spionierens* von hinten bis vorne durchgelesen hatte, fühlte sich ihr Hirn vor lauter Müdigkeit ganz fusselig an. Das machte es nicht gerade einfacher, sich das Buchstabieralphabet einzuprägen, mit dem Spione übers Radio einzelne Buchstaben durchgaben. Es hieß Cumberbatch-Alphabet und war ursprünglich von einem einfachen E.I.C.S.-Angestellten namens Stanley

Cumberbatch erfunden worden. Stanley hatte sich das Alphabet ausgedacht, während er eines Sonntagnachmittags im Waschsalon darauf wartete, dass seine Unterwäsche im Trockner fertig wurde (wie der Fußnote auf Seite einhundertundsechs vom *ABC des Spionierens* zu entnehmen war).

Dank ihrer geradezu testbesessenen Lehrerin war Mary mit Tests wohl vertraut. Meistens wies Mrs Kitchen ihre Klasse auf einen anstehenden Test rechtzeitig hin, um ihnen genügend Zeit zur Vorbereitung zu geben, aber hin und wieder ließ sie auch unangekündigte Tests schreiben. Mary hatte inzwischen ein ziemlich gutes Gespür dafür entwickelt, wann mit solchen spontanen Tests zu rechnen war. An Freitagnachmittagen waren sie relativ wahrscheinlich. Erst pflegte Mrs Kitchen mitten im Satz innezuhalten und verträumt aus dem Fenster zu starren; dann warf sie einen Blick auf ihre Armbanduhr (gefolgt von einem schweren Seufzer), um sich schließlich zur Seite zu beugen und in ihrer Tasche zu kramen. Wenn ihre Hand mit einem Häkelhaken oder einem Rätselheft wieder hervorkam, wusste Mary, dass ein Test unmittelbar bevorstand. Dann mussten sie und ihre Klassenkameraden die nächste halbe Stunde über einem Zettel voller Fragen brüten, während Mrs Kitchen an ihrer neuen Strickjacke arbeitete oder ein neues Riesenkreuzworträtsel in Angriff nahm.

Marys Fähigkeit, vorherzusagen, wann genau ein Überraschungstest anstand, war aber nicht der einzige Instinkt, auf den sie sich bei Prüfungen verlassen konnte. Sie hatte außerdem ein Gefühl für die Fragen, die voraussichtlich bei den Tests drankämen, und wusste daher im Voraus, welche Themen gebüffelt werden mussten. Kaum war Mary auf das Cumberbatch-Alphabet im *ABC des Spionierens* gestoßen, war sie felsenfest davon überzeugt, dass es in ihrem Test drankommen würde.

»Idiot«, sagte sie und nahm eine weitere Treppenstufe der blauen Wendeltreppe. Sie hatte sich vorgenommen, das ganze Alphabet von vorne bis hinten durchzugehen, bevor sie an der Tür des Raums für Spezialgeräte und Codes ankam. »Jauchegrube, Klumpfuß, Leopard, Mariella ... Huch!« Sie stolperte über Peebles, der sich mit einem kleinen Bündel Briefumschläge um den Bauch zwischen ihren Beinen hindurchschlängelte. »Hallo, Peebles!«, rief sie ihm nach. »Oh nein, wo war ich jetzt noch mal? Mavis? Nee, das war die Sekretärin der Chefin von S.H.H. Mariella. Das war's. Und ›N‹ war, glaube ich, irgendeine Blume ...«

Als Mary das Wort »Narzisse« wieder eingefallen war, leierte sie die nächsten paar Begriffe verblüffend schnell herunter. »Olive, Plantschbecken, Quecksilber, Rundbürste, Salami, Trainingsanzug, Unhold, ... äh ... äh ...« Leicht außer Atem, blieb sie auf der obersten Treppenstufe stehen und zog ihre Kniestrümpfe hoch. »Voodoo«, sagte sie plötzlich.

Der Flur war leer, abgesehen von Peebles, der vor Reds Bürotür stand und versuchte, sich bemerkbar zu machen. Langsam ging Mary über den Teppich und suchte angestrengt nach den letzten paar Buchstaben des Cumberbatch-Alphabets. »Wermut, Xanthippe, äh ... äh ...« Vor dem Spezialgeräteraum blieb sie stehen, und im selben Moment begann sich der Türknauf zu drehen. »Yeti ..., Zappzarapp«, stieß Mary hervor, und eine halbe Sekunde später tauchte Socrates' Gesicht in der Tür auf.

* * *

Der Junge mit dem struppigen Hund war wieder da. Am Dienstagmorgen, als Mary ihn zum ersten Mal gesehen hatte, hatte er seinen Hund von einem Laternenpfahl wegziehen wollen. Heute war die Situation umgekehrt. Diesmal war es der Junge, der wie angewurzelt auf dem Bürgersteig gegenüber vom Dampside-Hotel stand, während der Hund an der Leine zog und weitergehen wollte. Mary behielt beide im Blick, während sie vor dem Fenster des Spezialgeräteraums auf und ab ging. Da sie den überwiegenden Teil des Vormittags am Schreibtisch zugebracht hatte, war es ihr ein Bedürfnis, sich ein wenig Bewegung zu verschaffen. Der Test hatte sich als ziemliche Herausforderung erwiesen, und sie war den ganzen Vormittag über sehr konzentriert und angespannt gewesen. Sie war zu fast jedem Aspekt der Spionage abgefragt worden, etwa wie man Verdächtige im Dunkeln beschattete oder Haarproben mit einer Pinzette aufnahm. Sie hatte korrekte Sätze codiert, bis nur noch Quatsch herauskam, und kompletten Unsinn decodiert, bis ein völlig normaler Satz daraus geworden war. Bei Frage dreiundsechzig hatte Mary schmunzeln müssen. Da wurde gefragt, welcher Begriff nicht zum Cumberbatch-Alphabet gehörte: Eierkopf, Blödsinn, Trainingsanzug, Pudel. Ohne zu zögern, unterstrich sie das Wort »Blödsinn«.

Mary warf Socrates einen Blick zu, der in seinem Ohrensessel saß, ihren Test auf einem Klemmbrett auf dem Schoß. Seine Miene war andächtig. Alle paar Sekunden markierte er mit einer raschen Bewegung des Handgelenks ihre Antworten als richtig oder falsch. Gelegentlich blies er die Backen auf, seufzte oder fuhr sich mit der Hand durch sein graues Stoppelhaar. Mary vermutete, dass sie wohl hier und da einen Fehler gemacht hatte, war sich aber doch relativ sicher, ein einigermaßen akzeptables Ergebnis erzielt zu haben.

»Hör auf damit!«, rief eine Jungenstimme. Wieder sah Mary aus dem Fenster. Der Junge hatte den Arm um ein Geländer geschlungen, um nicht von dem Hund zu Boden gezerrt zu werden, der mit den Krallen wilde Kratzgeräusche auf dem Bürgersteig veranstaltete. »Haltepfiff, sitz!«, rief der Junge mit Verzweiflung in der Stimme. Zu Marys Überraschung schien der Hund tatsächlich dem Befehl des Jungen zu folgen – bloß konnte man das, was er tat, nicht wirklich als »sitz« bezeichnen. Der Hund hatte sein Hinterteil ein paar Zentimeter gesenkt. Das Ganze war eher ein Hocken. Aber wie sich herausstellte, saß der Hund genauso wenig, wie er hockte. In Wirklichkeit hatte er nur die Muskeln angespannt, um zu einem gewaltigen Sprung anzusetzen. Der Hund sprang nach vorn wie ein außerordentlich haariger Windhund, der aus der Gefangenschaft ausbricht; dem Jungen wurde die Leine aus der Hand gerissen; und der Hund, verfolgt von seinem erschrockenen dünnbeinigen Besitzer, fegte die Straße hinunter.

»Die sind weg«, murmelte Socrates.

»Äh … Stimmt«, sagte Mary zögerlich. »Die sind weg.« Sie fragte sich, wie in aller Welt Socrates den Vorfall mit dem Jungen und dem Hund von seinem Ohrensessel aus mitbekommen haben konnte.

Er warf ihr einen nachdenklichen Blick zu und stach mit seinem Stift auf den Text ein. »Letzte Frage«, donnerte er. »Was sollte ein Spion tun, wenn er sicher ist, dass er aufgeflogen ist und verfolgt wird? Du hast geschrieben: ›Ein wenig schneller gehen und so tun, als hätte er keine Angst.‹ Das ist ein bisschen wenig, oder?«

»Kann sein«, sagte Mary langsam. Als sie zur letzten

Frage gekommen war, hatte sich ihr Kopf schon ziemlich ausgelaugt angefühlt, und sie wollte gern zugeben, dass sie nicht mehr groß darüber nachgedacht hatte.

»Wenn du aufgeflogen bist, und jemand ist hinter dir her, solltest du weglaufen«, sagte Socrates, »und zwar so schnell du kannst. Du darfst dich auf keinen Fall fangen lassen.«

»Gut«, sagte Mary.

»Höchstwahrscheinlich wird er dir hinterherrennen, und dann gilt es, ihn abzuhängen. Deshalb ist es ja auch so wichtig, die Gegend so gut zu kennen wie seine Westentasche. Wenn du Schwierigkeiten hast, ihn abzuschütteln, suchst du dir eine große Menschenmenge und tauchst darin unter. Bei mir hat das immer geklappt.«

»Alles klar«, sagte Mary.

»Von diesem letzten Schnitzer abgesehen«, sagte Socrates und rechnete das Ergebnis zusammen, »waren deine Fehler nicht der Rede wert. Alles in allem hast du deine Sache ganz ordentlich gemacht. Gute Arbeit, Mary.« Er stützte sich auf die Lehnen seines Sessels, als wollte er aufstehen, schien es sich aber dann anders zu überlegen, faltete Marys Zettel kurzerhand zu einem Papierflieger und warf ihn in ihre Richtung.

Sie fing den Flieger mit einer Hand, faltete ihn auseinander und studierte die senkrechte Schlangenlinie aus roten Häkchen und Kreuzen. Hier und da hatte Socrates einen Kommentar an den Rand gekritzelt. »Einundachtzigeinhalb Prozent!«, sagte Mary atemlos. Sie war ungeheuer stolz auf sich. »Damit bin ich bestimmt an der Klassenspitze!«

* * *

»Schicker Haarschnitt«, sagte Red anerkennend.

»Danke«, sagte Mary. Nach dem Test war sie in den Verkleidungsraum zitiert worden und hatte zu Mittag ein Bananensandwich gegessen, während Izzie mit einer kleinen silbernen Schere an ihrem Haar herumschnippelte. Statt eines leicht zerzausten, kinnlangen Haarschopfs hatte sie jetzt eine freche Kurzhaarfrisur mit fransigem Pony. Obwohl ihre neue Frisur nicht sonderlich auffallend war, riss Mary dennoch die Augen weit auf, als Izzie einen Spiegel hochhielt. Einen annähernd so modischen Schnitt hatte Mary noch nie zuvor gehabt.

»Die Klamotten sind auch süß«, sagte Emma.

»Finde ich auch«, sagte Mary und trat über die Schwelle in Reds Büro. Ohne ihre champignonfarbenen Kniestrümpfe und die treuen alten Turnschuhe fühlte sie sich zwar etwas nackt, aber sie musste zugeben, dass ihre Zehen gut durchlüftet wurden in den neuen weißen Sandalen (mit knittrigen Riemchen und heruntergelaufenen Absätzen, damit es so aussah, als trüge sie sie schon seit Jahren). Sie musste zugeben, dass auch die neuen blauen Shorts etwas sommerlicher waren als der Faltenrock aus Wolle, den sie am Vormittag noch getragen hatte. Das neue blassgelbe T-Shirt aber war ihr Lieblingskleidungsstück. Die Ärmel mit dem Mausezähnchensaum waren sehr hübsch, aber nicht der eigentliche Grund, warum Mary das T-Shirt so gut gefiel. Es war die Farbe, die Mary besonders mochte. Es war fast dasselbe Gelb wie das der Haustür von Windmill View Nr. 8.

»Du siehst perfekt aus«, sagte Emma.

Mary lächelte – sogar noch breiter als vorhin, als Jagdash sie fotografiert hatte. Sie hatte im Fälschungsraum auf einem Hocker gesessen, während er mit seiner Kamera um sie herumwirbelte und dabei einen ganzen Film verknipste. Wahrscheinlich war er in diesem Moment damit beschäftigt, den Film zu entwickeln. »Ich fühle mich wie neugeboren«, sagte sie. »Na ja, fast.«

»Sehr gut«, sagte Red und beugte sich in seinem grünen Ledersessel nach vorn. »Das ist schließlich Sinn der Sache!« Er rieb sich die Hände, ehe er einen Papierstapel auf seinem Schreibtisch durchzusehen begann. »Ich würde sagen, dann ist es jetzt Zeit ...«

»Entschuldigen Sie, aber Trudy fehlt noch«, merkte Emma auf.

Red seufzte. »Verflixt noch mal. Aber ohne sie anzufangen, hat wenig Sinn. Ist ihr irgendwas dazwischengekommen?«

»Ich glaube, sie probiert Sachen an.«

»Immer noch?«, staunte Red. »Herrje! Man sollte doch meinen, fünf Minuten würden reichen, um sich ein paar Klamotten überzuwerfen.« Mürrisch begann er, an seinen Fingernägeln zu knabbern. »Wir haben volles Programm. Emma, seien Sie doch so nett und laufen Sie eben rüber und bitten meine Sekretärin, umgehend hierher zu kommen.«

»Gern.«

Noch bevor Emma aufstehen konnte, hörte man im Nebenzimmer die Tür aufgehen. Mit eiligen Schritten durchquerte jemand das Vorzimmer, vorbei an Trudys Schreibtisch, und klopfte energisch an die Tür von Reds Büro.

»Herein«, sagte er. »Ach, Sie sind's, Trudy. Hervorragend. Meine Güte – Sie sehen aber nett aus.«

Das Wort »nett« hätte Mary nun nicht gerade benutzt. Wie es schien, war auch Trudy von seiner Wahl des Adjektivs nicht begeistert. In braunen Hosen, einer schlichten Baumwollbluse und Baseballkappe stand sie in der Tür. Aus ihrem Gesicht sprach mörderischer Zorn. »Ich kündige«, sagte sie knapp.

Alle schwiegen; dann brach Red in Gelächter aus. »Sie hauen einen wirklich um mit Ihrem Humor!«, sagte er anerkennend. »Nicht wahr, Emma? Ist sie nicht irrsinnig komisch? Was für ein Spaßvogel!«

»Äh … Ich fürchte, sie meint's ernst.«

»Hahaha – ach was!« Red rückte den Papierstapel auf seinem Schreibtisch neu zurecht. »Nun denn«, sagte er und wurde wieder ernst. Er warf einen verstohlenen Blick auf das oberste Blatt. »Sicherlich seid ihr beiden schon ganz wild drauf, eure Decknamen zu erfahren …«

»Ich weigere mich, als Vogelscheuche auf eine Mission zu gehen«, sagte Trudy und verschränkte trotzig die Arme. »Ich habe mich zu dieser Sache nur breitschlagen lassen, weil man mir eine *modische Garderobe* versprach. Als von Kaschmir die Rede war, habe ich mir einen schönen Rollkragenpullover vorgestellt, aber doch keine …«, sagte sie und zupfte an einem Hosenbein, »*Socken*. Sie können doch nicht ernsthaft von mir erwarten, in diesem grässlichen Aufzug unter Leute zu gehen. Ich sehe ja aus, als käme ich vom Bauernhof, Herrgott noch mal.«

Red und Emma warfen sich einen Blick zu und schmunzelten.

»Das trifft es schon fast – aber nicht ganz«, sagte Red.

»Ich kann Ihnen nicht folgen«, sagte Trudy gereizt.

»Sandra Wilson – das ist der Name, den wir für Sie ausgesucht haben. Ursprünglich hatte ich mir Sandra als Ikebana-Lehrerin oder so etwas vorgestellt – aber Emma fiel etwas viel Besseres ein.«

»Ach nein, was Sie nicht sagen«, sagte Trudy mit zorniger Miene.

»Jawoll. Mit Bauernhof lagen Sie gar nicht so daneben. Der Beruf, den wir uns für Sandra ausgesucht haben, hat etwas mit Landwirtschaft zu tun ..., oder soll man besser sagen, mit Gartenbau?« Red grinste stolz. »Sie sind Gärtnerin.«

Trudy stöhnte. »Und das heißt ...«

»Rasen mähen«, sagte Red, »graben, Unkraut jäten, hier und da ein paar Bäumchen beschneiden. Das ist der perfekte Job für eine verdeckte Ermittlerin. Sie werden Zutritt zu endlos vielen Gärten bekommen, und – jetzt kommt der Clou! – Mary wird Ihre Assistentin sein! Es sind Sommerferien; Sie sind allein erziehende Mutter; kein Mensch wird sich wundern, dass Sie Ihre Tochter zur Arbeit mitbringen ... Und während Sie in den Blumenbeeten Ihrem Job nachgehen, kann Mary in aller Seelenruhe herumschnüffeln. Raffiniert, was?«

»Schon möglich«, sagte Trudy schlecht gelaunt. »Aber ich fürchte, ich bin einfach nicht die Richtige für diesen Auftrag.« Sie streckte ihre glatte weiße Hand mit den knallrot lackierten Fingernägeln aus. »Sehen *so* die Hände einer Gärtnerin aus?«

»Noch nicht«, stimmte Emma ihr zu, »aber das lässt sich schnell ändern. Wenn Izzie Ihre Nägel erst mal mit der Nagelschere bearbeitet und hier und da ein bisschen Dreck druntergeschoben hat ...«

Trudy stöhnte. »Ich kann nur hoffen, dass ich nach dieser Geschichte eine Gehaltserhöhung bekomme.«

»Das sehen wir dann«, sagte Red und drückte ihr ein paar Zettel in die Hand. »Dies ist Ihre persönliche Legende.«

»Meine was?«, fragte Trudy.

»Alle Einzelheiten zu ihrer neuen Identität: Geburtsdatum, Familienverhältnisse, Lieblings-Popgruppe, und so weiter.«

»Und hier ist deine, Mary«, sagte Emma und reichte ihr ein paar Zettel, die mit einer Büroklammer zusammengeheftet waren.

»Bitte alles auswendig lernen«, sagte Red und warf einen Blick auf die Uhr auf seinem Schreibtisch. »Ihr habt eine Viertelstunde Zeit.«

* * *

»Den Namen, bitte«, sagte Red. »Und zwar den vollen.«

»Katherine Ann Wilson«, sagte Mary, »aber alle nennen mich ›Kitty‹.«

»Alter?«

»Zehn Jahre, fünf Monate und zwei Tage«, sagte Mary deutlich. »Ich habe am 18. Februar Geburtstag. Ich bin an einem Dienstag geboren.«

»Wo?«, sagte Red.

»Im Krankenhaus ... Ach so, ich verstehe ..., in einer Stadt namens Bury St. Edmunds. Ich habe genau sieben Pfund gewogen.«

»Hervorragend«, sagte Red und hakte ein paar Punkte auf seiner Liste ab. »Erzähl mir doch noch ein bisschen was über dich, Kitty.«

»Ich bin ein Einzelkind«, sagte Mary. »Meine Mutter heißt Sandra. Sie ist einundvierzig und ist Gärtnerin von Beruf. Sie und mein Vater, Pete, ließen sich scheiden, als ich noch ganz klein war. Äh ...«

»Das machst du sehr gut«, flüsterte Emma.

»Meine Hobbys sind Briefmarkensammeln und Gymnastik«, sagte Mary und kniff vor Konzentration die Augen zusammen. »Meine Lieblingsfarbe ist pink, ich lese Bücher von Enyd Blyton, ich esse gern Pommes und Käsekuchen, aber von Marzipan wird mir schlecht …, und ich möchte Lehrerin werden, wenn ich groß bin.«

»Beeindruckend«, sagte Red. »Dann wollen wir jetzt etwas von deiner Mutter hören, ja?«

Trudy schlug sich bei weitem nicht so gut wie Mary. Sie gab ein falsches Geburtsdatum an und konnte sich nicht an ihren Lieblingsfilm erinnern, aber Red schien zu glauben, dass sie mit ein bisschen Extra-Training bis zum Morgen, an dem die Mission begann, perfekt vorbereitet sein würde.

»Das ist ziemlich aufregend, nicht?«, sagte Mary, erfreut über ihre erfolgreiche Vorstellung. »Ich glaube, es wird mir Spaß machen, jemand anders zu sein.«

Trudy stöhnte. »Ich werde schon zurechtkommen mit diesen fürchterlichen Klamotten und dem bisschen Gartenarbeit, aber sollte ich zurückkommen und feststellen, dass meine Akten alle durcheinander sind …«

»Kein Grund zur Sorge«, sagte Red ruhig. »Emma wird Sie so lange vertreten. Und Sie werden den Laden schon nicht verkommen lassen, hab ich Recht, Emma?«

»Natürlich nicht«, sagte Emma.

»Pah«, sagte Trudy. »Sie haben's ja nicht mal geschafft, Bobs Akte an den richtigen Platz zurückzustellen!«

»Ich habe Ihnen doch schon einmal gesagt, *das war ich nicht*«, entgegnete Emma entrüstet.

»Tja, aber von den anderen war es auch niemand. Ich habe alle gefragt.« Trudy wandte sich Red zu. »Am Dienstag ist mir aufgefallen, dass die Akte nicht an ihrem Platz war. Nicht nur, dass sie einfach irgendwo in den Aktenschrank gestopft worden war … Warten Sie mal eben«, sagte sie und ging rasch zur Tür. »Ich hole sie. Dann können Sie sich vom Schaden selbst ein Bild machen.«

Kurz darauf stand Trudy mit einer rosa Mappe wieder in Reds Büro. Sie öffnete sie und zog einen dicken Bogen malvenfarbenes Papier mit Goldrand heraus, ähnlich wie das Papier von Marys Vertrag. Am oberen Rand des Blattes las Mary den Namen Robert Alfred Chalk, darunter standen seine Personalien.

Als Trudy das Blatt vorzeigte, reckte Mary den Hals und schaffte es, ein paar Zeilen zu lesen. Bob war dreiunddreißig. Er wurde als »gerissen, entschlossen und furchtlos« bezeichnet. Er besaß mehr als hundert Decknamen, und die Liste mit seinen »besonderen Fähigkeiten« (darunter Fallschirmspringen und Schlangenbeschwörung) war beeindruckend. »Sehen Sie!«, sagte Trudy und deutete auf die rechte untere Ecke – oder eher: wo die Ecke hätte sein sollen. »Da ist was abgerissen!«

»Oje«, sagte Red und inspizierte die ausgefranste Ecke, wo ein kleines Stückchen malvenfarbenes Papier fehlte. Mary sah, wie er mit dem Finger an der untersten Zeile entlangfuhr. Neben der Kategorie »Aversionen, Allergien oder Phobien« stand in Schreibmaschine das Wort »keine«. »Ich stimme Ihnen zu«, sagte er zu Trudy, »dass da jemand ein bisschen geschludert hat, aber ich denke nicht, dass irgendein Schaden entstanden ist. Soweit ich sehen kann, sind keine Informationen abhanden gekommen.«

»Trotzdem sollte sich so etwas auf gar keinen Fall wiederholen«, murmelte Trudy, entriss ihm das Blatt und blickte spitz in Emmas Richtung.

»Herrje, haben wir es wirklich schon so spät?«, sagte Red und schaute auf seine Uhr. Der große Zeiger hatte schon fast die Fünf erreicht. »Lassen Sie uns Schluss machen.« Er zog eine Schublade seines Schreibtischs auf und fischte ein Handbuch für Gärtner heraus. »Hier haben Sie noch eine kleine Bettlektüre«, sagte er und reichte es Trudy.

»Danke«, murmelte sie.

»Und was meine junge Spionin angeht«, sagte Red freundlich und wandte sich Mary zu. »Ich denke, du hast einen freien Abend verdient. Socrates sagt, du hättest heute Morgen bei deinem Test hervorragend abgeschnitten.«

Mary spürte, wie sich ihre Wangen rosa färbten.

»Tja, Kitty Wilson«, sagte Red. »Nur noch einen Tag, und dann kannst du alles, was du gelernt hast, in die Praxis umsetzen.«

NEUNTES KAPITEL

Ärger im Erdgeschoss

Operation Fragezeichen?«, fragte Red mit entgeisterter Miene. Er warf einen genaueren Blick auf das Blatt in seiner Hand. »Kann mich gar nicht daran erinnern, dass das von mir sein soll …«

»Ist es aber«, sagte Trudy pikiert. »So steht's hier. Sie haben mir Ihre Notizen gegeben, und ich habe sie abgetippt, Wort für Wort. Wenn's einen Fehler gibt, ist er bestimmt nicht auf meinem Mist gewachsen.«

»Ach ja!« Red schlug sich gegen die Stirn. »Jetzt weiß ich es wieder. Ich habe versucht, mir für diese Mission einen Codenamen auszudenken, und mir fiel kein passender ein. Ich habe ›Operation‹ geschrieben und ein Fragezeichen danebengesetzt, um später noch mal darauf zurückzukommen. Das muss ich wohl verschwitzt haben«, sagte er. »Hat jemand einen Vorschlag?«

Alle verstummten und dachten scharf nach. Das heißt alle außer Mary.

Sie war viel zu beschäftigt mit den Schmetterlingen in ihrem Bauch, um sich um den Namen der Mission zu kümmern. *Ihrer* Mission. Die Mission, auf die *sie* morgen aufbrechen sollte. Sie hielt sich den Bauch fest, denn das Flattern wurde immer schlimmer.

Red hatte eine »Sitzung für letzte Fragen« einberufen. Er hatte die P.S.S.T.-Belegschaft für Freitagmorgen in den Raum für »Streng geheime Missionen« bestellt. Beim Betreten des Raums entdeckte Mary alle möglichen Karten und Fotos an den Wänden. Es war fast wie bei einer Kunstausstellung. Es gab einen Stadtplan von Cherry Bentley in großem Maßstab, auf dem die Feldränder und Fußwege mit bunten Fähnchen versehen waren. Daneben hingen Luftaufnahmen vom Park, von der Kirche, den Läden und einem verfallenen Anwesen. Auf drei Schwarzweißbildern waren die unglückseligen P.S.S.T.-Spione zu erkennen: Miles Evergreen, Bob Chalk und Angela Bradshaw. Obwohl Mary die Wände von oben nach unten absuchte, fand sie kein Foto, das mit »Murdo Meek« beschriftet war.

Mary war überrascht gewesen, dass Red viel mehr wie eine Autoritätsperson wirkte als sonst. Er trug eine nagelneue braune Krawatte mit gelben Streifen, Schnürschuhe statt Sandalen, und er hatte sich den dünnen rötlichen Bart gestutzt. Außerdem war seine Miene absolut ernst.

Streng genommen, dachte Mary, während sie den Blick durchs Zimmer schweifen ließ und dabei sämtliche P.S.S.T.-Mitarbeiter betrachtete, die sich allesamt das Hirn wegen eines passenden Namens für die Operation zermarterten, sehen sie eigentlich alle ganz schön grimmig aus.

»Operation Springseil«, sagte Izzie plötzlich.

»Springseil! Pah! Damit spielen doch kleine Kinder«, sagte Socrates höhnisch.

»Deswegen habe ich's ja vorgeschlagen«, sagte Izzie. »Ich dachte, es wäre vielleicht passend, einen Namen zu nehmen, der etwas mit Kindern zu tun hat – unserer kleinen Mary zu Ehren. Das ist immerhin das erste Mal, dass ein so junger Mensch auf eine Mission geschickt wird, das dürfen Sie nicht vergessen.«

»Natürlich habe ich das nicht vergessen«, brummte Socrates. »Aber Operation Springseil klingt einfach zu albern. Wir brauchen was mit mehr Biss – ein Wort, das zu großen Taten anregt …, wie Giftpfeil oder Krummsäbel oder Donnerbüchse …«

Reds Miene hellte sich auf. »Operation Donnerbüchse – das hat doch was, so vom Klang her …«

»Was ist das nur immer mit euch Jungs«, sagte Izzie in scharfem Ton, und in ihrem zarten Gesicht zeichnete sich Missbilligung ab. »Ich werde es nicht zulassen, dass ihr schon wieder eine Mission nach irgendeiner scheußlichen Waffe benennt. Warum können wir uns nicht mal auf irgendetwas einigen, mit dem man nicht anderen Menschen Schaden zufügt?«

»Wie wär's mit Operation Blasrohr?«, schlug Jagdash vor. »Da schießt man nur mit Erbsen, und die tun eigentlich nicht weh. Die brennen allenfalls etwas auf der Haut.«

Socrates stöhnte und stützte den Kopf in beide Hände.

»Bockspringen«, sagte Izzie. »Das ist doch mal ein schönes Spiel für Kinder. Operation Bockspringen.«

Red schüttelte den Kopf. »Ich glaube nicht, Izzie. Das klingt nicht besonders motivierend, oder?«

»Und was halten Sie von Operation Sonniges Gemüt?«, fragte Emma.

»Ich würde eher sagen, Operation Sonnenstich«, murmelte Trudy, »wo ich doch den ganzen Tag in dieser schrecklichen Hitze Rasen mähen muss und was weiß ich noch alles.«

»Sonniges Gemüt …, hmm«, sagte Red. »Nicht schlecht.«

Socrates hob den Kopf und zog eine Grimasse. »Gefällt mir überhaupt nicht.«

»Operation Stofftier.«

»Operation Breitschwert.«

Red und Izzie tauschten vernichtende Blicke aus.

»Operation Namenlos«, sagte Edith hölzern.

Eine halbe Stunde später war die Diskussion beendet. Red klatschte in die Hände. »So, Leute, das hätten wir. Die Operation heißt: Operation Fragezeichen.«

* * *

Der Deckenventilator über Marys Kopf klapperte wie ein altes Wagenrad. Träge rotierten die Blätter. Der Ventilator wirbelte ein bisschen Staub auf, erzeugte aber keinen nennenswerten Wind. Je mehr Zeit verging, desto unangenehmer und stickiger wurde es, aber man konnte unmöglich das Fenster öffnen. Was Red zu sagen hatte, war viel zu geheim und hätte auf keinen Fall von irgendjemandem im Hof oder im Garten belauscht werden dürfen.

Nachdem er ausgiebig von »Zielsetzungen« und »Strategien« gesprochen hatte, stellte sich Red vor den großen Plan von Cherry Bentley und zeigte mit einem hölzernen Lineal auf verschiedene bunte Reißzwecken. Jede Reißzwecke repräsentierte ein Gebäude oder einen Ort, der in irgendeiner Weise für Marys Auftrag von Belang war. Mit dem Ende des Lineals zeigte Red auf alles – von der roten Reißzwecke, die den Standort der Telefonzelle anzeigte, in der Bob als Häuflein Elend gefunden worden war, bis hin zu der gelben Reißzwecke, die zeigte, wo Mary und Trudy untergebracht würden.

Am Ende musste Red etwas beichten. Er habe der Chefin von S.H.H. von Operation Fragezeichen nichts verraten und habe es auch nicht vor. Die einzigen, die über Marys Mission Bescheid wüssten, seien die Mitarbeiter von P.S.S.T., und das solle auch so bleiben.

»Das heißt, Philippa Killingback hat diese Mission nicht autorisiert?«, fragte Trudy empört.

»Philippa Killingback hätte uns sofort den Hahn abgedreht«, sagte Red, »wenn ich so blöd gewesen wäre, ihr die Sache auf die Nase zu binden. Sie hält Bob und Miles für Idioten, die ihre Unfälle selbst verschuldet haben, sie will partout nicht glauben, dass Murdo Meek noch am Leben sein könnte, und sie wäre niemals damit einverstanden, eine Agentin anzuheuern, die erst elf Jahre alt ist.«

»Halten Sie es wirklich für klug, das alles hinter ihrem Rücken zu machen?«, fragte Izzie. »Die Chefin springt im Dreieck, wenn sie das rauskriegt.«

»Was heißt ›wenn‹«, sagte Jagdish und blickte trübsinnig in die Runde. »Philippa wird garantiert von der Sache Wind bekommen – und dann können wir einpacken.«

»Darauf läuft's auch ohne Operation Fragezeichen hinaus«, sagte Red.

»Waaas?«, sagte Izzie.

»Unsere Abteilung steckt in großen Schwierigkeiten«, sagte Red ernst. »Wir haben dieses Jahr noch nicht genug Schurken und Treulose gefangen, und unser Budget ist fast aufgebraucht – ich musste den Rest unseres Plätzchen-Etats für Marys Lohn verwenden, und wir haben gerade noch fünf Pfund in unserem Geräte-Budget. Philippa Killingback verlangt, dass ich konsequente Kürzungen vornehme, mit anderen Worten: Kündigungen schreibe.«

»Und – wen trifft's als ersten?«, fragte Socrates düster.

»Niemanden«, erwiderte Red. »Solange ich hier noch

was zu sagen habe. Überlegen Sie doch nur – wenn Murdo Meek in diesem Dorf steckt, und wenn es uns gelingt, ihn dingfest zu machen, dann wird das der dickste Fisch sein, der uns je ins Netz gegangen ist. Denken Sie nur, wie glücklich wir die Chefin damit machen werden. Ich kann mir kaum vorstellen, dass sie dann jemals wieder das Wort Kürzungen in den Mund nimmt.« Auf einmal erschrak Red. »Peebles – was ist denn mit dir los?«

Der schwarze Kater war aus dem Nichts aufgetaucht, auf den Tisch gesprungen und stürzte sich plötzlich auf Red. Seine Krallen glänzten wie Perlen, während er, alle viere vorangestreckt, durch die Luft schnellte; dann landete er zielgenau und versenkte die Krallen in Reds Hemdbrust (und dem lauten Schrei nach zu urteilen auch in Reds Haut).

»Ach du grüne Neune«, sagte Socrates. »Das hat Peebles ja noch nie gemacht.«

»Da ist doch was faul«, sagte Edith und stand von ihrem Stuhl auf.

»Da! Er hat einen Brief dabei!«, sagte Mary und deutete auf ein Blatt Papier, das unter dem Bauch des Katers im Geschirr steckte. Sie rannte um den Tisch herum und zog den Zettel heraus, während Emma sehr vorsichtig Peebles' Krallen losmachte. Dabei sagte Red mindestens zwölfmal »Aua« (und noch einiges mehr).

»Von wem ist er?«, fragte Socrates ungeduldig, während Red den Brief entgegennahm und auseinander faltete. Das dauerte etwas, weil Red zwischendurch immer wieder seine Brust betastete und zusammenzuckte.

»Armes Kätzchen«, sagte Emma, die Peebles auf dem Arm hielt. »Sein Herz klopft ihm bis zum Hals ... Und sehen Sie nur, der Schwanz.« Mary sah hin. Der Schwanz des Katers war doppelt so groß wie sonst; er zuckte und schlängelte sich wie eine riesige haarige Raupe.

Red schnappte nach Luft und hielt den Zettel in die Höhe, um ihn den anderen zu zeigen.

Das Blatt war fast leer und nicht unterschrieben. Auf den ersten Blick dachte Mary, in der Mitte des Blattes wäre ein zerquetschtes Insekt.

Als sie jedoch ein zweites Mal hinsah, erkannte sie, dass dort ein einzelnes Wort stand, das sehr unordentlich hingeschmiert worden war. Das Wort lautete:

NOTFAL!

»Dieser Nathan«, sagte Edith sofort und steuerte auf die Tür zu. »Seine Rechtschreibung ist keinen Pfifferling wert.«

»Ich komme mit«, sagte Red. »Vielleicht brauchen Sie ja Hilfe …«

Edith machte den Rücken steif. Mary beobachtete mit angehaltenem Atem, wie Edith den Kopf zur Seite neigte und Red einen Blick zuwarf, der jenem nicht unähnlich war, mit dem die Gorgo Medusa im alten Griechenland die Leute in Stein verwandelt hatte. Doch anstatt Red auf den Kopf zuzusagen, dass sie durchaus in der Lage sei, mit der Situation allein zurechtzukommen (was Mary und vermutlich alle anderen im Raum eigentlich erwartet hätten), nickte sie höflich und sagte: »Danke, das wäre keine schlechte Idee.«

Im Raum wurden unsichere Blicke ausgetauscht, aber niemand sagte ein Wort, bis die Schritte von Edith und Red verhallt waren.

»Oje«, sagte Izzie und rang nervös die Hände. »Was ist denn da nur los? Oder hat sich der Knabe vielleicht einen Scherz erlaubt?«

»Ach was«, knurrte Socrates. »Jetzt lassen Sie mal den Jungen in Ruhe. Nathan ist sicher nicht der Hellste, aber so dumm ist er nun auch wieder nicht. Irgendetwas muss wirklich passiert sein.«

»Zumindest steht das Haus nicht in Flammen«, sagte Jagdash, »ansonsten wäre der Feueralarm losgegangen.«

»Vielleicht«, sagte Trudy, »ist die Chefin gekommen, um uns mal wieder einen ›Überraschungsbesuch‹ abzustatten. Sie wissen doch alle, wie gern sie aus heiterem Himmel hier aufkreuzt, um uns in die Pfanne zu hauen.«

»Glauben Sie, sie hat von Operation Fragezeichen Wind bekommen?«, fragte Emma beunruhigt.

»Nein. Was immer Nathan so in Panik versetzt hat – die Chefin hat bestimmt nichts damit zu tun«, sagte Socrates. »Seien wir mal ehrlich: ein Besuch von Ihrer Majestät verursacht zwar Bauchschmerzen, aber man würde vielleicht nicht gleich von einem *Notfall* sprechen, oder?«

»Da wäre ich mir nicht so sicher«, sagte Trudy. »Nathan hat eine Heidenangst vor ihr. Ich auch, im übrigen.«

»Nein«, sagte Socrates entschlossen. »Es muss was anderes sein.«

Mary hörte den Spekulationen ihrer P.S.S.T.-Kollegen nur mit halbem Ohr zu. Sie hatte sich von ihrem Stuhl erhoben und stand an der Tür, die Red und Edith angelehnt hatten. Wenn sie genau hinhörte, konnte sie sogar das eine oder andere Wort aufschnappen. Das Gespräch klang zwar gedämpft und weit weg, aber eindeutig dramatisch.

Unbemerkt von den anderen P.S.S.T.-Mitarbeitern, verließ Mary den Raum. Mit glasigen Augen ging sie wie eine Schlafwandlerin den Korridor entlang und spitzte die Ohren, um etwas von dem Dauergeschrei zu verstehen. Die Tür zu Trudys Vorzimmer war angelehnt, und als sie den Raum betrat, war der Lärm schon um einiges klarer. Alle paar Sekunden hörte sie einen flehenden Ruf. Waren das Hilfeschreie? Mary war sich nicht sicher. Je näher sie dem Fenster kam, desto weniger menschlich klangen die Laute ...

Mary entriegelte das Fenster und schob es hoch. Sie schlug alle Vorsichtsmaßnahmen in den Wind, steckte den Kopf aus dem Fenster und sah hinunter. Da! Er saß unter ihr auf dem Bürgersteig, die Leine um einen Pfosten gewickelt. Es war der struppige Hund von vorhin – und er kläffte ohne Unterlass.

Aus dieser Höhe sah der Hund aus wie ein Haufen Putzlumpen, fand Mary. Alles, was sie sah, war ein Wirrwarr aus kohlegrauem Fell und hier und da etwas Rosa und Weiß, wenn der Hund die Schnauze zum Himmel reckte, um ein besonders nervtötendes Jaulen auszustoßen. Nervös ließ Mary den Blick über die Straße schweifen. Einige Leute waren stehen geblieben und starrten den Hund an, und hier und da bewegten sich ein paar Gardinen. Von dem Jungen mit den dünnen Beinen, den sie als Besitzer des Hundes ausgemacht hatte, war nichts zu sehen.

»He!«, rief Mary dem Hund zu. »Hör auf mit dem Krach!«

Ihre Bitte wurde glatt ignoriert – ebenso wie einige weniger höfliche Versuche von Passanten, den Hund zu beruhigen: Nicht nur, dass der Hund wie ein Maschinengewehr bellte, jetzt war er auch noch aufgestanden und wedelte mit seinem buschigen Schwanz.

»Jetzt reicht's aber!«, sagte eine Stimme, die keinen Widerspruch duldete, und kurz darauf erschien Edith unten auf der Bildfläche, machte die Leine los und zerrte den Hund ins Haus. Sofort hörte der Hund auf zu bellen (wahrscheinlich, weil ihm Edith die Schnauze zuhielt, was Mary ziemlich mutig fand).

Der Krach jedoch ging munter weiter. Noch bevor Edith die Tür des Dampside-Hotels zumachen konnte, schallten Schreie bis auf die Straße. Diesmal war die Stimme eindeutig menschlich – jung und männlich und außerordentlich wütend.

* * *

»Nicht schon wieder«, sagte Trudy.

Mary stellte sich auf die Zehenspitzen und reckte den Hals, aber sie konnte immer noch nicht sehen, was Trudy und die anderen P.S.S.T.-Mitarbeiter betrachteten. Kaum waren Schritte im Korridor zu hören gewesen, waren alle aus dem Raum für »Streng geheime Missionen« geeilt, um zu erfahren, was los war. Als Kleinste wäre Mary fast überrannt worden, als die Gruppe auf die Tür zustürzte. Mary war die Letzte gewesen, die in den Flur gelangte, und zu ihrem Verdruss stellte sie fest, dass die Kollegen ihr komplett die Sicht versperrten. Sie standen so dicht gedrängt, dass sie sich nicht an ihren Hüften vorbeiquetschen konnte, und über ihre Schultern hinweg etwas zu erkennen, war so gut wie unmöglich. Irgendwann ließ sie sich auf alle viere fallen und kroch zwischen ihren Beinen hindurch.

Das Erste, was sie sah (abgesehen von dem Teppich sehr dicht vor ihrer Nase), waren zwei braune, mokassinartige Lederschuhe und zwei gebräunte Beine, dünn wie Besenstiele. Sie hob den Kopf und konnte nun den ganzen Jungen sehen.

Er war wahrscheinlich kaum älter als dreizehn, schätzte Mary. Die meisten Jungen in ihrer Gegend trugen außerhalb der Schulzeit Fußballtrikots, aber dieser Junge hatte ein Rugby-Hemd an, und dazu lange hautfarbene Shorts mit vielen Taschen. Zerzauste schwarze Locken hingen ihm in die Stirn, und seine Haut war von derselben bräunlichen Tönung wie die der Moderatoren von Reisesendungen im Fernsehen. Er schürzte die Lippen und blickte mit grimmiger Miene drein, aber *wie* grimmig, war schwer zu beurteilen, weil sie seine Augen nicht erkennen konnte. Sie waren hinter einem Taschentuch versteckt, das zu einer Augenbinde zusammengefaltet worden war.

»Wer ist dieser junge Kerl?«, wollte Socrates wissen. »Und wozu haben Sie ihn hier raufgeschleppt? Was geht hier überhaupt vor? Mary sagte irgendetwas von einem Hund …«

»Erst ein Mädchen – und jetzt ein Junge«, sagte Trudy wutschnaubend. »Was haben Sie noch für Überraschungen für uns auf Lager, Red? Warten Sie, ich weiß es. Nächste Woche sponsern wir hier Klassenfeten …«

»Ich heiße Felix Pomeroy-Pitt«, sagte der Junge und versuchte dabei, seinen Arm aus Reds eisernem Griff herauszuwinden, »und sobald ich hier raus bin, gehe ich zur Polizei!«

»Das wird nicht nötig sein«, sagte Edith, die auf der obersten Treppenstufe aufgetaucht war. Sie mühte sich nach Kräften, den struppigen Hund zurückzuhalten, der beim Klang der Stimme des Jungen die Ohren aufgestellt hatte. Der Hund war das haarigste Geschöpf, das Mary jemals untergekommen war. Sein Fell hatte die Farbe von Schlamm und Ruß, und er sah aus, als wäre er seit Monaten nicht mehr gebürstet worden. Er war kleiner, als Mary vermutet hatte, hatte eine große feuchte Nase, eine kurze gesprenkelte Schnauze und eine Zunge so lang wie ein Streifen Speck.

»Haltepfiff!«, rief Felix entzückt, während der Hund auf seinen Herrn zusprang. »Alles in Ordnung?«, fragte der Junge, streckte blind den Arm aus und fand ein zotteliges Ohr. Der Hund setzte sich hin und kratzte sich. »Haben sie dir wehgetan? Weißt du denn nicht mehr, was ich dir beigebracht habe – ein Mal bellen heißt ›ja‹, zwei Mal bellen heißt ›nein‹.«

Haltepfiff schien sich nicht entscheiden zu können. Er gähnte, legte sich auf den Teppich und knabberte an einer Pfote.

»Was für ein Schmuddelköter«, stellte Socrates fest.

»Wie können Sie es wagen!« Der Junge war empört. Er drehte sich nach Socrates' Stimme um und wollte sich auf ihn stürzen, doch Red hielt ihn zurück. »Zufälligerweise handelt es sich bei Haltepfiff um einen reinrassigen Tibet-Terrier mit Stammbaum und allem drum und dran«, sagte Felix und bebte vor Zorn. »Sein Großvater hätte fast mal bei der Crufts-Rassehundeshow gewonnen.«

»Sag bloß!«, rief Socrates mit höhnischer Stimme. »Ich frag mich, welcher halbwegs vernünftige Mensch diesem Köter da eine Rosette verleihen würde?!«

»Rasse hin oder her«, mischte sich Edith ein, bevor der Junge zurückblaffen konnte, »deinem Hund ist nichts passiert, glaub mir.«

»Das hätte ich Ihnen auch geraten«, sagte Felix und zerrte mit der freien Hand an seiner Augenbinde. Sie rutschte ihm über die Nase, und zum Vorschein kamen ein schokoladenbraunes Augenpaar und zwei dicke schwarze Brauen, die in der Mitte fast zusammengewachsen waren. Er blinzelte ein paar Mal; warf seinem Hund einen Blick zu; dann starrte er das vor ihm versammelte Grüppchen an. Mary stand auf und lächelte. Obwohl er finster dreinblickte, fand sie sein Gesicht eigentlich ganz sympathisch.

»Wer *seid ihr* alle überhaupt?«, fragte Felix. Seine hektisch wandernden Augen schienen Mary zu übersehen, obwohl sie direkt vor ihm stand. »Hey!« Er piekste Red vorwurfsvoll mit dem Finger. »Sie haben doch gesagt, wenn ich mitkäme, würden Sie mir verraten, was hier los ist. *Ich will auf der Stelle wissen, was Sie mit meiner Oma gemacht haben!*«

»Der Junge hat 'ne Schraube locker«, sagte Socrates.

»Sie ist doch hier irgendwo, stimmt's?«, sagte Felix beharrlich. Er atmete tief ein und brüllte los: »Oma? Kannst du mich hören? Ich bin's, John! Mach dir keine Sorgen – ich rette dich!«

»Herrje«, sagte Jagdash. »Der Junge ist ja vollkommen wirr im Kopf. Jetzt hat er seinen eigenen Namen vergessen.«

»Armes Pflänzchen«, sagte Izzie. »Er muss krank sein.« Sie ging auf Felix zu und blickte ihn mitleidig an. »Ganz ruhig, Kleiner ... Aber deine Oma ist nicht bei uns.«

»Oh doch«, sagte der Junge, wenn auch nicht mehr ganz so forsch. Er sah jetzt nicht mehr wütend aus, sondern bestürzt. »Oh *doch*«, wiederholte er, und seine Stimme begann zu beben. »Die alte Mrs Mudge hat Oma vom Bus aus gesehen ... Also sind wir losgelaufen und immer weiter gelaufen ... Dann hat Haltepfiff ihre Witterung aufgenommen ...«

»Entschuldigen Sie bitte«, sagte Emma, deren Wangen immer mehr erröteten. Sie sah Red flehend an und stützte die Hände in die Hüften. »Ich verstehe wirklich nicht, was hier los ist. Warum durfte der Junge hier mit hoch? Das erscheint mir doch ein bisschen ..., na ja ..., *fahrlässig*. Das ist doch eigentlich viel zu riskant. Ich finde, Sie sind uns eine Erklärung schuldig, wenn …, wenn Sie nichts dagegen hätten.« Sie biss sich auf die Unterlippe, als schämte sie sich ihrer heftigen Worte.

»Sie haben vollkommen Recht«, sagte Red. Er seufzte und rieb sich erschöpft über die Stirn. »Ich habe den Jungen nur deshalb mit hochgebracht, weil mir gerade nichts Besseres einfiel. Er und sein Hund haben so viel Krach geschlagen, dass ganz Pimlico aus dem Bett gefallen ist.« Red zuckte etwas hilflos mit den Achseln. »Sie wissen genauso gut wie ich, dass wir uns diese Art Aufmerksamkeit nicht leisten können. Ich habe ihm gegeben, was er wollte, sonst hätte er sich nie beruhigt.«

»Eine offizielle Führung durch die Räume von P.S.S.T.?«, fragte Socrates verächtlich. Er wandte sich Edith zu. »Sie sind mir ja 'ne tolle Sicherheitschefin! Wie konnten Sie sich von Red zu so was überreden lassen?«

»Nein«, sagte Red. »Sie verstehen mich falsch. Felix will nur die Wahrheit herausfinden.«

»Pomeroy-Pitt«, murmelte Trudy, die schon seit einigen Minuten geschwiegen hatte.

»Der Name kam mir auch bekannt vor«, sagte Red. »Mir wurde relativ schnell klar, um wen es sich handelt.«

»Und, um wen handelt es sich?«, fragte Socrates.

»Er ist der Enkel von Angela Bradshaw.«

Alle verstummten.

»Ich fürchte«, sagte Red, »dass da etwas ist, was du über deine Großmutter noch nicht weißt. Seit fast vierzig Jahren arbeitet sie als Spionin.«

ZEHNTES KAPITEL

Die Akte Murdo Meek

D as ist nicht Ihr Ernst«, sagte Felix und schnaubte dabei ungläubig. »Dieses dusslige Mädchen ..., die, die mir die Brause gebracht hat ... *Die* soll losgeschickt werden, um meine Oma zu finden? So was Bescheuertes hab ich ja noch nie gehört!«

Mary war ziemlich dankbar, dass sie den Gesichtsausdruck des Jungen nicht erkennen konnte. Seine Worte waren schon kränkend genug. Sie hatte ihm eine Brause geholt, weil er ihr Leid getan hatte. Er war völlig schockiert gewesen, als ihm Red enthüllte, dass seine Großmutter Spionin sei (und nicht, wie er immer angenommen hatte, die Verfasserin von Büchern über englische Teehäuser). Jetzt wünschte sie, sie hätte ihm den Inhalt des Plastikbechers über seinen grässlichen Kopf geschüttet.

Als Red erneut das Wort ergriff, musste sich Mary ein Stück verrenken, um mit einem Auge sein Gesicht zu sehen. Das Schlüsselloch drückte sich unangenehm kalt und knubbelig gegen ihre Wange, aber sie war viel zu interessiert an dem Gespräch, um sich an Unbequemlichkeiten zu stören. Red saß ihr zugewandt in seinem grünen Ledersessel. Er hatte die Arme verschränkt und blickte Felix über seinen Schreibtisch hinweg mit einem Ausdruck offenkundiger Frustration an.

»Mary ist die Beste für den Job«, sagte Red schroff. »Da gebe ich dir mein Wort, junger Mann.«

»Ich will, dass Sie einen Erwachsenen schicken!« Mary nahm Felix wieder ins Visier. Sie sah, wie er arrogant seine Locken zurückwarf. »Zufälligerweise habe ich meine Oma nämlich sehr lieb. Ich will nicht, dass irgendein doofes Mädchen die Rettungsaktion verpatzt. Wie wär's denn mit dieser hübschen Blondine, oder, noch besser, diesem schlecht gelaunten Typen mit der Verbrechervisage?«

Mary fühlte sich persönlich angegriffen. Als »irgendein doofes Mädchen« bezeichnet zu werden, war ebenso unschmeichelhaft wie das Wort »dusslig«.

Seit sie bei P.S.S.T. war, hatte sich ihr Selbstwertgefühl enorm gesteigert. Es war schön, zur Abwechslung mal gelobt und geschätzt zu werden. Die abwertenden Worte des Jungen indessen gaben ihr das Gefühl, von innen ausgehöhlt zu werden – und die Einsicht, dass ihr dieses Gefühl nur allzu vertraut war, machte die Sache nicht besser. Es war dasselbe leere und elende Gefühl, das sie jedes Mal gehabt hatte, wenn sie übergangen oder übersehen worden war. Über die Jahre hatte sie sich an das unangenehme Gefühl gewöhnt – so sehr, dass es schließlich genauso bequem geworden war wie ihre alten ausgelatschten Turnschuhe. Schon seit Tagen war das Gefühl wie weggeblasen, und Mary stellte fest, dass sie es in keiner Weise vermisste.

»Die Entscheidung steht fest«, sagte Red ungewohnt barsch. »Trotz ihres zarten Alters ist Mary mehr als geeignet, als Spion zu arbeiten. Bei ihrem Test hat sie eine hervorragende Note erzielt.«

»Was denn für ein Test?«, fragte Felix scharf. »Ich hab in

fast allen Fächern eine Eins. Ich wäre bestimmt besser als sie.«

Der Junge sprang auf die Füße, und Mary verlor ihn kurz aus dem Blick, als er um den Schreibtisch herum und auf Red zurannte.

»Wenn Sie unbedingt einen Jugendlichen mit der Mission beauftragen wollen«, sagte Felix atemlos vor Aufregung, »warum nehmen Sie dann nicht mich? Sie ist *meine* Oma! *Ich* sollte fahren! Ich kann Ihnen mein Zeugnis zeigen – dann würden Sie sehen, wie schlau ich bin. Ich bin auch gut in Sport. Haltepfiff könnte mein Assistent sein. Er ist total intelligent, und wir hätten meine Oma in null Komma nix gefunden.« Felix strahlte über das ganze Gesicht. Er blickte Red hoffnungsvoll an.

»Nein!«, sagte der P.S.S.T.-Abteilungsleiter streng. »Nicht mal in einer Million Jahren.«

»Aber warum nicht?«, fragte Felix entgeistert.

»Du wärst … Dir fehlt … Du bist einfach nicht geeignet«, sagte Red schließlich. Unruhig rutschte er auf seinem Stuhl hin und her.

»Was meinen Sie damit? Ich wäre super! Ich hab schon Hunderte von Agentenfilmen gesehen. Ich wüsste ganz genau, was zu tun wäre.«

»Das wüsstest du nicht«, sagte Red mit Nachdruck.

»Das wüsste ich wohl! Und ich hab's ja auch schon bewiesen!«, sagte Felix. »Sehen Sie mal!« Er griff in eine seiner vielen Taschen und angelte eine zerknitterte Postkarte heraus. Er knallte sie auf den Tisch. »Die hab ich vor zwei Wochen bekommen, angeblich von meiner Oma, aber das stimmt nicht. Gucken Sie mal«, sagte er und tippte auf die Postkarte, »da steht ›Lieber Felix‹. Da bin ich gleich stutzig geworden.«

»Ach ja?«, sagte Red und blinzelte müde.

»Natürlich! Oma nennt mich immer nur ›John‹.«

»Und warum tut sie das?«

»Weil ich sie darum gebeten habe! Als ich vier Jahre alt war, wollte ich immer nur im Piratenkostüm rumlaufen, und ich hab darauf bestanden, dass mich alle Long John Silver nannten. Ich war ein ziemlich vorwitziges Kind.«

»Kann man sich ja kaum vorstellen«, murmelte Red.

»In meiner Familie waren alle totale Langweiler, bis auf Oma. Sie war die Einzige, die bereit war, mich mit meinem Piratennamen anzusprechen. Das ist heute immer noch so – nur, dass sie ihn zu ›John‹ abgekürzt hat.«

»Verstehe.«

»Deswegen wusste ich sofort, dass sie die Karte nicht selbst geschrieben haben konnte«, sagte Felix und wedelte mit der Postkarte unter Reds Nase herum. »Außerdem hätte ich das sowieso nicht geglaubt, dass sie sich einfach so nach Barbados absetzt, ohne sich zu verabschieden, also bin ich zu ihr nach Hause gegangen, aber da war keiner, und dann hat Mrs Mudge, ihre Nachbarin, erzählt, sie hätte Oma zuletzt vor ein paar Tagen in ein graues Haus mit schwarzer Haustür gehen sehen. Mrs Mudge saß zu dem Zeitpunkt in einem 14er Bus, nur die Straße wusste sie nicht mehr genau. Deshalb bin ich mit Haltepfiff losgegangen, und dann hat er Omas Witterung aufgenommen …«

»Bist du sicher, dass er nicht nur hinter unserem Kater her war?«, fragte Red skeptisch.

Felix schielte auf seine Nasenspitze. Offensichtlich war er zu empört, um auf Reds Bemerkung einzugehen. »Also, wie Sie sehen«, sagte Felix, »unter uns gesagt – wir haben das Rätsel gelöst. Sie müssen zugeben, dass ich einen großartigen Spion abgeben würde.«

»Du hast Grips«, gab Red zu, »aber um Spion zu werden, braucht man noch einiges mehr: Unauffälligkeit, Diskretion ... Die Fähigkeit, auch mal fünf Minuten den Mund zu halten ...«

»Meine Oma ist Spionin«, sagte Felix stur. »Kann doch sein, dass ich auch gut wäre.«

Darüber musste Red einen Augenblick nachdenken. »Es stimmt schon«, sagte er, »dass das Talent zum Spionieren vererbt werden kann ... Aber bei dir ist das wohl leider nicht der Fall.«

Felix schmollte. Auf der anderen Seite der Tür grinste Mary und schlang die Arme um ihren Körper. Einen schrecklichen Augenblick lang hatte sie befürchtet, Felix würde Red überzeugen können. Sie war überglücklich, dass der Abteilungsleiter von P.S.S.T. bei seinem Standpunkt geblieben war und nach wie vor sie für die Mission haben wollte.

»Verzeihung«, sagte eine missbilligende Stimme. Jemand tippte ihr auf die Schulter. Sofort zog sie sich vom Schlüsselloch zurück, richtete sich auf und drehte sich um.

»Na, üben wir schon mal ein bisschen?«, sagte Trudy mit hochgezogener Augenbraue. Sie reichte Mary eine dünne Aktenmappe. »Ich habe sie nicht gleich gefunden«, sagte sie, »weil irgendjemand sie an den falschen Platz zurückgestellt hatte.« Sie seufzte melodramatisch. »Weiß Gott, in welchem Zustand meine Akten sein werden, wenn ich zurückkomme.« Trudy drückte Mary die Mappe in die Hand. »Da, nimm! Du hattest doch danach gefragt – das ist alles, was wir an Informationen über Murdo Meek besitzen.«

* * *

PERSONALIEN
Rufname: Murdo Meek
Echter Name: unbekannt
Alter: irgendwo zwischen fünfundzwanzig und siebzig (ungefähr)
Aussehen: ??? (kein Foto vorhanden)
Charakter: schwer zu greifen
Nationalität: möglicherweise Engländer (muss aber nicht sein)
Verbrechen: zu viele, um hier aufgeführt zu werden (siehe Seiten 2, 3, 4, 5, 6, 7, 8, 9, 10 & 11)
Zuletzt gesichtet: am Grund der Themse

Mary fand die erste Seite nicht sehr informativ. Sie legte sie beiseite und begann, die anderen Seiten der Akte durchzulesen. Sie brauchte dafür nicht einmal eine halbe Stunde: sie las schnell, und da sie im »Streng geheime Missionen«-Raum ganz alleine war (abgesehen von Haltepfiff, der den Kopf im Schrank zwischen zwei Regalen verkeilt hatte und anscheinend eingeschlafen war), wurde sie von niemandem gestört.

Als sie die Akte durchgearbeitet hatte, stützte sie das Kinn auf die Hände und ließ sich das, was sie soeben erfahren hatte, noch einmal durch den Kopf gehen.

Offenbar handelte es sich bei Meek um einen besonders gewieften Spion. Er wurde als »Geißel der P.S.S.T.« bezeichnet und war Experte im Aufspüren von Geheimnissen, die er dann an den Meistbietenden verkaufte. Er hatte die Enthüllung einer Vielzahl vertraulicher Informationen zu verantworten. Um sich einige davon erneut ins Gedächtnis zu rufen, warf Mary einen Blick auf die vor ihr liegende Seite:

Hat Konstruktionspläne für ein streng geheimes Kampfflugzeug an eine ausländische Staatsmacht verkauft.

Hat die Karriere des Bildungsministers zerstört, indem er publik machte, dass der Minister als Schüler bei sämtlichen Prüfungen geschummelt hatte.

Hat die geheime Zutat einer weltbekannten Marmeladenmarke enthüllt.

Hat das Schlusskapitel des am meisten erwarteten Buches der letzten zehn Jahre in die Hände bekommen und Millionen von Lesern das Ende verraten.

Hat den geheimen Standort der P.S.S.T. entdeckt, wodurch die Abteilung zum Umzug gezwungen wurde.

Das klang ja wirklich, als wäre Meek die übelste Petze auf dem ganzen Planeten. Über zweihundert geklaute Geheimnisse waren in der Akte aufgeführt, aber man nahm an, dass das wahrscheinlich nur die Spitze des Eisbergs war. Meek musste damit ein kleines Vermögen verdient haben.

Mary las mit Interesse über seine vielen verräterischen Straftaten, aber sie fand es ziemlich frustrierend, dass man über Meek selbst so gut wie nichts wusste. Obwohl sie seine Akte gründlich studierte, hatte sie noch immer keine Ahnung, wie er aussah oder wie alt er war. Sie kannte nicht einmal seinen richtigen Namen. Hatte B.A.F.F. nicht gründlich genug recherchiert – oder war Meek nur extrem raffiniert?

Einmal hätte ihn P.S.S.T. fast gekriegt. Diesem Zusammenstoß waren mehrere Seiten gewidmet. Mary sah die

Akte durch, bis sie die Stelle wiederfand. Es konnte nicht schaden, beschloss sie, sich die Seiten ein zweites Mal durchzulesen. Auf jeder Seite stand eine andere Version der Ereignisse, die sich vor zehn Jahren am Abend des neunten Dezember zugetragen hatten. Zuerst nahm sie Angelas Protokoll zu Hand.

Versuchte Festnahme Murdo Meeks
Zeugin: Angela Bradshaw.

Es war abends Viertel nach sieben, und ich war auf dem Heimweg von der Arbeit. Ich hatte Überstunden gemacht und war die Letzte, die das Büro verließ (damals noch im Kino Zauberlaterne untergebracht). Draußen war es bitterkalt, und mir fiel ein, dass ich meine Handschuhe vergessen hatte – also kehrte ich noch einmal um, um sie zu holen.

Als ich zurückging, sah ich einen Mann vor dem Eingang des Kinos stehen. Er bemerkte mich und sagte etwas wie: »Verflixt. Jetzt habe ich die letzte Vorstellung von ›Mr Denning drängt nach Norden‹ verpasst.« Dann lief er mit schnellen Schritten an mir vorbei. Es war dunkel, und ich erkannte nur einen dicken Mantel mit hochgeschlagenem Kragen.

Als ich die Tür des Kinos öffnete, entdeckte ich einen Briefumschlag auf der Matte, der vor ein paar Minuten noch nicht dort gelegen hatte. Er war an die P.S.S.T. adressiert, und darunter stand: Peinliche Schar Schlapper Trantüten. Darin steckte eine Weihnachtskarte mit zwei Buchstaben am unteren Rand, nämlich M.M. Ich wusste sofort, dass sie von Murdo Meek stammte und dass ich ihm wahrscheinlich gerade draußen begegnet war. Ich eilte Meek nach, und da frischer Schnee am Boden lag, konnte ich sei-

nen Fußstapfen folgen. Ich rief Red an, um ihm von dem
Geschehen zu berichten. Meek ahnte, dass ich seine Ver-
folgung aufgenommen hatte, und versuchte, mich abzuhän-
gen, aber ich blieb ihm dicht auf den Fersen, bis er ein altes
Lagerhaus am Fluss erreichte. Inzwischen waren Red und
Pip dazugestoßen. Wir einigten uns darauf, dass ich den
Haupteingang im Auge behalten sollte, während Pip den
Hinterausgang bewachte und Red im Gebäude nach Meek
suchen würde.

Nach etwa fünf Minuten hörte ich einen Pistolenschuss
und zersplitterndes Glas. Pip rief mich an und sagte, dass
Meek gerade vorbeigerannt sei und auf die Fußgängerbrücke
über die Themse zusteuerte. Ich verließ meinen Posten und
rannte hin, so schnell ich konnte. Mitten auf der Fußgänger-
brücke fand ich Pip und Red, beide sahen hinunter auf den
Fluss. Socrates kam uns vom anderen Ufer auf dem Fahrrad
entgegen. Red leuchtete mit seiner Taschenlampe auf das
Wasser unter uns. Es war so kalt, dass die Themse zugefro-
ren war. Wir entdeckten ein Loch im Eis und einen Schal,
der im Wasser trieb – aber von Meek war weit und breit
nichts zu sehen …

»Was liest du denn da?«

Mary hob den Kopf und sah, wie Socrates mit einem
Päckchen auf sie zukam. Sie war so vertieft gewesen in An-
gelas Protokoll, dass sie ihn gar nicht hatte kommen hören.
»Ach, hallo«, sagte sie. »Ich beschäftige mich gerade mit
Murdo Meek.«

»Soso, mit Meek«, sagte Socrates mit finsterem Blick.
»Ja, der hatte es faustdick hinter den Ohren. Aalglatt, der
Junge. Natürlich hat's ihn am Ende doch erwischt.«

»Was meinen Sie damit?«, fragte Mary.

»Der hat die P.S.S.T. jahrelang zum Narren gehalten, hat Geheimnisse verkauft, was das Zeug hielt. Der hielt sich immer für zu schlau, um geschnappt zu werden. Na ja, eines Abends wurde er ein bisschen zu übermütig.« Socrates zog einen Stuhl heran und setzte sich. »Damals«, sagte er, »war das P.S.S.T.-Büro noch in einem schäbigen kleinen Kino in der Barleycorn Street untergebracht, ganz in der Nähe des Marble Arch. Irgendwie muss uns Meek aufgespürt haben, und natürlich wollte er uns unbedingt aufs Brot schmieren, was für ein Superhirn er war. Er schrieb uns eine Weihnachtskarte und lieferte sie persönlich bei uns ab ...«

»Ja, ja«, sagte Mary munter. »Das habe ich gelesen.«

Socrates blickte blinzelnd auf das Blatt Papier in ihren Händen. »Na ja, dann weißt du ja schon, dass Angela ihn dabei auf frischer Tat ertappt hat. Sie muss ihm einen ziemlichen Schrecken eingejagt haben – aber Vollprofi, wie er nun mal war, tischte er ihr irgendeinen Spruch mit einem verpassten Film auf. Wie gesagt, Mary, ein guter Spion hat immer einen Grund parat, warum er gerade irgendwo ist.«

Mary nickte eifrig.

»Übrigens glaube ich nicht, dass Meek sein Maul so weit aufgerissen hätte, wenn ihm klar gewesen wäre, wen er da vor sich hatte. Meek war immer sehr darauf bedacht, seine Anonymität zu wahren. Niemand bei der S.H.H. hatte auch nur die geringste Ahnung, wie er wirklich aussah, aber dann sprach er Angela an, und so konnte sie sich den Klang seiner Stimme merken.«

»Und zehn Jahre später hat sie sie wiedererkannt!«, sagte Mary.

»Nein, nein.« Socrates schüttelte heftig den Kopf. »Sie hat sich geirrt. Murdo Meek ist tot! Ich habe ihn mit eigenen Augen von der Brücke springen sehen. Er ist direkt durchs Eis gekracht. Pip hat ihn auch gesehen.« Socrates begann, die Zettel in der Mappe durchzusehen. »Irgendwo hier drin müssten unsere Protokolle sein …«

»Die habe ich schon gelesen«, sagte Mary. »Sie waren auf der Fußgängerbrücke. Pip, Red und Angela haben Meek bis auf die Brücke verfolgt, und Sie kamen von der anderen Seite mit dem Fahrrad.«

»Richtig«, sagte Socrates. »An einer Stelle hätte es mich fast vom Rad gehauen. Die Bauarbeiter hatten ein ziemliches Chaos hinterlassen. Die Brücke war nämlich gesperrt. Wegen Reparaturen, weißt du. Meek saß in der Falle. Es gab keinen Ausweg …«

»Außer nach unten«, sagte Mary grimmig.

»Ja«, stimmte ihr Socrates zu, »und zwar bis auf den Grund der Themse! Er ist fünfzehn Meter tief in den eiskalten Fluss gestürzt, und das war sein Ende.«

»Wie können Sie sich da so sicher sein?«, fragte Mary. »Hätte er nicht ans Ufer schwimmen können?«

»Er ist nie wieder aufgetaucht«, sagte Socrates entschlossen. »Und selbst wenn wir ihn mit unseren Taschenlampen übersehen hätten, hätten wir ihn zumindest plantschen hören müssen – und selbst wenn er es bis zum Ufer geschafft hätte, wäre es ihm schwerlich gelungen, eine senkrechte Böschung hochzuklettern, oder?«

»Wurde seine Leiche gefunden?«, fragte Mary,

»Nein, aber wahrscheinlich ist sie aufs Meer hinausgetrieben.« Socrates blickte Mary stirnrunzelnd an. »Seit zehn Jahren haben wir keinen einzigen Ton von Meek gehört. Der ist mausetot, das kannst du mir ruhig glauben.«

Mary verzog das Gesicht. Sie wollte sich lieber nicht ausmalen, wie Murdo Meeks Leiche wie ein altes Stück Treibholz mit der Flut ins Meer gespült wurde.

»Wie dem auch sei«, sagte Socrates und tätschelte ihr die Hand. »Eigentlich bin ich nicht gekommen, um mit dir über Meek zu reden.« Er reichte ihr das Päckchen, das er dabeihatte. »Das ist für dich.«

Mary blieb vor Freude fast das Herz stehen. Sie gehörte nicht zu denjenigen, die Geschenke hastig aufrissen, sondern faltete stattdessen das braune Papier vorsichtig auseinander. Darin befand sich das Muschelfon. Socrates erzählte, er habe es wieder zum Laufen gebracht. Dann zeigte er ihr, welche Flecken auf der Oberfläche gedrückt werden mussten, um mit P.S.S.T. in Kontakt zu treten, um zu sprechen und um das Gespräch zu beenden.

Bei den anderen Gegenständen in dem Päckchen handelte es sich um einen silbernen Bleistift mit einem rundlichen Plastikbären am Ende sowie um ein Päckchen Rosinen mit Schokoladenüberzug. »Och!«, sagte Mary und nahm den Bleistift und die kleine Süßigkeitenschachtel in die Hand. Sie wusste sofort, was es war. Socrates zeigte ihr, wie man den Plastikbären und die Bleistiftspitzen-Attrappe abnehmen musste, um den Mikrodot-Projektor zu benutzen. Die Rosinenschachtel ließ sich genauso öffnen wie die Streichholzschachtel. Sie hielt sie sich vors Auge und sah durch das kleine Objektiv. »Danke, Socrates …, die sind super!«, sagte sie.

* * *

Marys neue Sachen waren über die Tagesdecke verteilt. Mittendrin lag der lilafarbene Koffer, den Emma ihr gebracht hatte. Ihren eigenen Koffer durfte sie nicht mitnehmen, weil auf der Innenseite des Deckels mit Filzstift »Mary Button« geschrieben stand. Ab morgen würde sie nicht mehr Mary Button sein. »Ich heiße Kitty Wilson«, sagte Mary, um ihren neuen Namen auszuprobieren.

Kitty. Das war vielleicht nicht ganz der extravagante Name, auf den Mary immer gehofft hatte, aber er war auch nicht schlecht. Bestimmt würde sie sich schnell daran gewöhnen. Das größte Problem würde sein, zu Trudy »Mama« zu sagen, dachte Mary. Trudy war eine wildfremde Frau, die obendrein für Kinder nicht viel übrig zu haben schien.

Mary musste an ihre eigene Mutter denken. Ihre Augen wurden trübe, und sie ließ sich aufs Bett plumpsen. Auf einmal hatte sie schreckliches Heimweh. Ich hab's mir anders überlegt, dachte Mary plötzlich voller Panik. Ich will gar kein Spion sein! Ob Red sehr verärgert wäre, wenn ich ihm sagen würde, dass ich die ganze Sache abblasen möchte?

Es war gar nicht so einfach, Clop zwischen all dem Krimskrams zu finden, der auf dem Bett herumlag. Als sie ihn in die Hand nahm, schien er ihr mit seinen genähten Augen streng in das verheulte Gesicht zu sehen. »Was hast du denn, Clop?«, fragte Mary. »Warum bist du mir denn böse? Du findest also, ich sollte keinen Rückzieher machen ..., stimmt's?«

Clops Kopf fiel nach vorn, als würde er nicken.

»Vielleicht hast du Recht«, sagte Mary und schenkte ihrem Esel ein Lächeln. Ihr Selbstvertrauen kehrte zurück. »Also gut, Clop – du hast gewonnen. Ich mach's.«

Stück für Stück nahm Mary die Sachen vom Bett und packte sie in den lila Koffer. Izzie hatte offensichtlich hart gearbeitet und jede Menge Kleidungsstücke wie Jeans, Baumwollhosen, Baumwollkleider und sogar eine Pfadfinder-Uniform hergestellt. Mary staunte, wie schäbig und abgenutzt die Sachen aussahen. Irgendwie war es Izzie gelungen, ihnen den Anschein zu geben, als wären sie schon viele Male getragen worden, obwohl sie doch in Wirklichkeit nagelneu waren. Für die Reise am nächsten Tag legte sich Mary ein blaues Baumwollkleid und ein Paar Sandalen heraus.

Alles andere stopfte Mary an den Rand des Koffers: Gummistiefel, Kulturbeutel (darin, unter anderem, eine mit dem Namen »Kitty« versehene Zahnbürste), eine Haarbürste mit ein paar fehlenden Borsten, eine Taschenlampe, eine Stoffpuppe, Briefpapier (mit den Initialen K. A. W. auf dem Briefkopf), ein Federmäppchen (in dem sie ihren Mikrodot-Projektor verstaute), ein dickes Notizbuch, das Muschelfon und die Minikamera.

Als der Koffer endlich gepackt war, wurde der Abend allmählich kühl. Mary zog ihren Schlafanzug an, nahm Clop auf den Schoß und setzte sich nervös auf ihr Bett. Im ganzen Hotel herrschte Totenstille.

Der lärmende Junge und sein nicht weniger lauter Hund waren längst nach Hause geschickt worden. Felix hatte strenge Anweisungen erhalten, keiner Seele etwas von dem, was er erfahren hatte, zu sagen. Um sicherzugehen, dass er auch wirklich den Mund halten würde, hatte Red ihn gewarnt, dass er seine Großmutter womöglich nie wiedersehen würde, sollte auch nur eine einzige Person von Operation Fragezeichen erfahren.

Die anderen P.S.S.T.-Mitarbeiter waren auch schon alle weg; alle, bis auf Edith, die noch immer unten zugange war. Mary hatte gehofft, dass Emma ihr beim Kofferpacken helfen würde, aber nachdem sie zusammen zu Abend gegessen hatten, war Emma davongeeilt und hatte dabei irgendetwas von einem Shopping-Ausflug in letzter Minute gemurmelt.

Leider war auch Peebles wie vom Erdboden verschluckt. Mary stellte sich vor, wie er irgendwo lag und sich von dem Schock erholte, dass sein Zuhause von einem pöbelnden Hund heimgesucht worden war.

Bevor sie sich ins Bett legte, faltete sie ihre alten Kleider zusammen und legte sie zusammen mit dreizehn Paar champignonfarbenen Strümpfen, *Pansy, das Ziegenmädchen* und ihren restlichen Sachen in den roten Koffer. Beim Zuklappen des Deckels warf sie einen letzten Blick auf ihre Habseligkeiten – all die Dinge, die von *Mary Button* geliebt und verehrt wurden. Sie hatte fast das Gefühl, als würde sie sich selbst einpacken. Sie verstaute den Koffer am Boden des Schranks.

Mary legte sich ins Bett. Clops kleiner gestrickter Körper lag auf dem Kopfkissen, alle viere von sich gestreckt, als würde er tief und fest schlafen. Gute Idee, dachte Mary. Morgen wird ein großer Tag. Du brauchst so viel Schlaf, wie's nur geht.

Mary Button machte sich nicht viel aus Stoffpuppen, und sie beschloss, dass es Kitty Wilson ähnlich ging. Ihr war klar, dass es verboten war, aber das war ihr egal. Selbst wenn sie ihn in ihrer Unterhose schmuggeln musste – Clop musste auf jeden Fall mit nach Cherry Bentley.

ELFTES KAPITEL

Probleme, Probleme

Marys Gummistiefel klatschten gegen ihre Waden, als sie hinter Edith durch den Korridor schlurfte. Hätte man genauer hingesehen, wäre einem aufgefallen, dass einer der Stiefel in der Mitte eine kleine Beule hatte. Als Mary hinter Edith in Reds Büro kam, warf sie einen dankbaren Blick auf den Regen, der gegen das Fenster schlug.

Sie war früh aufgewacht und hatte gut zwanzig Minuten hin und her überlegt, wie man Clop unauffällig transportieren konnte. Clop auf dem Kopf unter einem Sonnenhut zu verstecken, hatte nicht funktioniert (immer wieder hatten seine Beine unter dem Rand hervorgelugt). Als ebenso unpraktikabel stellte sich heraus, ihn sich um den Bauch zu binden und seine Beine zusammenzuknoten, denn obwohl Clops Beine dehnbar waren, reichten sie ihr nicht um die Taille.

Dann hatte es angefangen zu regnen, und die Lösung war ganz von allein gekommen. »Es lebe das englische Wetter!«, hatte Mary gesagt, ihre Sandalen abgestreift und die Gummistiefel angezogen. Sie fand es sehr bequem, wie sich Clop um ihren linken Knöchel schmiegte.

»Herrje, das ist ja mal wieder ein Regen!«, sagte Red und bedeutete Edith und Mary, vor seinem Schreibtisch Platz zu nehmen. Trudy war schon da. Sie trug Jeans und ein weißes Polohemd und sah ziemlich genervt aus.

»Haben Sie das Gepäck überprüft?«, fragte er Edith.

»Ja«, antwortete sie und stellte Marys Koffer neben dem Stuhl ab. »Ich habe es gründlich durchgesehen. Alles ist genau, wie's sein soll. Hier ist nichts drin, was Mary gehört.«

»Streberin«, sagte Trudy säuerlich.

»Bitte keine Beschimpfungen«, sagte Red. Er zwinkerte Mary zu. »Ich fürchte, im Gegensatz zu dir, Mary, hat sich Trudy nicht an die Vorschriften gehalten.« Er zeigte auf einen kleinen Haufen Schmuggelware auf seinem Schreibtisch, darunter ein Seidenschal, ein Nagellack, ein paar hochhackige Schuhe und sieben verschiedene Lippenstifte. »Das hier hat Emma in Trudys Koffer gefunden«, sagte Red kopfschüttelnd. »Ich bin sehr enttäuscht.«

Mary gab sich alle Mühe, schockiert zu wirken. Clops wollene Mähne juckte sie am Bein. Sie versuchte, nicht darauf zu achten.

»Nun denn«, sagte Red, »bevor ihr aufbrecht, möchte ich euch noch ein paar Dinge mit auf den Weg geben.« Er drehte einen Briefumschlag auf den Kopf, und eine kleine Ansammlung von Karten, Urkunden und Dokumenten fiel heraus. Einige davon reichte er Trudy, dann wandte er sich an Mary. Eifrig hielt sie die Hand auf. »Hier ist dein Bibliotheksausweis«, sagte Red und legte ihn in ihre Handfläche, »und deine Monatskarte für den Bus.« Aufgeregt betrachtete Mary die Papiere. Auf beiden stand (in unterschiedlicher Handschrift) Kitty Wilson, und auf der Monatskarte klebte ein Bild von Mary mit ihrem neuen Haarschnitt. Er gab ihr außerdem ein Schulzeugnis, ein Bündel Pfadfinder-Abzeichen und einen Mitgliedsausweis des Vogelklubs.

Mary steckte sämtliche Dokumente – alle von Jagdash profimäßig gefälscht – in den perlenbesetzten Brustbeutel um ihren Hals. Red holte eine Hand voll Geldscheine und Kleingeld aus seiner Tasche, und auch das steckte Mary ein.

»Ui, danke!«, sagte sie.

Red hob die Hand. »Wir sind noch nicht fertig«, sagte er und nahm einen kleinen Rucksack vom Boden hoch. Er öffnete ihn und griff hinein.

Mit angehaltenem Atem sah Mary ihm zu. Es war wie Weihnachten. »Eine Butterbrotdose und eine Thermoskanne!«, sagte sie.

»Sie sind aber nicht das, wonach sie aussehen«, sagte Red und schraubte die dicke Plastikkanne auf. Ein Fernglas kam zum Vorschein. In der Butterbrotdose befand sich jedoch noch etwas viel Überraschenderes. Red nahm den Deckel ab, und zum Vorschein kam ein Radio mitsamt Kopfhörern und einer kleinen Gebrauchsanweisung.

»Wow!«, sagte Mary. Sie konnte kaum erwarten, es auszuprobieren.

»Und dann haben wir noch das hier«, sagte Red und zog ein Päckchen Spielkarten aus der Tasche. »Es sind ganz normale Karten …, bis auf die Karo fünf. B.A.F.F. hat siebenunddreißig Männer aus Cherry Bentley ausfindig gemacht, die seit zehn Jahren oder weniger dort wohnen. Sollte Murdo Meek den Sturz in die Themse überlebt haben, dann muss er irgendwann im Laufe der letzten zehn Jahre in Cherry Bentley aufgetaucht sein. Diese siebenunddreißig Männer sind deine Verdächtigen, Mary – du musst nur die oberste Schicht der Karo fünf abziehen, um die Namen zu finden.«

Mary steckte das Kartenspiel in ihren Koffer.

»Und noch etwas …« Red nickte Emma zu, die schweigend hinter ihm stand und mit ihren meeresblauen Augen das Geschehen verfolgte. Sie ging in die Hocke, hob einen großen Pappkarton auf, trug ihn hinüber zu Mary und legte ihn ihr auf den Schoß. Mary öffnete die vier Klappen, die – was sie lustig fand – voller Löcher waren.

»Achtundachtzig Prozent aller Kinder in Cherry Bentley haben ein Haustier«, erklärte Emma, »also haben wir uns gedacht, es wäre gut, wenn du auch eins hättest. Eigentlich wollte ich dir ein Kaninchen besorgen, aber leider reichte unser Etat dafür nicht aus …«

Mary war ein wenig enttäuscht. Sie hatte sich immer ein Kaninchen gewünscht – ein großes flauschiges, mit Hängeohren. Ohne zu wissen, was auf sie zukam, warf sie einen Blick in den Karton und sah mit Entzücken direkt in die Augen des pelzigsten P.S.S.T.-Mitarbeiters. »Peebles!«, rief sie und griff hinein, um ihm über den Kopf zu streichen. »Darf er wirklich mit auf die Mission?«

»Ja«, sagte Emma etwas widerwillig. »Aber auch er muss inkognito bleiben. Du musst dir einen neuen Namen für ihn einfallen lassen, Mary.« Emma faltete einen Zettel auseinander und betrachtete ihn. »Also, nach unseren Informationen von B.A.F.F. heißen … einundzwanzig Prozent aller Katzen in Cherry Bentley Tiger, neun Prozent heißen Mieze, acht Prozent Minka, sechs Prozent Mikesch – und die meisten anderen sind nach Fischsorten, Philosophen oder Jazzmusikern benannt. Es liegt also ganz an dir …«

Mary kannte keine Philosophen und Jazzmusiker, und ihr fielen nur mit Mühe drei Fischsorten ein. »Wie wär's mit Sardine?«, sagte sie schließlich. »Die ess ich manchmal auf Toastbrot, mit Ketchup drauf. Schmeckt lecker.«

»Sardine ist ein wunderbarer Name«, sagte Emma und lächelte Mary an.

Trudy räusperte sich. »Wär's das dann? Können wir?«

»Nur noch eine allerletzte Sache«, sagte Red. Er streckte die Hand aus, und darin lagen zwei kleine weiße Tabletten.

Mary und Trudy blickten sie skeptisch an.

»Pfefferminzbonbons, für die Reise«, erklärte Red. »Für jeden eins. Tut mir Leid, aber mehr war nicht drin.«

* * *

Mary hielt die Glückwunschkarte in beiden Händen und las sie sich ein letztes Mal durch. Dann brach sie sie entzwei und fing an, sie zu essen. Sie bot Trudy ein Stück davon an, aber die lehnte kopfschüttelnd ab. »Esspapier mit Schokogeschmack«, sagte Mary. »Schmeckt gut.«

Sie war wirklich gerührt gewesen, als sie Socrates, Jagdash und Izzie im Flur hatte stehen sehen, um sich von ihr zu verabschieden. Alle hatten sie umarmt und ihr die Hand geschüttelt, und dann hatte Socrates ihr die Karte überreicht – unterschrieben von der gesamten P.S.S.T.-Belegschaft (in Koschenillenrot).

Das Beladen des zwölf Jahre alten weißen Autos, das vor dem Hotel geparkt war, dauerte nicht lange, denn Trudy und Mary hatten kaum Gepäck. Ihre beiden Koffer, Marys Rucksack, eine Kiste Lebensmittel und ein paar Gartengeräte waren alles, was mit auf die Reise ging.

Die Glückwunschkarte war fast aufgegessen. Mary klappte das letzte Stückchen zusammen und schob es sich in den Mund. Es war eine schlaue Idee gewesen, ihr eine essbare Glückwunschkarte zu schenken, denn sobald sie aufgegessen war, würde sie kein Mensch mehr lesen kön nen. Sie vergewisserte sich, dass der Pappkarton mit Peebles stabil auf ihrem Schoß stand, ehe sie den Sicherheitsgurt anlegte.

Trudy ließ den Motor an.

Unwillkürlich warf Mary einen Blick auf die regennassen Scheiben im zweiten Stock des Hotels, um zu sehen, ob jemand am Fenster stand. Aber das hätte sie gewundert. Die P.S.S.T.-Mitarbeiter waren ein äußerst disziplinierter Haufen. Niemand von ihnen würde riskieren wollen, von einem besonders aufmerksamen Fußgänger entdeckt zu werden, der sich fragen könnte, was so faszinierend an einer Mutter war, die mit ihrer Tochter eine Autofahrt unternahm. Mary sah sich das graue Backsteingebäude ein letztes Mal wehmütig an. Die Blumen im Vorgarten waren mit Regentropfen benetzt und hatten nie hübscher ausgesehen.

Frrrrt. Der Schaltknüppel gab ein Geräusch von sich wie ein verächtliches Schnauben. »Schrottmühle«, murmelte Trudy und versuchte, den ersten Gang zu finden. »Damit kommen wir ja nicht mal ans Ende der Straße, geschweige denn die sechzig Kilometer bis nach Cherry Bentley ... Ah, jetzt haben wir's.«

Das Auto begann vorwärts zu schleichen, und Marys Herz machte vor Aufregung einen kleinen Hüpfer.

PENG!

Trudy knallte die Hände aufs Lenkrad und sagte ein Wort, das alles andere als fein war.

»Was war denn das?«, fragte Mary und klammerte sich an ihren Pappkarton. Kratzgeräusche drangen aus dem Innern des Kartons. Sie hob eine Klappe hoch und sprach beruhigend auf Peebles ein.

»Ich bin kein Automechaniker«, murrte Trudy und stellte den Motor ab, »aber für meine Begriffe klang das nach einem geplatzten Reifen.« Sie stieg aus, und Mary folgte ihrem Beispiel, den Pappkarton stellte sie auf dem Beifahrersitz ab.

Zusammen knieten sie neben dem Vorderreifen und drückten daran herum. »Hmm ... Scheint eigentlich nichts kaputt zu sein«, sagte Trudy und kratzte sich am Kopf. »Vielleicht sollte ich mal einen Blick unter die Motorhaube werfen.«

»Was ist das?«, fragte Mary, die etwas unter dem Reifen entdeckt hatte. Es war flach, orangefarben und knisterte beim Anfassen. »Müll?«

»Ich kann hier kein Problem entdecken«, sagte Trudy unter der Motorhaube hervor. Sie ließ sie wieder zufallen. »Jetzt aber rein mit dir, Mary, ich werfe noch mal den Motor an.«

»Ich bin *Kitty*«, flüsterte Mary.

»Ach, jetzt gib nicht so an – steig lieber ein!«

Mary und Trudy machten es sich in ihren Sitzen bequem. Diesmal setzte sich das Auto ohne störende Geräusche in Bewegung.

»Schade, dass unser Budget nicht für ein schickeres Modell gereicht hat«, grummelte Trudy, als sie die Kreuzung am Ende der Straße erreichten. »Kein Sonnendach, kein CD-Player ... Und außerdem«, sagte sie und kurbelte das Fenster herunter, »riecht's hier nach nassem Hund.«

* * *

Peebles gefiel das Autofahren gar nicht. Während der ganzen Fahrt zappelte er in seinem Pappkarton, so dass Mary ihn ordentlich festhalten musste, und er miaute ununterbrochen vor sich hin. Jedes Mal, wenn sie die Klappe anhob, schoss eine Pfote hervor und wollte sich an ihrem Kleid festhaken.

Abgesehen von der Sorge um ihr armes Haustier, genoss Mary die Reise sehr. Die Londoner Straßen waren gesäumt von interessanten Gebäuden, und auf den Bürgersteigen wimmelte es von Menschen. Angenehmerweise hielt das Pfefferminzbonbon fast bis zu den Außenbezirken der Stadt vor, um sich schließlich bei der Fahrt durch Wanstead in nichts aufzulösen.

Nachdem sie die Hauptstadt hinter sich gelassen hatten, folgte Trudy einer langen breiten Straße fast ohne Kurven. Zu beiden Seiten ragten Böschungen in die Höhe, und obwohl sie sich den Hals verrenkte, konnte Mary nicht erkennen, was dahinter lag. Da es so wenig zu gucken gab, beschloss sie, alles, was sie über Spionage gelernt hatte, noch einmal im Kopf durchzugehen. So erreichten sie in null Komma nichts Cherry Bentley.

Da sie den Stadtplan und die Luftaufnahmen studiert hatte, war Mary mit der räumlichen Anordnung des Dorfes vertraut, aber in der Realität war es natürlich viel beeindruckender. Die Straßen waren schmal und nicht gekennzeichnet, es gab reichlich Bäume, und das Gras war so dicht und glänzend, dass man glauben konnte, es sei essbar. Die Gebäude von Cherry Bentley waren von unterschiedlicher Bauart und Größe. Manche Häuser hatten winzige Gitterfenster, gekalkte Mauern und reetgedeckte Dächer; andere waren imposanter, aus mattorangenem Backstein mit einem halben Dutzend Schornsteinen. Es gab eine Kneipe mit Schieferdach namens »Zum einäugigen Wiesel«, die überwuchert war von wildem Wein, sowie eine große steinerne Kirche mit einem Turm, der Mary an ein Schloss erinnerte.

Als sie den Park erreichten, ging Trudy vom Gas und trug Mary auf, nach einer Straße namens Cow Parsley Lane Ausschau zu halten. Mary suchte angestrengt, wurde aber immer wieder abgelenkt von den breiten Rasenflächen zu ihrer Rechten. Hohe Linden und Eichen wuchsen verstreut am Rand des Parks, und im hinteren Teil befand sich ein von Trauerweiden umgebener Ententeich, der von Vögeln wimmelte.

»Da!«, rief Mary, nachdem sie sich nur mit Mühe von einem Schwarm junger Enten hatte losreißen können, die in Reih und Glied marschierten. »Cow Parsley Lane.«

Trudy setzte den Blinker und bog scharf in die Kurve ein. Mary hörte, wie die Koffer im Kofferraum polternd gegeneinander schlugen.

Daffodil-Cottage stand etwa auf halber Höhe der Cow Parsley Lane auf der rechten Seite. Es hatte die Farbe von Vanilleis und eine weiße Tür mit drei Stufen davor. Der Vorgarten war mit Gänseblümchen übersät, und Löwenzahn spross aus den Ritzen des steinernen Pfads. Mary verliebte sich sofort in das Haus.

»Wo willst du hin, wenn ich fragen darf?«, fragte Trudy.

Kaum war der Motor aus, hatte Mary die Tür aufgeworfen und war mitsamt ihrem Pappkarton den Pfad hinaufgelaufen.

»Wie wär's, wenn du mir mal mit dem Gepäck helfen würdest?«

»Ach so …, tut mir Leid.« Mary stellte Peebles ab und ging zurück zu Trudy, die vor dem Kofferraum stand.

»Cherry Bentley ist wirklich nett, oder?«, sagte Mary. »Die Luft riecht so frisch und sauber, finden Sie nicht? Und die Häuser sind alle so hübsch! Ich wusste gar nicht, dass sich der Himmel so weit erstreckt – das kommt sicher daher, dass ich mein ganzes Leben lang in einer Stadt voller Hochhäuser gewohnt habe …«

»Ja, ja«, sagte Trudy fahrig und schloss den Kofferraum auf.

Dann geschah etwas so Überraschendes, dass Mary die Spucke wegblieb. Trudy hingegen hatte keinerlei Mühe, ihrem Schock laut Ausdruck zu verleihen. Sie schrie sich die Seele aus dem Leib und fiel rückwärts auf die Straße. Ein schäbiger Bettvorleger sprang ihr aus dem Kofferraum entgegen und begrub sie unter sich.

»Na, Gott sei Dank!«, sagte eine Jungenstimme, und ein rotgesichtiger Felix setzte sich zwischen den Koffern auf. Er blinzelte und hielt sich schützend die Hand vor die Augen. »Wurde allmählich etwas stickig da drin«, sagte er und kletterte über die Lebensmittelkiste. Er hatte eine Reisetasche in der Hand. »Na«, sagte er zu Mary, als wäre es das Natürlichste von der Welt, aus dem Kofferraum eines Autos auszusteigen. »Und wo sind wir jetzt?«

»Schaff mir diesen Hund vom Leib!«, rief Trudy und versetzte Haltepfiff einen Schubs. Der Hund schleckte ihr über die Wange und machte keinerlei Anstalten, von ihr abzulassen.

»Haltepfiff! Runter da!«, befahl Felix. Er packte den Hund am Halsband und zerrte ihn weg. »Komm jetzt. Lasst uns doch erst mal die Gegend erkunden!«

»Kommt gar nicht in Frage«, sagte Trudy, nachdem Haltepfiff sie endlich in Ruhe gelassen hatte und ein wenig im Vorgarten herumschnüffelte. »Igitt …, stinkt dieser Köter«, sagte Trudy und bürstete sich die Hundehaare von den Kleidern.

»Was machst du hier, Felix?«, fragte Mary, die sich inzwischen wieder gefasst hatte. »Ich … ich dachte, Red hätte dir verboten, mitzufahren.«

»Pah!«, sagte Felix. »Als würde ich mir von dem was sagen lassen! Red war doof genug, mir zu erzählen, wann ihr auf die Mission aufbrecht – also bin ich heute früh aufgestanden, hab mir meinen Hund geschnappt, hab mich hinter der Ecke von eurem Hotel versteckt und gewartet, bis ihr rauskommt. Dann habe ich euch mit einem super Trick abgelenkt, und wir konnten uns in aller Ruhe in eurem Kofferraum verstecken. Ich habe eine leere Chipstüte aufgepustet, und die habe ich dann mit der offenen Seite unter den Reifen eures Autos geschoben, und zwar so, dass die Luft nicht entweichen konnte. Beim Überfahren ist sie geplatzt.«

»Ah«, sagte Mary. Jetzt fiel ihr wieder ein, dass sie unter dem Reifen etwas Müll bemerkt hatte. Wäre sie in dem Moment doch bloß darauf gekommen, dass er etwas zu bedeuten hatte.

»Ihr solltet denken, euer Reifen wäre kaputt«, sagte Felix.

»Haben wir auch«, sagte Mary.

»Ich weiß«, sagte Felix schadenfroh. »Ihr seid voll drauf reingefallen.«

»Hör auf, so selbstgefällig zu grinsen«, sagte Trudy und starrte Felix frostig an, »und setz dich mit deiner übelriechenden Töle sofort in dieses Auto. Ich bringe dich zurück nach London.«

»Das werden Sie nicht tun!«

»Keine Widerrede …«

»Nicht so laut«, zischte Mary. Sie hatte gesehen, dass eine ältere Frau auf sie zugewatschelt kam. Obwohl es aufgehört hatte zu regnen, trug die mollige alte Dame einen

Regenmantel, eine Regenhaube und Gummistiefel. In einer Hand hielt sie einen Gehstock, in der anderen einen Schlüsselbund. Zwei kleine drahthaarige Hunde trotteten hinter ihr her und balgten sich um ein Stück Stoff.

»Hallöchen, meine Lieben«, sagte sie und schwenkte ihren Stock. »Ich habe euch schon vom Küchenfenster aus kommen sehen!« Das Gesicht der alten Dame war weich und rosa gepudert. Mary musste dabei an Mausespeck denken. »Ich wohne am anderen Ende der Straße in der Villa Blueball«, sagte sie. »Ich bin Mrs Cuddy, die Wirtin, und das sind meine kleinen Lieblinge: Schnupperfratz und Lämmchen.« Die alte Dame warf ihren Hunden einen liebevollen Blick zu. Mary streckte die Hand aus, um sie zu streicheln; doch als einer der Hunde zu knurren begann, ließ sie es lieber sein. Der Stofffetzen, um den sie sich rauften, riss entzwei.

»Ihr süßen Kleinen!«, sagte Mrs Cuddy warnend. »Schön brav beim Spielen!«

»Freut mich, Sie kennen zu lernen«, sagte Trudy und reichte ihr die Hand. »Ich bin Sandra Wilson, und das hier ist meine Tochter Kitty.«

Mary trat nach vorn.

»Ach, Kitty heißt du?«, sagte die alte Dame. »Ach ja, richtig. Ich erinnere mich. Als Sie mir schrieben, dass Sie mein Häuschen mieten wollen, hatten Sie eine Tochter erwähnt.« Mrs Cuddy ließ den Schlüssel in Trudys andere Handfläche fallen, ehe sie ihre Hand ergriff. »Aber sagen Sie, Sandra ... Wer ist denn dieser entzückende junge Mann?«

»Ich bin ihr Sohn«, erwiderte Felix wie aus der Pistole geschossen.

»Wayne«, fügte Trudy hinzu.

»Wayne?«, formte Felix mit den Lippen. Er verdrehte die Augen.

»Und dein Hund?«, fragte Mrs Cuddy. »Na … das ist doch dein Hund, nicht wahr?«

»Ja«, sagte Mary rasch, bevor Felix seine Anekdote über Haltepfiffs Großvater mit dem Hundeshowpreis zum Besten geben konnte. »Er heißt …, äh …, Fred.«

Mrs Cuddy nickte. »Ganz reizend.«

»Entschuldigen Sie bitte, ich habe nichts davon gesagt, dass Fred mitkommt«, sagte Trudy sanft. »Aber das hat sich erst in letzter Minute ergeben.«

»Schon recht, meine Liebe. Ich verstehe Sie ja so gut. Mir würde nicht mal im Traum einfallen, Schnupperfratz und Lämmchen allein zu Hause zu lassen. Machen Sie sich's nur schön gemütlich, und wenn Sie irgendetwas brauchen, klingeln Sie ruhig bei mir durch! Bis da-hann!« Mrs Cuddy drehte sich um und watschelte wieder von dannen, dicht gefolgt von ihren Hunden.

»Ätsch«, sagte Felix und schwang sich die Reisetasche über den Rücken. »Jetzt habt ihr mich am Hals!«

»Ich würde nicht drauf wetten«, knurrte Trudy.

»Oh doch, ihr habt mich am Hals. Mrs Cuddy würde es sofort merken, wenn ich auf einmal nicht mehr da wäre. Und wie würden Sie's ihr erklären? Am Ende käme sie noch auf die Idee, Sie hätten mich abgemurkst.«

»Bring mich nicht auf Gedanken«, sagte Trudy.

»Wayne!«, rief Felix empört. Er verzog das Gesicht. »Wie kommen Sie denn auf so einen blöden Namen?«

Trudy lächelte ihn säuerlich an. »Er schien mir irgendwie passend«, sagte sie.

Mary achtete kaum auf das kleine Wortgefecht. Ihr war aufgefallen, dass sich Haltepfiff ein bisschen zu sehr für den

Pappkarton interessierte, den sie auf dem Pfad abgestellt hatte. Winselnd beschnüffelte er eine Ecke des Kartons. »Weg da!«, rief Mary. Aus dem Karton drang ein wütendes Fauchen, und Haltepfiff wedelte mit dem Schwanz. »Lass ... lass Sardine in Ruhe!«, sagte Mary und machte einen großen Schritt über den Hund hinweg. Sie versuchte, ihn zur Seite zu schieben, aber genauso gut hätte sie versuchen können, einen Granitblock zu verrücken. »Ruf doch mal bitte deinen Hund zurück«, sagte Mary und funkelte Felix wütend an. Sie umschlang den Karton schützend mit beiden Armen.

»Haltepfiff! Hierher!«

»Du musst ihn Fred nennen«, zischte Trudy.

»Niemals!«, sagte Felix. »Da hört er doch nicht drauf.«

Trudy stieß ein abgehacktes Lachen aus. »Auf seinen richtigen Namen hört er doch genauso wenig! Ist doch *völlig egal*, wie man ihn nennt. Die Töle hat einfach kein Gehirn.«

Felix war entrüstet. »Nehmen Sie das zurück!«, rief er. »Mein Hund ist außerordentlich intelligent. Er kennt dreiundsiebzig verschiedene Befehle ...«

»Um Himmels willen, nicht so laut«, mahnte Trudy. Nachdem sie den Kofferraum zugeknallt hatte, folgte sie dem Pfad hinauf durch den Vorgarten, in jeder Hand einen Koffer. »Sehr unauffällig«, sagte sie und warf Felix einen bösen Blick zu. »Sehen wir lieber mal zu, dass wir ins Haus kommen.«

Mary blickte argwöhnisch über die Schulter, während Trudy die Haustür aufschloss. Wurden sie beobachtet? Hatte man sie belauscht? Auf einmal wurde ihr das Herz schwer. Ihr war von vornherein klar gewesen, dass Operation Fragezeichen nicht einfach werden würde. Aber jetzt,

ZWÖLFTES KAPITEL

Langsame fortschritte

Und wo sind die Osterglocken?«, fragte Felix in demselben patzigen Tonfall, in dem er über den »prähistorischen Wasserkessel«, den »abartigen Schnickschnack« und das »zarte Kohlsuppenaroma« im Daffodil-Cottage hergezogen hatte. Er steckte die Hände in die Taschen seiner Shorts und schlenderte über die kleine Rasenfläche hinterm Haus wie ein Graf, der sein Anwesen begutachtet. »Hier wächst doch keine einzige Osterglocke«, sagte er mit verächtlichem Unterton. »Aber dafür jede Menge Unkraut. Ich denke, ich taufe das Haus um und nenne es ab sofort ›Haus Unkraut‹.«

»Das ist kein Unkraut, das sind Wiesenblumen«, sagte Trudy beiläufig. »Und für Osterglocken haben wir die falsche Jahreszeit. Die blühen nämlich nur im Frühling.«

Mary hielt inne und starrte Trudy (die sich offenbar in der Gartenkunst kundig gemacht hatte) ehrfürchtig an. Zu ihrem Erstaunen lächelte Trudy zurück und zwinkerte ihr zu.

Felix murmelte irgendetwas von einem Glas Wasser und verschwand im Haus.

Ein nachdrückliches Miauen erinnerte Mary daran, dass sie gerade mit etwas beschäftigt gewesen war. Nachdem sie den Pappkarton auf dem Rasen abgestellt hatte, öffnete sie nacheinander die Klappen. »Kannst rauskommen«, sagte sie zu Peebles. Der Kater steckte den Kopf aus dem Karton und blickte nach links und nach rechts wie ein Periskop. Mary machte einen Versuch, ihn auf den Arm zu nehmen, aber ihm war offenbar nicht nach Knuddeln. Er sprang von ihrem Arm, flitzte über den Rasen und versteckte sich unter einem Hortensienstrauch. Zum Glück war Haltepfiff seinem Herrchen ins Haus gefolgt, und es bestand nicht die Gefahr einer Verfolgungsjagd. »Keine Sorge … äh … Kitty«, sagte Trudy. »Der ist wahrscheinlich nur etwas mitgenommen von der Autofahrt.«

»Wahrscheinlich«, sagte Mary, »und ich habe das Gefühl, er ist über Haltepf…, ich meine, Fred, nicht allzu begeistert.«

Trudy nickte. »Armer alter Peebles.«

»*Sardine*«, zischte Mary.

»Kein Wunder, dass er sich im Auto so angestellt hat«, fuhr Trudy fort und steuerte auf die Tür zu. »Er wollte uns bestimmt warnen, dass wir zwei blinde Passagiere an Bord haben. Wenn Katzen doch nur sprechen könnten, was?«

»Mhm«, stimmte Mary zu und errötete ein wenig. Es war demütigend gewesen, bei P.S.S.T. anzurufen und zu gestehen, dass Felix und sein Hund als ungebetene Gäste aufgetaucht waren. Red hatte sich sehr unzufrieden gezeigt, als Mary ihm schilderte, wie sich die beiden im Kofferraum versteckt hatten.

Besonders betrübt war sie darüber, Socrates nach all seinen Bemühungen so enttäuschen zu müssen. »Abgelenkt durch eine Chipstüte!«, hatte sie ihn entgeistert murmeln hören. »Das ist doch nicht zu fassen, dass sich die beiden direkt unter eurer Nase ins Auto geschmuggelt haben. Ein guter Spion ist immer auf der Hut, Mary. Denk daran, was ich dir beigebracht habe!«

Red hatte dafür plädiert, sich irgendeine Geschichte als Vorwand zusammenzuspinnen, damit Trudy Felix und seinen Hund sofort zurück nach London bringen könnte. Er fürchtete nämlich, Felix' Eltern könnten auf die Idee kommen, der Junge wäre weggelaufen oder entführt worden. Wenn sie die Polizei einschalteten, wäre das definitiv das Ende von Operation Fragezeichen, und das rätselhafte Verschwinden von Angela Bradshaw würde niemals aufgeklärt. Felix behauptete jedoch, sein Fehlen würde gar nicht auffallen. Seine Eltern waren beim Trekking in Nepal, und dem Au-pair-Mädchen hatte Felix erzählt, er werde ein paar Wochen bei seinem Freund Josh übernachten. Daher beschloss man, Felix einfach dazubehalten.

Verärgerter, als Mary ihn je erlebt hatte, bestand Red darauf, dass Felix auf keinen Fall das Haus verließ, bis eine Lieferung mit passender Garderobe eingetroffen sei. Danach dürfte Felix nur hin und wieder nach draußen, und es sei ihm strengstens untersagt, sich in die Mission einzumischen. Mary hatte diese Anweisungen an Felix weitergeleitet, aber sie war nicht richtig überzeugt, dass er sich daran halten würde. Er schien ihr kein Junge zu sein, der immer tat, was man ihm sagte.

»Kitty!«, rief Trudy und tauchte erneut im Garten auf. Sie hatte eine Einkaufstüte und einen Regenschirm in der Hand. »Ich laufe mal eben zur Post. Kommst du mit?«

»Ja, gern …, Mama«, sagte Mary laut und deutlich (für den Fall, dass jemand auf der anderen Seite des Gartenzauns mithörte). Zum ersten Mal sprach sie Trudy als ihre Mutter an. Es war ein sehr befremdliches Gefühl.

Mary behielt ihre Gummistiefel an, dachte aber rechtzeitig daran, Clop herauszuholen, bevor sie zur Post aufbrachen. Sie setzte den Esel auf die Fensterbank ihres neuen Zimmers, damit er auf die Straße gucken konnte. Erlöst und neugierig, wie jemand nur sein konnte, der einen ganzen Vormittag in einen dunklen Gummistiefel gesperrt worden war, presste Clop die Nase gegen die Fensterscheibe.

Sie ließen Felix und Haltepfiff zurück, die bäuchlings vor einem Schachbrett im Wohnzimmer lagen. Der Schrank neben dem Fernseher war voll gestopft mit Gesellschaftsspielen. Felix behauptete, Haltepfiff könne schon Dame und Kniffel, und es sei nur eine Frage der Zeit, bis er auch die Schachregeln beherrsche.

Mary hatte da ihre Zweifel – und sie war nicht die Einzige. »Der Junge ist nicht ganz dicht«, sagte Trudy, als sie hinter sich die Haustür zuzogen. »Sein Hund ist dumm wie Bohnenstroh, das sieht doch jeder, aber Felix behandelt ihn wie ein vierbeiniges Wunder. Ich wette, Haltepfiff ist nicht mal in der Lage, Stöckchen zu holen, von Schach ganz zu schweigen.«

»*Fred*«, flüsterte Mary.

»Ach ja«, sagte Trudy. »Entschuldigung.«

Mary warf Trudy einen fragenden Blick zu. Seit dem überraschenden Auftauchen von Felix und Haltepfiff hatte sich ihr Verhalten gegenüber Mary eindeutig verändert. Ihre bissigen Bemerkungen hatten nachgelassen, ihre Stimme war weicher geworden, und hin und wieder bemühte sie sich fast, kumpelhaft zu sein. Mary war Trudys plötzliche Freundlichkeit nicht ganz geheuer. Vielleicht ist ihr aufgegangen, dass ich doch nicht so schlimm bin, dachte Mary. Zumindest im Vergleich zu Felix.

* * *

»Graben?« Die Frau hinter dem Postschalter blickte von dem Zettel auf, den Trudy ihr in die Hand gedrückt hatte. »Was, sagten Sie, machen Sie beruflich?«

»Ich bin Gärtnerin«, sagte Trudy.

»Ach *so, im Garten* graben«, sagte die Frau und zuckte mit ihren breiten Schultern. »Ich dachte schon, Sie suchen einen Job auf dem Friedhof.«

»Nein«, sagte Trudy entschlossen.

Zum Glück, dachte Mary.

»Das heißt also, Sie können Unkraut jäten, säen, beschneiden und Rasen mähen, richtig?«, sagte die Frau und ließ den Blick über den Zettel schweifen, auf dem Trudy in wenigen Zeilen ihre Dienste anbot. »Hört sich nach … körperlicher Arbeit an.« Sie musterte Trudy von Kopf bis Fuß. »Sind Sie sich da ganz sicher, Liebes? Sie sind doch spindeldürr. Sie sehen mir nicht so aus, als wären Sie in der Lage, einen Spaten hochzuheben, geschweige denn, ein Loch zu graben.«

»Das täuscht«, sagte Trudy beharrlich, und ihre Finger schlossen sich fester um den Regenschirm. Mary hoffte inständig, Trudy würde nicht ausrasten und der Frau den Schirm über den Kopf ziehen.

»Na ja …« Die Frau schien einen Moment zu überlegen, wobei sie über ihr kupferfarbenes Haar strich und sich eine Strähne um den dicken Finger wickelte. »Ich denke schon, dass ich Ihre Anzeige ins Fenster hängen könnte …, das heißt gegen einen kleinen Obolus.«

Trudy schob der Frau eine Fünf-Pfund-Note hin. Dann packte sie Mary an der Hand und zog sie quer über das Linoleum in eine Ecke des Postamts, wobei sie immer wieder das Wort »Unverschämtheit« vor sich hin murmelte. Die Klingel über dem Eingang ertönte, und Mary riss sich los, um zu sehen, wer gerade gekommen war. Sie ließ die wutschnaubende Trudy allein neben einem Drehständer mit Grußkarten stehen.

Abgesehen von einem schlaksigen jungen Mann in khakifarbenem Overall, der seit längerem ein Päckchen Briefumschläge inspizierte, sowie einem älteren Mann mit ordentlich gestutztem weißem Bart, der ein Päckchen zusammenschnürte, hatte sich nun noch eine weitere Kundin in der Post eingefunden. Es war eine Frau mittleren Alters mit rot geschminkten Wangen und einer Adlernase. Der tief ins Gesicht gezogene Rand ihres Strohhuts verdeckte ihre Augen. Ihr violettes Baumwollkleid schlackerte um ihren mageren Körper, und an einem Arm baumelte ein Einkaufskorb.

»Guten Morgen, Mrs Arbuthnot«, donnerte die Frau hinter dem Schalter.

Mary wurde sofort hellhörig. *Mrs Arbuthnot!* Als Angela Bradshaw die Stimme von Murdo Meek erkannte, hatte dieser eine Bemerkung über die preisgekrönte Gurke genau *der* Frau gemacht, die soeben durch die Tür spaziert war! Mary schnappte sich ein Malbuch vom Regal, blätterte unauffällig darin herum und versuchte, mit jeder Faser ihres Körpers dem folgenden Gespräch zu lauschen.

»Ja, in der Tat, es ist ein guter Morgen, Mrs Flinch«, entgegnete Mrs Arbuthnot, wobei der Rand ihres Hutes bei jedem Wort wippte. »Es hat ein paar Tröpfchen geregnet. Ich denke, das Gießen kann ich mir heute sparen.«

»Sie sind sicher die Einzige, die von unserer neuen Dorfbewohnerin keine Hilfe in Anspruch nehmen muss«, sagte die Frau hinter dem Schalter. Ihre Stimme hatte einen ziemlich selbstgefälligen Beiklang, fand Mary.

»Wie bitte, Mrs Flinch?«, fragte Mrs Arbuthnot.

»Sandra Wilson«, sagte Mrs Flinch, und ihr eckiger Kiefer bewegte sich hektisch auf und ab. »Sie hat sich gerade hier in Cherry Bentley niedergelassen. Sie ist Gärtnerin. Ich habe soeben ihre Anzeige ins Fenster gehängt. Wollen wir mal hoffen, dass sie in Sachen Gurken nicht auch einen grünen Daumen hat, was, Mrs Arbuthnot? Wie viele Jahre hintereinander haben Sie jetzt schon die Gurkentrophäe gewonnen?«

»Neun Jahre«, sagte der Mann mit dem weißen Bart und stellte sein Päckchen auf den Schalter. »Stimmt's, Bess?«

»Nun, ehrlich gesagt, sind es sogar schon zehn«, sagte Mrs Arbuthnot bescheiden.

»Eine ganz große Leistung«, sagte der Mann, »und wenn ich mir die Bemerkung erlauben darf, Bess, Sie sind auf dem Foto ausnehmend gut getroffen.«

»Sie aber auch, Larry«, sagte Mrs Arbuthnot. »Ich wollte ja selbst schon immer in die Schräge-Gemüse-Kategorie einsteigen, aber irgendwie wollen meine Gurken einfach nicht krumm wachsen. Es ist wohl eine Wissenschaft für sich, eine Rote Bete in Form einer Dampfwalze hinzubekommen.«

»Reiner Zufall, glauben Sie mir«, sagte Larry.

»Ich hätte mir die Show dieses Jahr so gerne angeschaut«, sagte Mrs Flinch. »Ich liebe es, meine Sommernachmittage damit zu verbringen, mir einen Haufen Pflanzen und Gemüse anzusehen. Aber die Show fiel genau auf meinen Geburtstag, wissen Sie, und Neville hatte versprochen, mich auf einen romantischen Ausflug zu entführen. Ein Besuch im Panzermuseum war zwar nicht ganz das, was ich mir darunter vorgestellt hatte, aber hinterher gab es ein sehr schönes Picknick.«

»Es ist so schade, dass Sie nicht kommen konnten«, sagte Larry, »aber im Rathaus sind ein paar sehr hübsche Fotos von der Show ausgestellt. Vielleicht würden Sie gerne einen Blick darauf werfen, wenn Sie einmal eine Minute Zeit haben?«

»Hängen die Fotos immer noch?«, fragte Mrs Flinch und unterdrückte ein Gähnen. »Ich denke, inzwischen dürfte sie nun wirklich jeder gesehen haben.«

Alle schwiegen, peinlich berührt.

»Na, ich muss dann auch los«, sagte Larry und schüttelte den Inhalt seiner Plastiktüte. »Zeit zum Entenfüttern! Würde mich freuen, wenn mein Päckchen mit der Mittagspost noch mitkäme, Diana.« Er nickte höflich mit dem Kopf. »Wiedersehen, die Damen.«

»Es ist doch eine Schande, nicht wahr«, sagte Diana Flinch, nachdem das Klingeln der Glöckchen verebbt war.

»Ich fürchte, ich kann Ihnen nicht folgen«, sagte Bess Arbuthnot.

Diana Flinch zeigte auf die Tür, durch die der Mann mit dem weißen Bart soeben verschwunden war. »Mr Grayems war doch ganz aus dem Häuschen, als eine seiner Enten plötzlich aus dem Teich verschwunden war.«

»Den Täter hat man wohl nicht gefunden ...«

»Nein«, sagte Diana, »aber es gibt da natürlich das eine oder andere Gerücht.« Sie beugte sich über den Schalter zu Bess und legte verschwörerisch die hohle Hand um den Mund (was sich als vollkommen sinnlos erwies, da sie sich in keiner Weise bemühte, leiser zu sprechen). »Kurz nach dem Verschwinden des alten Erpels soll *in einer gewissen Kneipe* auf einmal Sandwich mit gebratenem Entenfleisch auf der Karte gestanden haben, hab ich gehört.«

»Papperlapapp!«, sagte Bess. Sie war offenkundig entsetzt. »Ich kann mir nicht vorstellen, dass der Wirt des

»Einäugigen Wiesels« in so eine Sache verwickelt ist.« Sie griff in ihre Tasche und zog eine Geldbörse hervor. »Ich hätte dann gerne fünf Briefmarken fürs Inland, wenn Sie so nett wären, Mrs Flinch«, sagte sie knapp.

»Selbstverständlich«, erwiderte die Postbeamtin beleidigt. Sie holte einen Bogen Briefmarken hervor und begann, einen Abschnitt davon abzureißen. Ohne aufzublicken, rief sie: »Hallo, Seth Lightfoot! Jetzt machen Sie mal hin mit Ihren Umschlägen da! Was ist denn nun? Wollen Sie sie kaufen oder nicht?«

Der junge Mann im Overall schluckte und ließ das Päckchen fallen. Als er zur Tür eilte, stolperte er über seine Schnürsenkel und warf dabei eine hübsch aufgetürmte Pyramide von Klebstoff-Fläschchen um. Ohne stehen zu bleiben und sie wieder aufzustellen, zog er hastig die Tür auf und machte sich aus dem Staub.

»Na, vielen Dank auch!«, rief Diana Flinch, und an ihrem Tonfall war deutlich zu erkennen, dass sie alles andere als dankbar war. Sie begann vor sich hin zu schimpfen über schmutzige Fingerabdrücke auf ihren schönen Umschlägen und die herzlose Zerstörung eines Kunstwerks.

Bess Arbuthnot bezahlte ihre Briefmarken und verschwand fast ebenso schnell wie Seth Lightfoot.

»Lass uns auch gehen«, sagte Trudy und stieß Mary am Ellenbogen an. »Wenn ich diesem Plappermaul noch eine Minute länger zuhören muss, kann ich für nichts mehr garantieren.«

* * *

Toll! So ein Glück! Es ist geöffnet, dachte Mary, während sie auf das Rathaus zugingen. Es war ein altes rotes Backsteingebäude mit Bogenfenstern und zwei dicken, massiven Eichenholztüren. Davor saß auf einem Stuhl ein älterer Mann mit einem Plastikeimer auf dem Schoß. Aus seinem Mundwinkel ragte ein Zahnstocher. Mary blieb stehen und überflog das Poster, das an einer der Türen hing. »Können wir uns die Ausstellung angucken?«, fragte sie Trudy.

»Mach ruhig, wenn du willst«, antwortete sie, »aber Kartoffeldruck ist nicht ganz mein Ding. Wie wär's, wenn ich mich da hinten am Teich auf die Bank setze, während du dir die Bilder ansiehst?«

»Gut, Mama«, sagte Mary.

Trudy lächelte schwach und ließ Marys Hand los. Sie war blass und wirkte angespannt und erschöpft. Mary konnte sich genau vorstellen, wie sie sich fühlte. Sich zu verstellen, war unglaublich kräftezehrend. Sie hätte am liebsten eine Weile ihr Gehirn ausgeschaltet und sich mit Trudy ein wenig in der Sonne entspannt – aber das ging nicht. Sie hatte zu tun.

»Guten Tag, ich würde mir gern die Ausstellung ansehen«, sagte Mary und ließ die zwanzig Pence Eintrittsgeld in den Eimer fallen.

Der Mann kaute auf seinem Zahnstocher herum, nickte unbestimmt und winkte sie hinein.

Mary brachte ein paar Minuten damit zu, auf und ab zu spazieren und die Kunstwerke der Grundschule von Cherry Bentley zu bewundern. Aus dem Augenwinkel sah sie in einer Ecke der Halle einige Fotos auf einem großen Bastelbogen, und sie ging in eine Ecke der Halle, griff nach der Mini-Kamera in ihrer Tasche und schlenderte darauf zu.

Irgendjemand hatte mit großem Aufwand »Laubenpieper- und Kleingärtnershow« auf den Bogen geschrieben, und zwar mit so vielen Schnörkeln, dass die Schrift praktisch unleserlich war. Die Fotos waren in einem Kreis um die Schrift herum angeordnet, und Mary musste den Kopf schief legen, um sie anschauen zu können. Auf fast allen Fotos waren Personen abgebildet, die viele Zähne zeigten und jeweils ihre Trophäen oder Rosetten oder einen Erbsenstrauch oder ein Marmeladenglas in den Händen hielten.

Mary entdeckte das Foto von Bess Arbuthnot. Darauf trug sie einen anderen Hut als heute, mit einer schmalen steifen Krempe, dazu ein Kleid mit Spitzenkragen und weiße Handschuhe. In der Armbeuge lag eine prächtige Gurke, so groß und grün glänzend, wie sie Mary noch niemals in irgendeinem Supermarkt gesehen hatte.

Mary schnippte mit dem Finger das eine Ende der Schokorosinenschachtel auf, hob sie vor Bess Arbuthnots Foto und drückte auf den Auslöser. Genauso verfuhr sie mit den anderen Fotos. Auf einem entdeckte sie Larry Grayems mit einer seltsam geformten Roten Bete, das Gesicht leuchtend vor Stolz. Seth Lightfoot, der junge Mann, den Mary so eilig aus dem Postamt hatte verschwinden sehen, war auf fünf verschiedenen Fotos. Er war ziemlich schäbig gekleidet und schien auf jedem Bild irgendetwas am Boden zu begutachten.

Als sie fertig war, steckte Mary die Mini-Kamera wieder ein und schlenderte aus der Halle. So weit, so gut, dachte sie und war ganz entzückt darüber, dass sie ihre Fotostrecke so reibungslos hatte abschließen können.

Mary hatte eigentlich damit gerechnet, dass Trudy allein auf der Bank sitzen, ein Nickerchen halten oder die Enten beim Verschlingen von Larry Grayems' Brotkrümeln beobachten würde. Erstaunlicherweise fand sie stattdessen ihre »Mutter« und Seth Lightfoot in ein lebhaftes Gespräch verwickelt. Trudy und Seth saßen jeweils an einem Ende der Bank, zwischen ihnen stand Trudys Einkaufstüte.

Seths Hand ruhte auf einem Straßenkehrerwagen. Kehrblech und Handfeger hingen von einem der Griffe, und am vorderen Teil des Wägelchens baumelte ein schmuddeliger Stoffpanda. Obwohl er so schäbig war (und ihm obendrein ein Ohr fehlte), hatte der Panda einen stolzen Blick. Er erinnerte Mary an eine Galionsfigur am Bug eines Schiffes.

»Kaugummi ist das Schlimmste«, sagte Seth vertraulich und verzog das Gesicht.

Trudy nickte mitfühlend.

»Wissen Sie, wenn er noch klebt, kann man's vergessen. Dann muss man warten, bis er steinhart ist. Am leichtesten geht es an einem schönen eiskalten Morgen. Durch die Kälte friert er nämlich am Bürgersteig fest. Dann nehm ich mein Kratzgerät und stochere ein bisschen dran herum. Irgendwann lässt er sich dann wunderbar entfernen …, wie Schorf.«

»Ach so geht das«, sagte Trudy.

Seth hüstelte bescheiden. »Ganz einfach, wenn man's weiß.«

»Und wie lange sind Sie schon Müllmann?«

»Offiziell«, sagte Seth, »nennt man mich ›Angestellter der städtischen Straßenreinigung‹. Ich mach das jetzt schon …, na, am Dienstag werden es genau neun Jahre. Davor war ich auf einem Kreuzfahrtschiff. Ich hab die ganze Welt bereist.«

»Das ist ja wunderbar«, sagte Trudy. »Da haben Sie ja bestimmt einiges gesehen.«

»Mehr Kotze, als mir lieb war«, sagte Seth, »bei starkem Wellengang und so.«

Trudy nickte und blickte ein wenig besorgt vor sich hin. Dann sah sie, dass Mary im Anmarsch war. »Ah, da ist ja meine Tochter«, sagte sie, und Erleichterung schwang in ihrer Stimme mit. »Na, Kitty, wie war die Ausstellung? Also dann, Mr ... Lightfoot ...«

»Sagen Sie ruhig Seth.«

»Es war sehr nett, Ihre Bekanntschaft zu machen ... Seth ... Jetzt muss ich aber wirklich los.«

»Ja, ja ... Ich auch«, sagte er eilig. »Da drüben liegt ein Styroporbecher, den ich *unbedingt* wegmachen muss. Vielleicht plaudern wir ein andermal weiter.« Er stand auf und drehte sich zu Mary um. »Mach's gut, Kleine.«

Mary sagte erst einmal gar nichts. Sie staunte nicht schlecht. Aus der Entfernung hatte Seth wie fünfundzwanzig gewirkt, aber jetzt, aus der Nähe, sah sie die Fältchen um seine Augen und Mundwinkel – das heißt, er musste mindestens zehn Jahre älter sein, als sie angenommen hatte. Sie nahm sich vor, im Daffodil-Cottage als Erstes auf der Karo fünf nachzusehen, ob er ein Verdächtiger war.

* * *

Trudys Stimme schwebte die Treppe hinauf. » Was hast du gesagt? *Nathan*? Auf einem *Moped*? Bist du *sicher*?« Mary stützte die Ellenbogen auf die Fensterbank und sah Clop fragend an. Ihr Esel erwiderte ihren Blick, was Mary endgültig davon überzeugte, dass sie Recht hatte. »Ganz bestimmt«, entgegnete sie. »Er ist es.«

Als sie ein Motorrad mit lautem Knattern vor dem Haus hatte halten hören, hatte sie aufgehört, in der Gebrauchsanweisung für das Radiogerät zu lesen, war von ihrem Bett aufgesprungen und hatte sich neben Clop ans Fenster gestellt. Draußen saß ein schlaksiger junger Mann auf einem Moped mit Satteltaschen. Er war gerade dabei, seinen Helm abzunehmen, auf dessen Rückseite eine Telefonnummer stand. Sie hatte sofort vermutet, dass es sich bei dem Motorradfahrer um Nathan handelte, trotz seines ungewöhnlichen Aufzugs in rot-weiß gestreifter Hose und einem T-Shirt mit dem Aufdruck »Heiße Scheibe Pizza-Service«.

»Ach, du lieber Himmel. Ich glaube, du hast Recht«, sagte Trudy und tauchte neben Mary auf. »Was will der denn hier?«

»Pizza liefern, schätze ich«, sagte Mary und beobachtete, wie Nathan eine der Satteltaschen öffnete und drei flache, quadratische Schachteln hervorholte. Fröhlich pfeifend, klemmte er sie sich unter den Arm und stieß das Tor zum Vorgarten auf.

Von unten ertönte ein Riesenkrach. So klang es, wenn jemand mit hohem Tempo durch ein Haus voller Möbel rannte.

»Felix!«, riefen Mary und Trudy, die Gesichter starr vor Schreck.

Als sie an die Haustür kamen, hatte Felix sie bereits aufgerissen. Er stand auf der Schwelle und durchbohrte mit den Augen die Schachteln in Nathans Hand. »Ich kann nur hoffen, dass eine davon mit Peperoni ist«, sagte Felix und leckte sich die Lippen.

»Ich fürchte, da muss ich dich enttäuschen«, entgegnete Nathan und reichte Felix, der mit ausgestreckten Armen dastand, die Schachteln.

»Danke. Wiedersehen«, sagte Trudy schroff.

Mary blieb auf der Türschwelle stehen. Damals im P.S.S.T.-Hauptquartier hatte Red etwas davon erwähnt, dass er Nathan als Boten schicken wolle.

»Hast du mir etwas zu sagen?«, flüsterte sie.

»Diesmal nicht«, antwortete er. Kurz bevor er sich wegdrehte, fügte er geheimnisvoll hinzu: »Izzie hat rund um die Uhr gearbeitet. Achte darauf, dass er sie anzieht.«

Verwirrt lächelte Mary Nathan zu und schloss die Tür.

»Super Idee, was zu essen zu bestellen«, sagte Felix grinsend. »Ich bin schon halb am Verhungern.« Er wollte eine der Schachteln öffnen. »Was da wohl drauf ist … Ich mag am liebsten Peperoni, aber ich hätte auch nichts gegen Hühnchen oder …« Enttäuscht verzog er das Gesicht. »Ein T-Shirt!«, rief er.

»Und eine Jeans und ein Trainingsanzug«, sagte Mary und sah den Inhalt der anderen Schachteln durch. Plötzlich wurde ihr klar, was Nathan gemeint hatte. »Das sind deine neuen Sachen von P.S.S.T.!«

Felix gab sich unbeeindruckt. »Das heißt, der Typ da war gar kein Pizza-Lieferant?«

»Stimmt genau«, sagte Mary. »Kein Pizza-Lieferant. Hast du ihn nicht erkannt? Das war Nathan.«

»Und was ist hier drin?«, fragte Trudy und zerrte an der untersten Schachtel. Sie hob den Deckel hoch. »Ach so, Socken und Unterwäsche.«

»Gib her!«, sagte Felix verärgert und schnappte sich die Sachen.

»Izzie muss ja wie eine Irre genäht haben, um das alles so schnell hinzukriegen«, sagte Trudy. »Du solltest dich sofort umziehen.«

»Später vielleicht«, sagte Felix und funkelte sie wütend an. Er lud die Schachteln auf einem Tisch im Flur ab. »Erst mal muss ich was essen.«

»Wie du meinst«, sagte Trudy, »aber bevor du nicht umgezogen bist, wirst du dich auf keinen Fall im Dorf blicken lassen.«

* * *

Mary legte ihre Butterbrotdose auf einen Baumstumpf und sah sich verstohlen um. Sie stand mitten in einem dichten Birkenwäldchen. Vor sich, durch das Gitterwerk aus dünnem Geäst und schimmernden Blättern, hatte sie soeben einen Blick auf Felix erhaschen können, der am Rand eines Feldes stand und sehr konzentriert mit einem Stock in einem Gestrüpp Nesseln herumstocherte. Vermutlich suchte er (mal wieder) nach Spuren, obwohl er wiederholt dazu aufgefordert worden war, das Spionieren und Herumschnüffeln Mary zu überlassen.

Mary entdeckte Trudy, die zielstrebig auf Felix zueilte. Selbst aus der Entfernung hörte Mary, wie sie ihm ein scharfes Kommando erteilte. Er hielt inne und warf den Stock hin; dann wischte er sich die Hände an seinem ausgeblichenen blauen T-Shirt ab, das er nach einigen Stunden Protest schließlich doch angezogen hatte.

Mary wandte ihren Blick ab, da sie auf keinen Fall noch mehr Zeit vertrödeln wollte. Bald würde es dämmern – und sie hatte noch etwas zu erledigen.

Sie kniete sich auf den Boden und öffnete ihre Butterbrotdose, in der auf so raffinierte Weise das Radio versteckt war. Einen Augenblick lang starrte sie auf die vielen Knöpfe; dann griff sie in die Dose und wickelte ein Stück Kabel auseinander, das an einer Antenne befestigt war. Laut Gebrauchsanweisung musste sie das Gerät so weit oben anbringen wie möglich – also klemmte sie es in die Gabelung des nächsten Baums. Dann setzte sie sich einen Kopfhörer auf und drehte an einem großen schwarzen Rädchen, um die richtige Radiofrequenz zu finden. Sie warf einen Blick auf ihre Armbanduhr. Es war Viertel nach neun. Das P.S.S.T.-Team würde schon auf ihre Botschaft warten. »Krabbe an Blauwal«, sagte Mary leise ins Mikrofon. Sie verwendete die

Codewörter, die ihr Red beigebracht hatte. »Blauwal ...,
bitte kommen.«

Es knackte in der Leitung. Mary drehte das große
schwarze Rädchen eine Spur nach links. »Krabbe«, sagte jemand in ihrem Kopfhörer. Die Stimme hörte sich ein wenig
verzerrt an, aber Mary erkannte, dass es Red war. »Hier
Blauwal«, sagte er. »Was gibt's zu berichten? Over.«

Nicht viel, dachte Mary schuldbewusst. Allerdings wollte
sie das nicht zugeben. Da sie unbedingt ihren Schnitzer
vom Anfang wieder gutmachen wollte (der dazu geführt
hatte, dass sich Felix mit auf die Mission geschlichen hatte),
musste sie die Entdeckungen ihres ersten Tages so beeindruckend wie möglich klingen lassen. »Habe zwei Verdächtige von meiner Liste gestrichen«, sagte Mary. »Keiner von
beiden war bei der Laubenpieper- und Kleingärtnershow,
deshalb kann keiner von beiden Murdo Meek sein.«

Red räusperte sich.

»Ach so, ja ... äh ... Over«, fügte Mary hinzu und verfluchte sich dafür, das Wort vergessen zu haben, das dem
anderen signalisierte, dass sie fertig war und auf Antwort
wartete.

»Kannst du sie bitte identifizieren? Over«, sagte Red.

»Die Namen sind Neville Shaw und Martin Gough.
Neville war mit seiner Freundin Diana Flinch im Panzermuseum, und Martin war an dem Wochenende beim An-
geln. Seine Frau sagt, er ist mit seiner Angel verheiratet«,
erklärte Mary. »Ich habe vorhin mit ihr gesprochen, während sie ihre Türschwelle fegte. Ich ... äh ... habe auch zwei
weitere Verdächtige kontaktiert, kann sie aber bis jetzt noch
nicht definitiv ausschließen. Einer ist Seth Lightfoot, und
der andere ist Larry Grayems. Over.«

»Sonst noch was?«, fragte Red. »Over.«

»Eigentlich nicht«, sagte Mary kleinlaut. Noch ehe sie »over« sagen konnte, vernahm sie hinter sich das Rascheln von Blättern. Ihr war sofort klar, dass etwas anderes als die milde Abendluft dafür verantwortlich war. Hastig nahm sie den Kopfhörer ab. Sie hörte Schritte, die näher kamen. »Krabbe!«, sagte Reds Stimme schwach aus dem Kopfhörer, den Mary hastig in ihre Butterbrotdose gestopft hatte. »Krabbe! Bitte kommen!«

»Over and out«, flüsterte Mary ins Mikrofon, ehe sie das Gerät ausschaltete und der Funkkontakt abbrach. Als sie die Antenne vom Baum herunterriss, entdeckte sie in einiger Entfernung Trudy, bleistiftgroß, wie sie mit Felix im Schlepptau über die Wiese marschierte. Marys Herz klopfte ihr bis zum Hals. Es musste also jemand Drittes im Gebüsch gewesen sein, und wenn sie nicht innerhalb der nächsten zwei Sekunden die Butterbrotdose zuklappte, wäre ihre Agentenkarriere vorbei, noch bevor sie richtig begonnen hatte.

DREIZEHNTES KAPITEL

Einige Hinweise

Felix schlang die Arme um seinen Hund. »Haltepfiff hatte ganz sicher gerade Omas Witterung aufgenommen. Er war ihr auf der Spur, und du hast ihn gestört.«

Mary lag mit angezogenen Beinen auf der Erde wie eine auf den Rücken gedrehte Schildkröte. Es sah aus, als wäre sie gerade von einem wilden Tier angegriffen worden und stünde unter Schock (und genauso war es auch). Ihr Körper war ganz steif, nur die Augen waren hellwach. Ihr Blick schoss von Felix zu Haltepfiff und zurück zu Felix. Sie war sich nicht ganz im Klaren, wen von beiden sie grässlicher finden sollte.

»Jetzt schieb … nicht … auch noch … Mary die … Schuld in die … Schuhe«, sagte Trudy immer noch außer Atem nach ihrem Spurt über die Wiese. Obwohl sie sich nicht erinnern konnte, musste Mary wohl irgendeinen Schreckenslaut von sich gegeben haben, kurz bevor Haltepfiff sie mit voller Wucht gerammt hatte. Sie wusste nicht mehr, ob es ein Schrei gewesen war oder ein Hilferuf, oder beides, auf jeden Fall waren Felix und Trudy ziemlich schnell herbeigeeilt.

»Ist mein Radio noch heil?«, fragte Mary und verrenkte

suchend den Hals. Es war ihr im hohen Bogen aus der Hand geflogen.

Glücklicherweise war die Butterbrotdose auf einem Flecken Moos gelandet und sah erstaunlich wenig zerbeult aus, als Trudy sie aufhob und ihr zeigte.

Gerade noch mal gut gegangen, dachte Mary und rollte sich auf die Seite. Ein Glück! Wenn jetzt schon wieder etwas schief gegangen wäre, hätte mich Red bestimmt von der Mission abgezogen.

»Tut dir irgendwas weh?«, wollte Trudy wissen und kniete sich neben Mary auf die Erde. Ihr Tonfall war streng, aber Mary war dankbar, dass sie sich wenigstens bemühte, freundlich zu sein. »Hast du dir irgendwas gebrochen?«

»Glaube ich nicht«, sagte Mary. Sie setzte sich auf und inspizierte eine Schürfwunde am Ellenbogen. Es brannte ein wenig, und Mary sagte »Aua«.

»Haltepfiff hat auch nichts abbekommen«, sagte Felix mit lauter, empörter Stimme. »Danke der Nachfrage!«

Der vernichtende Blick, den Trudy ihm zuwarf, machte Edith alle Ehre. »Geh mir aus den Augen!«, befahl sie und stand auf.

»Kann ich nicht«, sagte Felix frech. »Ich darf nicht. Sie haben selbst gesagt, ich darf hier nicht alleine rumlaufen. Sie haben gesagt, dass Sie mich ununterbrochen im Blick haben wollen ...«

Trudy gab ein drohendes Knurren von sich, was Haltepfiff den Schwanz einziehen ließ und Felix sichtlich beunruhigte. »Dann setz dich hin und rühr dich nicht vom Fleck«, sagte sie barsch.

Erstaunlicherweise gehorchte Felix, auch wenn er über den feuchten Boden klagte, und darüber, wie ungerecht es sei, dass Haltepfiff für etwas beschuldigt würde, für das er gar nichts könne. »Er hatte die Witterung meiner Oma aufgenommen«, sagte Felix. »Sie muss irgendwann mal hier durch den Wald gekommen sein. Wenn Sie ihn nur noch ein bisschen schnuppern lassen, findet er die Spur vielleicht wieder ...«

Mary ließ ihn einfach reden. Sie stand neben Trudy und klopfte sich den Schmutz ab. »Was war das?«, sagte sie, als ein großer Vogel mit ausgebreiteten Flügeln lautlos über ihren Kopf hinwegsegelte.

»Eine Eule«, sagte Trudy, »eine Eule auf der Jagd. In einer halben Stunde ist es stockdunkel. Wir sollten uns auf den Rückweg machen. Und was dich betrifft«, sagte sie ruppig zu Felix, »steh auf. Wo steckt denn jetzt schon wieder dein blöder Hund?«

»Er ist nicht blöd!«, sagte Felix. »Er hat Omas Witterung aufgenommen! Guckt doch mal!«

Mary warf einen Blick über die Böschung und sah, wie Haltepfiff die Nase in einem Haufen Laub vergrub. Er hob die Schnauze, dann bewegte sich sein Kiefer. Offenbar kaute er auf etwas herum. Als er fertig war, ließ er die Zunge bis zur Erde heraushängen und schleckte etwas von der Erde auf, das wie Lakritze aussah.

Trudy drehte sich mit verächtlichem Blick zu Felix. »Das Einzige, was dein Hund gefunden hat, ist ein Haufen Kaninchenkötel.«

»Igitt«, sagte Mary, als ihr klar wurde, was Haltepfiff da machte. »Der frisst Kacke!«

Angewidert wandte sie sich ab und erblickte dabei dieselbe Eule, die vor wenigen Augenblicken über sie hinweggesegelt war. Sie hatte das Dickicht aus Birken hinter sich gelassen und flog anmutig über die Wiesen auf einen steilen Hang zu. Mary stellte sich auf Zehenspitzen und neigte den

Kopf, um durch die Äste hindurchzuspähen. Da war sie wieder, die Eule, klein wie ein Fünf-Pence-Stück, schwebend am Himmel. Dann aber fiel Mary etwas im Hintergrund auf: ein flackerndes Licht am Hang. Das Licht schien sich auf ein einsames Gebäude zuzubewegen, das sich düster gegen den Horizont abhob. Mary musste wieder daran denken, wie Red die schwarze Reißzwecke in dem Stadtplan mit dem Lineal berührt hatte. Das Haus auf dem Hügel war ein heruntergekommenes Anwesen namens Gut Palethorpe.

* * *

Mary war noch nie in der Kirche gewesen. Am Sonntagmorgen ging sie hin, allein, in ihrer Pfadfinder-Uniform. Sie mischte sich unter die anderen gleichaltrigen Mädchen, die alle in Braun und Gelb gekleidet waren und sich vor dem Westeingang neben dem Kirchturm in Reih und Glied aufgestellt hatten. Zusammen mit den älteren und jüngeren Pfadfinderinnen warteten sie darauf, bei der Kirchenparade mitzumarschieren, die einmal im Monat abgehalten wurde.

Trotz des Läutens der Kirchenglocken versuchte Mary, ein Gespräch zwischen zwei älteren Pfadfinderinnen zu belauschen, um eventuell etwas Interessantes zu erfahren. Aber zu ihrer Enttäuschung ging es die ganze Zeit nur um zwei andere Pfadfinder namens Ed und Jay (zwei Jungen mit gewinnendem Lächeln, die gerade dabei waren, sich einen Weg durch die Menge zu den Mädchen zu bahnen). Die kleineren Jungen in Marys Alter machten indessen keinerlei Anstalten, sich ihren weiblichen Pendants in den gelbbraunen Uniformen zu nähern. Offenbar lag ihnen mehr daran, blöde Grimassen zu schneiden und sich gegenseitig die Kappen vom Kopf zu schlagen.

Mary fühlte sich angenehm anonym zwischen all den schnatternden Kindern. Niemand fragte sie nach ihrem Namen oder zu welcher Gruppe sie gehörte. Sie war einfach nur eine von vielen in einer braungelben Masse und konnte nach Herzenslust horchen.

Angeführt von ein paar ernst dreinblickenden Kindern mit Flaggen, die größer waren als sie selbst, marschierten die Pfadfinder langsam zum Westeingang hin. Das Geschnatter verebbte beim Betreten der Kirche. Mary beobachtete interessiert die herabbaumelnden Seile und die zuständigen Personen, die soeben aufgehört hatten zu läuten. Es waren zumeist Jugendliche mit aufgekrempelten Ärmeln; aber auch eine Frau mit kariertem Umhang und flachem Hut und ein fein gekleideter Herr mit Adlernase und pechschwarzem Haar.

Mary fand den Gottesdienst eher langweilig. Die Vikarin war jung und hatte den schlimmsten Topfschnitt, den Mary je gesehen hatte (und mehr konnte man von der Frau auf der Kanzel auch gar nicht sehen, denn sie war eher von der kleinen Sorte). Trotz ihrer geringen Körpergröße hatte die Vikarin eine donnernde Stimme, die bis in den entferntesten Winkel der riesigen, zugigen alten Kirche drang. Nicht, dass Mary der Vikarin besonders aufmerksam zugehört hätte. Sie war vielmehr damit beschäftigt, sich einen Eindruck von der übrigen Gemeinde zu verschaffen. Nachdem sie sich einen Platz am Rand der Bank gesichert hatte, konnte sie das Kirchenschiff unauffällig seiner ganzen Länge nach einsehen, und sie verbrachte den Großteil der Zeit damit, herauszufinden, welche der Männer in ihrem Blickfeld auf der B.A.F.F.-Liste standen.

Wie es der Zufall wollte, saß Mary neben einer Pfadfinderin namens Jessica Kingley, die sich als Besserwisserin mit sehr vielen Abzeichen entpuppte und die ganze Gemeinde mit Namen kannte. Mary hielt es für das Schlaueste, ihre ahnungslose Informantin nur während der Kirchenlieder zu befragen, wenn das Geflüster der beiden Mädchen im Geschmetter ringsum unterging.

Nach einer Stunde war der Gottesdienst vorbei, und Mary hatte schon ein viel besseres Gefühl, was ihre Mission anging. Jessica hatte ihr mehrere Männer gezeigt, deren Namen auf der Karo fünf standen. Sie war auch so gut gewesen, zwei von ihnen aus dem Kreis der Verdächtigen zu entfernen. Clive de Moyne und Winston Edge, die beide im Chor sangen, hatten am 1. Juli, also am Tag der Laubenpieper- und Kleingärtnershow, an einem Tennisturnier teilgenommen. Jessica hatte zugeschaut und konnte Mary sogar sagen, dass keiner der beiden einen besonders guten Aufschlag hatte. Als die Vikarin und die Kirchendiener im Gänsemarsch die Kirche verließen, versetzte Mary ihrer Sitznachbarin Jessica einen letzten Rippenstoß. »Und der Mann da mit den schwarzen Haaren und der großen Nase – der läutet die Glocken, stimmt's?«

»Ja«, sagte Jessica. »Das ist Mr Charles Noble. Er ist der Chef-Glöckner …, und er verteilt die Preise bei der Laubenpieper- und Kleingärtnershow.«

»Noble … Aha«, sagte Mary. Sie hatte das sichere Gefühl, dass auch er auf der Karo fünf stand, und als er vorbeiging, musterte sie ihn ganz besonders aufmerksam.

* * *

»Nicht schon *wieder*«, stöhnte Trudy, als das Telefon schrillte. Sie stellte ihre Teetasse ab, erhob sich aus ihrem

Lehnstuhl und ging in den Flur, um dranzugehen. Ein paar Minuten später tauchte sie wieder auf, wedelte mit einem Block und runzelte die Stirn. »Das ist schon der Vierte heute Nachmittag«, sagte sie zu Mary.

»Ja?«, fragte Mary und blickte von dem codierten Brief auf, den sie gerade an Red schrieb. Sie lutschte am Ende ihres vergoldeten Füllers. »Wieder ein Auftrag?«

»Ja«, sagte Trudy und warf einen Blick auf ihren Notizblock. »Mrs Turtle auf der Mildew Street möchte, dass ich im hinteren Teil ihres Gartens ein paar Rhododendronbüsche stutze. Ihr Mann steht auf deiner Liste, nicht wahr?«

Mary nickte. »Ja. Er heißt Jack.«

»Gut. Na ja, jedenfalls habe ich ihr gesagt, ich könnte sie frühestens Freitagnachmittag dazwischenschieben.« Trudy sank in den Lehnstuhl und blähte die Wangen auf. »Beeil dich und finde Angela möglichst schnell, ja, Mary? Wenn das so weitergeht mit all diesen Gärten, bin ich am Wochenende vollkommen erledigt.« Sie warf den Notizblock auf einen Fußschemel und nahm gierig einen Schluck Tee.

Mary zuckte mit den Achseln. »Ich tu mein Bestes«, sagte sie. Dann setzte sie ihren Brief an Red fort. Sie schrieb auf ihrem cremefarbenen P.S.S.T.-Briefpapier. Sie hatte schon Adresse und Datum notiert, und unter ihren Initialen (K. A. W.) den ersten Absatz geschrieben.

Der Code, den Mary sich ausgesucht hatte, hieß »Arche Noah«. Dabei musste sie ihren Brief dadurch verschlüsseln, dass sie die Buchstaben immer in Zweiergruppen anordnete. Es erforderte eine Menge Konzentration. Deswegen waren Felix und sein Hund mit einem Kricketball und einem Tennisball in den Garten geschickt worden, und zwar mit der strengen Anweisung, Peebles nicht zu stören, der auf dem Ast einer Eberesche ein Sonnenbad nahm.

Nach fünf Minuten legte Mary den Füller hin.

»Fertig?«, fragte Trudy.

»Noch lange nicht«, sagte Mary seufzend. »Ich habe Red um etwas mehr Informationen zu den Verdächtigen gebeten, und jetzt versuche ich, einen Lagebericht zu schreiben.«

»Das sollte doch wohl nicht allzu lange dauern«, sagte Trudy mit wegwerfender Geste. »Ist ja nicht so, als wärst du schon sonderlich weit mit deinen Ermittlungen.« Sie nahm den letzten Schluck Tee und blickte Mary fragend an. »Oder … hast du irgendwelche bahnbrechenden Erkenntnisse gewonnen, von denen ich nichts weiß?«

»Ich konnte zwei weitere Verdächtige von meiner Liste streichen«, sagte Mary in Anspielung auf die zwei tennisspielenden Chorsänger, von denen sie Trudy beim Mittagessen erzählt hatte.

»Drei«, verbesserte sie Trudy. »Du vergisst Mr Zuckermann.«

»Ach ja, richtig.« Mary schrieb einen neuen Absatz in ihren Brief. Harold Zuckermann hatte am Morgen, als sie in der Kirche war, angerufen. Er hatte gefragt, ob Trudy ein paar geschmackvolle Statuen für seinen Garten auswählen könnte – und er hatte mit einem starken amerikanischen Akzent gesprochen. Angela Bradshaw hatte nie erwähnt, dass Murdo Meek einen Akzent hatte, und so hatte Mary erleichtert seinen Namen durchgestrichen.

»Was wirst du noch in deinen Bericht schreiben?«, fragte Trudy. »Die Tatsache, dass du nicht den allerkleinsten Hinweis auf den Aufenthaltsort unserer verschollenen Kollegin gefunden hast?«

Mary tat, als hätte sie die Bemerkung nicht gehört und nahm ihren Füller wieder zur Hand. »Ich bin ich gerade dabei, Red von dem Licht zu berichten, das ich gestern Abend

am Hang gesehen habe. Ich glaube, es war eine Taschenlampe. Da war jemand unterwegs zum Gut Palethorpe.«

»Die alte Ruine?«, sagte Trudy. »Wer sollte denn da was
zu suchen haben?«

»Weiß ich nicht«, sagte Mary. »Aber ich werd's rausfin-
den.«

»Heute Abend?«, fragte Trudy und packte die Lehnen
ihres Sessels. Sie wirkte ein wenig beunruhigt. »Ganz allein?«

»Ich werde wohl bis morgen warten«, sagte Mary und
war von ihrem selbstbewussten Tonfall selbst überrascht.
»Dann haben wir nämlich Vollmond. Socrates meinte, dass
Taschenlampen nachts viel zu auffällig sind. Er sagte, wer
im Dunkeln herumschnüffeln will, sollte das lieber bei
Vollmond tun.«

* * *

»Total baufällig, der Laden. Schon seit Jahren. An eurer
Stelle würde ich die Finger davon lassen, es sei denn, ihr
seid scharf drauf, einen Backstein auf den Kopf zu kriegen.«
Seth Lightfoot wedelte mit seinem Kehrblech in Felix'
Richtung, ehe er ein paar schmutzige Kartoffelchips auf-
fegte, die jemand im Rinnstein verloren hatte. »Das Gut
Palethorpe ist kein Kinderspielplatz«, sagte Seth grimmig.
»Ihr solltet da oben lieber nicht rumturnen.«

»Na gut«, sagte Mary. Dann versetzte sie Felix so unauffällig wie möglich einen Tritt gegen den Knöchel. »Los,
Wayne. Wir können nicht den ganzen Vormittag hier rum-
stehen und plaudern.« Sie packte ihn an der Hand, zerrte
ihn am Ententeich vorbei und durch den halben Park, bevor es ihm gelang, sich loszumachen.

»Für ein Mädchen bist du ganz schön brutal«, sagte Felix und massierte sich das Handgelenk. Er lehnte sich gegen eine Telefonzelle und untersuchte seinen Knöchel. »Was sollte denn das mit dem Fußtritt? Die Schmerzen sind unerträglich!«

»Ach, halt den Mund«, sagte Mary. Sie war wirklich sehr verärgert. »Ich habe *Sandalen* an, also kann's so schlimm nicht gewesen sein. Außerdem hast du's nicht besser verdient.«

»Du kannst von Glück reden, dass Halte…, ich meine, dass Fred gerade weggeguckt hat«, sagte Felix und fuhr dem Hund durchs Fell. »Sonst hätte er dich in Stücke gerissen.«

»Hmm«, machte Mary und warf einen skeptischen Blick auf Haltepfiff, der gerade begonnen hatte, ihr die Zehen abzuschlecken. Er war ein so friedfertiger Hund, und die Vorstellung, dass er jemanden beißen könnte, erschien ihr absurd. Sie hatte ihn erst ein Mal bellen hören, und selbst da hatte er noch freundlich mit dem Schwanz gewedelt. Wie kann man seinen eigenen Hund nur so missverstehen, dachte Mary.

»Au, au, au«, jammerte Felix, stand auf und zuckte dabei vor Schmerz zusammen.

Mary hatte schon fast wieder ein schlechtes Gewissen. »Ich hätte dich ja nicht getreten«, zischte sie, »wenn du diesen Mann nicht angequatscht hättest. Warum in aller Welt musstest du ihn nach Gut Palethorpe fragen?«

»Ich war neugierig«, sagte Felix. »Na und? Wir haben doch nur ein bisschen geplaudert. Der Typ sieht völlig harmlos aus.«

»Das war Seth Lightfoot«, sagte Mary. »Das ist ein Verdächtiger! Und jetzt hast du ihm den Floh ins Ohr gesetzt, dass wir uns für das Gut interessieren.«

»Und was ist daran so schlimm?«, murrte Felix. »Woher soll ich denn wissen, was ich sagen darf und was nicht, wenn du mir nie was erzählst?«

Mary antwortete nicht. Felix sollte auf keinen Fall etwas von ihren Plänen für den Abend erfahren. Sie wollte auf ihrem Mondschein-Spaziergang zum Gut Palethorpe nicht von einem aufdringlichen Jungen und seinem dämlichen Hund verfolgt werden. Mary tat, als hätte sie seinen fragenden Blick nicht bemerkt, und betrachtete aufmerksam die Seitenwand der Telefonzelle. »Guck doch mal!«, sagte sie und steckte den Arm durch eine kleine rechteckige Öffnung. »Hier fehlt eine Glasscheibe.«

»Na und?«, fragte Felix schlecht gelaunt.

»Hier hat man Bob gefunden. Das war der zweite Agent, der sich auf die Suche nach deiner Oma gemacht hat. Die fehlende Glasscheibe könnte ein Hinweis darauf sein, was mit ihm passiert ist. Als er gefunden wurde, war er nicht ansprechbar«, erklärte Mary. »Und seitdem hat er kein Wort gesprochen.«

»Der arme Kerl«, sagte Felix. Er blickte sich eifrig um. »Ich weiß was – mal gucken, vielleicht finden wir ja noch andere Hinweise.«

»Warte!«, rief Mary. Sie öffnete ihren Brustbeutel und nahm mehrere Münzen heraus. »Die Leute könnten sich wundern, was wir hier drin machen. Steck die Münze in den Schlitz und tu so, als würdest du telefonieren, ja? Dann lässt du ein bisschen Geld fallen, und ich tu so, als würde ich es suchen.«

»*Muss* das sein?«, fragte Felix.

»Ja!«, sagte Mary frostig. »Jetzt stell dich nicht so an – tu's einfach.«

»Junge, Junge«, sagte er und nahm den Hörer von der

Gabel. Er kicherte vor sich hin. »Zuerst hab ich dich für ’ne lahme Ente gehalten – aber allmählich glaube ich, da hab ich mich geirrt!«

* * *

»Wo warst du?«, fragte Trudy und blickte Mary säuerlich an. Sie stieß sich von der moosbewachsenen Backsteinmauer ab und packte den Griff ihrer Schubkarre. »Ich habe Mr Grayems versprochen, dass wir um halb zehn mit der Arbeit anfangen. Du bist eine Viertelstunde zu spät!«

»Tut mir wirklich Leid«, sagte Mary.

»Na ja, vergessen wir’s«, sagte Trudy, und ihre Stimme wurde etwas sanfter. »War ja bestimmt *seine* Schuld.« Sie blickte Felix vorwurfsvoll an, der in einiger Entfernung an einem Laternenpfahl stehen geblieben war und wartete, bis Haltepfiff sein Geschäft erledigt hatte.

»Nein«, sagte Mary. »Eigentlich war es nicht Waynes Schuld.« Dann flüsterte sie: »Ich bin auf ein paar Hinweise gestoßen – deswegen habe ich mich verspätet.«

»Super«, sagte Trudy leise. »Und was hast du rausgefunden?«

»Eine fehlende Glasscheibe«, sagte Mary. Sie beschloss, den anderen Hinweis, den sie gefunden hatte, lieber nicht zu erwähnen. Die graue Feder, die auf dem Boden der Telefonzelle lag, hatte nicht sehr bedeutsam ausgesehen. Sie hatte sie trotzdem eingesteckt, weil sie sich gedacht hatte, dass sie ein hübsches Lesezeichen wäre.

»Was ist so besonders an einer fehlenden Glasscheibe?«, fragte Trudy.

Mary zögerte. Aus dem Augenwinkel hatte sie bemerkt, dass jemand auf sie zukam. »Mensch, Mama, das sind aber schöne Pflanzen!«, sagte sie laut und wandte sich der Schubkarre zu. Darin befanden sich mehrere Sträucher in braunen Plastik-Übertöpfen sowie verschiedene Gartengeräte und ein kleiner Sack Torf. »Mr Grayems wird sich sicher freuen über so schöne Pflanzen.«

»Äh, ja … sicher«, sagte Trudy und wirkte etwas angespannt, als ein Mann mit einer Zeitung unter dem Arm auf sie zukam. »Die habe ich heute früh in der Baumschule Scattergood besorgt«, sagte sie zu Mary. »Ich konnte mich gar nicht entscheiden zwischen Stiefmütterchen und Chrysanthemen – also habe ich beides genommen.«

»Ist ja auch ein schöner Tag dafür«, sagte der Mann im Vorbeigehen und lächelte sie freundlich an. Seine Schritte knirschten, als er in die benachbarte Auffahrt einbog. Mary erkannte ihn an seinem glatten schwarzen Haar und der Adlernase. Er war der Glockenläuter, den sie am Tag zuvor in der Kirche gesehen hatte. Sie hatte gleich nachgesehen, ob er auf ihrer Verdächtigenliste stand – und so war es auch. Er hieß Charles Noble.

»Und – wo hast du sie gefunden?«, fragte Trudy, als die Schritte des Mannes nicht mehr zu hören waren. Sie stupste Mary mit dem Ellenbogen an. »Die fehlende Glasscheibe!«

»Telefonzelle«, sagte Felix, noch bevor Mary etwas erwidern konnte. Haltepfiff hatte an der Laterne sein Geschäft erledigt und schnupperte jetzt am dicken schwarzen Reifen der Schubkarre. »Die, in der Bob gefunden wurde«, sagte Mary. »Ich bin mir sicher, dass die fehlende Glasscheibe ein Hinweis ist. Ich weiß nur noch nicht genau, was sie zu bedeuten hat.«

»Ach so«, sagte Trudy, sichtlich enttäuscht, packte die Griffe der Schubkarre und schob sie an der Mauer entlang. Neben dem kleinen hölzernen Tor des Hauses »Knisterlaub« blieb sie stehen.

Auf Trudys Nicken hin öffnete Mary ihrer »Mutter« das Tor und ließ sie mit der Schubkarre passieren. Felix blieb mit hoffnungsvollem Blick auf der Straße stehen. Er schien auf eine Einladung zu warten. Trudy blickte ihn mit hochgezogener Augenbraue an. »Geh nach Hause, Wayne«, sagte sie entschlossen.

Seine Miene verfinsterte sich.

»Und damit meine ich nicht: Nimm den größtmöglichen Umweg und mach dabei möglichst viele Dummheiten«, sagte sie. »Damit meine ich: Du gehst *direkt* nach Hause, und zwar *ohne* jemanden anzusprechen.«

Schmollend zog Felix an Haltepfiffs Leine und stapfte langsam auf den Park zu. »Komm, Fred«, murmelte er. »Hier sind wir unerwünscht.«

VIERZEHNTES KAPITEL

Der Sandalendieb

M ary fand, dass der Garten hinter Haus »Knisterlaub«
an ein Wildreservat erinnerte. Überall flatterten
Vögel und summten Insekten, und in jedem Baum raschelte
ein pelziges Tier.

Sie zählte drei Vogelhäuschen, die beim Besuch kleiner
Vögel mit schmalen Schnäbeln schwankten und zitterten.
Dutzende lärmender Stare mit glänzendem schwarzem Fe-
derkleid ließen sich zum Baden im steinernen Brunnen nieder. Sie tauchten die Köpfe unter Wasser und schüttelten
den ganzen Körper, und ringsum blieben Federchen mit
funkelnden Wassertropfen zurück.

Larry Grayems war stolz auf seinen Garten. Das sah
Mary an seinen Augen, die beim Erzählen leuchteten. Sein
Gemüsebeet hatte es ihm sichtlich angetan. Allerdings sei
er selbst nicht mehr der Jüngste, sagte er zu Trudy. Wenn er
zu lange in der Hocke war, taten ihm die Knie weh, und
deswegen sei er auch in den letzten Monaten kaum zum
Jäten gekommen. Als er in der Post ihre Anzeige entdeckte,
habe er sich endlich eingestanden, dass es an der Zeit sei,
sich um Hilfe zu bemühen.

Während sich Trudy ans Jäten machte und das Unkraut

in einen Blecheimer fallen ließ, flitzte Mary im Garten umher und stocherte zum Schein hier und da mit einer Schippe im Boden herum, ohne Larry aus den Augen zu lassen.

Ihr Arbeitgeber schien ein liebenswürdiger, wenn auch etwas verträumter Mann zu sein. Mary schätzte ihn ein oder zwei Jahre jünger als ihren Großvater. Er kleidete sich in satten Erdfarben. Sein weißer Bart war ordentlich gestutzt, und er trug eine Tweedmütze und ein Halstuch. Nachdem Trudy und Mary begonnen hatten, sich im Garten zu schaffen zu machen, verschwand Larry in seinem Haus.

Reichlich Bäume und dichte Hecken brachten den Vorteil, dass sich Mary problemlos davonschleichen und nach Herzenslust herumschnüffeln konnte. Sie entdeckte einen Komposthaufen, der nach vergammeltem Gemüse stank, und einen dunklen Geräteschuppen voller Spinnweben. Ihr interessantester Fund war eine Schildkröte, die unter einem Lavendelbusch döste. Als sie den Finger ausstreckte, um ihren dicken unebenen Panzer zu berühren, sah sie Larry auf sich zukommen. Er hatte ein Tablett in den Händen.

»Ah, *hier* bist du! Wie ich sehe, hast du Pilliwinks gefunden«, sagte er und lächelte sein schlafendes Haustier an. »Ist sie nicht ein Schatz? Sie ist eine griechische Schildkröte, weißt du. Fast hätte ich sie meinem Freund Rex Hutton mitgegeben, als er nach Griechenland auswanderte. Dachte, sie würde sich vielleicht freuen, in ihre Heimat zurückzukehren. Dann konnte ich mich aber doch nicht von ihr trennen. Sie ist mir zu sehr ans Herz gewachsen.«

»Ihr Freund ist nach Griechenland ausgewandert?«, fragte Mary und bemühte sich, nicht zu neugierig zu wirken. Rex Huttons Name war auf der Karo fünf.

»Ja«, sagte Larry. »Vor eineinhalb Monaten. Sagte, er

wolle seinen Feierabend an einem Ort verbringen, wo es schön warm und trocken ist.«

»Verstehe«, sagte Mary, und es gelang ihr, dabei völlig ruhig zu bleiben. Wenn Rex im Juni nach Griechenland gezogen war, bedeutete das, dass er nicht Murdo Meek sein konnte. Das machte dann sechs von elf Verdächtigen, die sie von der Liste streichen konnte.

Nur noch ein paar mehr Namen, die ich streichen muss, dachte Mary und nahm ein Glas Limettenbrause und ein Stück Bienenstich von dem Tablett, das Larry ihr hinhielt.

»Glaubst du, deine Mama und du, ihr kommt zurecht, wenn ich eben mal zum Teich runterlaufe und die Enten füttere?«, fragte Larry. »Das mache ich jeden Tag. Ich weiß, das mag etwas albern erscheinen in meinem Alter, aber meine gefiederten Freunde liegen mir nun mal am Herzen.«

»Hat man die verschwundene Ente jemals wiedergefunden?«, fragte Mary, auf das Gespräch zwischen Diana Flinch und Bess Arbuthnot anspielend, das sie in der Post belauscht hatte.

»Traurigerweise nein«, sagte Larry, und mit Entsetzen sah Mary, wie ihm eine Träne über die Wange kullerte. »Der arme Bernard.«

»Bernard?«, fragte Mary.

»So habe ich ihn immer genannt. Er war der älteste Erpel vom Teich; seine Federn waren schon etwas matt, und er wurde allmählich tatterig. Schade, dass er nicht mehr da ist. Er fehlt mir wirklich sehr, der Gute.« Eine neue Träne sammelte sich in Larrys Auge, und Mary wechselte schnell das Thema.

»Wo sollen denn die Stiefmütterchen hin?«, fragte sie. »Haben Mama und ich uns vorhin gefragt.«

»Ach, irgendwohin«, sagte Larry gedankenverloren. Er

reichte Mary das Tablett. »Wärst du so nett und verteilst die Erfrischungen? Ich muss wirklich los. Meine Enten werden sich sicher schon fragen, wo ich bleibe.«

»Klar, Mr Grayems. Kein Problem«, sagte sie und schmunzelte in sich hinein.

Jetzt, wo Larry Grayems außer Haus war, packte Mary die Gelegenheit beim Schopf, sich in seinem Haus ein wenig umzusehen. Praktischerweise hatte er die Tür zum Garten offen gelassen. Bevor sie das Haus betrat, zog sich Mary die Sandalen aus, um keine verräterischen Schmutzspuren auf dem Teppich zu hinterlassen. Sie hielt mit beiden Händen das Tablett (das sie in der Küche abstellen wollte, wodurch sie einen guten Vorwand hätte, sich im Haus aufzuhalten, falls Larry zurückkam und sie dort entdeckte) und trat über die Schwelle.

Vorsichtig lief sie von einem Zimmer ins nächste und betrachtete mit großen Augen die Gemälde an den Wänden, die voll gestopften Bücherregale, die altmodischen Möbel und die vielen Porzellantiere, die überall herumstanden. Mary erkannte sofort, dass Larry ein ordentlicher Mensch war. Alles stand an seinem Platz, und nirgends lag auch nur ein Staubkorn. Sehr behutsam, um nichts durcheinander zu bringen, klappte sie Deckel hoch, zog Schubladen auf und spähte in Schränke, aber zu ihrer Enttäuschung fand sie kein einziges Beweisstück, dass Larry Grayems als etwas anderes als einen harmlosen alten Mann entlarvt hätte.

Mary ahnte, dass Larry jeden Moment zurück sein würde, lief auf leisen Sohlen durchs Haus und öffnete die Tür zum Garten. Schnell wollte sie wieder in ihre Sandalen schlüpfen. »Huch«, sagte Mary. Verwirrt runzelte sie die Stirn.

Von den zwei Sandalen, die sie gerade auf die Steinfliesen gestellt hatte – war jetzt nur noch eine da.

* * *

Marys Herz flatterte wie eine Motte vor einer Glühbirne. Es war zwar etwas ungewohnt, mit nur einer Sandale durch den Garten zu laufen, aber das war es gar nicht, was sie störte. Sie scherte sich weder um Grasflecken noch um Erdklumpen unter ihrem linken Fuß. Nervös machte sie vielmehr die Frage nach dem Sandalendieb.

Trudy hatte mit der Sache nichts zu tun. Mary fragte sie gleich als Erste. »Falls es dir noch nicht aufgefallen ist«, hatte Trudy gesagt und sich mit dem Handschuh über die Stirn gewischt, »ich bin hier *ziemlich beschäftigt*. Was soll ich mit deiner stinkigen Sandale?« Als Mary wissen wollte, ob sie irgendjemanden im Garten gesehen habe, hatte sie den Kopf geschüttelt und eine Hand voll Löwenzahn in ihren Eimer geworfen.

Mary hatte Trudys finstere Miene ignoriert und einfach weitergebohrt. »Was ist mit Larry?«, hatte sie gesagt. »Ist er schon wieder zurück?«

»Nicht dass ich wüsste«, hatte Trudy murrend erwidert, »aber mir war nicht klar, dass ich hier auch noch als Wachpersonal angestellt bin. Ich bin Gärtnerin. Du bist doch hier der Spion.«

Mary hatte den Rasen und sämtliche Blumenbeete abgesucht. Sie hatte im Komposthaufen herumgestochert, den Gemüsegarten durchkämmt und sogar noch einen zweiten Blick in den Spinnenschuppen geworfen. Keine Spur von der Sandale. Dann stand Mary an einer abgelegenen Stelle des Gartens und sah sich unruhig um. Konnte es sein, dass

Larry unbemerkt zurückgekommen war und Mary beim Herumschnüffeln zwischen seinen Sachen gesehen hatte? Aber wenn ja, warum hatte er sie dann nicht zur Rede gestellt? Warum sollte er ihre Sandale klauen? – Und wenn nicht er es war, wer dann? Eine Sandale spazierte doch nicht einfach von alleine davon.

Mary hörte auf, hektisch umherzublicken, und konzentrierte sich stattdessen auf einen abgeknickten Ast im Gebüsch direkt vor ihrer Nase. Sie nahm ihn genau unter die Lupe. Am Knick war das Holz blass und feucht, als wäre der Ast erst vor wenigen Augenblicken entzweigebrochen worden. Dann fiel ihr etwas anderes auf. Drei oder vier winzige Weißdornzweige lagen auf der Erde, und als sich Mary danebenhockte, entdeckte sie an einem der schlanken Zweige eine schwarze Haarsträhne. Sie erinnerte sich, im *ABC des Spionierens* gelesen zu haben, dass solche winzigen Hinweise für einen Spion bei der Verfolgung von Verdächtigen zu ganz wichtigen Anhaltspunkten werden konnten.

Irgendjemand ist hier durchgegangen, dachte Mary, da bin ich mir ganz sicher. Sie warf einen Blick über ihre Schulter, um sich zu vergewissern, dass sie nicht verfolgt wurde. Dann quetschte sie sich durch die Hecke – und stand plötzlich im Nachbargarten.

Der Rasen war so sauber wie ein frisch gesaugter Teppich.

Er war so gemäht worden, dass sich ein Muster aus abwechselnd hellen und dunklen Streifen abzeichnete. Es gab einen Steingarten, und in der Mitte lag ein Teich voller Zierfische, aus dem eine Fontäne hoch in die Luft sprudelte. Mary flüchtete hinter einen hohen Nadelbaum und spähte vorsichtig hervor.

Das Haus, zu dem der Garten gehörte, stellte eine seltsame achitektonische Mischform dar. Die untere Hälfte sah eher gewöhnlich aus (wenn auch uralt). Sie war aus feuerrotem Backstein und hatte kleine vergitterte Fenster. Das Dach jedoch hatte eine ungewöhnliche Kegelform und ein achteckiges Fenster und erinnerte Mary an die Spitze eines Leuchtturms. Obendrauf thronte eine Wetterfahne mit verschlungenem jadegrünem Drachen, der sich im Wind hin und her drehte. Bei aller Extravaganz hatte sie den Verdacht, dass nur ein sehr wohlhabender Mensch sich ein solches Haus leisten konnte.

Mary entdeckte das Gesicht von Charles Noble in einem der Erdgeschossfenster und drückte sich hastig gegen den Baum. War es möglich, dass *er* ihre Sandale geklaut hatte? Seine Haare hatten jedenfalls die gleiche Farbe wie die Strähne, die sie an dem Weißdornbusch gefunden hatte. Es war doch durchaus denkbar, dass Charles Noble in Wirklichkeit Murdo Meek war. Was würde er wohl tun, wenn er sie in seinem Garten erwischte? Rasch legte sie sich eine Geschichte zurecht von einem wilden Kaninchen, das fürchterlich hinkte, und dazu übte sie ihre verzweifeltste Miene. Doch dann erschrak sie, als ihr Blick erneut auf den Brunnen fiel.

Da war er! Der Sandalendieb! Die Beute lag vor seinen Füßen. Mit hängendem Kopf stand er da, mitten im Garten. Sie konnte sein Gesicht nicht sehen, aber sie hörte das schlabbernde Geräusch seiner Zunge, als er am Brunnen ausgiebig seinen Durst stillte.

»*Haltepfiff*«, rief Mary. Sie war fuchsteufelswild. »Duuuu …« Sie wollte schon drauflosschimpfen, konnte sich aber im letzten Moment zurückhalten und spähte am Baum vorbei, um zu sehen, ob sie von Charles beobachtet wurde. Glücklicherweise stand er nicht mehr am Fenster. Mary versuchte, Haltepfiff auf sich aufmerksam zu machen, indem sie mit den Fingern schnippte. »Fred!«, zischte sie. »He, Fred! Hierher, du *Bestie*.«

Der Hund hörte auf zu trinken. Er hob den Kopf und blickte Mary direkt ins Gesicht, während ihm das Wasser über sein haariges Kinn tropfte. Mary klopfte sich auf die Schenkel und lächelte ihn ermutigend an. »Na komm«, sagte sie, und dann fiel ihr etwas Geniales ein. »Kekse!«, fügte sie mit verführerischer Stimme hinzu (obwohl sie keinen einzigen Krümel in der Tasche hatte).

Haltepfiff zögerte. Dann schnappte er sich ihre Sandale und sprang fröhlich auf eine kleine Hütte neben dem Haus zu. Mary knirschte vor Wut mit den Zähnen, dann aber holte sie tief Luft und nahm die Verfolgung auf.

»Ha! Jetzt hab ich dich!«, sagte Mary und zog hinter sich die Tür der modrigen Hütte zu. Aus dem Werkzeug an der Wand, einigen ineinander gestapelten Esszimmerstühlen in der Ecke und den drei angeschlossenen Fahrrädern schloss sie, dass die Hütte als Geräteschuppen und Abstellkammer benutzt wurde. Schwache Lichtstrahlen drangen durch zwei hohe Fenster hinein, doch der Großteil des Raums lag im Dunkeln. Irgendetwas bewegte sich unter einer Bank, auf der eine zerbrochene Leiter lag.

Haltepfiff kroch unter der Bank hervor und rückte in einen der Sonnenstrahlen, wobei er Mary mit leichtem Schwanzwedeln begrüßte. Er ließ ihre Sandale fallen, die mit leisem Klatschen auf dem Betonboden landete. Mary schnappte sich rasch die Sandale und schlüpfte hinein. Dann griff sie in Haltepfiffs struppiges Nackenfell und tastete nach seinem Halsband. Es war nicht mehr da.

Fast hätte der Hund sie umgeworfen, als er aufsprang,

die Pfoten auf die Bank stützte und begann, an der Leiter zu schnuppern. Mary schüttelte den Kopf, als er auch noch anfing, eine der Sprossen abzuschlecken. »Du bist vielleicht ein dämlicher Hund«, sagte Mary und musste wider Willen schmunzeln. Sie war so erleichtert, dass sie ihre Sandale gefunden und Haltepfiff eingefangen hatte, dass sie nicht mehr wütend sein konnte. Allerdings währte ihre Erleichterung nicht lange.

»Oh nein! Da kommt jemand!«, sagte Mary, als sie ein Geräusch von draußen vernahm. Mit beiden Armen umschlang sie Haltepfiff und schob ihn mit aller Kraft in einen schattigen Winkel. Dann drückte sie ihn hinter dem Stapel Esszimmerstühle zu Boden und blickte ihn so streng wie möglich an. »Psst«, sagte sie und legte den Finger auf die Lippen, als mit einem Knarzen die Tür aufging.

Mary hörte, wie jemand den Schuppen betrat. Sie erhaschte einen Blick zwischen den Stuhlbeinen hindurch und sah Charles Noble in der Tür stehen, zusammen mit dem alten Mann, der vor dem Rathaus das Eintrittsgeld für die Kunstausstellung kassiert hatte. »Sind Sie sich ganz sicher, Mr Noble?«, hörte sie den alten Mann fragen.

»Ja, ja, Reg. Ganz sicher«, entgegnete Charles.

Der alte Mann kratzte sich am Kopf. »Irgendwie ist mir dabei nicht wohl. Eine völlig intakte Leiter einfach so zu zersägen.«

»Sie ist kaputt, Reg«, erklärte Charles geduldig, »an mehreren Stellen gebrochen.«

Zusammen näherten sie sich der Bank mit der Leiter. Mary hielt Haltepfiff die Schnauze zu. »Ist doch noch gutes Holz«, sagte Reg. »Soll ich nicht erst mal sehen, ob ich sie reparieren kann?«

»Ach wo«, sagte Charles. »Ist nett gemeint, aber mir

wär's lieber, wir machen daraus Brennholz. Seitdem dieser Unglücksrabe den Unfall damit hatte, habe ich sie kaum ansehen können. Hat sich beide Beine gebrochen, der arme Teufel.«

»Ach ja«, sagte Reg langsam, als müsste er seinem Hirn die Erinnerung daran abtrotzen. »Das war doch dieser Fensterputzer, nicht?«

»Ja, ja«, sagte Charles und bewegte sich wieder auf die Tür zu. »Na, ich lasse Sie mal – und wenn Sie sich danach noch um diese andere Kleinigkeit kümmern würden, die ich vorhin erwähnte …«

»Wird gemacht«, sagte Reg und nahm eine große Säge vom Haken über seinem Kopf. »Alles klar.«

»Hervorragend. Ich bin in meinem Arbeitszimmer, falls Sie mich brauchen«, sagte Charles, die Hand am Türknauf, »und werde das heutige Kreuzworträtsel zu Ende machen. Um elf Ihren Tee, wie immer? Drei Stück Zucker, nicht wahr?«

»Vier«, sagte Reg schniefend. Dann packte er die Leiter mit einer Hand und begann mit dem gezackten Sägeblatt das Holz einzukerben.

Marys Augen waren rund wie Murmeln. Sie saß so reglos wie möglich mit dem sturen, zappelnden Hund im Arm da und schimpfte in Gedanken mit sich selbst. Du Niete, Mary. Du hast nicht mal dran *gedacht*, dass das Haus von Charles Noble der Schauplatz von Miles' Unfall war. Red hat's dir auf dem Stadtplan gezeigt, und du hast nicht aufgepasst. Wie hieß es noch mal? Haus Toast oder so ähnlich.

Sie sah, wie sich Regs Ellenbogen hin und her bewegte, während er die Leiter zersägte. Mary teilte die Meinung des alten Mannes, dass es eine ziemliche Verschwendung war, die Leiter zu Brennholz zu verarbeiten. Außerdem störte es ihre Ermittlungen empfindlich. Wäre ihr sofort beim ersten Anblick klar gewesen, wie wichtig die Leiter war, hätte sie sie genauer auf Spuren von Manipulation untersucht. Jetzt aber würde sie niemals erfahren, ob Miles' Sturz absichtlich herbeigeführt worden war, oder ob er einfach nur das Gleichgewicht verloren hatte.

Wie die meisten Hunde hatte Haltepfiff keine sonderlich guten Manieren – und auch keine sonderlich sauberen Zähne. Auf wenig angenehme Weise konnte sich Mary von beiden Tatsachen überzeugen, als er sein Maul öffnete und ihr ohne Vorwarnung direkt ins Gesicht gähnte. Mary hatte keine Gelegenheit mehr, den Kopf wegzudrehen, und eine volle Ladung Hunde-Mundgeruch schlug ihr entgegen. Der Gestank war tödlich. Instinktiv kniff sich Mary die Nase zu, um den Gestank nicht einatmen zu müssen.

Hätte Mary Haltepfiff auch nur die geringste Intelligenz zugestanden (was nicht der Fall war), wäre sie vielleicht auf den Gedanken gekommen, er habe mit Absicht gegähnt. Wegen des Gestanks hatte sie ihn mit einer Hand loslassen müssen. Dies verschaffte ihm einen deutlichen Vorteil, den er nicht ungenutzt ließ. Gerade noch hatte Mary ihn eisern im Griff, und schon im nächsten Moment musste sie hilflos mit ansehen, wie sein aufgeplusterter Schwanz aus der Tür verschwand.

Glücklicherweise war Reg viel zu sehr in seine Aufgabe vertieft, um mitzubekommen, wie ein Hund an ihm vorbeischlüpfte, gefolgt von einem verärgerten elfjährigen Mädchen auf sehr leisen Sohlen.

Kaum war sie im Freien, hörte Mary, wie jemand aus großer Entfernung »Fre...d! Fre...d! Fre...d!« rief. Verzweifelt blickte sie sich um. Aber keine Spur von Haltepfiff. Sie war darauf gefasst, im nächsten Moment Charles Noble in die Arme zu laufen, flitzte dennoch hinüber zu dem seltsamen Haus, und indem sie sich mit dem Rücken gegen die Hauswand drückte, schob sie sich seitwärts an der Wand entlang bis zur Ecke des Hauses. Als sie um die Ecke spähte, hörte sie ein lautes Rascheln und sah, wie Haltepfiff über die mit Kies bestreute Auffahrt rannte und auf einen schmächtigen Jungen mit ausgestreckten Armen zusprang.

»Was machst du hier?«, zischte sie Felix an, als sie schließlich vor dem Tor des Anwesens neben ihm stand.

»Jetzt guck mich nicht so wütend an«, sagte er und runzelte die Stirn. Er strich Haltepfiff über den Kopf, und der Hund gab einen zufriedenen Laut von sich.

»Du solltest doch zu Hause sein!«, sagte Mary wütend. Sie warf hastig einen Blick zurück auf das Haus, entdeckte eine Porzellanplakette neben der Haustür und stellte fest, dass sie sich mit dem Namen des Hauses geirrt hatte. Es hieß Haus Oast. »Natürlich …, das war's«, nuschelte sie.

»Er hat sich von seinem Halsband losgemacht, stimmt's?«, sagte Felix, holte einen Würger aus der Tasche und zog ihn dem Hund über den Kopf. »Schlauer Junge«, fügte er hinzu und knipste die Leine daran fest.

Marys Augen verengten sich. Sie hatte den Verdacht, dass Felix nicht die Wahrheit sagte, wollte aber nicht ausgerechnet hier in aller Öffentlichkeit eine Diskussion anfangen. Stattdessen schlug sie vor, ein Stück weiterzugehen (denn sie hatte Angst, Charles Noble könnte aus dem Fenster schauen und sich fragen, warum da zwei Kinder vor seinem Haus herumlungerten).

»Und, hast du den Fall schon gelöst?«, fragte Felix frech.

»Nee … Komischerweise noch nicht«, sagte Mary. »Ich

war zu sehr damit beschäftigt, deinen Hund durch die Gegend zu jagen. Der macht uns noch die ganze Mission kaputt, wenn du ihn nicht endlich unter Kontrolle kriegst.« Sie funkelte Felix an. »Und jetzt geh bitte zurück zum Haus. Du weißt genau, dass du hier nichts verloren hast.«

»Genauso wenig wie du«, entgegnete Felix höhnisch. »Der Typ, für den ihr arbeitet, dürfte sich inzwischen schon ganz schön wundern. Wollen wir mal hoffen, dass sich Trudy eine gute Geschichte ausgedacht hat, die dein Verschwinden erklärt.«

»Was?«, rief Mary und riss die Augen auf. »Du hast Larry gesehen? Wann? Erzähl bloß keinen Quatsch ...«

»Ein älterer Mann?«, entgegnete Felix forsch. »Mit O-Beinen ... und Bart ... und einer braunen Papiertüte in der Hand?«

Mary nickte und verlor allen Mut.

»Klar habe ich ihn gesehen ..., vor ungefähr fünf Minuten. Er ist gerade durch das Tor eines Hauses gegangen, das ›Knisterlaub‹ heißt.«

FÜNFZEHNTES KAPITEL

Der dritte Mond

Hast du Pommes mitgebracht?«, fragte Felix und sauste, drei Stufen auf einmal nehmend, die Treppe hinunter. Wie durch ein Wunder gelang es ihm, dabei nicht über Haltepfiff zu stolpern, der es sich offensichtlich in den Kopf gesetzt hatte, noch vor seinem Herrchen am Fuß der Treppe anzukommen. »Und?«, fragte Felix atemlos, als er mit einem Satz im Flur landete. Sein ruhelos umherwandernder Blick heftete sich an Marys Rucksack, und noch ehe sie Einspruch erheben konnte, hatte Felix ihn ihr auch schon aus der Hand gerissen und die Verschlüsse geöffnet. »Ich bin kurz vorm Verhungern«, knurrte er, während er den Rucksack durchwühlte. »Ich hoffe bloß, du hast mir eine extragroße Portion mitgebracht.«

»Du hast wirklich keine Manieren«, sagte Mary mit müder Stimme. Um ihm eine ordentliche Standpauke zu halten, fehlte ihr die Kraft; ihre Muskeln schmerzten, ihre Schuhe waren verdreckt und ihre Nasenspitze tat bei der kleinsten Berührung höllisch weh.

Stöhnend ließ Felix den Rucksack sinken. »Du hast meine Nachricht nicht bekommen, was? Ach übrigens«, sagte er, »hast du schon mal in den Spiegel geguckt? Du hast einen Sonnenbrand, genau auf der Nasenspitze. Oder da sprießt ein gigantischer Pickel.«

Mary seufzte. Den ganzen Tag lang hatte sie ohne Murren einen Sonnenhut getragen, doch seine Krempe war offenbar nicht breit genug gewesen. »Welche Nachricht?«, fragte sie.

»Na die, die ich dir telepathisch zugeschickt habe. Ich habe dich gebeten, auf dem Nachhauseweg bei der Pommesbude anzuhalten.«

»Nein, deine Nachricht habe ich nicht bekommen«, sagte Mary matt und widerstand der Versuchung, »du Spinner« hinzuzufügen.

»Ich hab keine Ahnung, was Trudy zum Abendbrot machen will«, erklärte Felix. »Es ist nichts Anständiges zu beißen da. Ein Kanten Brot, ein Topf Schmalz, etwas Pflaumenmarmelade und ein Ei. Wo steckt unsere reizende Mutter eigentlich?«

Mary steckte ihren Kopf durch die Wohnzimmertür. Dort hatte sich Trudy mit Gartenhandschuhen, Baseballmütze und ihren matschverschmierten Schuhen noch an den Füßen der Länge nach aufs Sofa fallen lassen. »Sie schläft wie ein Murmeltier«, flüsterte Mary und unterdrückte ein kleines Gähnen. »Das wundert mich gar nicht. Wir haben heute in vier verschiedenen Gärten gerackert. Haben im ›Knisterlaub‹ Unkraut gejätet, beim ›Grünschnabel‹ die Pflanzen gewässert, hinter der ›Stielaugen-Hütte‹ den Rasen gemäht und beim ›Gruselhorst‹ eine tiefe Grube ausgehoben. Also, genau genommen habe ich kaum einen Finger gerührt, Trudy hat sich den Rücken krumm geschuftet ...«

»Hast du gerade ›Gruselhorst‹ gesagt«, kicherte Felix. »Welcher Bekloppte denkt sich denn so einen Namen aus?«

»Seth Lightfoot wohnt dort«, entgegnete Mary. »Er ist ein bisschen merkwürdig, aber sehr freundlich. Er hat sich lange mit Trudy unterhalten und uns die ganze Zeit mit Eistee und Pfeilwurzkeksen versorgt.«

»Ist das nicht der Typ, der uns davor gewarnt hat, in die Nähe von Gut Palethorpe zu gehen? Ich dachte, er gehört zu den Verdächtigen?«, sagte Felix.

»Tut er ja auch«, erwiderte Mary, »aber ich habe jedes Zimmer in seinem Haus durchsucht und konnte nichts Verdächtiges finden.«

»Und wofür braucht er eine Grube?«

»Um seinen Totempfahl im Boden zu versenken.«

»To-tal be-kloppt«, sagte Felix mit selbstgefälliger Miene.

»Seth hat den Totem selbst gemacht, aus allem Möglichen, was die Leute weggeworfen haben«, erklärte Mary mit einer gewissen Ehrfurcht in der Stimme. »Er recycelt den Müll, den er einsammelt, und macht daraus Skulpturen. Er hat mir sogar eines seiner Werke geschenkt.«

»Ich hab mich schon gewundert, was das für ein Schrott da unten in deinem Rucksack ist«, sagte Felix, fuhr mit einer Hand hinein und förderte ein eigenartiges Objekt zu Tage. Es bestand aus mehreren Kugeln, die mit Hilfe von dünnen Drähten an den Überresten eines Regenschirms befestigt waren. Die Kugeln rochen nach Tapetenleim und waren mit Zeitungspapier beklebt.

»Was soll das sein?«

»Das ist ein Mobile«, sagte Mary. »Die große Kugel in der Mitte stellt den Planeten Neptun dar, und die anderen sind seine Monde.«

»Soll ich es für dich in den Müll werfen?«

»Nein!« Mary riss es ihm aus der Hand. »Ich hänge es in meinem Zimmer auf.«

»Wie du willst«, sagte Felix. »Was hast du eigentlich diesem Larry erzählt? War er sauer, dass du dich davongemacht hast, während du dich eigentlich um seinen Garten kümmern solltest?«

»Ich habe ihm gesagt, dass ich losgegangen war, um zwei Eis für mich und Trudy zu holen, dass sie aber auf dem Rückweg geschmolzen sind, so dass ich sie beide gleich aufessen musste. Er hat mir jedes Wort geglaubt«, sagte Mary.

»Eis!«, sagte Felix und rieb sich den Bauch. »Ich könnte eine ganze Badewanne voll davon vertragen!«

»Danach wäre dir aber sicher ziemlich schlecht«, sagte Mary.

Dann nahm sie ihm auch noch den Rucksack ab und stieg die Stufen hinauf. Im Gegensatz zu Felix war Mary überhaupt nicht hungrig. Dank ihrer vier Auftraggeber hatte sie über den Tag verteilt ein Dutzend verschiedener Kekse, ein Chapati, zwei Marmeladentörtchen und eine Riesenscheibe Pumpernickel vertilgt. Abendessen war im Moment das Letzte, woran sie dachte.

Was sie jetzt dringend brauchte, war ein ausgiebiges Wannenbad und eine Mütze voll Schlaf. Die Gartenarbeit hatte Mary erschöpft, aber noch viel anstrengender war die ständige Angst gewesen, bei ihrer Spioniererei erwischt zu werden. Und dabei war es äußerst wichtig, dass sie heute Abend um neun Uhr wieder fit, wachsam und für alles gewappnet war, denn sie plante, dann im Mondschein einen Abstecher zum Gut Palethorpe zu unternehmen.

Mary streifte ihre Sandalen ab und kletterte auf ihr Bett. (Die Matratze war fest und gab keine Geräusche von sich – ganz anders als ihre verbeulte Matratze zu Hause, die bei jeder Bewegung quietschte.) Sie streckte beide Arme in die Höhe und schaffte es, Seths Skulptur an einem kleinen

Haken an der Decke festzumachen. Das Mobile baumelte etwas windschief vor sich hin, wobei die einzelnen Kugeln aneinander stießen.

»Na, was sagst du, Clop?«, fragte sie fröhlich.

Was künstlerische Dinge betraf, hielt Mary ihren Esel für einen ausgesprochenen Kenner. Jedes Mal, wenn sie aus der Schule Bastelarbeiten wie Styroporraumschiffe oder klobige Monster aus Ton oder Eierschalenmosaike mit nach Hause brachte, wirkte er sehr angetan. Doch ein Blick auf Clops angewiderte Miene reichte aus, und sie wusste, dass er Seths Kunstwerk hochgradig daneben fand.

»So schlecht ist es gar nicht!«, sagte Mary und gab der größten Kugel einen Stups. »Stell dir mal vor, mein Zimmer wäre das Sonnensystem, ja? Also, diese Kugel hier stellt den Planeten Neptun dar und ..., ähm, Seth hat mir die Namen all seiner Monde genannt ..., ähm ...« Einen Augenblick überlegte sie angestrengt, dann zeigte sie reihum auf die einzelnen Kugeln. »Das hier ist Triton ... Und die hier ist Naiad und ... Ach du Schreck!« Mary umschloss den dritten Mond mit der Hand und schnappte nach Luft. Ihre Wangen glühten mit einem Mal so rot wie ihre Nasenspitze.

Unter den Schnipseln und Papierstückchen, die auf den Mond geklebt worden waren, befand sich ein kleines malvenfarbenes Dreieck. Der farbige Papierschnipsel war goldumrandet, und es standen zwei mit Maschine geschriebene Wörter darauf:

außer Pteronophobie

Mary lag ausgestreckt im dampfenden, duftenden Wasser der randvoll gefüllten Badewanne. Sie hatte in dem kleinen

Badezimmerschränkchen über dem Waschbecken eine Flasche mit Jasminblütenbadezusatz gefunden und eine großzügige Portion davon in die Wanne gekippt, während das Wasser noch aus dem Hahn rauschte. Das Wasser hatte einen milchigen Lilaton angenommen: eine Farbe, die eine bemerkenswerte Ähnlichkeit hatte mit jenem besagten Papierschnipsel, der von einem Bogen des unverkennbaren P.S.S.T.-Notizpapiers abgerissen worden war. Was für ein sonderbarer Zufall, dass die fehlende Papierecke aus Bob Chalks Akte ausgerechnet auf der Nachbildung des dritten Neptun-Mondes wieder aufgetaucht war!, grübelte Mary.

Sie hatte weniger als eine Sekunde gebraucht, um den festgetrockneten malvenfarbenen Papierfetzen als Eigentum von P.S.S.T. zu erkennen. Einen Wimpernschlag länger hatte es gedauert, bis sie begriff, dass es sich um die Ecke von Bobs Akte handelte. Irgendjemand musste die Ecke absichtlich abgerissen haben – und die Informationen dann gegen den P.S.S.T.-Spion verwendet haben.

Wie sie in Seths Besitz gelangt war, darüber konnte Mary nur spekulieren. Hatte er sie auf der Straße gefunden und unschuldig in seinen Papierkorb geworfen? Oder hatte *er* sie aus dem Aktenschrank im Hauptquartier gestohlen?

Mary versuchte, diesen Wust an Informationen in ihrem Kopf zu entwirren.

Pteronophobie. Dank ihres Großvaters, der die Bedeutung dieses Wortes aus einer Quizsendung kannte, wusste Mary, was sich dahinter verbarg: die Angst, mit Federn gekitzelt zu werden. Als ihr Großvater ihr an jenem Morgen, als sie zu P.S.S.T. aufbrach, das Wort erklärte, hatte sie nicht gedacht, dass es ihr eines Tages nützlich sein könnte. Aber es war nützlich. Mary dachte darüber nach, was für ein Glück sie hatte, so einen leicht verrückten Großvater zu haben, der ihr, statt ihr langweilige Ratschläge zu erteilen, absonderliche und wunderbare Dinge erzählte, in der Hoffnung, dass sie ihr eines Tages nützlich sein könnten.

Es war nun wohl eindeutig, dass Bob keine Aversionen, Allergien und Phobien hatte … außer Pteronophobie. Der ansonsten absolut furchtlose Mann hatte Angst vor Federn.

Federn. In der Telefonzelle, in der Bob als zähneklappperndes Nervenbündel aufgefunden worden war, hatte eine Feder gelegen. Eine lange graue Feder. Ihre Spitze schaute gerade aus der Tasche der Shorts hervor, die Mary über einen Stuhl geworfen hatte, als sie sich auszog. Leider hatte Mary die Bedeutung der Feder nicht erkannt, als sie sie entdeckt hatte – aber jetzt wurde sie ihr klar. Jemand hatte sich Zugang zu Bobs persönlicher Akte verschafft und so von dessen wundem Punkt erfahren. Wahrscheinlich war Bob irgendwie in die Telefonzelle gelockt worden – und was dann? Mary erinnerte sich an das Loch in der Scheibe. Vielleicht hatte der fragliche Bösewicht irgendeine Art von Kitzelwerkzeug durch die Öffnung geschoben und zuvor von außen die Tür verbarrikadiert, um Bob an der Flucht zu hindern. Aber eine einzelne Feder konnte einen hart gesottenen P.S.S.T.-Spion doch nicht so ohne weiteres in ein vor Angst stammelndes Nervenwrack verwandeln, dachte Mary kopfschüttelnd.

Sie grübelte weiter über die neuesten Entwicklungen der Operation Fragezeichen und griff nach dem Stück Seife und dem Waschlappen, die vor ihr auf der Kunststoffablage lagen. Als sie den Waschlappen in die Hand nahm, fiel irgendetwas von der Ablage herunter und plumpste ins Wasser. Statt im milchig lila Wasser zu versinken, tauchte es, ein aufgemaltes Lächeln auf dem orangefarbenen Schnabel, wippend zurück an die Oberfläche. Mary grinste. Eine kleine Gummiente war ins Wasser gesprungen, um ihr beim Baden Gesellschaft zu leisten.

Eine Ente.

Mary lief ein kalter Schauer über den Rücken, und die Seife flutschte ihr aus der Hand.

»Bernard!«, rief sie laut. »Die verschwundene Ente!« Bernard war eine Stockente gewesen, überlegte Mary, was bedeutete, dass sein Kopf grün, der Rest seines Gefieders aber überwiegend grau war – genau wie die Feder in der Telefonzelle! Sie sprang aus der Badewanne, ging zum Stuhl und hinterließ eine nasse Fußspur auf dem Boden. Sie nahm die Feder aus ihrer Shortstasche und strich darüber. Sie wagte kaum, sich auszumalen, was geschehen war. Jemand musste Bernard entführt und anschließend dafür gesorgt haben, dass er ein für alle Mal ausgequakt hatte, dachte Mary traurig. Wie furchtbar! Sie überlegte weiter, dass die unbekannte Person den armen alten Bernard nach dieser Untat gerupft haben musste, um Bob mit den Federn zu quälen.

Jede Menge Fragen stürmten auf sie ein, als sie zur Badewanne zurückging. War es jemandem gelungen, sich in die Büros von P.S.S.T. zu schleichen und Informationen zu stehlen? Steckte Murdo Meek hinter dem Diebstahl, und wenn ja, war er auch verantwortlich für die Sache mit der Ente? Könnte Seth Lightfoot der herzlose Schurke sein, den sie suchte, oder war einer der anderen Verdächtigen der Schuldige?

Mary beschloss, dass sie eigentlich keine Zeit hatte, länger darüber nachzudenken, und seifte sich die Schultern ein. Sie durfte nicht aus dem Blick verlieren, was jetzt am wichtigsten war – nämlich Gut Palethorpe unter die Lupe zu nehmen.

Mittlerweile stand für sie fest, dass jemand bei Bob Chalks Nervenzusammenbruch kräftig nachgeholfen hatte. Und es war mehr als wahrscheinlich, dass auch Miles Evergreen ein Opfer des unbekannten Übeltäters geworden war, aber bislang hatte sie dafür noch keine Beweise. Ob Murdo Meek nun dieser Schurke war oder nicht – Mary wusste, dass sie sehr auf der Hut sein musste, wenn sie in wenigen Stunden auf ihre nächtliche Mission aufbrach.

In ihren dunkelsten Sachen (marineblaue Turnschuhe, Jeans und ein schiefergrauer Kapuzenpulli) schlich Mary die Treppe hinunter. Sie warf einen Blick in den Flurspiegel und stellte enttäuscht fest, dass ihre Nasenspitze noch immer gerötet war, obwohl sie sich mehrfach mit Trudys Feuchtigkeitscreme eingeschmiert hatte. Achselzuckend betrachtete sie ihr Spiegelbild. Im Dunkeln würde es nicht auffallen.

Mary tapste leise in die Küche. Das heillose Durcheinander auf der Arbeitsplatte verriet ihr, dass Felix an diesem Abend die Rolle des Küchenchefs übernommen hatte. Neben einem leeren Marmeladenglas und einer zerdrückten Eierschale entdeckte sie einen Teller mit Krümeln, auf dem noch zwei zusammengeklappte Vollkornstullen lagen. Prüfend pikste Mary mit dem Finger in die Füllung zwischen den beiden Brotscheiben. Schweineschmalz. Die Stullen sahen nicht sehr appetitlich aus, aber Mary rief sich ins Gedächtnis, dass ein Spion jederzeit einen Imbiss dabeihaben musste – und auch, dass der Teufel in der Not Fliegen fraß. Sie steckte die beiden Stullen in eine braune Papiertüte und verstaute das Paket in ihrem Rucksack (in dem sich außerdem ihr Funkgerät und ihr Fernglas befanden). In die Tasche ihres Pullis hatte sie ihr Muschelfon (für den Notfall) sowie ihre Mini-Kamera gesteckt.

Trudy schlummerte noch immer auf dem Sofa vor sich hin, aber sie hatte ihre Schuhe ausgezogen und sich gemütlich ein paar Kissen unter den Kopf geschoben. Mary musste sie ziemlich heftig rütteln, ehe sie endlich die Augen öffnete.

»Nicht im Geräteschuppen einsperren!«, bettelte sie. Offenbar war sie soeben aus einem Albtraum erwacht. »Oh«, murmelte sie und blinzelte Mary schlaftrunken an. »Du bist's.«

»Ich wollte dir nur sagen, dass es jetzt neun Uhr ist und ich mich auf die Socken mache«, sagte Mary. »Heute Nacht werde ich mir Gut Palethorpe mal genauer ansehen.«

»Willst du, dass ich mitkomme?«, fragte Trudy und setzte sich auf. Sie gähnte herzhaft.

»Nein, das ist schon in Ordnung«, erwiderte Mary. »Du bist doch fix und fertig. Und außerdem«, fügte sie hinzu und dachte dabei an das, was ihr Socrates mit auf den Weg gegeben hatte, »ein Spion ist am gewieftesten, wenn er allein auf Mission geht.«

»Na ja, wenn du meinst …«, sagte Trudy zögernd. »Geh aber bitte keine unnötigen Risiken ein, Mary … Und wenn du bis Mitternacht nicht zurück bist, komme ich dich suchen.«

»Danke.« Mary war gerührt, auch wenn sie den leisen Verdacht hegte, dass Trudy nur deshalb ihre Begleitung angeboten hatte, weil sie glaubte, dass Kinder automatisch unfähiger waren als Erwachsene.

»Wo ist Felix?«, fragte Trudy plötzlich.

»Mach dir keine Sorgen. Er ist oben«, sagte Mary. »Ich hab an seiner Tür gelauscht und lauter Piepser und Explosionen gehört. Ich glaube, er pulverisiert mal wieder Außerirdische mit seinem Gameboy.«

»Entweder das oder unser ›Wunderhund‹ hat wieder einen neuen Trick gelernt«, sagte Trudy mit unverhohlenem Spott. »Viel Glück, Mary.« Sie lehnte sich in die Kissen zurück und war in Sekundenschnelle wieder eingeschlafen.

Die untergehende Sonne sah aus wie ein riesiges, langsam am Himmel schmelzendes Stück Malzzucker. In wenigen Minuten würde die Dämmerung einsetzen. Mary stand auf der Türschwelle des Daffodil-Cottage, den Rucksack fest auf den Rücken gezurrt. Rasch warf sie einen Blick rechts und links die Straße entlang, um zu sehen, wer außer ihr noch unterwegs war.

Die Vikarin der St.-Elmo-Gemeinde sauste mit glühenden Wangen auf einem klapprigen Fahrrad am Gartentor vorbei. Für einen kurzen Augenblick glaubte Mary, die Vikarin hätte sich, um ihr Erscheinungsbild ein wenig aufzumöbeln, die Haare knallgrün gefärbt, aber als sie genauer hinsah, erkannte sie, dass es sich in Wahrheit um einen grellbunten Fahrradhelm handelte. Auf einer Parkbank auf der anderen Seite der Cow Parsley Lane saß, die Nase in ein Buch gesteckt, ein stachelhaariger Teenager, der immer wieder mit seiner Hand in eine Chipstüte griff. Rechts hinter ihm sah sie Mrs Cuddy, die, auf einem wackligen Hocker balancierend, einen an ihrer Veranda hängenden Blumentopf goss. Keiner von ihnen schien Notiz von dem jungen Mädchen zu nehmen, das sie von ihrer Türschwelle aus beobachtete.

Zufrieden, dass es ihr geglückt war, von allen unbemerkt aus dem Daffodil-Cottage zu schlüpfen, ging Mary los. Sie schritt zielstrebig voran anstatt zu schlendern, wie es sonst ihre Art war. Sie achtete darauf, dass das Gartentor nicht laut scheppernd hinter ihr zufiel, und trat hinaus auf die Straße.

Peebles sprang übermütig auf die gegenüberliegende Straßenseite, und Mary ahnte, dass der Kater irgendwas im Schilde führte. Erst attackierte er die Schnürsenkel des lesenden Jungen, dann sprang er mit einem perfekt abgeschätzten Satz auf eine niedrige Ziegelmauer und lief leichtfüßig darauf weiter. Dann beschloss er, unmittelbar vor der Villa Bluebell stehen zu bleiben, wo Mrs Cuddy soeben mit Pflanzengießen fertig geworden und nach drinnen verschwunden war. Fast im selben Augenblick erschienen zwei kleine weiße Köpfe am Fenster und begannen durchdringend zu kläffen. Peebles schien das nicht im Geringsten zu stören. Ohne den Hunden Beachtung zu schenken, rollte er sich zusammen, so als wollte er es sich für ein Nickerchen bequem machen. Das Kläffen wurde immer lauter und gereizter, und Mary hörte einen dumpfen Aufprall und dann einen zweiten, als Schnupperfratz und Lämmchen sich gegen die Glasscheibe warfen.

Verständlicherweise erregte das unaufhörliche Kläffen ziemlich viel Aufsehen. Die Vikarin, die bereits fast das Ende der Straße erreicht hatte, warf einen Blick zurück über ihre Schulter, um zu sehen, was der Grund für den Trubel war, und wäre dabei fast vom Fahrrad gefallen. Eine Frau öffnete im Morgenmantel ihre Haustür und reckte den Hals, um zu sehen, was los war. Vorhänge wurden beiseite gezogen und Gesichter erschienen. Das röteste von allen gehörte Mrs Cuddy. Die alte Dame klopfte mit ihrem Gehstock ungehalten ans Fenster und fuchtelte mit den Armen, um den Kater zu verscheuchen (eine Taktik, die keinerlei Wirkung zeigte). Nur der Junge auf der Bank schien von der ganzen Aufregung, die Peebles auslöste, nichts zu bemerken. Mary überlegte sich, dass das Buch, in dem er las, ausgesprochen spannend sein musste.

Da sie von keinem der Dorfbewohner gesehen werden wollte, zog Mary den Kopf ein und beschleunigte ihren Schritt. Sie war sich zwar ziemlich sicher, dass alle Augen auf die Villa Bluebell gerichtet waren, aber sie wollte kein Risiko eingehen.

Mary hatte ihre Route mit Sorgfalt geplant. Auf ihrem Weg durchs Dorf setzte sie ein paar von Socrates erlernte Techniken ein, um zu überprüfen, ob jemand sie verfolgte: Jedes Mal, wenn sie eine Straße überquerte, sah sie lange nach links und wandte sich dann plötzlich um, um etwas in einen Abfalleimer zu werfen oder einen Gegenstand aufzuheben, den sie zuvor absichtlich fallen gelassen hatte. Ein Ehepaar erregte ihr Misstrauen, das seinen Dachshund Gassi führte und Mary knapp einen halben Kilometer lang zu folgen schien, doch schließlich blieb das Paar stehen, um mit der Postbeamtin Diana Flinch zu schwatzen, und danach begegnete Mary ihnen nicht wieder.

Als sie den Trampelpfad einschlug, der zum Wald namens Craddock Clump führte, war Mary sich sicher, dass ihr niemand auf den Fersen war. Die Sonne war am Horizont verschwunden und es dämmerte schnell, aber wie erwartet zeigte sich der Vollmond am Himmel. Dankbar sah sie zu ihm hinauf und marschierte weiter den Pfad entlang, der zum Wald hin leicht abfiel. Mary suchte Schutz zwischen den Bäumen, nahm ihren Rucksack von der Schulter und holte ihre Butterbrotdose heraus. Sie wollte P.S.S.T. kontaktieren, bevor es zu dunkel war, um die Schalter und Knöpfe an ihrem Funkgerät zu erkennen. Sie nahm die Antenne in die Hand und blickte sich nach einer Astgabel in Greifhöhe um, an der sie sie festklemmen konnte. Doch zu ihrer großen Verzweiflung musste Mary feststellen, dass alle Bäume im Craddock Clump schottische Kiefern mit hohen, schlanken Baumstämmen waren und sie, sosehr sie sich bemühte, nicht einmal an die niedrigsten Äste heranreichte. Könnte sie doch bloß wieder aus dem Birkenwäldchen senden, so wie sie es schon einmal getan hatte, aber sie wusste, dass das gegen Socrates' Anweisung war. Es wurde empfohlen, jede Übertragung von einem anderen Standort aus durchzuführen, um dem Feind stets einen Schritt voraus zu sein. Mary beschloss, die Antenne einfach in die Luft zu halten und auf das Beste zu hoffen.

»Krabbe an Blauwal«, sagte Mary. »Kommen. Over.«

Es war ein Geräusch zu hören, als würde jemand eine Chipstüte zusammenknüllen, gefolgt von einem abscheulich blechernen Summen. Mary überprüfte, ob sie auch auf der richtigen Frequenz funkte, und drehte die Antenne zwischen ihren Fingern hin und her. »Krabbe an Blauwal«, sagte sie noch einmal deutlicher und presste ihre freie Hand gegen den Kopfhörer.

Reds Stimme war kaum hörbar. Er klang, als versuchte er, mit einer Mundharmonika zwischen den Lippen zu sprechen. Glücklicherweise gelang es Mary, das Wesentliche zu verstehen.

»Ja, ich hab ein paar Dinge zu melden«, flüsterte sie, während sie mit flackerndem Blick den Wald absuchte, um sicherzugehen, dass sie alleine war. »Ich bin heute nach Ogle Lodge gegangen und habe herausgefunden, dass Edgar Palmer am 1. Juli einen Fahrradausflug gemacht hat, so dass ich ihn von meiner Liste streichen kann ... Ach ja, und ich bin auf einen sicheren Beweis gestoßen, dass Bob mit Federn gekitzelt wurde. Over.«

»Ein Verdächtiger weniger. Verstanden«, war Reds Stimme undeutlich zu hören. »Aber kannst du letzten Satz wiederholen ... Mmmpppssss ... Over«.

»BOB«, sagte Mary, wobei sie jeden einzelnen Buchstaben betonte. »GEKITZELT. OVER.«

»Rrrbblppifffzzzz … Sag's noch mal«, kam als Antwort.

Verzweifelt schwenkte Mary die Antenne durch die Luft wie ein Funkenmariechen seinen Stab. »Bungalow Olive Bungalow«, sagte sie und griff als letzte Möglichkeit auf das Cumberbatch-Alphabet zurück, »wurde gekitzelt mit den Federn einer Eierkopf Narzisse Trainingsanzug Eierkopf. Er hat eine Phobie, verstehen Sie, ich habe das fehlende Stück Plantschbecken Achselhöhle Plantschbecken Idiot Eierkopf Rundbürste gefunden.«

»Bob … Gekitzelt von einer Ente? JemmmS.H.H.hzzz … Was war der letzte Teil? Over.« Red klang leicht verwirrt.

Mary fuhr sich besorgt über die Stirn. Socrates hatte sie angewiesen, alle Funkmitteilungen so knapp wie möglich zu halten. Vielleicht sollte sie diese Übertragung besser abbrechen und es morgen erneut versuchen. »Sie müssen bis zum nächsten Funkspruch warten«, sagte Mary. »Bin auf dem Weg nach Gut Palethorpe … Sie wissen schon … Das Hurra Achselhöhle Unhold Salami auf dem Hurra Überfall Grünkohl Eierkopf Leopard. Over and out.«

Mary stopfte ihre Butterbrotdose wieder in den Rucksack und schlich auf den Trampelpfad zurück. Er führte sie in einem Bogen ostwärts um den Wald herum, dann an einer Wiese entlang bis zu einem überwucherten Hügel, von dem aus sie die Anhöhe sehen konnte, auf deren Gipfel sich die dunkle, klobige Silhouette von Gut Palethorpe erhob.

SECHZEHNTES KAPITEL

Ein Herumtreiber in Palethorpe

Die Anhöhe hinaufzuklettern dauerte länger, als Mary gedacht hatte. Der Hügel stieg steil an, und es war schwierig für sie, im Mondlicht auszumachen, wo sie ihre Füße hinsetzte. Zwei Mal fiel sie auf ihren Hosenboden. Das erste Missgeschick passierte, als sie in ein Kaninchenloch trat und dabei umknickte. Ungefähr zehn Minuten später rutschte sie auf etwas Glitschigem aus und landete kopfüber in einer Distel. Aber Mary legte die Selbstbeherrschung eines echten Profis an den Tag und ließ bei keinem der beiden Vorfälle auch nur den leisesten Pieps verlauten. Sie klopfte sich den Staub ab, schaute zu der Gebäuderuine auf dem Hügelkamm und setzte ihren Anstieg fort.

Um sicherzustellen, dass sie in die richtige Richtung lief, sah Mary immer wieder zu Gut Palethorpe hoch, aber jedes Mal, wenn sie das verfallene Anwesen erblickte, spürte sie, wie sich ihr die Haare sträubten. Alles, was sie im Mondlicht erkennen konnte, war ein wuchtiges schwarzes Rechteck, und je angestrengter sie hinsah, desto heftiger schien es hin und her zu schwanken, als wäre es lebendig. Die Art Haus, die in Albträumen auftaucht, dachte Mary und war nicht gerade scharf darauf, hineinzugehen.

Tapfer kletterte sie weiter den Hang hinauf, bis sie vor einem lädierten Maschendrahtzaun stand, der, so vermutete sie jedenfalls, einst um das Haus gezogen worden war, um allzu neugierige Dorfbewohner fern zu halten. Sie drehte sich um und warf einen Blick über die Schulter, um sich zu vergewissern, dass ihr niemand gefolgt war. Der Mond warf ein silbriges Licht über den Hügel, und so weit Mary sehen konnte, war sie ganz allein.

Mary hielt es für eine gute Idee, nach dem anstrengenden Aufstieg kurz zu verschnaufen, ehe sie Gut Palethorpe in Augenschein nahm. Als sie es sich im Schneidersitz auf dem Erdboden bequem gemacht hatte, wünschte sie sich, sie hätte etwas Süßes, Beruhigendes eingesteckt – einen Schokoriegel etwa. Dann fielen ihr die Schmalzstullen wieder ein, und sie durchwühlte ihren Rucksack danach. Sie schüttete eines der Brote aus der Papiertüte und starrte es an. Die Stulle war matschig und völlig zerdrückt und – was am allerschlimmsten war – sie stank bestialisch. Sie beschloss, den ekligen Aufstrich abzukratzen und die Brotscheiben einzeln zu essen.

Aber zu ihrem Leidwesen musste Mary feststellen, dass sich das Schweineschmalz nicht so ohne weiteres entfernen ließ. Noch nie hatte sie so etwas scheußlich Weiches und Fettiges angefasst. Nachdem sie eine Ladung Schmalz in die braune Papiertüte geklatscht hatte, beschnüffelte sie zaghaft ihre Finger. Sie rochen genauso ekelhaft wie Haltepfiffs Atem.

Mary blieb der Mund offen stehen, als sich vor ihrem geistigen Auge mit einem Mal drei Bilder formten, aufgefächert wie Spielkarten. Das erste zeigte einen Klumpen Schmalz, das zweite eine Leiter und das letzte Haltepfiffs Zunge.

Am Vormittag, als sie auf Charles Nobles Grundstück eingedrungen waren, hatte Mary Haltepfiff bei etwas recht Merkwürdigem beobachtet. Und anschließend hatte sein Atem sehr ähnlich gerochen. Zu jenem Zeitpunkt hatte sie gedacht, dass es nicht gerade normal war, eine Leitersprosse abzuschlecken, auch nicht für einen Hund, aber da Haltepfiff ohnehin dazu neigte, dämliche Dinge zu tun, hatte sie sich nicht weiter den Kopf darüber zerbrochen.

Mary sah auf ihre Hände. Schmalz war glitschig. Außerdem wurde es, wenn man es verrieb, durchsichtig und hinterließ nicht mehr als einen leichten Schimmer. Was, wenn jemand absichtlich Schmalz auf die Leitersprossen geschmiert hatte? Wer auch immer es gewesen war, hatte wissen müssen, dass Miles, sobald er einen Fuß auf die Sprosse setzte, ins Rutschen geraten und sehr wahrscheinlich stürzen würde.

Charles Noble hatte es ungeheuer eilig gehabt, die Leiter nach dem »Unfall« loszuwerden. Sie kaputtzumachen war in den Augen des Handwerkers Reg eine entsetzliche Verschwendung gewesen. Wollte Charles die Leiter so schnell zu Kleinholz und Sägespänen verarbeiten, weil er es nicht ertragen konnte, an den schrecklichen Unfall seines Fensterputzers erinnert zu werden? Oder hatte er etwa versucht, seine Spuren zu verwischen?

Ein umherstreifendes Licht im oberen Stockwerk des Herrenhauses verscheuchte jäh alle Überlegungen zu Charles und der Leiter aus Marys Kopf. Schnell huschte sie, tief geduckt und so lautlos wie möglich, am Zaun entlang, wobei sie sich alle paar Meter mit der Schulter dagegenlehnte, um zu prüfen, ob er an irgendeiner Stelle nachgab.

Nach ein paar Minuten stieß sie auf einen wackligen

Pfosten und einige ausgeleierte Drahtmaschen, die sie weit genug auseinander ziehen konnte, um sich hindurchzuzwängen. Für einen kurzen Augenblick kauerte sie sich still auf den Boden, während ihr Herz bis zum Hals schlug, und beobachtete, wie der Lichtkegel hinter einem Fenster unterhalb des Dachvorsprungs hin und her wanderte. Dann spurtete sie los zur Veranda. Dabei wäre sie um ein Haar über ein Schild mit der Aufschrift »EINSTURZGEFAHR« und »KEIN ZUTRITT« gestolpert.

Früher musste das Haus einmal ein herrlicher Ort zum Wohnen gewesen sein. Der Eingang war gesäumt von vier stattlichen Säulen, die sich kühl und glatt anfühlten. Mary huschte zwischen die Pfeiler, darauf bedacht, nicht auf die Schuttreste zu treten, die überall auf dem Verandaboden verstreut lagen. Jetzt, da sie sich nicht mehr in freiem Gelände aufhielt und kein Mondlicht in ihren Schlupfwinkel drang, fiel es Mary sehr viel schwerer, noch etwas zu erkennen. Die Dunkelheit verdichtete sich zu einer noch undurchdringlicheren zähen Schwärze, als sie den Türknauf, so groß wie die Faust ihres Vaters, herumdrehte und die Eingangshalle betrat.

Von außen hatte das Haus schon beängstigend ausgesehen, aber von innen fand Mary es noch Furcht erregender. Als sie sich langsam mit den Händen an einer Wand vorwärts tastete, standen ihr regelrecht die Haare zu Berge.

Sie hörte mehrmals kurz hintereinander ein dumpfes Rumsen, als wäre im Stockwerk über ihr ein schwerer Gegenstand auf den Boden gekracht. Mary hielt den Atem an. Sie reckte ihr Kinn vor und starrte blind in die Richtung der oberen Etage. Wer war da oben? Und was hatte es zu bedeuten, dass er im Dunkeln in einem abbruchreifen Haus umherschlich? Drei Nächte zuvor hatte sie jemanden mit einer Taschenlampe auf dem Hügel beobachtet. Handelte es sich bei dieser Person um dieselbe, deren Schritte sie jetzt durch die Decke hindurch hörte?

Mary schoss ein Gedanke durch den Kopf, und ihr Herz schlug schneller: War hier vielleicht das Versteck, in dem Angela Bradshaw gefangen gehalten wurde? Die Idee erschien einleuchtend. Kein rechtschaffener Mensch, der klar bei Verstand war, würde es wagen, auch nur einen Fuß in ein verfallenes Gebäude zu setzen, das jeden Augenblick einzustürzen drohte. Es wäre für einen Entführer also der perfekte Ort, um sein Opfer zu verstecken.

Mary stieß mit dem Fuß an etwas Hartes aus Holz. Sie unterdrückte den Impuls, »Aua« zu sagen, und biss sich auf die Lippe. Als sie sich zu dem Gegenstand hinunterbückte und ihn mit den Händen befühlte, merkte sie, dass sie an der untersten Stufe einer Treppe angelangt war.

Die Treppe hinaufzuschleichen, stellte sich als problemlos heraus. Es lag zwar kein Treppenläufer auf den Stufen, aber Mary hatte von jeher einen lautlosen Gang, und ihre Turnschuhe waren mit weichen Sohlen ausgestattet. Oben an der Treppe angekommen, blieb sie stehen und lauschte. Ein grollendes Brummen drang an ihr Ohr. Es klang so, als spräche jemand hinter einer verschlossenen Tür. Sofort kombinierte Mary. Da drinnen befindet sich nicht nur eine Person, dachte sie, während sie sich Schritt für Schritt den finsteren Korridor entlang den Stimmen näherte.

Mary wusste genau, wo sie stehen bleiben musste. Der Lichtschein einer Taschenlampe sickerte durch die Ritzen der Tür, so dass diese aussah wie ein goldgerahmtes Rechteck. So sanft wie möglich drehte sie den Knauf herum und gab der Tür einen leichten Schubs. Dann machte sie sich bereit, einen Blick durch den Spalt zu werfen.

Vor Aufregung konnte sie kaum atmen, als sie langsam in ihre Tasche griff und ihre Mini-Kamera hervorholte. Wenn sich ihr Verdacht bestätigte und Murdo Meek in diesem Zimmer war, dann wäre sie die Erste, die sein Gesicht auf Zelluloid bannte.

Zunächst konnte sie nichts sehen außer dem grellen Schein einer Taschenlampe. Dahinter war der Kopf eines Mannes auszumachen, aber sein Gesicht lag im Schatten und war nicht zu erkennen. War es Charles Noble? Der Mann bewegte sich und ließ die Hand sinken, so dass der Strahl der Taschenlampe auf die blanken Dielenbretter fiel. In diesem Augenblick konnte Mary sein Gesicht deutlich genug sehen, um zu wissen, wen sie vor sich hatte.

Sie hielt sich die Kamera vors Auge und drückte auf den Auslöser. Seth also. Seth Lightfoot. War nicht er es gewesen, der so beharrlich darauf bestanden hatte, dass sie und Felix Gut Palethorpe fernblieben? Offenbar hatte er diese Warnung nicht aus Sorge um ihre Sicherheit ausgesprochen, sondern um zu verhindern, dass sie ihm bei seinem wie auch immer gearteten Vorhaben in die Quere kamen. Mary spürte einen Anflug von Enttäuschung. Noch vor ein paar Stunden war er ihr so liebenswert erschienen und hatte ihr sogar eine seiner kostbaren Skulpturen geschenkt. Sie hatte glauben wollen, dass Seth das Papierstück aus Bobs Akte zufällig beim Müllsammeln gefunden hatte. Jetzt war sie sich nicht mehr so sicher. Sie schauderte, als ihr klar wurde, dass sie begonnen hatte, einen Mann zu mögen, der sich am Ende noch als Murdo Meek entpuppen könnte.

Seth begann etwas zu murmeln. Dummerweise hatte er Mary mittlerweile den Rücken zugewandt, so dass sie kein Wort verstand. Sie umfasste ihre Kamera noch fester, den Finger am Auslöser, um auch von der anderen Person im

Raum ein Foto zu schießen, sobald sie sie entdeckt hatte. Mary spähte in jeden Winkel des Zimmers. Wo steckte Angela Bradshaw? In welcher Verfassung war die arme Frau wohl nach drei langen Wochen der Gefangenschaft? Mary schwand allmählich der Mut. Soweit sie sehen konnte (was bei dem schwachen Licht nicht einfach war), befand sich außer Seth niemand im Raum. Aber wie war das möglich?

Seth wandte sich um und hob die Stimme. Bei seinen Worten blieb Mary wie angewurzelt stehen. »Ich weiß, dass du da bist«, sagte er. »Zeig dich.«

Mary erkannte, dass sie zwei Möglichkeiten hatte. Sie könnte die Beine in die Hand nehmen und darauf hoffen, dass Seth ein lausiger Läufer war, oder sie könnte an ihrer zurechtgelegten Geschichte festhalten und mit allen Mitteln versuchen, sich irgendwie aus diesem Schlamassel herauszureden. Sie kam zu dem Schluss, dass die zweite Möglichkeit immer noch besser war als die erste, schob die Mini-Kamera in ihre Tasche und stieß in banger Erwartung die Tür auf.

»Aha!«, sagte Seth triumphierend. Er leuchtete Mary mit der Taschenlampe direkt ins Gesicht, und sie kniff instinktiv die Augen zusammen.

»Würde es Ihnen was ausmachen, damit aufzuhören?«, fragte sie ungehalten. (In Wahrheit lagen ihre Nerven blank, und sie hatte eine Heidenangst, aber sie war fest entschlossen, sich nichts anmerken zu lassen.)

»Oh!«, seufzte Seth enttäuscht. Hinter Marys Augenlidern wurde es dunkel, als er den Strahl der Lampe woandershin hielt. »Für einen Augenblick dachte ich … Sag mal, bist du nicht das Kind dieser Gärtnerin? Kitty, stimmt's? Was machst du denn hier?«

Blinzelnd sah Mary ihn an und nickte. »Ja, ich bin Kitty

Wilson – und ich bin auf der Suche nach Schleiereulen«, sagte sie ernst.

»Wo ist deine Mutter?«, fragte Seth und runzelte die Stirn (auf eine Art und Weise, die Mary höchst verdächtig vorkam).

»Sie ist nicht mitgekommen«, erwiderte Mary beiläufig. »Meine Mutter interessiert sich nicht so für Eulen wie ich. Neulich Nacht habe ich eine über dem Hügel herumflattern sehen und dachte, dass sie vielleicht ein Nest in diesem alten Haus hier gebaut hat. Schleiereulen ziehen ihre Jungen gerne in verfallenen Gebäuden auf.«

»Bist wohl 'ne richtige Vogelexpertin, was?«, sagte Seth.

Mary fand, dass er misstrauisch klang, und beschloss, ihre Geschichte noch etwas auszuschmücken. Sie öffnete den Druckknopf an ihrer Geldbörse, zog ihre Mitgliedskarte des Vogelklubs heraus und reichte sie Seth. »Ich bin leider keine richtige Vogelexpertin«, erklärte sie, »jedenfalls noch nicht, aber ich habe schon eine Menge über Schleiereulen gelesen.«

»Was denn zum Beispiel?«, fragte Seth. Hätte Mary es nicht besser gewusst, hätte sie fast glauben können, dass er aufrichtiges Interesse zeigte.

»Na ja ... *Vögel in Wald und Flur*«, antwortete Mary, die sich das Buch schon einmal aus der Bücherei ausgeliehen hatte, »und ..., äh ..., *Vögel aus deinem Garten* und ... *Schwingen und Singen*«, fügte sie hinzu, wobei sie sich die beiden letzten Titel ausgedacht hatte.

»Ach wirklich?«, sagte Seth. »Das ist beeindruckend.« Er war anscheinend überzeugt, dass sie die Wahrheit sagte. »Solltest du nicht längst im Bett sein, Kitty? Weiß deine Mutter, dass du hier bist?«

»Na klar«, erwiderte Mary und versuchte, nicht in Panik

zu verfallen.« »Sie findet nichts dabei. Ich kann schlafen gehen, wann ich will. Meine Mutter hält nicht viel von Regeln und Verboten. Sie ist der Meinung, dass man Kindern ihre Freiheit lassen sollte.« Nur mit Mühe brachte Mary diese Worte über die Lippen, ohne dabei zu zittern. War Seth leichtgläubig genug, um ihr das abzukaufen?

»Komisch«, brummte Seth und klopfte sich mit dem Ende der Taschenlampe ans Kinn. »Ich habe heute Nachmittag ziemlich lange mit deiner Mutter geplaudert. Und sie machte auf mich gar nicht den Eindruck, als gehörte sie zu dieser Sorte Mütter. Ich kann mir beim besten Willen nicht vorstellen, dass sie damit einverstanden ist, dass du nachts alleine durch die Gegend strolchst.«

»Oh … ähm …« Mary sah ihre Felle davonschwimmen. Er weiß, dass ich ihm einen Bären aufbinde, dachte sie. Er hat mich durchschaut. Jetzt sitze ich in der Patsche.

»Sie ist aber nicht allein«, erklang eine Stimme von der Türschwelle. »Sie ist mit mir zusammen hier.« Der letzte Satz wurde von einem Winseln und einem kurzen Kläffen begleitet. »Und mit ihm.«

»Ich verstehe«, sagte Seth.

Mary blickte über ihre Schulter. In ihren kühnsten Träumen hätte sie sich nicht vorstellen können, sich jemals zu freuen, Felix zu sehen. Genau genommen war sie nicht nur erfreut, sie war überglücklich. Haltepfiffs Schwanz schlug wedelnd gegen den Türrahmen, und Mary musste sich zusammenreißen, dem Hund nicht um den Hals zu fallen. »Das ist mein Bruder Wayne«, sagte sie und lächelte Felix dankbar an.

»Und das hier ist Fred«, erklärte Felix und erntete noch ein Lächeln von Mary, weil er daran gedacht hatte, Haltepfiffs Decknamen zu benutzen. »Wir begleiten meine

Schwester oft bei ihren Vogel-Expeditionen. Ich selbst bin Lepidopterologe, Sie wissen schon, Schmetterlinge.«

»Und Motten«, fügte Seth hinzu. Er wirkte leicht verblüfft.

»Ja, das ist richtig«, sagte Felix wichtigtuerisch.

»Na ja, hier oben werdet ihr aber keine Flatterkäfer finden … und auch keine Eulen. Zumindest kann ich mich nicht erinnern, irgendwelche Nester gesehen zu haben.« Seth verengte die Augen zu Schlitzen. »Ihr Kinder solltet also jetzt besser machen, dass ihr wegkommt. Ich hab euch doch schon mal gesagt, dass dieser Ort hier kein Spielplatz ist.«

Mary beschloss, dass es am besten war, seinen Rat zu befolgen (oder wenigstens so zu tun, als ob). Sie schlich zur Tür. »Okay«, sagte sie leichthin, »dann gehen wir wieder. Mit der Eule muss ich mich wohl geirrt haben.«

»Warte mal eben, Schwesterherz«, sagte Felix, während Mary ihm überdeutlich zu verstehen gab, dass es Zeit war zu gehen, indem sie ihn mit flehendem Blick am Ärmel zupfte. »Entschuldigen Sie, Sir«, sagte er an Seth gewandt. »Würde es Ihnen etwas ausmachen, mir eine Frage zu beantworten?«

»Nur zu«, sagte Seth und verschränkte die Arme, »wenn's schnell geht.«

»Was machen Sie eigentlich hier?«, fragte Felix. »Es kommt mir etwas seltsam vor, dass Sie so viel Aufhebens darum machen, dass das Haus jeden Moment einkrachen könnte, und dabei … sind Sie doch selbst hier. Das ist doch ein bisschen merkwürdig.«

Mary zwickte ihn leicht in den Arm. »Komm jetzt«, zischte sie ihm zu. »Vermassele es nicht.«

»Ganz schön neugierig, was?«, sagte Seth, der allmählich

mürrisch wurde. »Aber leider geht dich das überhaupt nichts an.«

»Ich frage mich, ob es die Polizei wohl interessieren würde, dass Sie sich auf Privatgelände herumtreiben ...« Felix sah ihn hochmütig an.

»Dein Bruder ist 'ne ganz schöne Nervensäge, was?« Seth lächelte Mary müde an (die ihm schon Recht geben wollte, sich dann aber doch eines Besseren besann). »Also gut, ich werde es euch erzählen, aber ihr müsst mir versprechen, es für euch zu behalten. Wenn das rauskommt, fahren hier in Scharen die Reisebusse vor – und das würde es ganz sicher vertreiben, klarer Fall.«

»Wen vertreiben?«, fragte Felix.

»Na das Gespenst natürlich«, erwiderte Seth. Er klemmte sich die Taschenlampe unter den Arm und wackelte mit den Fingern. »Ich war gerade dabei, es zu überreden, sich zu zeigen, als deine Schwester aufkreuzte – und es natürlich verscheucht hat.«

»Ein Gespenst?« Mary rückte näher an Felix heran.

»Quatsch mit Soße«, sagte er und legte seinen Arm um ihre Schultern. »Gespenster gibt es nicht.« Felix funkelte Seth wütend an. »Sie sollten sich schämen, meiner kleinen Schwester so 'ne Angst einzujagen.«

»Na du wolltest es doch wissen!«, wandte Seth ein. »Und natürlich gibt es Gespenster, das könnt ihr mir glauben ... Erst letzte Woche habe ich eins in voller Lebensgröße gesehen. Eine Dame mit langem weißem Haar und einem so traurigen Gesicht – hat mir fast das Herz gebrochen. Sie hat da drüben an einem der Fenster gestanden. An lauen Sommerabenden spaziere ich oft hierher. Hatte schon immer das Gefühl, dass es an diesem Ort spukt – und jetzt habe ich Gewissheit.«

»Blödsinn«, schnaubte Felix. »Das ist haarsträubender Unfug. Komm, Kitty. Wir gehen.«

Während sie hinter Felix herlief (der dafür, dass er unmöglich sehen konnte, wo er eigentlich hintrat, recht große Schritte machte), hielt Mary das Halsband von Haltepfiff fest umklammert. Es schien ihr ratsam, da sich Hunde im Dunkeln sehr viel besser zurechtfanden als Menschen. Die beunruhigende Vorstellung, über ein Gespenst zu stolpern, und das Gefühl der Sicherheit, das Haltepfiffs pelziger Körper ausstrahlte, hatten damit natürlich nicht das Geringste zu tun.

»Was ich nicht verstehe«, sagte Mary, als sie den mondbeschienenen Hügel hinunterhasteten, »ist, wie ihr es geschafft habt, mir unbemerkt zu folgen. Ich habe euch nicht gesehen!«

»Ach tatsächlich?«, sagte Felix, der in zügigem Tempo vor ihr herlief.

»Ja«, sagte Mary und fing an zu rennen, um ihn wieder einzuholen. Sie tippte ihn auf die Schulter. »Hey, würde es dir was ausmachen, langsamer zu gehen? Socrates hat mir beigebracht, dass ein Spion sich immer mit Bedacht bewegen sollte, vor allem, wenn er zu Fuß im Dunkeln unterwegs ist.«

»Meinetwegen.« Felix zog ruckartig an Haltepfiffs Leine. »Uah, langsam, Junge. Die lahme Schnecke kann nicht mit uns mithalten.«

Mary öffnete den Mund, um zu protestieren, dann machte sie ihn wieder zu. Peinlicherweise begann ihr Kinn zu zittern. Sie zog sich die Kapuze über den Kopf, ballte ihre Hände zu Fäusten und vergrub sie tief in ihren Taschen.

Hätte sie ihren Auftritt heute Nacht bewerten müssen, so hätte sie sich dreieinhalb von zehn Punkten gegeben. Ihre Patzer waren nicht katastrophal gewesen, aber es waren ihr doch zu viele unterlaufen. Erstens hatte sie sich den falschen Platz ausgesucht, um eine Funknachricht an P.S.S.T. zu senden, dann hatte sie sich fahrlässigerweise von Seth entdecken lassen und war nicht in der Lage gewesen, überzeugend genug zu schwindeln, und – was am allerschlimmsten war: Felix und sein nicht gerade unauffälliger Hund waren ihr gefolgt, und sie hatte es nicht gemerkt! Eigentlich hatte sie doch eine natürliche Begabung fürs Spionieren! Wieso hatten ihre Fähigkeiten sie so im Stich lassen können?

Felix stieß sie am Ellenbogen an. »Was ist los mit dir, Schmollschnitte?« Er strich mit seiner Hand über Marys Kapuze und zog sie ihr vom Kopf. »Du machst dir doch wohl nicht noch immer Sorgen wegen Seths Gespenst, oder?«

»Nein«, erwiderte Mary geknickt.

»Okay ... Hmmm ... Ich weiß es! Du bist sauer, weil wir dir heimlich gefolgt sind«, sagte Felix. »Hab ich Recht?«

Mary schüttelte den Kopf. Sie konnte sich nicht überwinden, ihm zu sagen, wie erleichtert sie gewesen war, als er und Haltepfiff aufgetaucht waren. »Ihr müsst mir mindestens einen Kilometer lang gefolgt sein – und ich hatte keine Ahnung«, gab Mary kleinlaut zu.

»Ach deswegen machst du dir 'n Kopf«, sagte Felix lachend. Er gab ihr einen sanften Schubs. »Also, das musst du nicht, du Oberdussel. Der Grund, warum du nicht gesehen hast, wie wir dir gefolgt sind, ist der ..., dass wir dir gar nicht gefolgt *sind*.«

»Was?«, sagte Mary. Sie war völlig verwirrt.

»Du überlegst, woher ich wusste, wo du hinwolltest?«, fragte Felix und klang ausgesprochen selbstzufrieden. »Weißt du noch gestern Nachmittag, als du unbedingt beim Schreiben deines Briefes an P.S.S.T. in Ruhe gelassen werden wolltest ...?«

»Also ich habe dich höchstens höflich darum gebeten, für eine Weile das Zimmer zu verlassen«, warf Mary ein, erbost über seine Unterstellung, dass sie ihn herumkommandieren würde. »Du hast gesagt, du würdest mit Haltepfiff im Garten Cricket spielen gehen.«

»Und das habe ich am Ende auch getan«, sagte Felix, »aber erst, nachdem ich dich nach Strich und Faden belauscht hatte. Ich habe gehört, wie du Trudy gesagt hast, du wolltest dich ein bisschen auf Gut Palethorpe umschauen. Und da haben wir uns gedacht, dass wir uns diesem Ausflug einfach ungefragt anschließen, nicht wahr, alter Junge?« Felix bückte sich und tätschelte seinen Hund. »Wir haben uns durch das kleine Birkenwäldchen geschlichen, wo du neulich Haltepfiff über den Haufen gerannt hast.«

Mary sah sich genötigt, ihn zu korrigieren. »Es war dein Hund, der *mich* über den Haufen gerannt hat.«

»Also, wie du siehst ... Was das Spionieren anbetrifft, bist du doch kein hoffnungsloser Fall«, sagte Felix, und seine Zähne blitzten, als er sie angrinste.

Mary konnte darüber nicht lachen.

»Eigentlich«, sagte er und bedeutete Haltepfiff, über einen Zaunübertritt zu springen, »finde ich, dass du deinen Job ganz gut machst – für eine Anfängerin. Vor allem bist du gut darin, dir irgendwelche Geschichten aus den Fingern zu saugen. Das mit den Schleiereulen war genial. Für eine Sekunde hab selbst ich sie dir fast geglaubt.«

»Oh …, äh …, danke«, stammelte Mary. Sie war es nicht gewohnt, von Felix Komplimente zu bekommen. »Es ist wichtig, eine Erklärung parat zu haben, warum man sich wo aufhält – für den Fall, dass jemand danach fragt. Das hat mir Socrates beigebracht.«

»Deine Erklärung war jedenfalls um Klassen besser als die, die uns dieser Müllmann aufgetischt hat. Was für ein ausgemachter Haufen Blödsinn«, schnaubte Felix, während er über den Zaun kletterte. »Er muss uns echt für dämlich halten. Als ob wir ihm so eine lächerliche Gespenstergeschichte abkaufen würden. Ich frage mich, was er wirklich da getrieben hat.«

»Du hast ihm also nicht geglaubt?«, fragte Mary.

»Wohl kaum.«

Mary stieg auf den Zaunübertritt und warf einen Blick zurück auf den Mond, der die Farbe von saurer Milch hatte, und auf den verwischten schwarzen Fleck darunter – Gut Palethorpe. Aus der Ferne sah das Haus gar nicht mehr so bedrohlich aus.

»Und wie steht's mit dir?«, fragte Felix. »Glaubst du etwa, seine Geschichte war ernst gemeint?«

Mary zuckte mit den Achseln und runzelte die Stirn. »Ich weiß nicht«, sagte sie.

SIEBZEHNTES KAPITEL

Auf Beobachtungsposten

Das Weckerklingeln, das Mary am nächsten Morgen in den Ohren rasselte, kam ihr völlig unbekannt vor. Statt des durchdringenden Bimmelns hörte sie ein krächzendes Geräusch. Komischerweise schien es nicht vom Nachttisch neben ihrem Bett zu kommen, wo der Wecker für gewöhnlich stand, sondern von oben, aus der Zimmerecke, unterhalb der Decke.

Mary schlug müde die Augen auf und war mehr als verblüfft, eine Elster zu sehen, mit schimmerndem schwarz-weißem Gefieder, die auf ihrem Schrank auf und ab stolzierte. Es war ein hübsches Tier mit einem langen grünseidenen Schwanz und metallisch blau glänzenden Flügeln, und Mary hätte sich über den Anblick gefreut, hätte der Vogel nicht so furchtbar viel Radau gemacht.

Als sie endlich ihre Beine von dem Polyesterbettzeug befreit hatte, stolperte Mary ans Fenster und stieß es so weit auf wie möglich. »Würdest du jetzt bitte wieder gehen«, sagte sie und legte sich die Hände auf die Ohren, um das nicht enden wollende Tschack-ack-ack des Vogels zu dämpfen. »Frau Elster!«, sagte sie und trommelte auf den

Fensterrahmen, um sie daran zu erinnern, wie sie ins Zimmer gelangt war. »Zum Himmel geht's hier durch.«

Da erblickte Mary am Fuß ihres Bettes einen flauschigen schwarzen Schwanz, der zuckend über den Boden fegte. Sie ging näher heran und sah Peebles, der reglos dahockte, die Augen auf den aufgebrachten Vogel geheftet.

Also deshalb ist das arme Ding so aus dem Häuschen, dachte Mary. »Verschwinde, hopp, hopp!«, sagte sie zu Peebles, als sie ihn auf den Arm nahm und ihn draußen vor ihrer Zimmertür absetzte (wo man ihn beleidigt miauen hörte).

Kaum war Peebles aus dem Raum befördert worden, beruhigte sich der Vogel ein wenig. Er hörte auf, so ein Höllenspektakel zu machen, umkrallte die Kante des Schranks und segelte hinunter aufs Bett. Marys anfängliche Empörung schlug schnell in Besorgnis um, als sie eine leichte Schwellung am Bein der Elster entdeckte. Um sie genauer begutachten zu können, setzte sie sich neben den Vogel und war ziemlich erstaunt, als er auf ihren Schoß hüpfte.

Wie sich herausstellte, war es keine Schwellung, sondern ein winziger Behälter mit einem zusammengerollten Stück Papier darin. Mary hatte schon davon gehört, dass Tauben Nachrichten überbrachten, aber dass es Brief*elstern* gab, war ihr neu. Auf dem kleinen rechteckigen Zettel stand eine verschlüsselte Botschaft von P.S.S.T. Rasch schnappte sie sich einen Bleistift, um das Geschriebene zu entschlüsseln.

Kaum hatte Mary begonnen, wurde plötzlich die Tür aufgerissen. »Ist hier alles in Ordnung?«, fragte Trudy. »Was war denn das für ein fürchterlicher Krach ...?«

»Nein!«, schrie Mary aufgeregt. »Lass Peebles nicht rein!«

Die Krallen der Katze verfehlten den Schwanz der Elster nur um Haaresbreite.

Mit einem Satz war der Vogel auf dem Fensterbrett, und mit einem weiteren erhob er sich in die Lüfte.

»Hast du mir keine Paprika-Chips mitgebracht?«, fragte Felix, während er mit enttäuschter Miene die Sachen aus dem Einkaufsnetz nahm.

»Nein, habe ich nicht«, erwiderte Trudy und hievte noch eine Tasche auf die Arbeitsplatte in der Küche. Mit flinken Fingern machte sie sich ans Auspacken. »Im Dorfladen verkaufen sie keine widerlichen Geschmackssorten.«

»Du hast die gesalzenen gekauft!«, rief Felix und starrte ungläubig auf die Tüte in seiner Hand. Die Bestürzung stand ihm ins Gesicht geschrieben. »Und …«, keuchte er mit Entsetzen, »das Verfallsdatum ist abgelaufen!«

»Nur ein paar Tage drüber«, entgegnete Trudy munter. »Die waren spottbillig, zum Glück, schließlich muss ich sparen. Das Geld, das Red mir gegeben hat, war nur dafür gedacht, Mary und mich satt zu kriegen. Hör jetzt also auf, so einen Affentanz zu machen, und setz den Wasserkessel auf, ja? Ich brauche dringend Koffein.«

Mary schlüpfte in die Küche, ohne dass einer der beiden sie bemerkte, und füllte sich eine Schale mit den frisch gekauften Knusperflocken. Ihr schwirrten so viele Gedanken durch den Kopf, dass sie sich die Cornflakes in den Mund löffelte, ohne sie zu schmecken (was auch besser war).

Die Botschaft von P.S.S.T. zu entschlüsseln, war knifflig gewesen. Der Code, den sie benutzt hatten, hieß »Tornado« und kehrte die einzelnen Buchstaben von vorne nach hinten und von unten nach oben. Mary hatte über eine halbe

Stunde daran herumgetüftelt, aber am Ende hatte die Mühe sich gelohnt. B.A.F.F. hatte auf ihre Anfrage hin ein bisschen tiefer in der Vergangenheit der Hauptverdächtigen herumgewühlt und etwas Interessantes über Charles Noble herausgefunden. Mit vierzehn hatte er den Ärmelkanal durchschwommen.

Und das bedeutet, dass er ein ausgezeichneter Schwimmer ist, dachte Mary und schluckte den letzten Löffel Knusperflocken hinunter. Und das heißt, *wenn* sich jemand mitten im Winter nach einem Sturz in die Themse ans Ufer hätte retten können, dann er!

»Wenn du willst, packe ich die Sachen zu Ende aus«, sagte Mary sanft und stellte ihre Schale ins Spülbecken. Sie nahm Trudy ein Glas Erdnussbutter aus der Hand und räumte es ins Regal. »Warum setzt du dich nicht hin und frühstückst erst mal?«

»Danke, Mary«, erwiderte Trudy und holte sich einen Becher vom Bord. Sie goss sich eine Tasse schwarzen Kaffee ein, nahm einen Schluck und stieß einen zufriedenen Seufzer aus. »Also, schieß los. Hast du's geschafft, diese Botschaft zu entschlüsseln?«

»Ja.«

»Gut.« Trudy sah auf ihre Uhr, schnappte entsetzt nach Luft und stürzte den restlichen Kaffee mit einem Riesenschluck hinunter. Sie griff nach einem Apfel und sagte: »Lass stehen, Mary. Das kann Felix machen. Wir müssen in fünfzehn Minuten am Haus Bingham sein – und zieh dir Gummistiefel an. Nach dem, was Bill Bingham am Telefon sagte, werden wir den ganzen Morgen knietief in Teichschlick stehen.«

Den Küchendienst übernehmen zu müssen, stieß bei Felix auf wenig Begeisterung. »Ich vermute, ich muss auch den Abwasch machen«, maulte er. Er schmierte sich Butter auf die Toastscheibe und biss verdrossen hinein. »Na, Kitty, alte Geheimniskrämerin«, sagte er an Mary gewandt, »wie wär's, wenn du uns mal erzählen würdest, was in dieser Botschaft stand? Wir sterben fast vor Neugierde, nicht wahr, Trudy?«

Trudy funkelte ihn zornig an. »Ja«, schnaufte sie. »Ich gebe zu, dass ich neugierig bin, aber gerade interessiert mich viel mehr, pünktlich bei den Binghams zu sein. Wir müssen den Auftrag da bis zum Nachmittag erledigt haben, weil wir dann bei den Masons im Haus Vogelbeere erwartet werden.« Sie winkte Mary ungeduldig zu. »Komm in die Gänge, Fräulein.«

»Ich fürchte, ich werde heute nicht mit dir kommen können«, sagte Mary und verkroch sich halb hinter einer Packung Langkornreis.

»WAS?« Trudys Gesicht wechselte schneller die Farbe als eine Ampel. »WARUM NICHT?«

»Ich muss … ähm … ein Prozedere zur Überwachung meines Hauptverdächtigen einleiten«, sagte sie und benutzte das Fachkauderwelsch, das sie in Socrates' Unterricht gelernt hatte (und das den Eindruck vermittelte, als wüsste sie, was sie tat).

Trudys Augen wurden groß vor Staunen. »Du hast einen Hauptverdächtigen?«, fragte sie.

»Wow!«, sagte Felix. »Wer ist es? Dieser Typ mit den Hamsterbacken, der uns das Märchen von dem Gespenst aufgetischt hat?«

Mary schüttelte den Kopf. »Es ist Charles Noble. Er wohnt im Haus Oast am Ende des Parks.«

»Halleluja!«, rief Trudy sichtlich überwältigt aus. Sie presste die Hände an ihre Wangen (wobei sie sich um ein

Haar mit dem Apfelstiel ein Auge ausgestochen hätte) und grinste von einem Ohr zum anderen, so dass Mary Angst hatte, ihr Gesicht würde in der Mitte zerreißen. »Das ist ja fantastisch!«

»Freu dich nicht zu früh«, sagte Mary. »Charles ist nur mein *Haupt*verdächtiger. Es gibt noch drei weitere Verdächtige, die ich bis jetzt nicht ausschließen konnte. Ich bin mir nicht *sicher*, dass Charles Meek ist.«

»Er ist es, du wirst sehen«, jubelte Trudy. Sie warf den Apfel beiseite, griff nach der Bratpfanne und stellte sie auf den Herd. »Zur Feier des Tages mache ich uns ein Frühstück mit allem Drum und Dran! Wer ist für Eidottertoast und Röstis?«

»Was tust du da?«, fragte Mary leicht verdutzt. »Ich dachte, du müsstest in ein paar Minuten bei den Binghams sein?«

»Na ja, jetzt nicht mehr, oder?«, sagte Trudy fröhlich. Sie goss etwas Öl in die Pfanne und begann eine Melodie zu summen.

»Warum nicht?«, fragte Mary.

Ausgelassen tätschelte Trudy mit dem Pfannenwender Marys Kopf. »Weil du clevere kleine Spionin unseren Mann gefunden hast … Und das bedeutet, dass du nicht länger in den Häusern der Leute herumzuschnüffeln brauchst und dass ich mich nicht mehr in ihren blöden Gärten abrackern muss.« Sie lachte über Marys zerknirschtes Gesicht. »Jetzt guck doch nicht so. Ich werde die Binghams und die Masons gleich anrufen und ihnen absagen.«

Mary runzelte die Stirn. »Das scheint mir keine sehr gute Idee zu sein«, sagte sie, »wenn du in allerletzter Minute abspringst, werden sie bestimmt verärgert sein … Um nicht zu sagen: misstrauisch. Und was ist mit all den anderen Terminen? Es wäre doch ziemlich auffällig, wenn du die auch absagst. Ich glaube, es ist das Beste, wenn wir einfach so weitermachen wie bisher.«

Trudy kreischte und sah aus, als würde sie jeden Moment in Tränen ausbrechen. »Du bist herzlos …, absolut herzlos!«, schnaubte sie, knallte den Pfannenwender hin und starrte Mary finster an. »Nenn mir einen guten Grund, warum ich tun sollte, was *du* sagst!«

»Da kann ich gleich drei aufzählen«, warf Felix rasch ein. »Marys Einwände sind absolut einleuchtend. Mary leitet diese Mission – und ich glaube, dass keiner von uns beiden scharf darauf ist, dein Frühstück mit allem Drum und Dran zu probieren. Was um alles in der Welt ist ›Eidottertoast‹ überhaupt? Das hört sich ja ekelhaft an.«

»Zwei gegen einen also?«, sagte Trudy verbittert. »Ich verstehe. Tja, dann mache ich mich mal lieber auf den Weg zu den Binghams. Wird bestimmt wieder ein Mordsspaß!« Sie reckte ihre ziemlich große Nase in die Luft und stampfte aus der Küche.

»Oje«, seufzte Mary. »Sie scheint ziemlich sauer zu sein.«

Achselzuckend tunkte Felix ein Messer in das Marmeladenglas.

»Danke, dass du mir beigestanden hast«, sagte Mary. »Das war wirklich nett von dir.«

»Schon okay«, sagte Felix. Er strich großzügig Marmelade auf seine Toastscheibe und biss hinein. »Und?«, sagte er. »Wann fangen wir mit dieser Überwachungsnummer an?«

»Wir?«, fragte Mary. »Oh nein, nein, nein, nein. Du kannst nicht mitkommen. Das ist ganz klar eine Solonummer.«

»Fiese alte Spielverderberin«, murmelte Felix. »Ich dachte, du würdest dich über unsere Hilfe freuen.« Er warf

Haltepfiff ein Stück Toast zu (der danach schnappte und es verfehlte).

»Also, es gibt da tatsächlich was, wobei ich deine Hilfe gut gebrauchen könnte … Wenn es nicht zu viele Umstände macht«, sagte Mary und unterdrückte ein Grinsen.

Felix' schlechte Laune war auf der Stelle wie weggeblasen. »Hat es was mit der Mission zu tun?«

»Ja«, erwiderte Mary.

»Ist es wahnsinnig heikel … und gefährlich?«

»Ja klar!« Mary beugte sich dicht an sein Ohr. »Jetzt hör mir mal ganz genau zu …«

Mary tat, als läse sie in einem Comicheft namens *Durchgeknallt*, das sie für zehn Pence auf einem Basar für gebrauchte Bücher im Rathaus erstanden hatte, und beobachtete das Haus Oast. Sie hatte Posten auf einer Sitzbank neben einer alten Linde bezogen und überlegte, dass sie wohl keinen besseren Platz hätte finden können, um Charles Noble auszuspionieren. Die Bank stand genau im richtigen Abstand zu Charles Nobles Haustür: nah genug, um ihn sehen zu können, falls sein Gesicht am Fenster auftauchte, aber nicht so nahe, dass er Verdacht schöpfen könnte. Die Linde stellte ein zusätzliches Plus dar. Sie warf einen Schatten auf die Bank und machte Mary beinahe unsichtbar.

Die ersten zwei Stunden rührte sich Mary so gut wie gar nicht. Ab und zu zwinkerte sie mit den Augen und gelegentlich blätterte sie eine Seite ihres Comichefts um – aber das war auch schon alles. Ihre Augen waren auf das Haus gerichtet und ihre Gedanken auf die Aufgabe, die es zu erledigen galt. Nach dreieinhalb Stunden jedoch musste sie feststellen, dass ihre Konzentration nachzulassen begann, und als die vierte Stunde anbrach, konnte sie nur mit

Mühe den Impuls unterdrücken, die Abenteuer von Banana-Man tatsächlich zu lesen (der Superheld aus dem Comicstrip auf dem Umschlag von *Durchgeknallt*). Mary war fassungslos, als sie erkannte, was mit ihr los war. Ihr war, vielleicht zum allerersten Mal in ihrem Leben, langweilig.

Komm schon, Charles, dachte Mary. Ungeduldig wackelte sie mit einem Zeh. Wenn doch bloß was passieren würde!

Zwei Minuten später verfluchte sie sich für ihre große Klappe. Verzweifelt hielt Mary ihr Comicheft ein paar Zentimeter höher und versuchte, sich dahinter zu verstecken, aber trotz aller Bemühungen wurde sie erkannt.

Eine Nase schob sich unter ihrem Comicheft hindurch. Eine große schwarze feuchte Nasenspitze, die zu einer pelzigen Schnauze gehörte. »Geh weg, Fred«, zischte Mary aufgebracht. Wie immer machte der Hund das genaue Gegenteil von dem, was man ihm sagte, hopste auf die Sitzbank und schleckte mit seiner Zunge über ihr Ohr.

»Hallo, Kitty!«

Beim Anblick von Felix, der auf sie zurannte, verzog Mary das Gesicht. Sie klappte das Comicheft zu und legte es auf ihren Schoß.

»Hab mir schon gedacht, dass du hier irgendwo herumlungerst. Du bist bestimmt baff, dass wir so schnell zurück sind«, sagte Felix und ließ sich neben sie auf die Bank plumpsen. »Mission erfüllt!«, verkündete er stolz und drückte ihr einen großen Stein in die Hand.

»Das ist nicht …«, setzte Mary an.

»Ich weiß!«, lachte Felix und stieß ihr den Ellenbogen in die Rippen. »Kleiner Scherz!« Er fuhr in die Taschen seiner Shorts. »Hier ist dein kostbares Dingsda«, sagte er und überreichte Mary ihr Muschelfon. »Wir haben es auf dem

Hügel gefunden. Das heißt, Fred hat es gefunden. Es war in einen Kaninchenbau gekullert.«

»Danke«, sagte Mary und stopfte das Muschelfon in ihren Rucksack.

»Du scheinst dich aber nicht besonders zu freuen!« Felix klang leicht beleidigt. »Willst du Fred zur Belohnung nicht wenigstens mal streicheln?«

»Wenn's sein muss«, seufzte Mary. Sie warf Haus Oast einen kurzen Blick zu, um sich zu vergewissern, dass Charles noch nicht aufgetaucht war, dann kraulte sie Haltepfiff flüchtig zwischen den Ohren. »Kluger Hund«, sagte sie.

In Wahrheit war sie heilfroh, dass das Muschelfon nun wieder in ihrem Besitz war. Als sie am Morgen festgestellt hatte, dass es fehlte, war ihr angst und bange geworden. Ein Spezialgerät zu verlieren, war ein schwer wiegender Fehltritt. Wenn ein Dorfbewohner das Muschelfon gefunden hätte … und wenn Murdo Meek Wind davon bekommen hätte, hätte man die Operation Fragezeichen womöglich abblasen müssen. Mary hatte Felix gebeten, darauf aufzupassen, damit er beschäftigt war und er und sein aufdringlicher Hund ihr bei der Überwachungsoperation nicht dazwischenfunken konnten. Leider hatten sie das Muschelfon sehr viel schneller gefunden als erwartet. Mary musste es wohl verloren haben, als sie letzte Nacht mit dem Fuß im Kaninchenloch hängen geblieben war.

»Ich bin euch beiden wirklich sehr dankbar«, sagte Mary mit leicht gepresster Stimme, »aber ich bin gerade mitten in einer wichtigen Angelegenheit …«

Felix verstand diesen Wink offenbar nicht. »Meine Kehle ist wie ausgedorrt«, sagte er. »Hast du was zu trinken?«

»Könnte sein, dass ich ein Schlückchen Wasser dabeihabe«, erklärte Mary seufzend. »Wenn ich's dir gebe, versprichst du mir dann, zu verschwinden?«

Felix ging über ihr Angebot hinweg. Er legte den Kopf schief, als würde er versuchen, einem weit entfernten Geräusch zu lauschen. Auch Mary spitzte die Ohren – und hörte das schrille Bimmeln des fahrenden Eisverkäufers. Es schwoll an und wurde immer lauter.

»Wie wär's, wenn du ein bisschen Kohle springen lässt für ein paar Eis für mich und Fred – als Belohnung, dass wir dein blödes Telefon gefunden haben?«

»Meinetwegen«, sagte Mary erschöpft. Sie war mit allem einverstanden, was ihr Felix vom Hals schaffte. Sie kramte in ihrem Portmonee herum und fischte eine Fünf-Pfund-Note heraus.

»Danke«, sagte Felix, riss ihr den Schein aus der Hand und trottete langsam auf den Eiswagen zu, der ein Stück die Straße hinunter geparkt hatte. Haltepfiff sprang von der Bank und trottete ihm hinterher. »Ach so«, sagte Felix. Er blieb stehen und warf Mary über die Schulter einen Blick zu. »Ich vermute, du willst auch eins?«

Wozu strenge ich mich eigentlich so an?, dachte Mary verdrossen. Ich gebe mir die größte Mühe, um ja keine Aufmerksamkeit zu erregen, und dann kreuzt Felix auf und macht alles zunichte. Sie seufzte.

»War das ein Ja?«, brüllte Felix. »Welche Sorte willst du?«

Mary entschied, dass ihre Bemühungen, sich unauffällig zu verhalten, keinen Zweck mehr hatten. »Ein Wassereis bitte, mit Johannisbeergeschmack«, rief sie zurück.

Felix gab ihr zu verstehen, dass er verstanden hatte, und schlenderte zu dem weiß-gelben Wagen hinüber, neben dessen kleiner Verkaufstheke Bilder von Waffeleis und buntem Eis am Stiel klebten. Mary beobachtete, wie Felix mit dem

Finger auf drei der Bilder zeigte und mit dem Eismann sprach, der ein weißes Käppi und eine Schürze trug. Der Mann rieb sich nachdenklich das Kinn und erwiderte etwas. Felix nickte, der Mann reichte ihm drei Eis am Stiel und nahm das Geld entgegen. Er schien ein netter Kerl zu sein, mit feuerroten Haaren und einem freundlichen Lächeln.

»Das darf doch nicht wahr sein!«, rief Mary und tastete in ihrem Rucksack nach dem Fernglas. Knapp dreißig Sekunden später hielt sie es sich vor die Augen und hatte es scharf gestellt, aber in dieser kurzen Zeit war der Eismann schon davongebraust.

An einem grünen Eis in Form eines Rennautos lutschend, kehrte Felix zu der Bank neben der Linde zurück. Der Hund machte auf sein Kommando »Sitz« (nach der siebten Aufforderung), dann riss er gierig das Papier von einem hasenförmigen Eis herunter. Haltepfiff nahm das Eis samt Stiel mit einem Happen ins Maul und zerknackte es wie einen Hundekuchen, während sein Schwanz über den Boden fegte.

»Er hatte keins mit Johannisbeergeschmack«, sagte Felix und reichte Mary ein Eis, das sie nicht kannte, »aber der Typ hat gesagt, dass das hier genauso lecker ist. Es heißt ›Frostbeule‹.«

Mary riss das Papier auf und entdeckte zu ihrer Enttäuschung ein schlichtes rotes Wassereis. Halbherzig leckte sie daran. Er schmeckte entfernt nach Rhabarber. »Erzähl mir was über den Eismann«, sagte Mary. »Hast du ihn dir gut angesehen? Ist es möglich, dass du ihm schon mal begegnet bist, was meinst du?«

Felix zuckte die Achseln und machte ein unappetitliches schmatzendes Geräusch. »Ich weiß nicht«, erwiderte er, zog das Eis aus seinem Mund und fuhr sich mit der Zunge über die Lippen (die sich ein wenig grün verfärbt hatten). »Das war irgendein x-beliebiger Typ.«

»Ich fand …, dass er ein bisschen wie Nathan ausgesehen hat«, sagte Mary zögerlich.

»Nein«, erwiderte Felix, hörte sich allerdings nicht ganz sicher an.

»Er hat dir also keine Nachricht übergeben …« Mary machte keine Anstalten, den Satz zu beenden, denn in diesem Augenblick entdeckte sie Charles Noble, der gerade seine Einfahrt hinunterlief.

»Was ist los?«, fragte Felix. Er folgte Marys Blick. »Oh. Ist das dein Hauptverdächtiger? Heften wir uns dem jetzt an die Fersen, oder was?«

»Ja«, sagte Mary und stopfte ihre Sachen in den Rucksack. »Ich würde ihn lieber alleine verfolgen, aber wenn du darauf bestehst mitzukommen, musst du mir versprechen, dich unauffällig zu verhalten und genau das zu tun, was ich dir sage.«

»Klaro«, sagte Felix. »Kein Problem.«

ACHTZEHNTES KAPITEL

Das einäugige Wiesel

Sie folgten Charles in sicherer Entfernung und blieben stehen, als er sich hinkniete, um einen Schnürsenkel zuzubinden, oder vor einem Schaufenster innehielt. Nicht einen Moment ließ Mary ihn aus den Augen.

Will er jemanden treffen?, überlegte sie. Sie fand, dass Charles für einen Spaziergang durchs Dorf recht schick angezogen war. Seine Hosen schienen frisch gebügelt zu sein und seine Schuhe glänzten. Hin und wieder warf er einen Blick auf seine Armbanduhr und machte danach größere Schritte, als fürchtete er, zu spät zu einer Verabredung zu kommen.

»Soll ich dir einen Witz erzählen?«, fragte Felix fröhlich. Er hielt seinen hölzernen Eisstiel waagerecht und las, was darauf stand: »Warum ist die Wäscheleine in Urlaub gefahren?«

»Keine Ahnung«, murmelte Mary. Sie schleckte an ihrer »Frostbeule«, die Augen unablässig auf Charles geheftet, der gerade die Straße überquerte.

»Um auszuspannen.«

Mary stöhnte.

»Ja, du hast Recht«, sagte Felix und warf den Stiel in den nächsten Mülleimer. »Nicht gerade zum Totlachen.«

Der Witz hatte nicht das Geringste mit Marys gequältem Ächzen zu tun. »Er geht auf die Kneipe zu«, sagte sie bedrückt, »und wenn im ›Einäugigen Wiesel‹ dieselben Regeln gelten wie in unserer Eckkneipe in Hackney, ist Kindern der Zutritt verboten.«

»Dann müssen wir in einem günstigen Moment auf allen vieren reinkrabbeln und uns unter einem Tisch verstecken«, schlug Felix vor.

Mary war nicht sehr zuversichtlich, dass dieser Plan klappen würde. Im besten Falle wäre es *ihr* vielleicht möglich, sich ungesehen in die Kneipe einzuschleichen, aber wenn Felix und Haltepfiff mitkämen, würden sie alle in weniger als fünf Sekunden auffliegen, da war sie sich sicher. Felix davon zu überzeugen, draußen zu warten, während sie alleine hineinging, würde allerdings kein Zuckerschlecken werden.

Charles war längst in der Kneipe verschwunden, als Mary samt Anhang endlich die Straßenseite gewechselt hatte. Sie ermahnte sich, Ruhe zu bewahren, und schlenderte in unverändertem Tempo weiter, bis sie die Tür zum »Einäugigen Wiesel« erreichte. Es war eine drollige kleine Kneipe mit einer roten Eingangstür, zweiflügeligen Fenstern und wildem Wein, der sich um den roten Backstein schlang wie ein belaubter Schal.

»Was machen wir jetzt?«, flüsterte Felix, als sie unter einem hängenden Pflanzenkorb stehen blieben.

Mary schluckte. »Jetzt sei nicht gleich eingeschnappt, aber ich habe entschieden, dass es am besten ist, wenn ich …« Sie verlor völlig den Faden, als sie plötzlich eine Staffelei erblickte, die neben der Eingangstür stand. In

Kreideschrift stand darauf geschrieben: GEMÜTLICHER GARTEN HINTERM HAUS – FAMILIEN WILL-KOMMEN. »Das Problem ist gelöst«, sagte sie vergnügt und packte Felix am Arm. »Wenn wir Glück haben, trinkt Charles sein Bier draußen im Freien. Ich kann mir kaum vorstellen, dass er an so einem herrlichen Tag in einer stickigen Kneipe hocken will! Komm mit!«

Sie öffneten ein kleines Tor an der Seite des Gebäudes. Ein gepflasterter Weg führte zu einem Garten mit Rasenfläche, wo verschiedene Gartentische und Holzfässer mit Blumen aufgestellt waren. Von Charles war weit und breit nichts zu sehen, aber an den Tischen saßen mindestens ein Dutzend Leute, schlürften träge ihre Getränke oder mampften dick belegte Brote. Mary und Felix ergatterten einen Tisch nahe der Hintertür zur Kneipe, durch die sie in die dunkle Wirtsstube spähen konnten, wo Leute hin und her wuselten. Mary sah, dass die Gäste, die vor ihnen den Tisch besetzt hatten, ihre halb vollen Gläser sowie die Hälfte eines Mittagessens stehen gelassen hatten. Sie legte ihre Hände um ein Glas mit einer orangefarbenen Flüssigkeit und tat so, als sei es ihres. Felix machte es ihr nach, und Haltepfiff jaulte so lange, bis er einen Kanten Brot bekam.

»Uff«, sagte Felix und atmete auf, »das tut echt gut. Fred und ich müssen heute schon mehrere Kilometer gelatscht sein. Wir haben jeden Zentimeter dieses Hügels abgesucht, ganz zu schweigen von Gut Palethorpe …«

»Was?«, rief Mary und riss sich von dem schummrigen Innenraum der Kneipe los. »Du bist zurück nach Palethorpe gegangen? Und hast du irgendwas gefunden?«

»Nein«, zischte Felix ungeduldig. »Ich habe dir doch schon gesagt, dass wir dein Telefon in einem Kaninchenbau gefunden haben.«

»Das weiß ich!« Mary rückte näher an ihn heran. »Ich wollte wissen, ob dir irgendwas Ungewöhnliches aufgefallen ist, irgendwelche Hinweise, dass dort jemand gewohnt hat.«

»Spinnst du?«, schnaubte Felix empört. »Natürlich nicht. Da gab's nur jede Menge Staub und Spinnweben und große Schutthaufen … Und, ehe du danach fragst … Ich habe auch keinen Geist rumspuken sehen.«

»Ach ja …, Seths Gespensterdame«, murmelte Mary. Sie nuckelte nachdenklich an ihrer »Frostbeule«. Das Eis hatte zu schmelzen begonnen, und kleine rote Rinnsale liefen über ihre Fingerknöchel. »Ich hab über sie nachgedacht.«

»Wozu, ist doch reine Zeitverschwendung«, sagte Felix verächtlich.

»Weil ich keinen Zweifel habe, dass es sie tatsächlich gibt.«

»Sag mal, bist du noch ganz dicht?«, fragte er schroff. »Gespenster gibt es nicht – und jeder, der das Gegenteil behauptet, redet Bockmist.«

Mary seufzte. »Ich habe nicht gemeint, dass sie ein echtes Gespenst ist.« Sie sah Felix geradewegs in die Augen. »Ich glaube, dass es sie wirklich gibt – ein Mensch aus Fleisch und Blut.«

Er wurde leichenblass, als der Groschen fiel. »Oma! Du glaubst, dass Seth Oma gesehen und sie für ein Gespenst gehalten hat?«

»Genau«, nickte Mary. »Ihr Entführer hat sie offenbar für eine Weile in Palethorpe gefangen gehalten, ehe er sie …, ähm.«

»… woanders hingebracht hat«, beendete Felix ihren Satz. Mit zitternder Unterlippe starrte er auf die Zitronenscheibe am Boden seines Glases.

»Hier«, sagte Mary und drückte ihm ihr Eis in die Hand. »Du kannst meine ›Frostbeule‹ aufessen, wenn du magst. Ich schleiche mich jetzt in die Kneipe und gucke mal, ob ich Charles ausfindig machen kann.« Sie erhob sich, doch ehe sie sich zum Gehen wandte, tätschelte sie Felix' Schulter. »Nun mal nicht gleich den Teufel an die Wand«, murmelte sie, auch um selbst nicht die Hoffnung zu verlieren, dass Angela Bradshaw, wo immer sie sich auch befand, noch am Leben war.

Im »Einäugigen Wiesel« war es heiß und stickig und rappelvoll. Mary zwängte sich an zwei dickbäuchigen Männern vorbei, die über irgendetwas schallend lachten, an einer Frau in Latzhose, die an einem grellen Cocktail nippte, und an einer Gruppe alter Damen, die ziemlich verbissen Mau-Mau spielten. Mary machte sich daran, in jedem Winkel nach Charles zu suchen. Für den Fall, dass jemand fragte, was sie hier mache, hatte sie sich die Ausrede zurechtgelegt, auf der Suche nach den Toiletten zu sein. Sie erkannte drei der Männer, die auf der Karokarte aufgelistet waren, ehe sie endlich auch Charles entdeckte, mit einem Weinglas in der Hand und den Ellenbogen auf den Tresen aufgestützt. Er unterhielt sich mit einem der anderen Glöckner. Es war sehr laut in der Kneipe, aber Mary glaubte zu hören, wie sie jemanden namens »Kleiner Bob« erwähnten. War es möglich, dass sie über Bob Chalk, den P.S.S.T.-Geheimagenten, sprachen? Unauffällig rückte sie ein Stück näher heran.

»Kitty!« Mary spürte, wie sich ein Finger zwischen ihre Schulterblätter bohrte.

Sie drehte sich um. »Hallo, großer Bruder!«, sagte Mary wenig begeistert. Felix hatte die nervtötende Angewohnheit, in den allerungünstigsten Momenten aufzukreuzen. »Was machst du hier?«

Breit grinsend tänzelte Felix auf der Stelle und schwenkte den Holzstiel des Eises durch die Luft. »Ich wollte dir das hier zeigen!«

»Ich bin gerade wirklich nicht an einem weiteren blöden Witz interessiert«, sagte Mary.

Felix ließ sich nicht beirren. »Zuerst habe ich gedacht, es wäre ein Irrtum und sie hätten es in irgendeiner fremden Sprache draufgedruckt oder so«, sagte er atemlos vor Aufregung, »aber dann habe ich kapiert, dass es sich um eine Art Code handelt!«

»Was?«, fragte Mary. Bei den vielen schwatzenden Menschen im Raum war sie sich nicht sicher, ob sie ihn auch richtig verstanden hatte. »Hast du Code gesagt? Kann ich's mir mal ansehen?«

Das Licht in der Kneipe reichte nicht aus, um die Schrift lesen zu können, und so war Mary gezwungen, in den Garten zurückzukehren (wo sie Haltepfiff vorfand, der schuldbewusst mit dem Schwanz wedelte und den letzten Happen vom stehen gelassenen Mittagessen verschlang). Einerseits war sie verärgert darüber, dass ihr die Unterhaltung zwischen Charles und dem anderen Glöckner durch die Lappen ging, andererseits war sie auch neugierig, was auf dem Stiel stand. Sie setzte sich an den Gartentisch und legte sich den Stiel auf den Schoß.

Vorausgesetzt, es handelte sich um keinen Witz mit haarsträubenden Rechtschreibfehlern, hatte Felix offenbar Recht. Für das ungeschulte Auge waren die auf dem Holzstiel aufgedruckten Worte vermutlich ein völliges Rätsel, aber Mary war eine Agentin von P.S.S.T. und mittlerweile recht gut im Entziffern verschlüsselter Botschaften. In weniger als zwei Minuten war es ihr gelungen, den speziellen Code zu identifizieren, der benutzt worden war, und nach weiteren sieben Minuten (und ohne Zettel und Stift zu Hilfe zu nehmen) hatte sie die Botschaft erfolgreich entziffert.

Das erste Wort war DRINGEND, was erklärte, warum P.S.S.T. die Botschaft von Nathan hatte übermitteln lassen, anstatt zu warten und sie per Funk zu senden. Nun stand zweifelsfrei fest, dass der Eismann Nathan Slipper gewesen war. Offenbar, so glaubte Mary, war er angewiesen worden, ihr eine »Frostbeule« zu verkaufen, egal, wonach sie verlangte.

Die Botschaft war kurz, aber nicht minder erschütternd.

DRINGEND. S.H.H.-CHEF WEISS ALLES. MISSION ABBRECHEN UND MORGEN ZUR BASIS ZURÜCKKEHREN.

Felix war außer sich, als Mary ihm die Neuigkeit mitteilte. »Das können die doch nicht machen!«, jammerte er. »Ohne meine Oma gehe ich nicht nach London zurück ... Das mach ich nicht. Für wen hält sich dieser aufgeblasene S.H.H.-Wichtigtuer eigentlich? Dem Kerl würd ich am liebsten eine überbraten.«

»Der Frau«, wandte Mary ein. »Sie heißt Philippa Killingback und ist den Erzählungen der anderen zufolge extrem furchteinflößend. Irgendwie muss ihr die Operation Fragezeichen zu Ohren gekommen sein. Red hat versucht, sie vor ihr zu verheimlichen, weil er wusste, dass sie ausflippen würde, wenn sie erfuhr, dass P.S.S.T. eine so junge Spionin wie mich eingesetzt hat.«

»Das scheint ja eine dumme Kuh zu sein«, sagte Felix. »Was hat sie denn gegen die Operation Fragezeichen? Ist es ihr egal, was aus meiner Oma wird?«

»Offenbar«, sagte Mary. »Philippa ist der Meinung, dass

P.S.S.T. aus einer Mücke einen Elefanten macht. Sie glaubt nicht, dass Murdo Meek noch am Leben ist ..., und sie wäre niemals einverstanden damit, dass jemand, der so jung ist wie ich, als Spionin eingesetzt wird.«

»Was für eine blöde Kuh! Ich hab's«, sagte Felix. »Lass uns einfach so tun, als hätten wir die Botschaft nicht bekommen.«

Mary lächelte betrübt. »Das würde gar nichts nützen. Dann schicken sie eben noch eine.«

»Das ist nicht fair!«, schimpfte Felix und blickte starr vor sich hin. Er sah so bekümmert aus, dass Mary für einen flüchtigen Moment daran dachte, ihn in den Arm zu nehmen – aber dann streifte ihr Blick den benachbarten Gartentisch, wo ihr etwas Merkwürdiges auffiel.

»Das war vorhin aber noch nicht da, oder?«, sagte sie.

»Häh?«, erwiderte Felix missmutig.

»Das Kreidezeichen auf dem Tischbein.« Marys Herzschlag beschleunigte sich, als ihr wieder Socrates' Vortrag zum Thema Tote Briefkästen in den Sinn kam. »Ich bin mir ganz sicher, dass es vorhin noch nicht da war. Was denkst du?«

Felix zuckte mit den Achseln. »Hab nicht den blassesten Schimmer.«

»Warte hier«, sagte Mary, schob den Eisstiel in ihre Hosentasche und erhob sich. Sie ließ ihren Blick durch den Garten schweifen. Sie sah Diana Flinch, die mit einem bleichen Mädchen zusammensaß, zwischen ihnen ein Teller mit Pommes frites; einen Mann, der eine Chipstüte sorgfältig zu einem Dreieck faltete; ein altes zankendes Ehepaar sowie eine Gruppe von Mittzwanzigern, die sich angeregt mit der Vikarin unterhielten. Soweit Mary sehen konnte, schaute keine einzige Person im Garten in ihre Richtung.

Unauffällig rückte sie an den leeren Tisch heran, der mit weißer Kreide gekennzeichnet worden war.

Vor ein paar Tagen hatte ihr Socrates im Raum für Spezialgeräte und Codes von toten Briefkästen erzählt. Sie wurden benutzt, um heimlich Nachrichten zu überbringen. Ein Spion hinterließ an einem speziellen Versteck eine Botschaft für einen anderen Spion und zeigte dies an, indem er ein Zeichen hinterließ. Das Zeichen war – in den meisten Fällen – eine Kreidemarkierung irgendwo in der Nähe des Verstecks.

Als Mary hinter dem Tisch vorbeiging, tat sie so, als würde sie stolpern, und ließ sich auf die Knie fallen. So konnte sie bequem nachschauen, ob auf der Unterseite der Tischplatte eine Nachricht klebte. Sie fand nichts. Mary rappelte sich langsam hoch und sah sich um. Sie hielt Ausschau nach einer Ritze oder irgendeiner Art von Behältnis, wo man einen zusammengefalteten Zettel hineinstecken konnte. Ihr Blick fiel auf das Blumenfass neben dem Tisch. Unter dem Vorwand, an den Geranien schnuppern zu wollen, nahm sie es gründlich in Augenschein, und als sie fand, wonach sie suchte, machte ihr Herz einen Freudensprung. Zwischen dem Holz und dem Metallriemen, der das Fass umspannte, steckte ein winzig kleiner Zettel. Vorsichtig zog Mary ihn heraus und faltete ihn auseinander. Sie hatte eine verschlüsselte Nachricht erwartet, stellte aber erfreut fest, dass sie mit ihrer Vermutung falsch gelegen hatte. Auf dem Stück Papier stand lediglich:

Treffpunkt Ententeich. Zehn Uhr. Heute Nacht. M. M.

Aus Angst, dass der andere Spion und eigentliche Empfänger der Nachricht jeden Moment aufkreuzen könnte, stopfte Mary den Zettel rasch wieder in sein Versteck. Dann schlenderte sie an ihren Tisch zurück, wo Felix auf sie wartete, die Stirn verwundert in Falten gelegt.

»Was hast du da gemacht?«, fragte er.

Vor lauter Aufregung konnte Mary kaum sprechen. »Er ist es«, zischte sie. »Murdo Meek. Todsicher. Hier in diesem Dorf – und er arbeitet nicht alleine.«

»Woher willst du das wissen?«, fragte Felix mürrisch. »Das ist doch wirres Zeug.«

Um sich wieder zu beruhigen, atmete Mary ein paar Mal tief ein und aus. »Meek hat jemandem eine Nachricht hinterlassen, und ich habe sie gerade abgefangen«, raunte sie. »Er wird seinen Komplizen nach Einbruch der Dunkelheit am Ententeich treffen …«

»Na ganz toll«, sagte Felix, der anscheinend gerade fürchterlich Trübsal blies. »Doch falls du es schon vergessen haben solltest – Operation Fragezeichen wurde von Philippa Gruselschreck, oder wie auch immer die Tante heißen mag, abgeblasen …«

»Killingback«, sagte Mary freundlich.

»Und wir müssen unsere Taschen packen und Cherry Bentley binnen 24 Stunden verlassen.« Felix starrte Mary fragend an. »Korrigiere mich, falls ich mich irre«, sagte er, »aber das ist doch gemeint mit ›Mission abbrechen und morgen zur Basis zurückkehren‹, stimmt's?«

»Hmmm«, sagte Mary nachdenklich, »aber wann genau sollen wir die Mission abbrechen? Jetzt gleich – oder morgen? Das geht nicht klar daraus hervor.« Sie hatte plötzlich einen Geistesblitz. »Vielleicht hat Red die Mitteilung ja absichtlich so formuliert …, um uns mehr Zeit zu geben.«

»Klasse!«, rief Felix, und seine schlechte Laune war wie weggeblasen. Mit leuchtenden Augen sah er Mary an.

»Wenn wir die Mission erst morgen an den Nagel hängen müssen, haben wir noch ein paar Stunden Zeit, um meine Oma zu retten!«

»Hey! Ihr da, Kinder!« Ein untersetzter Mann in einem strammsitzenden T-Shirt erschien an der Hintertür der Kneipe und drohte ihnen mit dem Finger. Mary erkannte ihn. Er hatte hinter dem Tresen gestanden, woraus sie geschlossen hatte, dass er der Wirt des »Einäugigen Wiesels« war. »Schafft gefälligst euren dreckigen Köter aus meinem Garten. Na los ... Bewegung!« Er deutete mit dem Daumen auf das Gartentor.

»Meine Güte«, brummte Felix und starrte den Mann böse an, »Sie sind aber ungehobelt.«

»Was hast du gesagt?«, donnerte der Wirt. Er kam auf sie zugestapft.

»Zeit für den Abmarsch«, zischte Mary und packte Felix am Arm.

»Ich weiß gar nicht, warum Sie so 'nen Aufstand machen«, rief Felix dem Wirt unerschrocken zu. »Mein Hund benimmt sich absolut vorbildlich – und er ist *ganz sicher* nicht dreckig.«

»Alle sehen schon zu uns rüber«, flüsterte Mary besorgt, »und das Gesicht des Wirtes hat eine ziemlich komische Farbe angenommen. Ich glaube, wir sollten jetzt besser verschwinden.«

»Na, meinetwegen«, schnaufte Felix. Er funkelte Mary an, bis sie seinen Arm losgelassen hatte, dann rief er Haltepfiff und stürmte erhobenen Hauptes aus dem Garten.

Marys Abgang war weitaus weniger theatralisch. Im Davonschleichen warf sie einen kurzen Blick über ihre Schulter, um nachzusehen, ob das Kreidezeichen noch immer auf dem Tischbein war. Es war weg.

Während Felix mit dem Wirt aneinander geraten war, hatte es jemand weggewischt – und die Nachricht von Murdo Meek mitgenommen.

Stirnrunzelnd saß Mary im Schneidersitz auf einem Kissen, ein Ingwerplätzchen in der einen Hand, die Karokarte mit den Verdächtigen in der anderen. Sie stippte den Keks in einen Becher mit dampfendem Kakao. Es war purer Zufall, dass sie nicht versehentlich die Karte in den Becher tunkte. Sie grübelte so angestrengt über die Operation Fragezeichen nach, dass sie ihren Irrtum vermutlich erst bemerkte, hätte, wenn sie in die aufgeweichte Pappe gebissen hätte.

Mittlerweile hatte sie über die Hälfte der elf Verdächtigen ausschließen können. Sechs Namen hatte sie durchgestrichen, als sie entdeckt hatte, dass sie am 1. Juli, also an dem Tag, an dem Angela verschwand, nirgendwo in der Nähe der Laubenpieper- und Kleingärtnershow gewesen waren. Den siebten hatte sie wegen seines ausländischen Akzents ausschließen können.

Damit blieben noch vier Verdächtige. Von denen waren drei ganz sicher bei der Show gewesen: Charles Noble hatte die Preise verteilt, Larry Grayems hatte einen Pokal gewonnen und Seth Lightfoot war in seiner Eigenschaft als Angestellter der städtischen Straßenreinigung vor Ort gewesen. Ob der letzte Verdächtige, Jack Turtle, auch tatsächlich bei der Show war, hatte Mary noch nicht herausfinden können.

»Erklär mir noch mal, warum Charles dein Hauptverdächtiger ist«, erklang Trudys Stimme aus dem Sessel. Sie biss in einen Vanillekeks, und ein paar Krümel fielen auf Peebles' Fell. Der Kater schrak kurz auf, um sich gleich darauf noch enger zusammenzurollen. Auf Trudys Schoß bot sich für Peebles nicht viel Platz, um sich auszustrecken, da sie so dünne Beine hatte.

»Aus verschiedenen Gründen«, erwiderte Mary. »Miles war dabei, Charles' Fenster zu putzen, als der Unfall passierte; danach wollte Charles die Leiter unbedingt loswerden; er ist wohlhabend; er löst knifflige Kreuzworträtsel, ist also ziemlich schlau; er war im ›Einäugigen Wiesel‹, als Murdo Meek dort seine Nachricht hinterlassen hat … Und er ist ein ausgezeichneter Schwimmer.«

Trudy sah sie verdutzt an. »Schwimmer?«, fragte sie. »Ach, ich verstehe. Ja. Es wird vermutet, dass Murdo Meek in die Themse gesprungen ist. Total verrückt, wenn du mich fragst. Tja, Mary … Ich glaube, du könntest Recht haben. Charles scheint ein möglicher Kandidat zu sein. Ein Jammer, dass unsere glorreiche Chefin der Operation Fragezeichen einen Riegel vorgeschoben hat, jetzt, wo du so kurz davorstehst, der Sache auf den Grund zu kommen.«

»Ein Jammer?«, rief Felix empört. Er sah von Marys Mikrodot-Projektor auf und warf Trudy einen zornerfüllten Blick zu. »Es ist ein Skandal!«

Eine unangenehme Stille machte sich breit, während Mary an ihrem aufgeweichten Keks nagte und den Blicken der beiden auswich. Trudy tat enttäuscht, dass sie noch vor Beendigung der Mission nach London zurückbeordert wurden, aber Mary konnte ihr ansehen, wie erleichtert sie in Wirklichkeit war.

Felix dagegen war stocksauer.

»Ich werde bei P.S.S.T. gehörig Stunk machen, wenn ich wieder zurück bin«, knurrte er, nahm behutsam ein Mikrodot zwischen Daumen und Zeigefinger und hielt es unter den Mikrodot-Projektor.

»Es ist nicht leicht zu akzeptieren, ich weiß«, sagte Trudy

mit sanfter Stimme, »aber die Dinge laufen nicht immer so, wie wir es uns wünschen.« Sie streichelte Peebles' Kopf. »Manchmal gewinnt man, manchmal verliert man.«

»Hey«, wandte Mary ein. »Falls es euch nichts ausmacht – die Mission ist noch nicht vorbei …, auch wenn ihr beiden daherredet, als wär sie's schon. Wenn Meek heute Nacht am Ententeich auftaucht, werde ich da auf ihn warten – und mit ein bisschen Glück wird er mich geradewegs zu Angela führen.«

»Das nenne ich wahren Kampfgeist!«, sagte Trudy.

»Ich wünschte, du würdest mich mitnehmen«, brummte Felix, ließ das Mikrodot auf den Couchtisch fallen und griff nach einem anderen. »Es ist eine beknackte Idee, alleine dort hinzugehen. Ich verspreche dir auch, mucksmäuschenstill zu sein. Bitte überleg's dir noch mal.«

»Nein«, entgegnete Mary entschlossen. »Du kannst nicht mitkommen. Diesmal nicht.«

Er ließ eine Schimpftirade los, aber Mary achtete nicht darauf. Sie wusste, dass er sich Sorgen wegen seiner Oma machte. Im Lauf des Abends war Felix immer gereizter geworden, und Mary hatte überlegt, wie sie ihn besänftigen könnte. Sie hatte ihm die letzten zwei Schokoladenkekse überlassen, sie hatte ihm einen Kakao gemacht, und sie hatte ihm sogar erlaubt, durch ihren Mikrodot-Projektor zu schauen – aber nichts hatte seine Laune bessern können.

»Warum glotzt du unentwegt auf die Namen auf dieser dämlichen alten Spielkarte?«, fragte er Mary. »Ich dachte, du bist sicher, dass Charles Noble unser Mann ist.«

»Na ja, so gut wie«, sagte Mary und hob den Kakaobecher an ihre Lippen, »aber Socrates hat gesagt, dass sich ein Spion nie zu sicher sein sollte. Hmmm … Larry Grayems«, murmelte sie, während sie die Liste der Verdächtigen durchsah. Als Charles' unmittelbarer Nachbar hätte Larry genügend Gelegenheiten gehabt, sich in den Garten vom Haus Oast zu schleichen und Schmalz auf die Leiter zu schmieren. Auch war er im Besitz einer sehr umfangreichen Sammlung von Porzellantieren, die ein Vermögen gekostet haben musste. Sie erinnerte sich, wie betroffen er reagiert hatte, als Bernards Verschwinden zur Sprache gekommen war. Nein, sagte sie sich. Er hätte es nicht fertig gebracht, der Ente den Garaus zu machen.

»Ich vermute, an meiner Meinung bist du nicht groß interessiert«, fuhr Felix dazwischen. Ohne Marys Antwort abzuwarten, plapperte er weiter. »Ich verdächtige ja nach wie vor diesen Seth. Vergiss nicht, dass er in Palethorpe herumgeschnüffelt hat. Vielleicht ist er ja der Entführer und musste noch etwas holen, was er vergessen hatte, als er Oma in ein anderes Versteck verschleppt hat ..., etwa ein Stück Seil oder Handschellen oder so was – und wir haben ihn auf frischer Tat ertappt.«

»Schon möglich«, räumte Mary zögernd ein. Ihr Gehirn begann alle Informationen, die sie in den letzten Tagen zusammengetragen hatte, zu entwirren. »Ich würde auf jeden Fall gerne wissen, wie er das Stück Papier aus Bobs Akte in die Finger gekriegt hat.«

»WIE BITTE?«, rief Trudy und schrie eine Sekunde später noch lauter auf. Peebles hatte sein Missfallen über das unsanfte Wecken zum Ausdruck gebracht, indem er seine Krallen tief in ihre Oberschenkel grub.

Mary lächelte unschuldig. »Ich ... äh ... hab vergessen zu erwähnen, dass ich die fehlende Ecke aus Bobs Akte gefunden habe. Sie klebte auf der Skulptur von Neptun und seinen Monden, die Seth mir geschenkt hat. Bob leidet an Pteronophobie«, erklärte sie.

NEUNZEHNTES KAPITEL

Murdo Meek

Offenbar war Clop aus hartem Holz geschnitzt (sowie aus Wolle und Strumpfresten). Obgleich Mary ihm klar machte, dass der nächtliche Ausflug zum Ententeich gefährlich werden könnte, bettelte er regelrecht um Erlaubnis mitzugehen, und als er in ihrem Rucksack verschwand, schien es sogar fast, als wackele er freudig mit dem Schwanz.

Sie hatte ihre wärmsten, dunkelsten Sachen angezogen und ihr Muschelfon eingesteckt. Jetzt, da Mary eine einleuchtende Begründung eingefallen war, warum sie sich am Ufer des Ententeichs herumtrieb (sie würde vorgeben, nach Clop zu suchen, den sie tagsüber dort »liegen gelassen« hatte), war alles geregelt. Sie war bereit.

Ehe sie den Rucksack auf ihren Rücken schwang, warf sie noch einen kurzen Blick hinein, um zu sehen, ob Clop es auch bequem hatte. Er schien anzudeuten, dass es ein bisschen düster da drinnen war und dass es sich auf den Stullen (die Gott sei Dank mit Erdnussbutter und nicht mit Schmalz beschmiert waren) keineswegs so weich saß wie auf einem Kissen, aber sie würden schon ihren Zweck erfüllen.

Mary knipste das Licht in ihrem Zimmer aus, zog die

Vorhänge zurück und sah hinaus auf die Cow Parsley Lane. Gelbe Streifen und Rechtecke leuchteten von den anderen Häusern herüber, die ansonsten im Dunkel der Nacht verschwanden. Es gab keine Laternen, so dass Mary nicht mit Sicherheit erkennen konnte, ob die Straße leer war.

Im Wohnzimmer wurde sie mit eisigen Blicken (von Trudy und Felix) und mehreren Klatschern ans Bein (von Haltepfiffs Schwanz) begrüßt. Peebles posierte auf dem uralten Fernseher in der Ecke. Aufmerksam beobachtete er Mary aus grün schimmernden Augen.

Mary lächelte verlegen. »Wollt ihr mir denn nicht alles Gute wünschen?«, fragte sie.

Keiner reagierte.

»Ich finde, es ist eine echt bescheuerte Idee von dir, alleine da hinzugehen«, sagte Felix, der die Mikrodots beiseite gelegt hatte und nun Spielfiguren auf ein Schachbrett stellte. Mit beinahe sorgenvoll gerunzelter Stirn sah er Mary an. »Nimm wenigstens Haltepfiff mit.«

»Es ist besser, wenn er hier bleibt«, entgegnete Mary und verkniff sich die Bemerkung, dass sein Hund eine kolossale Nervensäge war und vermutlich alle Chancen, sich an Meeks Fersen zu heften, zunichte machen würde. »Aber danke für das Angebot«, fügte sie höflich hinzu.

»Ich finde, es ist der absolute Irrsinn, überhaupt da hinzugehen«, warf Trudy ein. Sie war sichtlich aufgebracht und schien ihre Hände nicht stillhalten zu können. Sie schnappte sich den Mikrodot-Projektor und hantierte daran herum. »Wie funktioniert dieses Ding?«

»Ganz einfach«, sagte Mary. »Der Projektor vergrößert die kleinen Fotografien, die man Mikrodots nennt. Du hältst einfach einen der Mikrodots unter das eine Ende und schaust durch das andere Ende.«

Trudy befolgte Marys Anweisungen. »Bei dem Gedanken an einen Verräter bei P.S.S.T. wird mir ganz mulmig«, sagte sie und presste ein Auge an den Mikrodot-Projektor. »Ich würde am liebsten auf der Stelle meine Tasche packen und Cherry Bentley noch heute Nacht wieder verlassen.«

»Ich kann mir nicht vorstellen, dass irgendjemand bei P.S.S.T. ein falsches Spiel treibt«, sagte Mary (die bereits eingehend darüber nachgedacht hatte). »Besteht nicht die Möglichkeit, dass Murdo Meek selbst oder einer seiner Freunde, ein besonders gewiefter Einbrecher etwa, die Information aus Bobs Akte geklaut haben könnte?«

Trudy prustete. »Und selbst wenn du unsichtbar wärst und dich auf Zehenspitzen mit angehaltenem Atem anschleichen würdest, hättest du noch immer nicht die leiseste Chance, an Edith vorbeizukommen. Diese Frau hat Augen im Hinterkopf.«

»Es ist zwecklos, Trudy«, sagte Mary mit einem tiefen Seufzen. »Du kannst mich nicht davon abbringen. Das ist meine letzte Chance, Angela Bradshaw zu finden, und die werde ich mir nicht durch die Lappen gehen lassen.«

»Ich wusste gar nicht, was für ein stures kleines Ding du bist«, sagte Trudy resigniert. »Dann mach, was du willst – aber gib mir nicht die Schuld, wenn's schief geht.« Sie nahm ein Mikrodot und schaute es unter dem Projektor an. »Was soll das auf dem Foto hier eigentlich sein? Es sieht ein bisschen aus wie eine Rübe, nur verbeulter und knubbliger. Was um alles in der Welt hat dich geritten, davon ein Foto zu machen?«

»Das dürfte die Rübe sein, mit der Larry Grayems den ersten Preis in der Kategorie ›Schräges Gemüse‹ bei der Laubenpieper- und Kleingärtnershow gewonnen hat«, sagte Mary, »am Tag von Angelas Verschwinden. Ich habe die im

Rathaus ausgestellten Fotos abfotografiert.« Sie warf einen Blick auf ihre Uhr. »Ich sollte mich jetzt wirklich auf die Socken machen.«

»Oh. Also, tschüss.« Trudy warf das Mikrodot auf den Couchtisch und angelte sich ein neues. Ihre Hände zitterten und ihre Augen schimmerten feucht.

»Mach dir keine Sorgen«, sagte Mary. »Alles wird gut. Ich hab bei meinem Spiontest einundachtzigeinhalb Prozent der Fragen richtig beantwortet.« Sie wandte sich zur Tür und wäre um ein Haar mit Felix zusammengestoßen, der ihr mit verschränkten Armen den Weg versperrte.

»Ich habe entschieden, dass du ohne Haltepfiff nirgendwo hingehst«, sagte er bestimmt. »Er ist treu, er ist furchtlos – und falls dich Leute mit einem Hund dort Gassi gehen sehen, werden sie sich nicht wundern, was du am Ententeich machst … Wenn du allerdings alleine dort rumlungerst …«

»Ich brauche ihn nicht«, beharrte Mary.

»Doch, das tust du! Du liegst mir doch ständig mit dem guten alten Socrates in den Ohren, und wie er dir beigebracht hat, dass Spione immer eine Ausrede parat haben müssen, um zu erklären, warum sie sich gerade hier oder dort aufhalten.«

»Ich habe bereits eine Ausrede«, sagte sie, und zum Beweis öffnete Mary den Rucksack und holte ihren Plüschesel hervor. »Das ist Clop«, erklärte sie. »Ich habe ihn heute Nachmittag beim Entenfüttern verloren – das werde ich zumindest behaupten, falls mich jemand danach fragen sollte.«

Trudy ließ den Mikrodot-Projektor sinken und musterte Clop von oben bis unten. »Was für ein zerrupftes Ding!«, sagte sie. »Er sieht aus, als hätte er schon etliche Jahre auf dem Buckel. Nie im Leben würde man darauf kommen, dass Izzie ihn erst vor einer Woche zurechtgeschneidert hat.«

»Hat sie ja auch nicht!«, sagte Mary und drückte ihren Esel fest an sich. (Sie befürchtete, dass Trudy ihn gekränkt haben könnte.) »Er gehört mir. Nur mir allein.«

»Du hast ihn nach Cherry Bentley geschmuggelt?«, fragte Trudy sichtlich beeindruckt. »Du hast es wirklich faustdick hinter den Ohren.«

Mary sah auf ihre Uhr und schnappte entsetzt nach Luft. »Würdest du mich jetzt bitte vorbeilassen«, sagte sie zu Felix. »Ich habe nur noch zehn Minuten, um zum Ententeich zu kommen.«

Widerwillig trat er beiseite und sagte ihr, sie solle vorsichtig sein.

Trudy schloss sich seinen Worten an.

»Ja, bin ich!«, rief Mary und hastete in den Flur. »Und ich habe mein Muschelfon dabei, für den Fall, dass ich in Schwierigkeiten gerate. Bis später!« Sie öffnete die Tür und setzte einen Fuß nach draußen.

»Warte!«, schrie Trudy aus dem Wohnzimmer. »Was macht die denn hier? Die dürfte doch gar nicht hier sein! Mary! Warte!«

Aber Mary wartete nicht. Sie war schon spät dran, und wenn sie noch länger wartete, würde sie womöglich das Treffen zwischen Murdo Meek und seinem Kumpan verpassen. Auf Trudys durchsichtigen Versuch, sie davon abzuhalten, rechtzeitig zum Ententeich zu kommen, fiel sie nicht herein.

»Da musst du früher aufstehen!«, rief sie über die Schulter. Dann zog sie die Tür hinter sich zu und eilte in die Nacht hinaus.

Im Dunkeln war der Ententeich wie verwandelt. Am Tag wühlten paddelnde Entenfüße das mit Brotkrumen übersäte Wasser auf. In der Nacht jedoch war seine Oberfläche so glatt und glänzend wie ein Ölteppich, und weit und breit war kein Quaken zu hören. Alle Enten, Moor- und Blesshühner hatten ihre Köpfe unter die Flügel gesteckt und hockten dicht aneinander gedrängt auf der kleinen Insel in der Mitte des Teichs oder versteckten sich im Schilf und Gestrüpp am Ufer.

Mary schlich am Ufer des Teichs entlang und suchte Schutz unter einer Trauerweide. An den Stamm gekauert, hielt sie wachsam Augen und Ohren offen, darauf lauernd, dass Meek oder sein Komplize jeden Moment auftauchen würden. Ringsum war alles still, bis die Kirchuhr zur vollen Stunde schlug und die Dorfbewohner mit dunklem, schwerem Klang daran erinnerte, dass es zehn Uhr war.

Jetzt gleich, dachte Mary und strengte ihre Augen an, um noch die kleinste Regung in der Dunkelheit zu erkennen. Sie fuhr mit der Hand in ihren Rucksack und zog Clop heraus, um ihn irgendwo in der Nähe zu platzieren, wo sie ihn »finden« könnte, falls es nötig sein würde. Doch kaum klemmte er unter ihrem Arm, widerstrebte es ihr, ihn auf den Boden zu legen: sein kleiner wolliger Körper fühlte sich so warm und tröstlich an. Mary und ihr Esel saßen in einträchtigem Schweigen da – und warteten.

Außer dem Hupen eines Autos und dem Platschen, mit dem irgendeine kleine Amphibie in den Teich hüpfte, war nichts zu hören: keine Schritte, keine knackenden Zweige, kein Murmeln.

Das Erste, was sie von der Person wahrnahm, die sich hinterrücks an sie heranschlich, war die Hand, die sich über ihren Mund legte.

Mary blieb keine Chance, zu schreien oder sich zu wehren. Mit knapper Not gelang es ihr gerade noch, Clop unter ihren Pulli zu schieben, ehe eine andere Hand ihr Kinn packte und einen stark riechenden Lappen auf ihre Nase presste. Der Geruch war süß und betäubend, und binnen weniger Sekunden spürte Mary, wie sie ohnmächtig wurde.

Der Raum hatte unverputzte Steinwände und einen blanken Bretterboden. Nirgends gab es ein Möbelstück, abgesehen von dem behelfsmäßigen Bett, auf dem Mary erwacht war. Das Bett bestand nur aus einer harten Holzbank und ein paar kratzigen Decken.

Mary hatte keine Fenster in dem Raum ausmachen können, aber mit hinter dem Rücken gefesselten Händen und verbundenen Augen war die Suche danach auch nicht leicht gewesen. Auch eine Tür hatte sie nicht erspüren können.

Mary hatte nicht die leiseste Ahnung, wohin ihr Entführer sie verschleppt hatte. Sie überlegte hin und her, wo sie sich befinden könnte, und wäre auch nicht überrascht gewesen, wenn es eine Art mittelalterlicher Kerker gewesen wäre. Sie hoffte, noch irgendwo in der Nähe von Cherry Bentley zu sein, aber da sie nicht wusste, wie lange sie geschlafen hatte, musste Mary die Möglichkeit in Betracht ziehen, dass sie Hunderte von Kilometern weit weggebracht worden war.

Fröstelnd und benommen kehrte Mary zu der Pritsche zurück und kauerte sich unter der Decke zusammen. Der kleinen Ausbeulung unter ihrem Pulli zufolge war Clop noch immer bei ihr, und der Gedanke daran munterte sie ein wenig auf. Um ihn beim Hinlegen nicht zu zerquetschen, probierte Mary, sich rücklings auszustrecken, aber ihre gefesselten Hände und ein klobiger Gegenstand in ihrer Tasche machten die Sache sehr schwierig.

Spione weinten nicht. Das hatte Socrates ihr beigebracht. Wenn sie schon das Pech hatten, in Gefangenschaft zu geraten, dann behielten sie einen kühlen Kopf und ergriffen die erste Möglichkeit zur Flucht, die sich ihnen bot. Mary fühlte die Tränen kommen, aber sie blinzelte sie fort. Sie war maßlos enttäuscht darüber, dass sie sich hatte entführen lassen (mal ganz abgesehen davon, dass sie einen Riesenbammel hatte), aber sie war fest entschlossen, sich wie ein richtiger Spion zu verhalten und Ruhe zu bewahren – geschehe, was wolle.

Die nächste Viertelstunde dämmerte sie im Halbschlaf dahin. Als sie ein Quietschen hörte, gefolgt von einem lauten Krachen, riss sie unter ihrer Augenbinde die Lider auf. Wenn sie doch nur sehen könnte, was vor sich ging. Hastig richtete Mary sich auf. Sie wusste, dass jemand den Raum betreten hatte. Sie hörte Schritte. Dann sprach sie jemand an. Es klang wie die Stimme eines Mannes, aber da es mehr ein heiseres Wispern war, war sie sich nicht sicher.

»Hallo, Mary«, sagte er.

»Ich heiße Kitty, Kitty Wilson … Und ich würde jetzt sehr gerne nach Hause gehen, bitte. Meine Mutter wird sich schon Sorgen machen, wo ich bin.« Die Angst in ihrer Stimme war nicht gespielt.

Der Mann lachte unfreundlich. »Mach dir nicht die Mühe, mich anzulügen, Kind. Ich weiß, wer du bist … Und ich denke, dass auch du weißt, wer ich bin, nicht wahr, Mary?«

Sie schüttelte den Kopf.

»Ich bin Murdo Meek.«

Mary versuchte, nicht vor Angst zu schlottern. Murdo

Meek war also nicht vor zehn Jahren in der Themse ertrunken. »Murdo wer?«, fragte sie. »Hab noch nie von Ihnen gehört. Tut mir Leid.«

»Wenn du unbedingt willst, mach ruhig weiter mit deinem Theater«, sagte Meek belustigt. »Du hast Mumm in den Knochen – ich vermute, darum wurdest du auch von P.S.S.T. angeworben. Ja, ich weiß alles, Mary. Diese hinterhältige Bande. Sie dachten, sie könnten mich austricksen, stimmt's? Das war eine ziemlich gerissene Idee, einen Spion zu schicken, der so jung ist, dass man ihn nie im Leben verdächtigen würde. Wobei das natürlich nicht ganz fair war, oder, Mary?«

»Ich heiße Kitty«, entgegnete sie, »und … und ich weiß nicht, wovon Sie reden.«

»Und ob du das weißt!«, rief Meek. »Warum sonst treibst du dich so spät noch am Ententeich herum?«

»Ich habe da heute Nachmittag mein Plüschtier verloren«, sagte Mary. »Ich bin zurückgegangen, um es zu suchen.«

»Blödsinn!«, entgegnete Meek barsch. »Du warst am Ententeich, weil du geglaubt hast, ich würde dort jemanden treffen. Du armes, törichtes Mädchen! Als du meine Nachricht gelesen hast, hattest du keine Ahnung, dass sie für dich bestimmt war. ›Treffpunkt Ententeich. Zehn Uhr. Heute Nacht.‹ Es war sehr aufmerksam, so pünktlich zu kommen.«

Mary war erstaunt und bestürzt zugleich. Meek hatte ihr eine Falle gestellt, und sie war schnurstracks hineingetappt! So sehr war sie damit beschäftigt gewesen, sich zu dem Zettelfund im Garten des »Einäugigen Wiesels« zu beglückwünschen, dass sie nicht einen Moment lang hinterfragt hatte, warum die Nachricht nicht verschlüsselt war.

Der Grund lag jetzt nur allzu deutlich auf der Hand. Da er nicht wusste, wie gut sie bereits das Entschlüsseln beherrschte, hatte er es ihr leicht gemacht und auf einen Code verzichtet. Er hatte sie zum Teich gelockt, damit er sie im Schutz der Dunkelheit und ohne Zeugen entführen konnte.

Mit solcher Leichtigkeit übertölpelt worden zu sein, war Mary ungemein peinlich, aber irgendwie gelang es ihr dennoch, ihre Gefühle zu verbergen. Ohne das Gesicht zu verziehen, hielt sie unbeirrt an ihrer Geschichte fest.

»Ich bin zum Ententeich gegangen, um mein Plüschtier zu suchen«, beteuerte sie, »und ich verstehe nicht, warum Sie mir das nicht glauben wollen.«

»Verflixt noch eins, Mädchen!« Meek schien der Geduldsfaden zu reißen. Sie hörte, wie er im Raum auf und ab schritt, seine Schuhe schlurften über die Dielenbretter. »Gib jetzt zu, dass dein Name Mary Button ist!«

»Ich heiße Kitty Wilson!«, erwiderte Mary.

Meeks Schritte kamen näher. Sie spürte, dass er an dem Seil herumfummelte, mit dem ihre Handgelenke gefesselt waren. Dann fielen ihre Arme nach vorne. Einen Wimpernschlag lang wagte Mary zu hoffen, dass sie ihn überzeugt hatte und er sie freiließ, aber sie hätte es besser wissen müssen.

»Streck die Hand aus«, befahl Meek mit seltsam dumpfer Stimme.

Mary hatte noch immer keine Ahnung, um wen es sich handelte. Widerwillig folgte sie seiner Aufforderung.

»Sag mir noch mal, wer du bist«, verlangte er.

»Ich bin Kitty …«, setzte Mary an. Dann rang sie nach Atem, als etwas ihre Fingerkuppe umschloss und zusammenquetschte. »Autsch!«, rief sie und biss sich auf die Lippe.

»Wer bist du?«, fragte Meek erneut.

»Kitty Wilson«, erwiderte Mary mit schriller Stimme. »Meine Mutter heißt Sandra, mein … mein Bruder Wayne und meine Haustiere heißen Fred und Sardine.« Der Druck auf ihre Fingerkuppe nahm zu. Der Schmerz erinnerte sie an damals, als sie sich die Finger am Briefkasten eingeklemmt hatte. Tränen stiegen ihr in die Augen.

»Wenn du mir die Wahrheit sagst, sorge ich dafür, dass es aufhört«, sagte Meek etwas freundlicher.

Mary biss die Zähne zusammen und machte keinen Mucks. So also presst er die Information aus den Leuten heraus, dachte sie. Er foltert sie mit einer Art Fingerklemme. Sie spürte, wie Clop sie unter ihrem Pulli beschwor, die Nerven zu behalten. Wenn Meek glaubt, er kann mich zum Reden bringen, schoss es ihr trotzig durch den Kopf, dann hat er sich gründlich getäuscht.

»Du bist außerordentlich stur, Mary …«, sagte Meek, aber der Rest seines Satzes wurde übertönt von einem ohrenbetäubenden Gong, der im ganzen Raum widerhallte. Mary wünschte sich ihre Ohrenschützer herbei, als elf weitere donnernde Gongschläge ertönten – doch als endlich der letzte verklungen war, scherte sich Mary keinen Deut mehr um das Dröhnen in ihren Ohren oder um das Kneifen an ihrem Finger. Durch das Zusammenleben mit ihrem Vater und seiner riesigen Uhrensammlung hatte sie ein Gehör für Glockentöne entwickelt. Die Uhr, die gerade Mitternacht geschlagen hatte, kam ihr bekannt vor. Sie war sich hundertprozentig sicher, dass sie zur St.-Elmo-Kirche gehörte – und das bedeutete, dass sie Cherry Bentley nicht verlassen hatte.

Mary setzte all die Hinweise zu ihrem Aufenthaltsort zu einem Bild zusammen: Der Raum war mit blanken Dielenbrettern ausgelegt, hatte raue Steinwände, keine Fenster, so gut wie keine Möbel und war nur einen Steinwurf von der Turmuhr entfernt. Mit Schaudern ging ihr auf, wo sie sich befand. Ich bin im Glockenturm, dachte sie.

Mary ignorierte den brennenden Schmerz in ihrer Fingerkuppe und horchte konzentriert auf die heisere Stimme ihres Entführers, der sie wiederholt aufforderte, zuzugeben, dass ihr Name Mary sei. War es möglich, dass es die Stimme von Charles Noble war? Als Glöckner hatte er vermutlich rund um die Uhr Zutritt zur Kirche.

Beflügelt von dem Gedanken, dass ihr Zuhause nur knapp einen Kilometer weit entfernt war, begann Mary einen Fluchtplan zu schmieden. Mit ein bisschen Glück würde Meek von ihrer Widerspenstigkeit bald die Nase voll haben und das Ding, das sie in den Finger zwickte, entfernen. Sobald sie beide Hände frei hätte, beabsichtigte Mary, eine der Decken über ihn zu werfen, sich die Augenbinde herunterzureißen und so schnell sie konnte zum nächsten Ausgang zu laufen. Das wäre ihre beste Chance, ihm zu entkommen. Wenn sie es zuließe, dass Meek ihre Hände erneut fesselte, würde sie wieder so hilflos sein wie davor.

»Du bist wirklich eine Nervensäge!«, schnaufte Meek, als Mary (zum fünfzigsten Mal) erklärte, ihr Name sei Kitty Wilson. Erleichtert und aufgeregt spürte sie, wie der Druck an ihrer Fingerkuppe nachließ. Langsam schlossen sich die Finger ihrer anderen Hand um die Decke.

»Nicht jeder ist mit dieser Methode auf Anhieb zu überzeugen«, sagte Meek, als die Klemme endlich Marys Finger freigab, »aber es gibt noch andere Möglichkeiten, die Wahrheit herauszukitzeln.«

Mary schlang die Arme um ihren Körper. Dann bewegte sie sich schnell wie ein Blitz (was eine ganz neue Erfahrung für sie war). Mit einem Satz sprang sie vom Bett und warf die Decke in die Richtung, in der sie Meek vermutete. Der darauf folgende wütende Schrei bestätigte ihr, dass sie gut gezielt hatte.

Die Augenbinde war sehr fest gebunden, und sie musste daran ziehen und zerren, um sie herunterzubekommen. Eine Sekunde lang stand sie verwirrt da. Dann schaute sie sich mit weit aufgerissenen Augen in dem kahlen Raum um, verzweifelt auf der Suche nach einem Ausweg. Nirgends gab es eine Tür, genau, wie sie es sich gedacht hatte! Sie sah zu Meek. Die Decke (grau mit weißen Streifen) hing über seinem Kopf, und er strampelte darunter mit Händen und Füßen. Gleich würde er sich befreit haben.

Marys panisch suchender Blick fiel auf eine Öllampe am Boden. Ihr Herz tat einen Sprung, als sie dahinter etwas erspähte. »Eine Falltür!«, rief Mary freudig aus. Sie stürzte zu der rechteckigen Öffnung in der Mitte des Bodens und sank auf die Knie, aber noch ehe sie ihren Fuß auf die erste Sprosse der Trittleiter setzen konnte, wurde sie grob am Arm gepackt und auf die Füße gezogen.

»Sie sind das!«, schrie Mary und glotzte den Mann neben sich ungläubig an. Meek starrte zurück, sein Gesicht zu einer wütenden Fratze verzerrt, und beugte sich ganz dicht an sie heran.

»Du … NERVTÖTENDE GÖRE«, schrie er, und seine Barthaare kratzten über ihre Haut.

Mary versuchte, sich loszuwinden. »Larry Grayems«, sagte sie verwundert. »Sie hätte ich …, hätte ich nie im Leben verdächtigt.«

Larry warf ihr einen verächtlichen Blick zu. »Das kommt daher, dass du genauso strohblöd bist wie all die anderen«, sagte er. »Ich habe den Tölpeln von S.H.H. den deutlichsten

Hinweis gegeben, den sie sich hätten wünschen können – und trotzdem sind sie nie auf meine wahre Identität gekommen.« Ihren Arm fest im Griff, fuhr Larry in die Tasche seiner Kordhose und zog ein zerknülltes Stück Papier heraus. Er drückte es Mary in die Hand.

»Also?«, sagte Larry.

»Hm«, sagte sie und starrte auf die Nachricht, die sie wenige Stunden zuvor im Garten des »Einäugigen Wiesels« gefunden hatte.

Treffpunkt Ententeich. Zehn Uhr. Heute Nacht. M. M.

»Guck ganz genau hin«, forderte Larry sie auf.

Mary musterte den Zettel eingehend, aber sie hatte keine Ahnung, wonach sie suchen sollte. Falls die Worte eine versteckte Botschaft enthielten, konnte sie sie nicht erkennen.

»Blutige Amateure … Alle miteinander!«, schnaubte Larry mit Abscheu in der Stimme. Er tippte mit dem Finger auf die letzten Buchstaben der Nachricht. »Hast du dich nie gefragt, warum ich meinen Namen stets mit Bleistift schreibe?«

Mary blickte auf die beiden »M«s auf dem Zettel. »Nein«, sagte sie wahrheitsgemäß.

»Graue Ms!« Larry sah Mary erwartungsvoll an. Dann zog er die beiden Worte zusammen. »Grayems«, sagte er. »Siehst du, ich habe S.H.H. meinen Namen auf dem Silbertablett geliefert.«

»Oje, oje«, sagte Mary. »Red und die anderen werden sich schwarzärgern, wenn sie das erfahren.« Sie schnappte erschrocken nach Luft und schlug sich die Hand vor den Mund. Der Schock über die Enthüllung von Meeks wahrer Identität hatte ihre Zunge gelöst.

»Dann leg mal die Karten auf den Tisch«, sagte er hämisch. »Du bist Mary Button, stimmt's?« Larrys Selbstgefälligkeit war unerträglich.

Da sie sich bereits verraten hatte, erschien es Mary sinnlos, weiterhin alles abzustreiten. »Ja«, brummte sie zerknirscht. »Das stimmt.«

Beim Anblick von Larrys triumphierender Miene wurde ihr übel. Als sie den Blick abwandte, sah sie mit Erstaunen etwas, das aussah wie eine vierbeinige Pizza Calzone, die langsam über den Boden kroch. Mary sah genauer hin und erkannte, was es in Wahrheit war – eine Schildkröte. »Ist das nicht Pilliwinks?«, fragte sie verdutzt. »Warum haben Sie Ihr Haustier mitgebracht?«

Larry lächelte. »Sie hat sich zunächst ein bisschen gesträubt, ihr Lieblingsblumenbeet zu verlassen, aber als ich ihr dann erzählt habe, dass es da noch einen zwingenden Termin gibt, den sie wahrnehmen muss ...«

»Zwingend?«, wiederholte Mary und warf einen beklommenen Blick auf ihre Fingerkuppe, die erdbeerrot angelaufen und leicht geschwollen war. Sie schaute wieder Pilliwinks an und merkte, dass ihr Finger genau die richtige Größe hatte, um ins Maul der Schildkröte zu passen.

»Ihre Fähigkeiten können in meinem Beruf sehr nützlich sein«, sagte Larry. »Natürlich ist sie mir auch eine ganz wundervolle Gefährtin. Tiere sind ja so viel liebenswerter als Menschen, meinst du nicht auch?«

»Tja ... äh«, sagte Mary. Sie erinnerte sich, dass Larrys Haus mit Porzellantieren voll gestopft war und dass es in seinem Garten von Viechzeug nur so wimmelte. »Sie mögen Tiere sehr, nicht wahr?«, fragte sie.

»Oh ja«, erklärte Larry glückselig. »Sie sind den Menschen in jeder Hinsicht überlegen. Ich bete sie an. Sie sind meine Freunde.«

»Wie haben Sie es dann übers Herz gebracht, Bernard zu töten?«, fragte Mary. »Die arme wehrlose Ente!«

»Halt den Mund!«, befahl Larry mit zitternder Stimme. »Ich will darüber nicht sprechen.«

»Ein echter Tierfreund würde so etwas nie tun!«, beharrte Mary.

»Ich weiß«, jammerte Larry. »Ich wollte es auch gar nicht tun, aber ich brauchte für meinen Kitzelstock ziemlich viele Federn. Bernard musste dran glauben, weil er der Älteste war, verstehst du. Er hatte ein langes glückliches Leben. Ich habe ihm sogar Brotkrumen und ein frisches Stück Obsttörtchen gegeben, ehe ich … äh … ihn mir schnappte.«

»Ich finde, das war eine ganz abscheuliche Tat«, sagte Mary.

Larry unterdrückte ein Schluchzen. Er schob Mary beiseite, klemmte sich Pilliwinks unter den Arm und griff nach der Öllampe, bevor er in Windeseile die Trittleiter hinunterstolperte. Mit einem Krachen schlug er die Falltür hinter sich zu.

Mary blieb allein im Dunkeln zurück. In seinem Kummer hatte Larry vergessen, ihr die Hände zu fesseln, und so tastete sie auf dem Boden nach der Decke. Als sie sie gefunden hatte, drückte sie einen Knopf an ihrer Uhr, und die Beleuchtung des Zifferblattes half ihr dabei, den Weg zurück quer durch den Raum zu der Pritsche zu finden. Mitgenommen von den Enthüllungen der Nacht, sank Mary darauf nieder, griff unter ihren Pulli und zog Clop heraus, der ebenso erschüttert zu sein schien. Sie beschloss, dass es für sie beide das Beste war, sich ein paar Stunden

Schlaf zu gönnen. Den Esel an sich gepresst, kuschelte sich Mary unter die Decke, setzte sich jedoch gleich wieder auf, weil ein harter Gegenstand gegen ihren Hüftknochen drückte.

Offenbar hatte Larry zwar ihren Rucksack beschlagnahmt – sie hatte ihn nirgends im Raum entdecken können –, aber er hatte vergessen, ihre Taschen zu durchsuchen. »Mein Muschelfon!«, rief Mary aus, als sie mit der Hand in ihre Jeans fuhr und die gestreifte Kaurimuschel hervorholte. »Mach dir keine Sorgen, Clop«, sagte sie und strich dem Esel über seine wollige Mähne. »Bald kommt Hilfe.«

ZWANZIGSTES KAPITEL

Der reitende Esel

N a also so viel dazu«, schnaubte Mary. Sie war bitter enttäuscht. Egal, wie oft sie auf die Sprenkel der Muschel gedrückt hatte (zuerst in der richtigen, dann in jeglicher Reihenfolge, die ihr in den Sinn kam), das Muschelfon blieb tot. Sie hatte es geschüttelt, es mit ihren Händen gewärmt und sogar gegen das Bein der Pritsche geschlagen – alles vergebens. Mary musste einsehen, dass das Muschelfon kaputt war.

Es musste letzte Nacht beschädigt worden sein, als es ihr aus der Tasche gefallen war, vermutete sie – oder vielleicht war es auch Haltepfiff gewesen, der ein bisschen zu unsanft mit seinen Pfoten darauf herumgetapst war, als er es aus dem Kaninchenbau herausgeangelt hatte. »Und damit ist auch Plan B futsch«, seufzte Mary. (Plan A war der gescheiterte Versuch gewesen, Larry mit einer Decke außer Gefecht zu setzen und einen Fluchtweg zu suchen.) Sie überlegte, ob Larry bereits festgestellt hatte, dass das Muschelfon nicht brauchbar war, und es Mary aus diesem Grund nicht weggenommen hatte.

Mit einem tiefen Seufzen setzte sie sich Clop auf den

Schoß. »Du bist dran«, sagte sie. »Mir sind die Ideen ausgegangen. Du könntest dir jetzt mal Plan C einfallen lassen.« Vielleicht war es nur Einbildung, aber Mary glaubte, dass sich der Esel daraufhin aufrechter hinsetzte, als würde er über dieses Problem angestrengt nachdenken. »Ich sag dir was, Clop«, fuhr Mary fort, während sie sich auf der Pritsche ausstreckte und die Augen schloss, »warum schläfst du nicht eine Nacht drüber.«

Von einem langen wehklagenden Schrei aus dem Schlaf gerissen, schlug Mary die Augen auf. Als das erstickte Jammern anschwoll und schriller wurde und Mary sich umschaute, woher es kam, fiel ihr auf, dass der Raum nicht mehr so duster war wie vor ihrem Nickerchen. Erneut ließ sie ihre Augen über die Wände wandern und erkannte, dass es zwar tatsächlich keine Fenster gab, dafür aber einen schmalen Schlitz, der wie ein weiß glühender Stab im Mauerwerk aussah. Durch diesen Spalt sickerte Tageslicht herein.

Der Schrei hatte etwas Unheimliches, und Mary vermutete, dass er nicht von einem Menschen stammte. Ihr war nur allzu bewusst, dass die Kirche unmittelbar neben dem Friedhof lag. Mary versuchte, alle Gedanken an Gespenster und Vampire aus ihrem Kopf zu verbannen. Sie beschloss, den Raum bis in den letzten Winkel zu durchsuchen, und als sie sich hochrappelte, wäre sie beinahe auf ihren Esel getreten. Clop musste in der Nacht von der Pritsche gefallen sein. Er lag auf dem Boden, den Kopf auf die Seite gedreht, als würde er auf etwas unter dem Dielenboden lauschen.

»Ich glaube, du hast Recht, Clop!«, sagte Mary und ließ sich auf die Knie fallen. Sie kroch über den Boden, immer dem lauter werdenden Jaulen nach. »Es kommt irgendwo hier aus der Richtung«, flüsterte sie und hielt neben einem Dielenbrett inne, in dem zwei Nägel fehlten. Etwas polterte von unten dagegen, als versuchte es, die Bohle nach oben zu stemmen.

Einen Augenblick lang zögerte Mary, bis schließlich ihre Neugierde die Oberhand gewann. Das Herz schlug ihr bis zum Hals, als sie das Brett mit den Fingerspitzen ein Stück anhob. Das Heulen verstummte.

Wie eine schwarze Rauchsäule schlängelte sich eine Katze durch den Spalt und verzog sich in eine Ecke, wo sie sich sofort zu putzen begann.

Ihr von Spinnweben verklebtes, staubiges Fell war ein Bild des Jammers. Mary näherte sich dem Kater mit größter Vorsicht. »Peebles«, sagte sie und kniff die Augen zusammen, »bist du das?«

Der Kater hielt mitten im Putzen inne und warf ihr einen vernichtenden Blick zu, so als wollte sie sagen: Natürlich bin ich das – wen hast du sonst erwartet? Mary war überglücklich, den Kater zu sehen, aber sie wartete höflich, bis er seine Wäsche beendet hatte, ehe sie den Versuch unternahm, ihm über den Kopf zu streicheln. »Wie um alles in der Welt bist du hier reingekommen?«, fragte Mary und erriet die Antwort selbst, kaum dass sie den Satz ausgesprochen hatte. Sie erinnerte sich, dass Red ihr erzählt hatte, Peebles sei ein erstklassiger Kletterer, der sich selbst durch die engsten Lücken zwängen könne.

Sie überlegte, ob der Kater sie rein zufällig entdeckt hatte oder ob das Tier von jemandem geschickt worden war, der sie hier im Glockenturm vermutete. Mary ließ von dem schnurrenden Peebles ab und eilte zu dem schmalen Schlitz in der Wand. Auf Zehenspitzen konnte sie einige Dächer und die obersten Äste der Eibe auf dem Friedhof erkennen.

Um noch mehr sehen zu können, schleppte Mary die Pritsche zu der Wand hinüber und stellte sich darauf. Sie spähte in die Tiefe, doch zu ihrer Enttäuschung waren nirgendwo Anzeichen von Trudy oder Felix zu entdecken, und der Hund, den sie an einem Grabstein herumschnüffeln sah, war viel zu klein (und zu ordentlich gekämmt), um Haltepfiff zu sein.

»Wenn ich doch nur Stift und Zettel dabeihätte«, murmelte Mary, »dann könnte ich eine Nachricht durch die Ritze schieben. Irgendjemand müsste sie dann ja finden … Oder vielleicht sollte ich versuchen, den Leuten da unten zuzuwinken.« Sie versuchte, ihre Hand durch den engen Spalt zu schieben, und es gelang ihr, vier Finger hindurchzuzwängen, doch der Rest ihrer Hand blieb stecken. Mary hielt es für sehr unwahrscheinlich, dass ihre Knubbelfinger von vorübergehenden Passanten bemerkt würden, egal, wie heftig sie mit ihnen hin und her wackelte. Wenn nicht einer der Dorfbewohner gerade zufällig durch ein Fernglas schaute und es genau auf sie richtete, waren Marys Chancen, entdeckt zu werden, verschwindend gering.

»Dir ist nicht zufällig schon Plan C eingefallen?«, sagte sie zu Clop.

Der Esel hatte offenbar keinen Geistesblitz gehabt.

Mary wandte sich an Peebles, der auf die Pritsche gesprungen war und sie, auf der Decke kauernd, beobachtete. »Ein Jammer, dass du nicht dein Laufgeschirr umhast«, sagte sie. »Dann hätte ich etwas dran festmachen können, was unverkennbar mir gehört. So hätten die anderen gewusst, dass du mich gefunden hast.«

Peebles blinzelte Mary an.

»Vielleicht könnte ich dir ja aus der Decke ein Laufgeschirr machen«, sagte sie und überlegte, ob sie genug

Kraft hätte, den robusten Stoff in Streifen zu reißen. »Was meinst du, hm?«

Der Kater fixierte sie mit versteinerter Miene.

»Oder das Seil! Ich könnte das Seil benutzen!«

Diese Idee schien Peebles zu gefallen. Er sprang von der Bank herunter und strich, schnurrend wie ein kleiner Rasenmäher, um Marys Beine.

»Aber was könnte ich dir auf den Rücken binden?«, überlegte sie laut, während sie sich bückte, um das Stück Seil vom Boden aufzuheben. Larry hatte es achtlos beiseite geworfen, nachdem er ihre Handfesseln gelöst hatte. Was für ein Glück, dass er vergessen hatte, es mitzunehmen.

Auf dem Bretterboden kniend, bastelte Mary vorsichtig aus dem Seil ein behelfsmäßiges Geschirr, indem sie es mehrmals um Peebles' Leib wickelte. Dann nahm sie den einzigen Gegenstand, den Larry ihr gelassen hatte, und klemmte ihn unter den Strick. »Das klappt nicht«, sagte sie, als das Muschelfon wieder herausrutschte und scheppernd zu Boden fiel. »Ich brauche irgendwas Elastisches, etwas, das man zusammenquetschen kann.«

Mary dachte kurz daran, ihren Pulli auszuziehen und unter das Geschirr zu klemmen, aber dann verwarf sie diese Idee, weil sie einsah, dass der Pulli viel zu groß und schwer war. »Was gibt's noch?«, überlegte sie. »Mir fällt nichts ein.«

Peebles maunzte vorwurfsvoll.

»'tschuldige«, sagte Mary zerknirscht.

Nachdem sie einige Minuten schweigend und ratlos dagesessen hatte, beschlich sie auf einmal das eigenartige Gefühl, angestarrt zu werden. Sie sah sich im Raum um.

Es schnürte ihr die Kehle zu, als sie ihn erblickte. »Nein, Clop! Oh nein – nicht du!«

Er hatte genau die richtige Größe, konnte beliebig zusammengedrückt werden und war obendrein mutiger als ein Berglöwe, aber er würde schon seine ganze Überredungskunst aufbieten müssen, ehe Mary einwilligte, ihn auf Peebles' Rücken zu schnüren.

»Hör mal, Clop«, sagte sie und balancierte den Esel auf ihren Knien, »ich weiß, ich wollte, dass du dir Plan C überlegst, aber ich meinte damit nicht, dass du selbst Hilfe holen sollst. Es ist wirklich sehr heldenhaft von dir, aber ...«

Clop saß in Abwehrhaltung da, die Brust vorgestreckt, die Ohren gespitzt. Er sah entschlossener aus denn je.

»Und was passiert, wenn du runterfällst?«, gab sie zu bedenken. »Womöglich finde ich dich nie wieder!«

Die Miene des Esels blieb unverändert.

»Na meinetwegen!«, gab Mary widerwillig nach. Sie hob sein Kinn an und küsste ihn auf die Nase. »Aber du musst mir versprechen, vorsichtig zu sein.«

Mary verwendete mehr Zeit als nötig darauf, Clop sicher in dem Geschirr zu befestigen. Sie hätschelte ihn, klemmte seine Hufe unter das Geschirr und knotete seinen geflochtenen Schwanz am Seil fest (als Vorsichtsmaßnahme). Peebles zuckte ungeduldig mit den Ohren und maunzte immer wieder, bis Mary endlich zufrieden und er samt Passagier abmarschbereit war.

»Viel Glück euch beiden«, flüsterte sie und hob das lose Dielenbrett an. Sie streckte ihre Hand aus, um Clop ein letztes Mal über die Mähne zu streicheln, aber Peebles war zu schnell für sie. Flink wie ein Wiesel huschte er durch die Lücke und war verschwunden.

Kaum waren sie fort, hörte Mary ein leises Tapsen. Jemand stieg die Leiter hinauf. Sie erhob sich vom Boden und wartete darauf, dass sich die Falltür öffnete, klammerte sich an die Hoffnung, dass ihr Besucher jemand anderes wäre als Larry.

Als der Kopf und die Schultern einer Frau erschienen, konnte Mary ihr Glück kaum fassen.

Die Frau sah ein bisschen jünger aus als Trudy und hatte dunkles, schulterlanges Haar, das auf und ab wippte und schimmerte wie der Burgunderwein, der bei Mary zu Hause auf der Anrichte stand. Ihre Züge waren weich und hübsch, doch als sich die Frau zu Mary umwandte, lag eine Schärfe darin, die gar nicht zu diesem sanften Gesicht passte.

»Gott sei Dank!«, stöhnte Mary und stürzte auf sie zu. »Ich bin hier gefangen …«

Ohne ein Wort zu sagen, sah die Frau sie mitleidsvoll an und schüttelte bestürzt den Kopf.

»Ich bin so froh, Sie zu sehen«, sagte Mary, obwohl sie die Frau gar nicht kannte. »Tut mir Leid, dass ich jetzt keine Zeit für Erklärungen habe, aber ich muss dringend hier raus.« Sie stolperte zur Falltür und wollte schon die Leiter hinuntersteigen, als die Frau ihre Hand ausstreckte und Mary an der Schulter festhielt.

»Noch nicht«, sagte sie.

Mary hörte jemanden die Sprossen hochklettern. Kichernd trat sie von der Falltür zurück. »Gute Idee«, sagte sie und sah ein, dass es ein akrobatisches Kunststück wäre, wollten zwei Leute auf der Leiter aneinander vorbeiklettern. Sie grinste die Frau freundlich an, doch zu ihrer Verwirrung verzog diese keine Miene.

Mary hatte das Gefühl, dass irgendetwas nicht stimmte, und wand sich von der Frau los. Langsam wich sie zurück, bis sie neben der Pritsche stand. Dort wartete sie mit wachsendem Unbehagen darauf, dass die zweite Person durch die Luke der Falltür kam.

»Siehst du«, ertönte eine Stimme, die Mary bis ins Mark erschaudern ließ, »ich hab dir doch gesagt, dass ihr kein Haar gekrümmt wurde.«

Entgeistert sah Mary, wie ihr Entführer in der Falltür erschien. Larry trug eine Mütze aus Tweed, einen Pullunder über einem kurzärmeligen Hemd und Stoffhosen. Der gerissenste Spion Englands betrat den Raum und war wie irgendein x-beliebiger Rentner gekleidet.

»Auf deine Beteuerungen gebe ich nichts, Meek«, erklärte die Frau kühl. »Ich wollte das Kind mit meinen eigenen Augen sehen.«

»Und jetzt, da du das getan hast, kannst du beruhigt nach London abschieben.«

»Wie du willst«, sagte die Frau, »aber Mary kommt mit mir mit.«

Larry gluckste auf eine Weise, die beunruhigend war. »Nur über meine Leiche«, zischte er. »Die kleine Göre hat mein Gesicht gesehen. Sie wird nirgendwohin gehen.«

»Denk doch mal scharf nach«, erwiderte die Frau. »Mary wäre bei mir, in der Stadt, unter Leuten, die sich nur um ihren eigenen Kram kümmern, sehr viel besser aufgehoben. Dorfbewohner sind chronisch neugierig. Der Glockenturm ist kein sicheres Versteck für sie, und selbst wenn du das Kind woandershin bringst, wird man sie früher oder später entdecken.«

»Die Vikarin leidet unter Höhenangst«, sagte Larry. »Hier kommt fast nie jemand rauf – abgesehen von ein paar Mäusen vielleicht. Das Versteck ist perfekt.«

»Das Gleiche hast du von Gut Palethorpe behauptet. Muss ich dich daran erinnern, was dort passiert ist?«

»Das war Pech«, fegte Larry den Einwand brüsk beiseite. »Seth Lightfoot tickt nicht ganz richtig.«

»Wer?«, fragte die Frau.

»Diese lästige Landplage, die Angela gesehen hat und dachte, sie wäre ein Gespenst. Normale Menschen lungern nicht in einem Haus herum, das einsturzgefährdet ist. Ich habe einen ganzen Abend damit zugebracht, diese Warnschilder in den Boden zu schlagen, um Leute vom Haus fern zu halten. Alle haben sich dran gehalten, außer Seth Lightfoot – dieser sture, kleine Hohlkopf.«

»Sei vernünftig«, sagte die Frau beschwichtigend. »Mary ist dir doch nur ein Klotz am Bein. Dich um Kinder zu kümmern, ist nicht gerade deine Stärke, oder? Lass mich auf sie aufpassen.«

»Nein!«, sagte Larry. »Du hast mich vielleicht noch bequatschen können, dir die alte Frau auszuhändigen, aber Mary werde ich dir nicht überlassen.«

»Bitte.«

Larry Grayems schürzte die Lippen und schüttelte heftig den Kopf. Durch Larrys Erscheinen war Marys Zuversicht zunichte gemacht worden. Sie verhielt sich sehr still. Dennoch war sie neugierig, wer die Frau mit der wippenden Frisur war. Larry hatte erwähnt, dass sie aus London kam, und sie war tatsächlich so schick gekleidet wie eine Städterin. Sie trug einen eleganten pflaumenfarbenen Rock, dazu eine passende Jacke und hochhackige Wildlederpumps (bei deren Anblick Trudy hellauf begeistert gewesen wäre).

Wer immer sie auch war, die Frau schien ausgesprochen willensstark zu sein. Sie stritt weiter mit Larry darüber, wessen Gefangene Mary nun sei. Zunächst hatte Mary vermutet, die Frau wäre Larrys Handlanger, aber so standhaft, wie sie sich weigerte, klein beizugeben, schien sie Larry durchaus ebenbürtig zu sein.

Anstatt zuzuhören, wie sie um sie zankten (Mary war

noch nie in ihrem Leben so gefragt gewesen), kletterte sie verstohlen auf die Pritsche und reckte sich, um einen Blick durch den Schlitz im Mauerwerk zu werfen. Sie hörte unten ein paar Hunde bellen und fragte sich, was da los war. Die japsenden, hohen Kläfflaute waren lachhaft im Vergleich zu Haltepfiffs dröhnendem Bellen (das jetzt Musik in ihren Ohren gewesen wäre), aber nichtsdestotrotz wollte sie wissen, was der Grund für diesen Aufruhr war. Als sie sah, wen die Hunde anbellten, hätte Mary vor Schreck beinahe das Gleichgewicht verloren.

Peebles und Clop.

Der Kater hockte gefährlich schwankend auf einem großen schiefen Grabstein, während zwei aufgeregte Jack Russell Terrier knurrend und kläffend auf ihren kurzen Hinterbeinen um ihn herumhüpften. Peebles fauchte, und Mary konnte erkennen, dass sich sein Schwanz zur Größe eines kleinen Staubwedels aufgeplustert hatte.

»Oh nein«, flüsterte Mary, als die Hunde immer höher sprangen und ihre Mäuler nur wenige Zentimeter vor Peebles' Schnurrhaaren zusammenschnappten. Mary suchte verzweifelt den Friedhof ab. Sie hielt Ausschau nach Mrs Cuddy. Wenn doch bloß die alte Dame aufkreuzen und Schnupperfratz und Lämmchen zurückrufen würde!

Auch Peebles sah aus, als würde er jeden Moment in Panik ausbrechen. Er schaute sich ängstlich nach einer rettenden Zuflucht um, aber keiner der benachbarten Grabsteine stand nah genug, um mit einem Satz erreicht werden zu können. Mary konnte sich vorstellen, dass Peebles es nun wohl bedauerte, die Hunde so zur Weißglut gebracht zu haben, indem er vor der Villa Bluebell auf und ab stolziert war. Jetzt gab es keine schützende Fensterscheibe zwischen ihm und den beiden Hunden.

Der Kater duckte sich und schien die Muskeln anzuspannen. Mary erriet, was er vorhatte. »Er will einen Durchbruch wagen«, hauchte sie und wagte kaum hinzusehen. »Oh Clop«, jammerte sie. Aus dieser Entfernung konnte sie den Gesichtsausdruck ihres Esels nicht erkennen, aber sie hatte keinen Zweifel, dass er wie immer ernst und entschlossen war.

»Was macht sie da? Hol sie da runter!«

Die Frau befolgte Larrys scharfen Befehl, indem sie Mary am Handgelenk packte und von der Pritsche herunterzerrte. »Neeeeinnn!«, schrie Mary und versuchte, sich loszureißen. Sie hörte wütendes, lautstarkes Bellen und Knurren und schloss daraus, dass Peebles seinen Sprung gewagt hatte. »Ich muss sehen ... Ich muss wissen ...«

»Was faselt sie da?«, fragte Larry ungeduldig. »Glaubst du, die Rotzgöre hat irgendjemandem ein Zeichen gegeben?«

»Nein«, erwiderte die Frau und lugte durch den Spalt, Mary noch immer fest im Griff. »Da unten ist nichts weiter – nur zwei streitende Hunde.«

»Eine Katze ... Können Sie eine Katze sehen?«, murmelte Mary. Sie brachte nicht mehr die Kraft auf, sich zu wehren. Geschwächt lehnte sie sich gegen die Frau, und gerade noch rechtzeitig fiel ihr ein, dass ein Spion niemals weint. Sie biss sich auf die Lippe.

»Ist ja gut, ist ja gut«, sagte die Frau tröstend. Offenbar merkte sie, wie verzweifelt Mary war. »Nicht aufregen. Bald bist du aus diesem ollen zugigen Turm raus.«

»Keinesfalls.« Larry stapfte auf sie zu. »Wann geht es endlich in deinen dicken Schädel rein, dass ...«

»Du schuldest mir einen Gefallen, Meek«, entgegnete die Frau scharf.

»Wir sind quitt«, antwortete er. »Und das weißt du genau.«

»Wenn ich nicht die P.S.S.T.-Akten durchstöbert hätte, wärst du diese Spione nie im Leben so schnell losgeworden. Evergreen und Chalk hätten dich aufgespürt, wenn ich nicht dazwischengegangen wäre und dir geholfen hätte.«

Mary schnappte nach Luft und starrte die Frau an. Wie in aller Welt war es *ihr* gelungen, sich an Edith vorbeizustehlen und sich Zutritt zum oberen Stock des Dampside-Hotels zu verschaffen? Sie musste ein noch besserer Spion sein als Murdo Meek. Gott sei Dank hatte Trudy sich darin getäuscht, dass es bei P.S.S.T. einen Verräter gab! Sie sah sich die Frau etwas genauer an. Zumindest glaubte sie, dass Trudy damit falsch lag …

Trudy war überzeugt gewesen, dass Emma für die Plünderung der Akten verantwortlich gewesen war. War es möglich, dass die Frau, deren Finger noch immer Marys Handgelenk umklammerten, eine Verkleidung trug? War ihr wippendes schulterlanges Haar eine Perücke? Sprach sie mit verstellter Stimme?

»Ich schulde dir gar nichts«, sagte Larry mit versteinerter Miene. »Tu bloß nicht so, als hättest du irgendetwas mir zuliebe getan. Du warst immer nur daran interessiert, deine kostbare Karriere voranzutreiben. Du bist eine Heuchlerin, genau das bist du.«

Er lachte, als er das bekümmerte Gesicht der Frau sah. »Du magst vielleicht all die andern nach deiner Pfeife tanzen lassen, aber ich lass mir das nicht gefallen! Vielleicht werden ein paar Stunden in dieser heimeligen Umgebung dich davon überzeugen, dass ich am besten geeignet bin, Mary zu bewachen.« Er lief zur Mitte des Raumes, verschwand durch die Falltür und schlug sie krachend

EINUNDZWANZIGSTES KAPITEL

Lügen und Geheimnisse

Ohne mit der Wimper zu zucken, ließ sich die Chefin von S.H.H. von Larry im Glockenturm einsperren; und als Mary sie fragte, ob sie Philippa Killingback sei, nickte sie leicht mit dem Kopf und setzte sich auf die Pritsche. »Bist du jetzt sehr schockiert?«, fragte sie.

»Ob ich schockiert bin, dass Sie mit Meek unter einer Decke stecken?«, sagte Mary. »Ja, natürlich!« Fassungslos starrte sie Philippa an. Ihr schwirrte der Kopf vor lauter Fragen, aber sie wusste nicht, wo sie beginnen sollte.

»Angela Bradshaw wäre fast aus den Latschen gekippt, als sie herausfand, dass ich hier mit drinstecke«, sagte die Chefin. Sie lächelte Mary zögerlich an. »Ich vermute, du möchtest den Grund wissen.«

»Ja, allerdings«, sagte Mary und überlegte, wie um alles in der Welt Meek es angestellt hatte, das hochrangigste Mitglied von S.H.H. dazu zu bewegen, ihr Land zu verraten.

»Ich war so blauäugig«, fuhr Philippa fort. »Ich dachte, es wäre ganz einfach. Wenn ich Meek nur diesen einen kleinen Gefallen tun würde, verschwände er aus meinem Leben und würde S.H.H. nie wieder zur Last fallen. Ich hätte wissen müssen, dass die Dinge nie so einfach sind.«

»Ich … ich verstehe nicht«, stotterte Mary und setzte sich neben Philippa.

»Es war so unverantwortlich, dich hierher zu schicken!«, sagte Philippa. »Als ich erfahren habe, dass Red ein Kind ins Feld geschickt hat, habe ich ihm gehörig eins aufs Dach gegeben, das kannst du mir glauben. Ich vermute, Socrates hat dich ausgebildet?«

»Ja«, bestätigte Mary. »Und ich hab eine Menge aus einem Buch mit dem Titel *Das ABC des Spionierens* gelernt.«

»Benutzt er noch immer diese alte Schwarte, ja? Es gibt da jetzt ein viel zeitgemäßeres Spionage-Lehrbuch, aber Socrates ist ziemlich traditionell. *Das ABC des Spionierens*, hm? Da hab ich schon seit Jahren nicht mehr reingeguckt. Meine Ausgabe muss irgendwo auf dem Dachboden verstauben. Wanda hat früher darauf geschworen.«

»Wer?«, fragte Mary.

»Wanda Longshanks. Das war die Spionin, die mich angelernt hat. Wanda ist vor dreizehn Jahren in Rente gegangen und nach Costa Rica gezogen.« Philippa seufzte schwer. »P.S.S.T. ist ohne sie einfach nicht mehr das, was es mal war.«

»P.S.S.T.?«, fragte Mary. »Sie haben mal für P.S.S.T. gearbeitet?«

»Ich habe meinen Abschluss auf der Agentenschule gemacht, und P.S.S.T. bot mir einen Monat später eine Stelle an. Ich war überglücklich. Seit ich ein kleines Mädchen war, wollte ich unbedingt für eine Geheimorganisation arbeiten. An meinem 21. Geburtstag fing ich schließlich an.« Philippa lächelte wehmütig. »Das war der schönste Tag in meinem Leben.«

Mary überlegte. »Dann müssen Sie für P.S.S.T. gearbeitet haben, als Murdo Meek in die Themse sprang und auf Nimmerwiedersehen verschwand.«

»Ja«, sagte Philippa. Ihr Gesicht wurde ernst. »Ich war dabei.«

»Aber Sie waren nicht dabei, als man versuchte, ihn zu stellen.«

»Wie kommst du darauf?«

Mary stutzte. Sie dachte wieder an die Akte über die nächtlichen Ereignisse des neunten Dezember, aber keiner der Augenzeugenberichte war von einer Philippa Killingback unterschrieben gewesen.

»Ich kam als Zweite zum alten Lagerhaus am Fluss«, sagte Philippa und schloss die Augen, um sich ins Gedächtnis zu rufen, was in jener denkwürdigen Winternacht vor zehn Jahren passiert war. »Red erschien ein paar Minuten später, und wir warteten noch eine Weile auf Socrates, aber dann rief er uns an, um Bescheid zu sagen, dass sein Fahrrad einen Platten hätte und er nicht rechtzeitig da sein könnte. Red, Angela und ich beratschlagten uns in aller Eile. Dann schlich ich zum Hinterausgang des Lagerhauses, Angela blieb vorne stehen – und Red ging hinein …«

»Pip Johnson bewachte die Rückseite des Lagerhauses«, sagte Mary. Sie war völlig verwirrt. »Das steht in den Berichten in Meeks Akte.«

»Ja, das stimmt«, nickte Philippa. »Ich bin Pip Johnson – zumindest war ich es vor zehn Jahren. Ich wurde damals Pip genannt und Johnson war mein Mädchenname. Als ich ein paar Jahre später heiratete, wurde ich eine Killingback.«

»In jener Nacht ist Meek verschwunden«, überlegte Mary. »Jeder dachte, er sei ertrunken. Sie haben ihm zur Flucht verholfen, stimmt's?«

»Ja«, sagte Philippa. Mary sah, dass sie ein beschämtes Gesicht machte.

»Warum?«

»Warum«, wiederholte Philippa gedankenverloren. Sie lachte bitter auf. »Weil mir keine andere Wahl blieb.«

»Hat er Sie erpresst?«, fragte Mary entsetzt.

»In gewisser Weise, ja.«

Die Turmuhr schnurrte, bevor sie zu ihrem ersten volltönenden Donnern ansetzte. Diesem folgten acht weitere Schläge. Während sie darauf warteten, dass wieder Stille eintrat, starrte Mary auf die gleichmütig dasitzende Frau neben sich. Nach außen hin wirkte Philippa ruhig und gefasst, aber etwas Trauriges lag in ihrem Blick, der Mary vermuten ließ, dass die Chefin von S.H.H. ein quälendes Geheimnis mit sich herumschleppte.

»Wir waren zu fünft«, sagte Philippa versonnen, als der letzte Gong verhallt war. »Wir drei Kinder, meine Mutter und mein Vater. Nicht dass wir ihn oft zu Gesicht bekommen hätten.«

Mary fragte sich, warum die Chefin von S.H.H. jetzt Kindheitserinnerungen hervorkramte, aber sie beschloss, sie nicht zu unterbrechen.

»Mein Vater hat sich für uns Kinder nie besonders interessiert. Er blieb immer sehr lange bei der Arbeit oder spazierte mit unseren Cockerspanieln Mixer und Mausi durchs Moor. Wir sahen ihn immer nur beim Abendessen, und dann, eines Abends, stand er zwischen Hauptgericht und Nachtisch auf, verließ den Tisch – und kam nie wieder.«

»Wie schrecklich!«, sagte Mary.

»Ich war damals erst vier«, fuhr Philippa fort. »George und Vicky waren sogar noch jünger. Als meine Mutter schließlich wieder heiratete, nahmen wir den Namen unseres Stiefvaters an und vergaßen unseren leiblichen Vater. Dann tauchte er zwanzig Jahre später aus heiterem Himmel wieder auf.« Sie lächelte Mary beklommen an. »Es ist schon komisch, wie sich bestimmte Dinge in unser Gedächtnis einprägen, nicht? Für mich war der Mann, der da plötzlich vor meiner Tür stand, ein wildfremder Mensch. Ich hatte nicht die blasseste Erinnerung daran, wie mein Vater aussah, aber sobald ich seine Stimme hörte, wusste ich, dass er es war.«

»Seine Stimme …«, sagte Mary nachdenklich.

»Ich machte ihm eine Tasse Tee. Ich glaubte, dass er sich vielleicht dafür entschuldigen wollte, uns vor all den Jahren einfach im Stich gelassen zu haben. Weit gefehlt!«, schnaubte sie. »Ich erkannte sehr schnell, was ihn dazu gebracht hatte, mit mir Kontakt aufzunehmen.« Stirnrunzelnd rang sie sich die Hände. »Saß da an meinem Küchentisch und erklärte mir einfach so, er sei Murdo Meek.«

»Wie bitte!?«, rief Mary. Sie war erschüttert. »Sie meinen … Larry Grayems ist Ihr Vater?«

»Traurig, aber wahr«, sagte Philippa.

»Aber warum vertraute er Ihnen an, dass er Murdo Meek ist?«, fragte Mary. »Wusste er nicht, dass Sie für P.S.S.T. arbeiteten?«

»Natürlich wusste er es!« Philippas Gesicht war wutverzerrt. »Es ist Meeks Geschäft, alles über alle zu wissen. Und was mich anbetraf, hatte er seine Hausaufgaben gründlich gemacht. Saß da, platzte fast vor Selbstgefälligkeit, schlürfte seinen Tee und erzählte mir alles, was er über mich wusste … Dass ich als Jahrgangsbeste von der Agentenschule abgegangen und sofort von P.S.S.T. angeworben worden war, dass ich mein Trainingsprogramm mit links absolvierte und der beste Spion wurde, den sie jemals hatten …«

»Wow«, sagte Mary und sah Philippa ehrfurchtsvoll an.

»Er war sogar so dreist zu behaupten, ich hätte meine Fähigkeiten von ihm geerbt!«

Mary fiel ein, dass Red mal gesagt hatte, die Begabung zum Spionieren würde manchmal in der Familie liegen, beschloss aber, Philippa damit zu verschonen. Sie schien nicht in Betracht ziehen zu wollen, dass Larrys Gene irgendeinen Einfluss auf ihre Berufswahl gehabt hatten.

»Hatte Meek denn keine Angst, dass Sie ihn verraten würden?«, fragte Mary.

»Nein«, erwiderte Philippa und schüttelte energisch den Kopf. »Dieser gerissene alte Teufel wusste, dass ich sein Geheimnis hüten würde. Ich war 24 Jahre alt und voller Ehrgeiz. Ich hatte die feste Absicht, der erste weibliche Chef von S.H.H. zu werden. Wenn herausgekommen wäre, dass Murdo Meek mein Vater war, hätte S.H.H. mich vermutlich sofort gefeuert.«

»Ich verstehe«, sagte Mary. Für sie klang es nicht besonders fair, Philippa für die Verbrechen ihres Vaters zu bestrafen. »Ich begreife aber trotzdem noch nicht, warum Ihr Vater Ihnen verriet, dass er Murdo Meek war.«

»Er wollte Schutz.«

»Schutz?«, fragte Mary.

»Spionieren ist ein riskanter Beruf. Und Meek wollte die Gewissheit haben, dass ich ihn retten würde, wenn's mal brenzlig wird.«

»Und Sie stimmten zu«, ergänzte Mary.

»Ja«, sagte Philippa. »Wenn man Meek jemals zu fassen kriegt, laufe ich Gefahr, alles zu verlieren …« Sie zog sich einen großen goldenen Ohrklipp vom Ohr und hielt ihn Mary hin. »Das ist das einzige Geschenk, das ich jemals von meinem Vater bekommen habe. Es ist ein Telefon, damit er mit mir Kontakt aufnehmen kann, wann immer er will.«

»Meek hat Sie in jener Dezembernacht angerufen, stimmt's?«, fragte Mary.

»Das ist richtig«, sagte Philippa. »Er wollte P.S.S.T. einen garstigen Weihnachtsgruß schicken, aber der Schuss ging nach hinten los, als Angela ihn entlarvte. Meek versuchte, ihr zu entwischen, aber sie spürte ihn auf, wie ein Bluthund.«

»Verraten Sie mir eines«, bat Mary. »Wie hat er es angestellt? Wie konnte er den Sturz in die Themse überleben und durch das eisige Wasser ans Ufer schwimmen, ohne dass ihn jemand sah?«

»Das hat er nicht.«

»Oh ... Sie meinen, er ist zu der *Brücke* geschwommen und hat es irgendwie geschafft, hochzuklettern. Das kann nicht einfach gewesen sein ...«

»Wieder falsch«, sagte sie.

Mary warf ihr einen fragenden Blick zu, und Philippa gab schließlich nach. »Also schön. Spitz die Ohren«, sagte sie. »Es ist damals Folgendes passiert ...«

»Ich habe dir reichlich Zeit zum Überlegen gegeben«, sagte Larry, als er wieder durch die Falltür kam. Er zog einen Revolver aus der Hosentasche und schwenkte ihn in Richtung seiner Tochter. »Also, Philippa, bist du bereit, allein nach London zurückzukehren?«

»Nein«, erwiderte sie und sah ihm fest in die Augen, »und auch dieses Ding da wird nichts daran ändern.«

Larrys Mundwinkel bogen sich nach unten. »Ein Jammer.«

»Das ist ... völlig okay«, meldete sich Mary zaghaft aus einer Zimmerecke (in die sie geflohen war, als Larry die Waffe gezückt hatte). »Es macht mir nicht das Geringste aus, in Cherry Bentley zu bleiben – ehrlich.« Natürlich log sie wie gedruckt. Hätte Mary die Wahl gehabt, so wäre sie lieber die Gefangene der verräterischen, aber sympathischen

Chefin von S.H.H. gewesen, als ihrem schießwütigen Vater und dessen ungewöhnlichem Folterwerkzeug ausgeliefert zu sein. (Ihr Finger schmerzte noch immer.)

»Mach dir keine Sorgen, Mary«, sagte Philippa bestimmt. »Ich werde dich nicht allein zurücklassen – und du wirst auch nicht länger gefangen gehalten. Ich werde dich wieder zu deiner Familie bringen.«

»Waaaas?« Larry schäumte vor Wut. »Bist du jetzt völlig übergeschnappt?«

»Keineswegs«, sagte Philippa. »Vielmehr habe ich das Gefühl, noch nie klarer bei Verstand gewesen zu sein.«

»Aber wenn du sie laufen lässt, wird man dich als Verräterin entlarven. Es wird einen gewaltigen Skandal geben, und man wird dich bei S.H.H. in hohem Bogen rauswerfen«, sagte Larry. »Denk doch nur mal an diese unglaubliche Schmach – mal ganz zu schweigen von einem längeren Aufenthalt im Kittchen …«

»Ich weiß«, erwiderte Philippa trocken.

»Das ist doch idiotisch! Kümmert dich das gar nicht?«

Die Chefin von S.H.H. nahm sich Zeit, ehe sie antwortete. »Nein. Nicht mehr«, sagte sie schließlich leise. »Ich habe einen schrecklichen Fehler gemacht, als ich dir vor zehn Jahren zur Flucht verhalf. Ich hätte schon damals wissen müssen, dass das Lügen und Betrügen zu nichts Gutem führen kann. Seit jener Nacht habe ich in der ständigen Angst gelebt, jemand von P.S.S.T. könnte dahinterkommen, was damals passiert ist.«

»Dass ich nicht lache!«, schnaubte Larry verächtlich. »Wir haben sie nach allen Regeln der Kunst hinters Licht geführt. Diese Hampelmänner von P.S.S.T. kämen nicht mal im Traum auf die Wahrheit.«

»Meine Sekretärin wäre mir aber um ein Haar auf die

Schliche gekommen«, sagte Philippa und starrte ihn mit eiserner Miene an. »Ihr Name war Mavis Hughes, und sie war aufgeweckter, als ihr gut tat. Sie konnte nicht verstehen, warum ich P.S.S.T. so offensichtlich auf dem Kieker hatte. Beschuldigte mich, ich würde mit ihrem Budget geizen und ihre Bemühungen nicht anerkennen. Ich dachte, wenn ich es P.S.S.T. möglichst schwer machte, wäre Red gezwungen, sich von einigen seiner Mitarbeiter zu trennen, weißt du. Es schien der einzige Weg zu sein, Socrates und Angela auszubooten. Sie dachten gar nicht daran, in Rente zu gehen – und je länger sie bei P.S.S.T. blieben, desto wahrscheinlicher war es, dass sie irgendwann Verdacht schöpfen und mich mit deinem Verschwinden in Zusammenhang bringen würden.«

»Sie tappten alle völlig im Dunkeln«, fauchte Larry. »Du hättest einfach nicht in Panik verfallen dürfen.«

»Meine Sekretärin begann, sich merkwürdig zu benehmen«, fuhr Philippa fort. »Sie starrte mich immerzu an, und wenn sie am Telefon war, verstummte sie, sobald ich den Raum betrat. Dann erwischte ich sie eines Tages dabei, wie sie in meiner Personalakte stöberte. Damit war das Maß voll! Mir war klar, dass ich sie loswerden musste, und zwar schnell. Ich fand heraus, dass sie übers Wochenende nach Prag reisen wollte, folgte ihr zum Flughafen und steckte ihr heimlich einige vertrauliche Dokumente in die Handtasche. Dann gab ich P.S.S.T. einen Tipp. Als die Papiere entdeckt wurden, beschwor sie ihre Unschuld und beschuldigte mich – natürlich glaubte ihr keiner.«

»Wie herrlich kaltblütig«, sagte Larry grinsend.

Mary zeigte sich nicht im Geringsten beeindruckt. Sie erinnerte sich daran, dass Red ihr erzählt hatte, die Chefsekretärin von S.H.H. sei für viele Jahre ins Gefängnis gewandert. »Mavis so was anzutun, war hundsgemein«, sagte sie.

»Ich weiß«, erwiderte Philippa kleinlaut.

»Hätten Sie nicht einfach ihre vielen Tippfehler bemängeln und sie feuern können?«, fragte Mary.

»Zu riskant«, erwiderte Philippa. »Ich konnte nicht mit Gewissheit sagen, wie viel Mavis bereits herausgefunden hatte und wie tief sie noch in meiner Vergangenheit wühlen würde. Die beste Art, sie zum Schweigen zu bringen, war, ihre Glaubwürdigkeit zu erschüttern – und sie hinter Gitter zu bringen, damit sie nicht länger herumschnüffeln konnte.«

»Ich wette, Mavis hasst Sie abgrundtief«, sagte Mary.

»Oh, zweifellos«, sagte Philippa, »aber wenn ich mich den Behörden stelle, wird sie rehabilitiert, und man wird sie umgehend auf freien Fuß setzen.«

Philippa verzog das Gesicht, und für einen Moment fürchtete Mary, sie würde in Tränen ausbrechen, doch dank ihres eisernen Willens hatte sie sich sogleich wieder gefasst. »Es hat an den Nerven gezerrt«, sagte sie. »Ich habe ein paar schreckliche Dinge getan, Mary – und damit zu leben, ist mir nicht leicht gefallen. Ich habe Mavis in den Knast gebracht und zwei P.S.S.T.-Agenten ins Krankenhaus, ich habe gelogen und Geheiminformationen weitergegeben ...«

»Warten Sie mal!«, fuhr Mary dazwischen. »Sie sind nicht schuld an dem, was mit Miles und Bob passiert ist! Es war Larry, der Schmalz auf die Leitersprossen geschmiert und Bob beinahe zu Tode gekitzelt hat. Nicht Sie!«

»Ich hätte es genauso gut eigenhändig tun können«, erklärte Philippa bedrückt. »Ich war es, die Meek vor ihnen gewarnt hat, obwohl ich genau wusste, wozu er fähig ist.«

»Entführung!«, sagte Mary.

»Und Schlimmeres«, erwiderte Philippa. »Als ich hörte, dass er Angela gefangen genommen hatte, bin ich auf schnellstem Weg hierher geeilt, um ihn zu überreden, sie mir zu überlassen. Dann, als ich von dir erfuhr ...«

»Ich fange allmählich an, mich zu langweilen bei eurem Geschwafel«, fuhr Larry dazwischen. »Zum Glück muss ich mir eure ermüdende Plauderei nicht mehr viel länger anhören.«

»Was meinst du damit?«, fragte Philippa. »Lässt du uns gehen?«

Larry lächelte listig und schwang den Revolver. »Du bist vielleicht bereit, den Rest deines Lebens im Gefängnis zu verbringen, aber ich nicht.« Er warf einen Blick auf seine Armbanduhr. »In sechzehn Minuten ist es genau zehn Uhr«, sagte er. »Der Glockenschlag der Turmuhr wird meine Schüsse übertönen.«

»Das wagst du nicht«, sagte Philippa. »Mary ist noch ein Kind, und ich bin ..., ich bin deine Tochter. Bedeutet dir das denn gar nichts?«

»Nein«, antwortete Larry. »Das Einzige, was mir etwas bedeutet, ist meine Freiheit.«

Mary schluckte. Sie presste ihren Rücken gegen die raue Steinmauer und versuchte, vor Angst nicht zu schlottern. Sie ließ den Revolver in Larrys Hand nicht aus den Augen. Dann vernahm sie gedämpfte Stimmen und leises Fußgetrappel. Sie blickte zu dem Sehschlitz in der Wand hinüber.

Mit dem Revolverlauf bedeutete Larry Philippa, zu Mary in die Ecke zu rücken. Sie gehorchte, und Larry trat an den Sehschlitz heran und spähte kurz hindurch. »Ah!«, sagte er und wandte sich mit einem schauerlichen Lächeln seinen Gefangenen zu. »Wie praktisch. Sieht so aus, als bräuchten wir gar nicht bis zehn Uhr zu warten. Die Glöckner sind soeben für ihre Mittwochmorgen-Übung eingetrudelt. In wenigen Minuten werden sie beginnen, an diesen Seilen zu ziehen, und sobald sie das tun ...«

Philippa ergriff Marys Hand und drückte sie fest – nicht ein Mal, sondern mehrmals. Zunächst glaubte Mary, sie wollte sie trösten. Dann ging ihr auf, dass die Drückerei etwas zu bedeuten hatte. Langes knöchelzermalmendes Quetschen hieß »Strich« und kurzes Zwicken »Punkt«. Philippa schickte Mary eine Nachricht im Morse-Code:

W-E-N-N-I-C-H-J-E-T-Z-T-S-A-G-E-L-A-U-F

Als Mary die Botschaft entschlüsselt hatte, gab sie der Chefin mit dreimal »Strich« und einmal »Punkt« zu erkennen, dass sie verstanden hatte.

Philippa ließ Marys Hand los.

Drei Sekunden lang geschah nichts. Dann schritt Philippa zur Tat. Bislang kannte Mary nur aus dem Fernsehen, wie sich riesige, baumstarke Kerle mit schlammigen Knien beim Rugby aufeinander stürzten. Noch nie hatte sie erlebt, dass sich eine junge Frau im maßgeschneiderten Kostüm so angriffslustig und kämpferisch zeigte. Larry war total überrumpelt. Als die Chefin sich auf ihn warf und ihre Arme um seine Knie schlang, geriet er ins Schwanken und fiel mit einem wütenden Schrei zu Boden.

»JETZT!«, schrie Philippa.

Mary rannte los.

Sie flitzte zur Falltür, hielt kurz auf der ersten Leitersprosse inne, um einen Blick auf die Chefin und ihren Vater zu werfen, die über den Boden rollten und miteinander rangen. Dann kletterte sie, so schnell sie sich traute, nach unten. Mit den Händen umfasste sie fest die Holzleiter und hielt den Blick unbeirrt auf ihre Füße, die blitzschnell von einer glatten Sprosse auf die nächste traten.

Auf ihrem Weg nach unten musste Mary zahlreiche Falltüren passieren. Sie bemerkte weder die Schweißperlen, die sich an ihrem Haaransatz sammelten, noch ihr rasendes Herz. Ihr einziger Gedanke war, die Glöckner zu erreichen, bevor sie sich ans Läuten machten. Ein Glockenschlag genügte, um einen Schuss zu übertönen – und das war alles, was Larry brauchte, um Philippa aus dem Verkehr zu ziehen.

»Halt!«, schrie Mary, als ihre Turnschuhe den festen Steinboden berührten. Ohne zu verschnaufen, stürzte sie sich auf den erstbesten Glöckner – die Dame mit dem flachen Filzhut. »Sie dürfen sie nicht läuten!«, rief sie verzweifelt und zerrte die Frau am Ärmel.

Die Glöcknerin wandte sich zu ihr um und legte einen Finger auf die Lippen. Mary blieb vor Staunen der Mund offen stehen. Sie hatte erwartet, in das runzlige Gesicht einer älteren Dame zu sehen – nicht in das jugendliche Antlitz von Emma Cambridge! P.S.S.T.s Werbeoffizier legte einen Arm um Marys Schulter und zog sie in eine Ecke.

»Geht es dir gut?«, flüsterte Emma.

»Ja«, sagte Mary aufgeregt, »aber Philippa nicht. Sie ist oben im Turm, mit Murdo Meek – und er hat eine Waffe. Er wird sie erschießen, sobald irgendjemand eine der Glocken läutet. Das darfst du nicht zulassen!«

»Keine Sorge«, sagte Emma. »Heute wird es kein Glockenläuten geben.« Sie nickte der Gruppe von Leuten zu, die Mary für die anderen Glöckner gehalten hatte. Es war die versammelte P.S.S.T.-Belegschaft!

»Wir haben die echten Glöckner überredet, dass sie uns für sie einspringen lassen«, sagte Red.

»Und dass sie uns ein paar ihrer Klamotten borgen«, erklärte Socrates und zwinkerte Mary unter seiner Schirmmütze verschmitzt zu.

»Ich bin so froh, euch zu sehen!«, sagte Mary. Strahlend sah sie der Reihe nach Jagdash, Socrates und Red an.

»Das beruht auf Gegenseitigkeit«, sagte Red. Er winkte den anderen zu. »Okay, dann wollen wir diesem Meek mal den Schreck seines Lebens verpassen.« Lautlos schlich er zur Leiter hinüber und umfasste sie mit seinen sommersprossigen Händen. Ehe er sich hinaufschwang, warf er noch einen Blick über die Schulter auf Mary. »Und du bist dir absolut sicher, dass dieser Kerl wirklich Murdo Meek ist?«

Mary nickte heftig mit dem Kopf.

»Na dann«, sagte Red mit gerunzelter Stirn, »kannst du dir sicher sein, dass der Schurke uns diesmal nicht entkommen wird.«

Die anderen drei P.S.S.T.-Mitglieder kletterten hinter Red die Leiter hinauf. Den Männern stand die Entschlossenheit ins Gesicht geschrieben.

»Gehen wir etwa nicht?«, fragte Mary, und Emma schüttelte nachdrücklich den Kopf.

»Du warst schon genug Gefahren ausgesetzt«, sagte sie und schob Mary durch die Türen, die zum Mittelschiff der Kirche führten. »Und obgleich ich liebend gern dabei helfen würde, Murdo Meek dingfest zu machen, glaube ich, es ist besser, dich nicht allein zu lassen.«

»Ich kann auf sie aufpassen«, tönte eine Stimme, und Mary grinste, als sich Trudy aus einer der Kirchenbänke erhob. Sie hielt etwas im Arm.

»Peebles!«, rief Mary und rannte los. »Du hast es geschafft!« Zu ihrer großen Freude legte Trudy den Kater in ihre ausgestreckten Arme. Peebles schnurrte laut, als Mary ihn an sich drückte. »Ich bin ja so froh, dass es dir gut geht!«

Das Nordportal schwang quietschend auf, und hinein kam, ungelenk hopsend, Haltepfiff, gefolgt von einem schnaufenden Felix. Der Kater fuhr seine Krallen aus und grub sie in Marys Haut.

»Ich hab dir doch gesagt, du sollst dich nicht vom Fleck rühren«, sagte Trudy eisig.

Felix verzog das Gesicht. »Wir haben uns aber viel zu große Sorgen um Mary gemacht«, erwiderte er. Seine Miene hellte sich auf, als er sie auf halber Höhe im Mittelschiff stehen sah. »Jippije!«, jubelte er und rannte los. »Du bist in Sicherheit, Mary! Gott sei Dank!«

»Raus!«, befahl Trudy streng und gab Haltepfiff einen Klaps aufs Hinterteil. »Und du auch, Felix. Murdo Meek läuft immer noch irgendwo in dieser Kirche herum. Es ist hier viel zu gefährlich für euch.«

»Hör auf, mich rumzukommandieren«, meckerte Felix. »Ohne mich hättet ihr Mary erst gar nicht gefunden. Es war mein Hund, der ihre Witterung aufgenommen hat.«

»Und es war meine Idee, Peebles alle Gebäude der Gegend absuchen zu lassen«, fauchte Trudy.

»So habt ihr mich also gefunden!«, ging Mary dazwischen. Sie presste Peebles fest an sich. »Ich bin so froh, dass am Ende alles geklappt hat. Wo ist Clop?«, fragte sie beiläufig.

Ringsum schaute sie in ausdruckslose Gesichter.

»Clop ist der Name meines Esels«, sagte sie, um ihnen auf die Sprünge zu helfen.

Als noch immer niemand reagierte, fragte sich Mary ernsthaft, ob die Aufregung womöglich allen das Hirn vernebelt hatte. »So habt ihr doch rausbekommen, wo ich war«, sagte sie. »Ich habe meinen Esel auf Peebles' Rücken festgebunden und …«

ZWEIUNDZWANZIGSTES KAPITEL

Mission erfüllt

Auf dem Boden vor dem Grabstein lagen so wenige Wollfäden verstreut, dass sie nicht einmal einen Eierbecher gefüllt hätten. Sie sammelte sie sorgsam auf, einen nach dem anderen, und als sie fertig war, blickte sie auf das klägliche Häuflein in ihrer Hand, das, zusammen mit dem geflochtenen Schwanz, alles war, was noch von Clop übrig war.

Mary ließ den Kopf sinken und tat, was Spione eigentlich nicht tun sollten.

Armer tapferer Clop. Auch wenn sie es nicht mit eigenen Augen gesehen hatte, glaubte Mary dennoch zu wissen, was geschehen war. Clop hatte erkannt, dass auf dem Grabstein hocken zu bleiben einem Selbstmord gleichkäme, ihn zu verlassen jedoch genauso gefährlich war. Also hatte er einen Entschluss gefasst. Um Peebles die Möglichkeit zu geben, sich vor den beiden Terriern in Sicherheit zu bringen, musste er sich vom Rücken des Katers fallen lassen. Selbst wenn die Hunde nur wenige Sekunden abgelenkt wären, hätte Peebles vielleicht genügend Zeit, um zu fliehen.

Irgendwie musste sich Clop aus dem Geschirr herausgewunden haben, doch seinen Schwanz hatte Mary so fest am Seil verknotet, dass er bei Clops Sprung abgerissen war. Sie stellte sich das geliebte kleine, ernsthafte Gesicht ihres Esels vor und wusste, dass er keine Furcht gezeigt hatte, als die Hunde nach ihm schnappten.

Marys Finger schlossen sich um die Wollreste in ihrer Hand. Sie fühlte sich, als würde ihr gleich das Herz brechen.

Begleitet vom Kirchengeläut, begann Mary in der Erde zu buddeln. Zwischen den Wurzeln einer Eibe hob sie eine kleine Grube aus. Es dauerte bis zum allerletzten Glockenschlag, Clops wollene Überreste zu begraben. Dann neigte sie andächtig den Kopf.

Als sie ein Poltern hörte, sah sie auf. Flankiert von Red und Socrates, kam Larry Grayems den Weg hinunter. Seine Kleidung war zerknittert, sein Haar zerzaust und sein Blick so feindselig und bedrohlich, dass sie es kaum ertragen konnte, ihm ins Gesicht zu schauen. Hinter den drei Männern folgte Jagdash, der Larrys Revolver in den Händen hielt. Neben ihm lief Philippa, mit zerrissenen Ärmeln und geschwollener Lippe. Im Gegensatz zu ihrem Vater zeigte sie keine Spur von Verbitterung darüber, von P.S.S.T. festgenommen worden zu sein. Sie versteckte sich nicht und senkte nicht beschämt den Kopf. Aufrecht und würdevoll schüttelte sie ihr seidig glänzendes Haar zurück, was, so fand Mary, für eine Chefin (wenngleich auch eine verräterische) angemessen war.

Emma kam als Nächstes, wenige Schritte dahinter folgten Trudy und Peebles. Der Kater schien völlig erledigt zu sein. Er hatte es sich in Trudys Armen bequem gemacht und sah aus, als wünschte er, die nächsten Tage nicht gestört zu werden. Das Schlusslicht bildeten Felix und sein wuscheliger Hund. Für den Bruchteil einer Sekunde überlegte Mary, ob sie sich in Haltepfiff womöglich getäuscht hatte. War er doch, wie Felix beharrlich beteuerte, ein Hund von verblüffender Intelligenz? Hatte er tatsächlich ihre Witterung am Ententeich aufgenommen und ihr den ganzen Weg bis zum Friedhof nachgespürt? Und falls ja, hatte er dann vielleicht schon zuvor seinen vorzüglichen Geruchssinn unter Beweis gestellt? Hatte ihn seine Nase zur Eingangstür des Dampside-Hotels geführt und ein paar Tage darauf durch das Dickicht eines Birkenwäldchens auf die Fährte von Angela Bradshaw? War es möglich, dass Haltepfiff sie absichtlich in Charles Nobles' Garten gelockt hatte, um ihr die mit Schmalz beschmierte Leitersprosse zu zeigen?

Haltepfiff stieß ein dröhnendes Bellen aus, als er Mary unter der Eibe knien sah. Mit schlackernden Ohren sprang er auf sie zu, kam schlitternd zum Stehen und fuhr mit seiner Sabberzunge über ihr Knie. Dann nieste er zwei Mal, ehe er sich hinsetzte und sich ausgiebig kratzte.

»Nein«, sagte Mary und verwarf den Gedanken, dass Haltepfiff sehr viel klüger sein könnte, als er aussah. »Das ist unwahrscheinlich. Ich lag mit meinem ersten Eindruck von dir schon ganz richtig.«

Eine kleine Gruppe von Dorfbewohnern näherte sich Red und Socrates, als sie Larry den Weg hinunterführten. Mary erkannte Charles Noble unter ihnen, und ihr wurde klar, dass es die echten Glöckner sein mussten. Als Charles sich an den Leiter von P.S.S.T. wandte, verließ sie ihren Posten unter der Eibe und ging näher heran, damit sie hören konnte, was gesprochen wurde.

»Er ist vielleicht Ihr Nachbar«, sagte Red und packte

Larry fest am Arm. »Aber er ist zufällig auch einer der ausgebufftesten Kriminellen unseres Landes.«

»Vielen Dank für Ihre Hilfe«, sagte Socrates, während er sich die Schirmmütze vom Kopf zog und sie Charles zurückgab. »Wir sind schon seit Jahren hinter dem Kerl her.«

»Ich kann das gar nicht glauben«, stammelte Charles verdattert. »Und Sie sind sicher, dass hier kein Irrtum vorliegt? Dieser Mann ist ein geachtetes Mitglied der Gemeinde.«

»Da gibt es nicht den leisesten Zweifel«, erwiderte Red. »Wenn Sie uns jetzt entschuldigen würden …«

»Einen Moment noch!«, rief Mary. Sie warf Charles einen argwöhnischen Blick zu. »Ich glaube, dieser Mann ist womöglich auch in die Sache verstrickt.«

»Was redest du da?«, sagte Charles und starrte Mary verdutzt an. »Allein die Vorstellung, dass ich in irgendein Komplott verwickelt sein könnte, ist vollkommen abwegig! Ich bin ein unbescholtener Bürger. Wie kannst du es nur wagen, mich in Verruf zu bringen, du Naseweis!«

»Und warum genau verdächtigst du diesen Mann?«, fragte Red. »Kläre uns auf, Mary.«

»Ich habe gehört, wie er in der Kneipe über Bob gesprochen hat«, sagte sie.

»Absoluter Unsinn«, schimpfte Charles. »Ich kenne niemanden, der Bob heißt. Dieses Kind lügt doch, sobald es den Mund aufmacht.«

»Ich sage die Wahrheit«, protestierte Mary. »Sie haben ihn den ›kleinen Bob‹ genannt!«

Zu ihrer Überraschung brach Charles in lautes Gelächter aus, und die anderen Glöckner fielen mit ein. »Der kleine Bob ist keine Person«, japste Charles, als er sich wieder einigermaßen gefasst hatte. »Das ist der Name eines Geläutes.«

»Was für ein Geläute?«, fragte Mary.

»Das ist ein Begriff aus der Glockenkunde«, erklärte Charles. »Ein Geläute ist eine Tonfolge, die mit verschiedenen Glocken erzeugt wird – eine Melodie, wenn du so willst.«

»Ach so«, sagte Mary und kam sich ziemlich blöd vor. Sie atmete auf, als ein schicker schwarzer Kombi neben dem überdachten Eingangstor des Friedhofs vorfuhr und die allgemeine Aufmerksamkeit auf sich zog. Der Motor des Wagens wurde ausgestellt, und jemand öffnete die Beifahrertür. Eine Frau mittleren Alters mit langem glattem Haar und einem blassen sorgenvollen Gesicht stieg aus. Mary hatte sie noch nie zuvor gesehen.

Felix offenbar schon.

»Oma!«, schrie er und rannte den Weg hinauf, der Frau entgegen. Er breitete seine Arme aus und fiel ihr um den Hals.

»John! Mein Long John Silver!«, rief die Frau. Sie nannte Felix bei seinem Lieblingsspitznamen. Ihre Stimme zitterte vor Rührung, als sie ihn fragte, ob es ihm gut gehe.

»Mir geht's super, danke, Oma!«, antwortete Felix grinsend. Er führte sie durch das Friedhofstor. »Da ist jemand, den du kennen lernen solltest.«

»Hallo«, sagte Mary und schüttelte die ausgestreckte Hand der Frau. »Sie müssen Angela Bradshaw sein.«

»Das bin ich in der Tat, Liebes«, sagte Angela lächelnd, »und du bist Mary Button. Ich habe schon viel von dir gehört.«

Nach London fuhren sie in zwei schnellen Autos zurück, einem Eiswagen und einem klapprigen weißen Lieferwagen, der ein bisschen rasselte, sobald die Nadel des Tachometers die siebzig erreichte.

Larry saß in Handschellen zwischen Socrates und Red auf der Rückbank des BMW, Philippa auf dem Beifahrersitz und Emma am Steuer; Jagdash hatte sich zu Nathan in den Eiswagen gesellt, der aufgrund irgendeines Defekts jedes Mal losbimmelte, wenn Nathan auf die Bremse trat; und Edith lenkte den schicken schwarzen Kombi, in dem es sich Felix und seine Oma auf dem Rücksitz bequem machten, jeder einen Arm um Haltepfiff geschlungen. Mary hatte (ganz richtig) erraten, dass Trudy ungern allein in dem weißen Lieferwagen fahren wollte. Auf dem Hinweg nach Cherry Bentley hatten sie beide vorne gesessen, und auf der Rückfahrt war es genauso, nur dass diesmal der Pappkarton fehlte und Mary Peebles stattdessen auf dem Arm hielt.

Während der sechzig Kilometer Fahrt redete Trudy, ohne Luft zu holen, und Mary gab sich damit zufrieden, hin und wieder mit dem Kopf zu nicken und gelegentlich eine Frage einzuwerfen, sofern sie zu Wort kam. Noch ehe sie die Außenbezirke von London erreichten, hatte Mary in allen Einzelheiten erfahren, wie Trudy auf einem der Mikrodots Philippa im Hintergrund (neben einer Erbsenranke) entdeckt hatte. Als ihr klar geworden war, dass die Chefin von S.H.H. am Tag von Angela Bradshaws spurlosem Verschwinden die Laubenpieper- und Kleingärtnershow besucht hatte, wusste Trudy sofort, dass irgendetwas an der Sache faul war. Sofort hatte sie P.S.S.T. alarmiert, und als Mary von ihrer nächtlichen Mission nicht zurückkehrte, hatte sie das Dorf mit der Hilfe von Felix, Peebles und Haltepfiff bis in den letzten Winkel durchkämmt. Kurze Zeit später hatte sich dann noch Nathan ihrer Suche angeschlossen (nachdem er einige Kilometer entfernt geparkt hatte).

Trudys Erzählungen zufolge war auch der Rest von P.S.S.T. ziemlich auf Zack gewesen.

Als Erstes hatten sie sich Philippas Haus in Belgravia vorgeknöpft (an dem Mary in Emmas grünem Sportwagen an jenem denkwürdigen Montagmorgen vor einer Woche vermutlich vorbeigebraust war). Da sie niemanden zu Hause antrafen, hatten sie das Gebäude von oben bis unten auf den Kopf gestellt und waren schließlich auf dem Dachboden hinter einer versperrten Tür auf Angela gestoßen. Nachdem sie ihnen bestätigt hatte, dass Murdo Meek tatsächlich noch quicklebendig war, hatten sie der wenig begeisterten Izzie die Aufsicht über das Dampside-Hotel überlassen und waren nach Cherry Bentley gerast.

Zu Marys Verwunderung rollte der kleine Autokonvoi (mit dem BMW vorneweg und dem weißen Lieferwagen als Schlusslicht) nicht in Richtung P.S.S.T.-Hauptquartier in Pimlico. Stattdessen fuhren sie nach Crouch End, parkten in einer Straße namens Farthingale Row und gingen zu einem Antiquariat an der Straßenecke. Es war ein schäbiger kleiner Laden, der sich »Letzte Seite« nannte, und in Anbetracht der im Schaufenster ausgelegten Exemplare schien man sich dort auf Bücher mit dunklen Umschlägen und noch düstereren Titeln spezialisiert zu haben.

Philippa trat als Erste über die Schwelle, gleich dahinter half Red Larry die Eingangsstufe hinauf. Dem berüchtigten Spion hatte man eine Wollmütze über die Augen gezogen und ein paar Ohrenschützer verabreicht, damit er nicht mitbekam, wohin man ihn brachte. Die anderen folgten nacheinander der Chefin ins Innere des Ladens.

»Haben Sie irgendwas von Florence Nutbeam?«, fragte Philippa das Mädchen mit der dicken Brille hinter dem Verkaufstresen.

Offenbar war das irgendein Kennwort, denn die Verkäuferin zwinkerte ihr verschwörerisch zu, bevor sie sagte: »Ja, haben wir. Da drüben.« Sie ging in den hinteren Teil des Ladens, vollführte auf dem dort liegenden persischen Läufer eine Art Stepptanz und trat dann schwungvoll beiseite.

Mary beobachtete, wie der Teppich Falten warf. Dann verschwand er in einem Loch im Boden. Sie sah mehrere mit einem Treppenläufer ausgelegte Stufen, die nach unten führten, und wartete, bis sie an der Reihe war, die Treppe hinabzusteigen. Am Fuß der Treppe empfing sie ein hochnäsig aussehender Mann, hinter dessen Ohr ein Drehbleistift klemmte. Er saß an einem Schreibtisch und schnellte in die Höhe, als er Philippa Killingback erblickte. »Gnädige Frau«, sagte er eilfertig.

Sie nickte ihm zu. »Guten Tag, Tarquin. Sie müssen ein paar Besucherpässe ausstellen.«

»Aber sicher, gnädige Frau«, erwiderte er und zog eine Schublade auf. Er holte einen Haufen Dienstmarken heraus, die an einer silberfarbenen Kette baumelten und ein bisschen wie Abflussstöpsel aussahen.

»S.H.H.-Besucher«, las Mary und hängte sich eine der Marken um den Hals. Ein Freudenschauer durchlief sie. Als sie zu den anderen hinüberlinste, sah sie, dass Nathan von einem Ohr zum anderen grinste und genauso aufgeregt war wie sie, ins Herzstück von S.H.H. vorgelassen zu werden. Nathan stupste sie an. »Das ist fantastisch, was, Mary?«, sagte er. »Vor einer Woche war ich noch Kellner … Und jetzt sagt Red, dass ich bei der Operation Fragezeichen eine so große Hilfe war, dass er mich vielleicht befördert und bei P.S.S.T. aufnimmt.«

»Das ist toll«, erwiderte Mary freundlich.

Nachdem jeder einen Besucherpass erhalten hatte (einschließlich Peebles und Haltepfiff), marschierten sie gemeinsam durch ein Labyrinth von Fluren. Mary bemerkte, dass keine der Türen, an denen sie vorbeikamen, eine Klinke hatte. Stattdessen ragten eigenartige glänzende Metallknäufe hervor, die aussahen wie Löwenmaulknospen. Vor einer Tür mit der Aufschrift »Stellvertretender Leiter« blieb Philippa stehen, beugte sich dicht an eine der Knospen heran wie an ein Mikrofon und sagte »Tiddelie-Omm-Pomm-Pomm«.

Dann schluckte sie ein Mal schwer und strich ihren zerrissenen Jackettärmel glatt. »Da wären wir«, sagte sie zu den anderen, »ich werde mich stellen.«

Mary war bewusst, dass Philippa angst und bange sein musste. Sobald der Rest von S.H.H. herausfand, dass ihre Chefin die Tochter von Murdo Meek war und dass sie für ihn gelogen und betrogen hatte, würde es einen mächtigen Aufruhr geben.

»Vergessen Sie nicht, all die guten Dinge zu erwähnen, die Sie getan haben«, sagte Mary und dachte daran, wie Philippa sich ins Zeug gelegt hatte, um Angela vor Meek zu schützen, und wie sie ihr Leben aufs Spiel gesetzt hatte, um Mary die Flucht zu ermöglichen. »Viel Glück«, flüsterte Mary und drückte der Chefin die Hand (ein ganz normaler Händedruck – diesmal keine Morse-Code-Nachricht).

Ein Mann mit struppigem schwarzem Haar und blendend weißen Zähnen öffnete die Tür und sah einigermaßen erstaunt auf die Versammlung im Flur. »Hallo, Mike«, sagte Philippa. »Kann ich dich mal eben kurz sprechen?«

»Klar doch«, sagte Mike und blickte verdutzt zu Haltepfiff hinunter.

Philippa wandte sich wieder an die anderen und schlug

vor, schon mal in die Besucherlounge vorzugehen. Dann betrat sie, gefolgt von Red und Larry, das Büro des stellvertretenden Leiters.

»Mannomann, haben die vielleicht aufgetischt«, sagte Nathan und ließ sich in den Ledersessel sinken.

»Das nenn ich eine reiche Ausbeute!«, sagte Jagdash und biss genüsslich in eine Schokowaffel.

Mary knabberte an einem Königinpastetchen und sah sich nach einer Sitzgelegenheit um. Es standen mehrere Sofas und Sessel in der Besucherlounge, aber bei all den Menschen im Raum war es nicht ganz so einfach, einen freien Platz zu finden.

»Da drüben, unter dem Ölgemälde«, raunte ihr Edith zu, die mit Adleraugen den einzigen freien Sitzplatz erspäht hatte.

»Danke«, sagte Mary und steuerte auf den leeren Stuhl zu.

»Also eins muss man S.H.H. lassen«, nuschelte Socrates, während er ein großes Stück Schweinefleischpastete verdrückte. »Sie wissen, wie man Gäste bewirtet.« Er biss noch ein paar Mal ab, dann schüttelte er mit gerunzelter Stirn den Kopf. »Murdo Meek, was? Und ich dachte, er wäre seit zehn Jahren mausetot, dabei hat er es sich die ganze Zeit in einem kleinen Dorf in Essex gut gehen lassen. Ich würde zu gern wissen, wie er das angestellt hat.« Socrates sah Angela neugierig an. »Na?«

»Falls du von mir wissen willst, wie es ihm gelungen ist, durch das eisige Flusswasser ans Ufer zu gelangen, muss ich dich enttäuschen«, sagte sie. »Ich habe nicht den blassesten Schimmer.«

»Äh … Ich glaube, ich kann da weiterhelfen«, meldete sich Mary zu Wort. »Philippa hat es mir erklärt.«

Alle Köpfe im Raum wandten sich ihr zu (außer dem von Haltepfiff, der tief in einer Schüssel mit Cocktailwürstchen steckte).

»Raus mit der Sprache«, forderte Socrates sie auf.

Mary holte tief Luft. »Sie haben unter einer Decke gesteckt«, sagte sie. »Als Meek klar wurde, dass er Angela nicht abschütteln konnte, rief er seine Tochter an und bat sie, ihm zu helfen.«

»Befahl ist wohl der bessere Ausdruck«, knurrte Socrates. »Es hat mich umgehauen, als sie mir erzählte, dass diese miese Ratte ihr Vater ist.«

Ohne ihn weiter zu beachten, fuhr Mary fort. »Als Philippa ...«

»Damals wurde sie noch ›Pip‹ genannt«, warf Socrates ein.

»Ist ja gut«, seufzte Mary. »Als Pip am Lagerhaus ankam, erklärte sie sich bereit, den Hintereingang zu bewachen. Dort wartete Meek auf sie. Er erklärte ihr, dass er aussteigen wolle, und versprach ihr, ein für alle Mal zu verschwinden, wenn sie ihm helfen würde zu fliehen.«

»Und wie haben sie es nun angestellt?«, fragte Jagdash (der seine elfte Schokowaffel verdrückte).

»Pip zog Meeks Schal und Mantel an«, sagte Mary. »Dann zerschoss sie die Laterne hinter dem Lagerhaus, um es so dunkel zu machen, dass man nichts mehr erkennen konnte.«

»Der Pistolenschuss!«, rief Angela. »Ja, daran erinnere ich mich. Danach teilte sie uns über Funk mit, dass Meek sie überwältigt habe und auf dem Weg zur Fußgängerbrücke sei, die über die Themse führt.«

»Pip rannte in Meeks Kleidern zu der Fußgängerbrücke«, sagte Mary. »Dann zog sie die Sachen aus, wickelte sie um einen Betonklotz ...«

»Stimmt!«, rief Socrates. »Die Brücke wurde gerade repariert. Auf dem Fahrrad hatte man das Gefühl, über ein Minenfeld zu fahren. Es hat mir mein Vorderrad verbogen, und ich wäre fast über den Lenker geflogen.«

»Pst!«, machte Edith.

»Pip warf alles in den Fluss«, fuhr Mary fort. »Der Betonklotz krachte geradewegs auf den Grund des Flusses, aber Schal und Mantel trieben auf dem Wasser, und als Red mit seiner Taschenlampe leuchtete, habt ihr alle geglaubt, Murdo Meek sei ertrunken.«

»Obwohl er in Wahrheit durch die Hintertür wieder ins Lagerhaus geschlichen war und schließlich durch den Vordereingang entkam«, schloss Angela.

»Schlau«, sagte Socrates. »Ausgesprochen schlau.«

»Ja«, meldete sich Felix zu Wort und nahm sich eine Hand voll Weintrauben, »aber ich wette, dass ich drauf gekommen wäre.«

Später am Nachmittag war im P.S.S.T.-Hauptquartier eine richtige Party im Gange. Was als Nachbesprechung begonnen hatte, endete in einem ausgelassenen Remmidemmi. Nachdem ihnen ein bedeutend höheres Budget als im Vorjahr zugesichert worden war (von Mike Lejeune, dem neuen Chef von S.H.H.), hatte Red auf dem Rückweg zum Dampside-Hotel bei einem richtig teuren Bäcker angehalten und eine Auswahl feinsten Gebäcks gekauft.

»Wenn ich kurz um eure Aufmerksamkeit bitten darf«, sagte Red gut gelaunt. Mit einem Taschentuch wischte er die Überreste eines Windbeutels von seiner Lippe und erhob sich aus seinem Sessel. »Klappe halten, Leute, bitte«, mahnte er etwas strenger, und allmählich erstarb das Geplapper und Gekicher.

»Erhebt euch«, sagte Red, und die Stuhlbeine scharrten über den Boden, als alle von ihren Plätzen aufstanden. »Ich würde gerne einen Toast aussprechen«, erklärte er und hob seine Teetasse. Ringsum im Raum wurden Porzellantassen in die Höhe gereckt. »Auf eine tapfere junge Dame, die nicht nur ihre erste Mission erfolgreich beendet hat (und den meistgesuchten Schurken geschnappt hat), sondern auch die von uns allen geliebte Abteilung P.S.S.T. vor der Schließung bewahren konnte.« Red räusperte sich. »Auf Mary«, rief er.

»Auf Mary!«, erwiderten alle und nahmen geräuschvoll einen Schluck Tee. Bislang hatte noch nie jemand einen Toast auf sie ausgesprochen. Mary war zutiefst gerührt. »Danke«, stammelte sie mit hochroten Wangen. »Es war mir eine Freude, mit euch allen zusammenzuarbeiten.« Sie ließ ihren Blick durchs Zimmer wandern, von einem Gesicht zum nächsten. Schließlich blieben ihre Augen an Haltepfiff hängen. »Na ja, mit fast allen …«, sagte sie grinsend.

Die Feier ging weiter, bis der letzte Krümel verdrückt war. Dann kramte Emma ihre Autoschlüssel hervor und schwenkte sie klimpernd hin und her. »Ich glaube, es wird Zeit, die Kinder nach Hause zu bringen«, sagte sie.

Felix und seine Oma lehnten dankend ab, nach Hause gebracht zu werden. Angela war drei Wochen lang auf Philippas Dachboden eingepfercht gewesen und war froh, sich ausgiebig die Beine vertreten zu können. Ehe sie aufbrachen, lud Angela Mary für Samstagnachmittag zum Tee ein, zusammen mit Felix und Haltepfiff. Mary stellte gerührt fest, dass Felix sich offenbar sehr darauf freute, sie schon bald wiederzusehen, und sie streckte ihm zum Abschied die Hand entgegen. »Tschüss, Bruder Wayne«, sagte sie. »Ohne dich hätte ich meine Mission nicht zum Erfolg führen können.« (Natürlich hätte sie es geschafft – und es wäre vermutlich sogar schneller gegangen, wenn Felix nicht mit von der Partie gewesen wäre, aber Mary war viel zu nett, um ihm das zu sagen.)

»Kein Ding«, erwiderte Felix und sah aus, als würde er jeden Moment platzen vor Stolz. Er schüttelte ihr die Hand, während Haltepfiff über ihr Knie schleckte. »Bis dann, Kitty Wilson«, sagte er.

Kurze Zeit später verabschiedete sich auch Mary von Kitty Wilson, als sie den lilafarbenen Koffer zurückgab, den sie nach Cherry Bentley mitgenommen hatte, und ihren roten Koffer aus dem Schrank in Zimmer vier hervorkramte. Sie öffnete ihn, und ein Lächeln huschte über ihr Gesicht, als sie ihren Namen sah, der mit Filzstift auf die Innenseite des Deckels geschrieben war. »Ich bin wieder ich!«, sagte sie.

Neben ihren champignonfarbenen Kniestrümpfen befand sich ein leerer Platz, dessen Anblick ihr einen Stich versetzte. Mary zögerte kurz, bevor sie ein paar der Kitty-Sachen in ihrem Koffer verstaute (Izzie hatte darauf bestanden, dass sie sie behielt). Darunter stopfte sie noch den Scheck von P.S.S.T., den ihr Red für einen »gut gemachten Job« überreicht hatte.

Ehe sie den Deckel schloss, legte Mary noch einen Gegenstand hinein: einen goldenen Füller, den ihr Socrates als Abschiedsgeschenk gegeben hatte. Seine letzten Worte hatten sie ein bisschen gekränkt. »Ich weiß nicht, was mit dir geschehen ist, Mary«, hatte er gesagt, »aber du hast offenbar die Fähigkeit verloren, für andere unsichtbar zu sein. Falls du noch mal für P.S.S.T. arbeiten willst, wirst du erst mal eine umfangreiche Nachschulung absolvieren müssen.«

Mary grübelte über Socrates' Worte nach, während sie

den Kofferdeckel zuklappte. Ihr ging auf, dass er Recht hatte. Irgendwann im Verlauf der Operation Fragezeichen hatte sie aufgehört, unsichtbar zu sein – und im Gegensatz zu Socrates, den diese Entwicklung eher enttäuschte, stellte Mary fest, dass sie sich riesig darüber freute.

Sie hörte Emma aus der Diele rufen und verließ rasch das Zimmer. Kurz darauf kam sie aus dem Fahrstuhl und ging hinüber zum Empfangstisch. Edith beobachtete sie mit Adleraugen.

»Auf Wiedersehen«, sagte Mary höflich.

Edith nickte. »Ich hoffe, du hattest einen angenehmen Aufenthalt«, sagte sie und lächelte für eine Zehntelsekunde.

Peebles hockte auf dem Gästebuch des Hotels. Als Mary ihm über den Kopf streichelte, gab er ein rasselndes Geräusch von sich. So laut hatte sie ihn noch nie schnurren gehört.

»Auf geht's«, sagte Emma, »oder wir geraten in den dichtesten Berufsverkehr.«

Mary umfasste den Griff ihres Koffers und trottete hinter Emma her nach draußen. Direkt vor dem Hotel war der kleine grüne Sportflitzer geparkt. Die Motorhaube blitzte in der Sonne.

»Hallo-ho!«, rief Mary durch den Briefschlitz der Hausnummer acht. Zum zweiten Mal drückte sie auf den Klingelknopf, und bevor sie es ein drittes Mal tun konnte, flog die Tür auf.

»Immer langsam mit den jungen Pferden, ja?«, rief Marys Mutter. Sie hatte eine Schürze umgebunden und ihre Hände waren voller Mehl. »Ich backe gerade einen Kuchen. Meine Tochter kommt nämlich heute nach Hause. Du liebe Güte, Mary, bist du das?!«

»Natürlich bin ich das!«, sagte Mary mit einem breiten Grinsen. »Hallo, Mama!«

Beverley Button legte den Kopf schief. »Dein Haar ist so kurz …, und du hast lauter neue Sachen an …, und noch irgendetwas ist anders an dir.«

»Ach was, ich bin noch ganz die Alte. Backst du wirklich einen Kuchen für mich?«

»Mmmm«, nickte ihre Mutter. »Einen Schokokuchen. Das Rezept hab ich von meiner Chefin gekriegt. Andauernd fragt sie nach, ob ich es schon ausprobiert hätte. Als ich den Anruf bekam, dass du heute nach Hause kommst, hab ich mir gedacht, ich wag's jetzt mal – als eine Art Willkommensgruß.«

»Ich kann's kaum erwarten, ihn zu probieren«, sagte Mary. Obwohl sie noch pappsatt war von den Törtchen, Hörnchen und Plunderteilchen, war sie fest entschlossen, wenigstens ein Stück vom Kuchen ihrer Mutter zu essen, koste es, was es wolle.

»Hallöchen, Kleine«, sagte Jefferson Button, der hinter seiner Frau auftauchte. »Hast dich wacker geschlagen, was? Gut. Warum kommst du nicht runter in den Keller, sobald du dein Zeug abgestellt hast? Ich habe eine neue Kuckucksuhr reinbekommen, die wird dich umhauen.«

»Toll«, sagte Mary. »Ich komme gleich, aber erst möchte ich Opa kurz Hallo sagen.« Sie drängte sich an ihren Eltern vorbei ins Wohnzimmer, wo sie erwartete, ihren Großvater im Dunkeln vor seinem Lieblingselektrogerät sitzen zu sehen. »Wo ist er?«, fragte Mary mit banger Stimme. Die Vorhänge waren zurückgezogen, der Lehnstuhl war leer und der Fernseher ausgeschaltet. »Wo ist Opa?«, fragte Mary, als sie wieder in der Diele war. Tränen stiegen ihr in die Augen.

Ihre Mutter wich ihrem Blick aus.

»Es ist ihm … doch nichts passiert, oder?«

»Nein, nein …, nicht, was du denkst.« Beverley stöhnte gequält. »Er wollte dich überraschen.«

»Wie bitte?«, fragte Mary.

»Dein Großvater ist losgegangen, um dir ein Geschenk zu kaufen.«

Sie entdeckte ihn vor der Auslage eines Spielzeugladens. Er trug eine Weste aus zerschlissenem altem Kord und ein Paar Hausschuhe. Mit dem Zeigefinger pochte er an die Schaufensterscheibe, als versuchte er, sich für eines der Plüschtiere zu entscheiden.

»Hallo, Opa«, sagte Mary und hakte sich bei ihm unter.

»Verflixt«, sagte er. »Du hast mich auf frischer Tat ertappt. Ich vermute, deine Mutter hat alles ausgeplaudert, was?«

»Ja«, gab Mary zu. »Du musst mir wirklich kein Geschenk machen, Opa.«

»Aber ich will«, sagte er. »Also, was hättest du am liebsten, Marylein? Dieser Tiger da ist nicht schlecht … Aber ich tendiere eher zu dem Elefanten.«

Mary biss sich auf die Lippe. »Würde es dir sehr viel ausmachen, Opa, wenn ich lieber kein Plüschtier möchte?«

»Kein Plüschtier?«, fragte Ivor und starrte seine Enkelin mit offenem Mund ungläubig an. »Aber warum denn nicht?«

Sie wollte ihm sagen, dass kein Plüschtier jemals das würde ersetzen können, was sie verloren hatte – aber sie schwieg. »Darum«, erwiderte Mary und sah sich verzweifelt um. »Ich hätte viel lieber … ein Haustier, wenn das in Ordnung geht.«

»Ein Haustier? Und wo soll ich das herbekommen?«

»Von da drüben«, sagte Mary und zeigte auf ein Geschäft namens »Berthas Biester« auf der gegenüberliegenden Straßenseite.

Mary suchte sich ein Kaninchen aus. Nicht das Junge mit dem weißen Fell und den Schlappohren, in das ihr Großvater sofort vernarrt war, sondern einen halb ausgewachsenen braunen Rammler.

»Wieso hast du dir gerade den ausgesucht?«, fragte ihr Opa.

Mary zögerte einen Moment und war sich nicht sicher, warum ihr ausgerechnet dieses Kaninchen so gut gefiel. Es war ein eher unauffälliges Kerlchen, mit Ohren, die nicht genau zu wissen schienen, in welche Richtung sie zeigen sollten. Mary wollte schon mit den Schultern zucken, als ihr plötzlich klar wurde, warum ihr dieses Kaninchen aufgefallen war.

Die Art und Weise, wie es sie ansah, erinnerte sie eindeutig an Clop.

NACHWORT

Ein gutmütiger Richter saß Philippa Killingbacks Gerichts-
prozess vor. Sie bekam einen Klaps aufs Handgelenk und
ein Riesenbußgeld, aber keine Gefängnisstrafe.

Murdo Meek wurde für eine unglaublich lange Zeit weg-
gesperrt. Seinen Wächtern wurde befohlen, den Schlüssel
zu seiner Zelle wegzuwerfen.

Und Pilliwinks wurde zu lebenslänglich in einem Schild-
kröten-Schutzgebiet in Cornwall verurteilt.

GLOSSAR

Abkürzungen:

S.H.H.	Still, Heimlich & Hellhörig
P.S.S.T.	Personenjagd auf Schurken, Schelme und Treulose
A.H.E.M.	Akquise Hilfreichen & Einträglichen Materials
V.O.O.F.S.	Verdeckte Observation und Obstruktion Feindlicher Spionage
B.A.F.F.	Beschaffung Aussagekräftiger Fakten und Faktoren
E.I.C.S.	Entwerfen Ingeniöser Codes und Schlüssel
P.I.N.G.	Produktion Irrsinnig Nützlicher Gerätschaften

Das Cumberbatch-Alphabet
(1981 von Stanley Cumberbatch erfunden)

Achselhöhle
Bungalow
Chaos
Drilling
Eierkopf
Flip-Flop
Grünkohl
Hurra
Idiot
Jauchegrube
Klumpfuß
Leopard
Mariella
Narzisse
Olive
Plantschbecken
Quecksilber
Rundbürste
Salami
Trainingsanzug
Unhold
Veloziraptor
Wermut
Xanthippe
Yeti
Zappzarapp

Der Morse-Code
(erfunden im Jahr 1872 von Samuel Morse)

A	. -
B	- . .
C	- . - .
D	- . .
E	.
F	. . - .
G	- - .
H	. . . .
I	. .
J	. - - -
K	. - . .
L	. - . .
M	- -
N	- .
O	- - -
P	. - - .
Q	- - . -
R	. - .
S	. . .
T	-
U	. . -
V	. . . -
W	. - -
X	- . - -
Y	- . . -
Z	- - . .
Punkt (AAA)	. - . - . -
Apostroph (AMN)	. - - - - .
Frage (IMI)	. . - - . .
Ende (AR)	. - . - .

Spionage-fachbegriffe:

Beschatten – einen Verdächtigen im Auge behalten

Branchenkenntnisse – Fachwissen, das für eine Karriere im Spionagewesen benötigt wird

Briefing – Sitzung, bei der Instruktionen erteilt werden

Chiffre – Geheimschrift mit verdrehten Buchstaben

Code – System, das dem Benutzer ermöglicht, eine Botschaft zu verschlüsseln und somit für andere unverständlich zu machen

Fälscher – jemand, der falsche Dokumente herstellt

Legende – falscher Name und frei erfundene Biografie

Mikrodot – winzige Fotografie von der Größe eines Punkts

Mission – Auftrag für einen Spion

Morse-Code – Alphabet, bei dem die Buchstaben durch Punkte und Striche ersetzt werden

Rendezvous – Treffpunkt

Schlüssel – System, das dem Benutzer ermöglicht, die Bedeutung einer codierten Botschaft herauszuarbeiten

Spezialgerät – trickreiche Vorrichtung

Toter Briefkasten – Versteck zum Einwerfen und Abholen geheimer Botschaften

Verdeckte Ermittlung – in eine andere Identität schlüpfen, um andere zu observieren

Verräter – treulose Person, die ihrem Land schaden will

Ausgewählte Literatur:

Das ABC des Spionierens von Anonymus

Das E.I.C.S.-Kompendium von N. N.

Handbuch für Schnüffler von B. Spitzel

Spezialgeräte reparieren leicht gemacht von Arnold Zuck

Lass die Hotpants im Schrank – Kleidertipps für verdeckte Ermittler von T. Wurst und S. Schlafrock

Kleine Bluffs und dicke Hunde: So lügen Spione richtig von Amelia Knaller

Ein Hoch auf die heimlichen Helden: Agenten in Kriegszeiten von Oberleutnant A. D. Hardy Dickbauch